BASTEI
LÜBBE

Taschenbücher von ROBERT A. HEINLEIN
im BASTEI-LÜBBE-Programm:

24 001 Sternenkrieger
24 118 Das neue Buch Hiob
24 124 Die Katze, die durch Wände geht

ROBERT A. HEINLEIN

DIE STERNENBESTIE

Science Fiction Roman

Ins Deutsche übertragen
von Waltraud Götting

BASTEI LÜBBE

BASTEI-LÜBBE-TASCHENBUCH
Band 24 163

Taschenbuch-Neuauflage:
Dezember 1992
1984 bereits als
Band 21 179 erschienen

Deutsche Lizenzausgabe 1984/92
Bastei-Verlag
Gustav H. Lübbe GmbH & Co.,
Bergisch Gladbach
Originaltitel: The Star Beast
Titelillustration: Tim White
Umschlaggestaltung:
Quadro Grafik, Bensberg
Satz: Fotosatz Schell, Bad Iburg
Druck und Verarbeitung:
Brodard & Taupin,
La Flèche, Frankreich
Printed in France

ISBN 3-404-24 163-0

Der Preis dieses Bandes
versteht sich einschließlich der
gesetzlichen Mehrwertsteuer.

Der Tag L

Lummox war gelangweilt und hungrig. Das letztere war ein normaler Zustand – Wesen von Lummoxs Art hatten niemals, nicht einmal nach einer reichlichen Mahlzeit, etwas gegen einen kleinen Imbiß einzuwenden. Die Langeweile dagegen war eher ungewöhnlich und auf die Tatsache zurückzuführen, daß Lummoxs bester Freund und vertrautester Gefährte, John Thomas Stuart, sich den ganzen Tag nicht hatte blicken lassen, da er es vorgezogen hatte, sich irgendwo mit seiner Freundin Betty zu vergnügen.

Ein Nachmittag war ein bloßes Nichts; Lummox konnte die Luft so lange anhalten. Aber er kannte die Anzeichen und begriff die Situation; John Thomas hatte die Größe und das Alter erreicht, und würde nun immer mehr Zeit mit Betty oder ihresgleichen und immer weniger mit Lummox verbringen. Darauf würde eine ziemlich lange Zeitspanne folgen, während derer John Thomas fast überhaupt keine Zeit für Lummox haben würde, doch am Ende dieser Zeit würde ein vollkommen neuer John Thomas auftauchen, der bald darauf groß genug sein würde, einen angemessenen Spielkameraden abzugeben.

Aus seiner Erfahrung heraus erkannte Lummox diesen Kreislauf als notwendig und unausweichlich an; dennoch war die Aussicht darauf im Augenblick qualvoll langweilig. Er streunte lustlos im Hinterhof der Stuarts herum und hielt Ausschau nach allem möglichen – nach einem Grashüpfer, einem Rotkehlchen, was immer ihm wert schien, einen Blick darauf zu werfen. Eine Zeitlang beobachtete er einen Ameisenhaufen. Die Tiere schienen im Umzug begriffen; eine endlose Kette schleppte kleine weiße Eier in eine Richtung, während eine entgegenkommende Reihe weitere Eier holen kam. Auf diese Weise vertrieb er sich eine halbe Stunde lang die Zeit.

Als er der Ameisen müde war, begab er sich zu seinem Haus. Sein Fuß, Schuhgröße neununddreißig, trat auf den Ameisenhügel und zerstörte ihn, doch das kam ihm nicht zu Bewußtsein. Sein Haus war gerade groß genug, daß er rückwärts hineinkriechen konnte, und es bildete den Anfang einer Häuserzeile von abnehmender Größe; dasjenige am anderen Ende der Reihe hätte eine angemessene Hundehütte für einen Chihuahua abgegeben.

Vor seiner Hütte lagen sechs aufgestapelte Heuballen. Lummox zog einige Halme aus einem der Ballen und kaute träge darauf herum. Er nahm keinen zweiten Bissen, denn er hatte bereits so viel genommen, wie er glaubte, unbemerkt stehlen zu können. Nichts konnte ihn daran hindern, den gesamten Stapel zu verschlingen – außer seinem Wissen, daß John Thomas ihn furchtbar verdreschen würde und sich möglicherweise sogar eine Woche oder länger weigern konnte, ihn mit dem Gartenrechen zu kratzen. Die Hausordnung verlangte von Lummox, daß er außer dem natürlichen Futter keine Nahrung anrührte, bevor sie in seinen Verteiler gelegt wurde; gewöhnlich leistete Lummox allen Anweisungen Folge, denn er haßte es, bestraft zu werden, und fühlte sich gedemütigt, wenn er getadelt wurde.

Abgesehen davon mochte er kein Heu. Er hatte es am Tag zuvor zum Abendessen gehabt, würde es heute wieder bekommen und morgen abend ebenfalls. Lummox hätte etwas Gehaltvolleres vorgezogen, etwas mit einem aufregenderen Geschmack. Er schlenderte zu dem niedrigen Zaun hinüber, der den mehrere Hektar großen Hinterhof von Mrs. Stuarts eigentlichem Garten trennte, und betrachtete sehnsüchtig ihre Rosen. Der Zaun war lediglich ein Symbol, das die Grenze bezeichnete, die er nicht überschreiten durfte. Einmal, vor vielen Jahren, hatte Lummox sie überschritten und von den Rosensträuchern genascht ... nur ein wenig, einen bloßen Appetithappen, aber Mrs. Stuart hatte ein solches Aufhebens darum gemacht, daß er sich selbst heute noch nicht gerne daran erinnerte. Bei der Vorstellung schauderte er und zog sich eilends vom Zaun zurück.

Doch ihm fielen ein paar Rosensträucher ein, die nicht Mrs. Stuart gehörten und darum in Lummoxs Augen herrenlos waren. Sie standen im Garten der westlichen Nachbarn, der Donahues. Es gab eine Möglichkeit, an diese ›herrenlosen‹ Rosensträucher zu gelangen, über die Lummox erst vor kurzem nachgegrübelt hatte.

Der Besitz der Stuarts war von einer drei Meter hohen Betonmauer umgeben. Lummox hatte nie den Versuch gemacht, sie zu überklettern, obwohl er an manchen Stellen den oberen Rand angeknabbert hatte. An der Rückseite gab es einen Durchbruch, an dem die Bodenbewässerungsleitung die Grundstücksgrenze überquerte. Das Loch in der Mauer war mit einem Gitter aus Achtzollspanten verschlossen, das mit außerordentlich schweren Bolzen befestigt war. Die senkrechten Streben waren im Bachbett verankert, und der Handwerker, der das Gitter angebracht hatte, hatte Mrs. Stuart versichert, daß es jeden aufhalten würde, der zu breit gebaut war, um durch die Löcher zu schlüpfen, ob es nun Lummox war oder eine Herde Elefanten.

Lummox wußte, daß sich der Handwerker irrte, doch er wurde nicht nach seiner Meinung gefragt und hatte sie seinerseits niemandem aufgedrängt.

Auch John Thomas hatte seine Ansicht nicht geäußert, doch schien er die Wahrheit zu ahnen; er hatte Lummox eindringlich befohlen, das Gitter nicht herunterzureißen.

Lummox hatte gehorcht. Er hatte davon genascht, um den Geschmack zu kosten, doch die Holzbalken waren mit irgend etwas getränkt, das ihnen einen wahrhaft scheußlichen Geschmack verlieh; also ließ er sie in Ruhe.

Aber Lummox fühlte sich nicht verantwortlich für die Naturgewalten. Etwa drei Monate zuvor hatte er bemerkt, daß der Abfluß durch den Frühlingsregen derartig ausgewaschen war, daß die senkrechten Balken nicht mehr verankert waren, sondern lediglich in das trockene Bachbett hineinragten. Lummox hatte einige Wochen lang darüber nachgedacht und war zu der Erkenntnis gelangt, daß die Streben am Boden durch leichten Druck auseinandergespreizt werden konnten. Ein etwas kräftigerer Druck mochte eine Öffnung schaffen, die groß genug war, ohne daß das Gitter heruntergerissen werden mußte ...

Lummox schlenderte hinüber, um sich die Sache genau anzusehen. Während der letzten Regenfälle war das Bachbett noch tiefer ausgewaschen worden; einer der Balken hing ein paar Zentimeter über dem Boden in der Luft. Der nächste reichte gerade noch bis zum Boden. Lummox grinste wie ein Honigkuchenpferd und schob vorsichtig den Kopf zwischen die beiden dicken Balken. Er drückte leicht dagegen.

Über seinem Kopf ertönte das Geräusch von splitterndem Holz, und der Druck ließ plötzlich nach. Überrascht zog Lummox den Kopf heraus und sah nach oben. Das obere Ende eines der Achtzollbalken hatte sich aus der Verankerung gelöst; er pendelte jetzt an einer tieferliegenden Querstrebe. Lummox kicherte in sich hinein. Schade ... aber da konnte man nichts ändern. Lummox gehörte nicht zu denen, die Tränen über Vergangenes vergießen; was geschehen war, war geschehen. Ohne Zweifel würde John Thomas verärgert sein – aber jetzt war hier erst einmal die Öffnung im Gitter. Er senkte den Kopf wie ein Footballstürmer, setzte sich langsam in Bewegung und schob sich voran. Es folgten die Geräusche von ächzendem und splitterndem Holz und die schärferen Töne von berstenden Bolzen, doch Lummox schenkte all dem keine Beachtung; er war jetzt auf der anderen Seite, ein freies Wesen.

Er hielt inne und richtete sich wie eine Raupe auf, indem er zuerst Bein eins und drei, dann Bein zwei und vier vom Boden hob und sich suchend umblickte. Es war wirklich angenehm, hier draußen zu sein, und er fragte sich, warum er es nicht schon früher versucht hatte. John Thomas war schon lange nicht mehr mit ihm ausgegangen, nicht einmal für einen kurzen Spaziergang.

Er blickte noch immer um sich und sog die Luft der Freiheit ein, als ein feindseliger Kerl auf ihn zustürmte und wütend bellte. Lummox erkannte ihn, es war eine riesige, schwergewichtige Bulldogge, die herrenlos und frei in der Gegend herumstreunte; sie hatten schon häufig Beleidigungen durch das Gitter ausgetauscht. Lummox hatte nichts gegen Hunde; im Laufe seines Zusammenlebens mit der Familie Stuart hatte er mit einigen von ihnen Bekanntschaft gemacht, und er hatte ihre Gesellschaft in John Thomas' Abwesenheit als ganz angenehm empfunden. Aber mit diesem hier war es etwas anderes. Er hielt sich für den Herrn der ganzen Gegend, schikanierte die anderen Hunde, tyrannisierte die Katzen und forderte Lummox immer wieder heraus, wie ein Hund mit ihm zu kämpfen.

Dennoch lächelte Lummox ihm zu, riß sein riesiges Maul weit auf und lispelte mit piepsiger Kleinmädchenstimme, die tief aus seinem Innern drang, der Bulldogge ein Schimpfwort zu. Der Hund schnappte nach Luft. Es war anzunehmen, daß er nicht verstand, was Lummox gesagt hatte, dennoch begriff er, daß er beleidigt worden war. Er raffte sich auf und setzte erneut zum Angriff an, indem er lauter als je zuvor bellte und einen gräßlichen Lärm veranstaltete, wobei er um Lummox herumschoß und immer wieder schnelle Ausfälle gegen seine Flanken machte, um ihn in die Beine zu beißen.

Lummox behielt seine aufrechte Stellung inne, beobachtete den Hund, rührte sich aber nicht. Er fügte seiner vorherigen Bemerkung eine wahre Erklärung über die Vorfahren des Hundes und eine unwahre über seine Gewohnheiten hinzu; das steigerte die Raserei des Hundes erheblich. Doch in der siebten Runde kam der Hund der Stelle, an der Lummoxs erstes Beinpaar gestanden hätte, hätte er alle acht Füße auf dem Boden gehabt, gefährlich nahe; Lummox fuhr mit dem Kopf herunter wie ein Frosch, der nach einer Fliege schnappt. Sein Mund öffnete sich wie ein Schrankkoffer und verschlang die Bulldogge.

Nicht schlecht, urteilte Lummox, während er kaute und den Brocken hinunterschlang. Gar nicht übel … und das Halsband gab einen knusprigen Leckerbissen ab. Er überlegte, ob er jetzt, da er seinen kleinen Imbiß gehabt hatte, durch das Gitter zurückkehren und so tun sollte, als sei er überhaupt nicht draußen gewesen. Aber da waren immer noch diese herrenlose Rosensträucher … und ohne Zweifel würde John Thomas es ihm nicht leicht machen, bald wieder herauszukommen. Er schlenderte an der rückwärtigen Mauer der Stuarts entlang und schlug den Weg zum Garten der Donahues ein.

John Thomas XI kehrte kurz vor dem Abendessen zurück, nachdem er zuvor Betty Sorenson nach Hause gebracht hatte. Als er landete, stellte er fest, daß Lummox nicht in Sicht war, nahm aber an, daß sein Liebling sich in seiner Hütte befand. Seine Gedanken weilten nicht bei Lummox, sondern bei der Tatsache, daß Frauen nicht logisch handelten, zumindest nicht nach der Logik, wie die Männer sie verstanden.

Er hatte die Absicht, die Technische Hochschule zu besuchen, Betty bestand darauf, daß sie beide zur Staatsuniversität gingen. Er hatte darauf hingewiesen, daß er an der Staatsuniversität die Kurse, die ihm wichtig waren, nicht belegen konnte; Betty hatte darauf beharrt, daß er es doch konnte, und wollte ihren Standpunkt anhand der Vorlesungsverzeichnisse erhärten. Er hatte widersprochen und gesagt, daß es nicht auf den Namen eines Kurses ankam, sondern darauf, wer ihn abhielt. Die Diskussion war gescheitert, als sie sich geweigert hatte, zuzugeben, daß er ein Fachmann auf dem Gebiet war.

Geistesabwesend hatte er sein Fluggeschirr abgelegt, während seine Gedanken noch immer bei der Unlogik des weiblichen Verstandes weilten, und er hängte es gerade in der Vorhalle an einen Haken, als seine Mutter sich unsanft in sein Bewußtsein drängte. »John Thomas! Wo bist du gewesen?«

Er überlegte, was er diesmal wohl falsch gemacht hatte. Es war ein schlechtes Zeichen, wenn sie ihn ›John Thomas‹ nannte ... ›John‹ oder ›Johnnie‹ war in Ordnung, auch ›Johnnieboy‹. Aber ›John Thomas‹ bedeutete gewöhnlich, daß er in Abwesenheit beschuldigt und abgeurteilt worden war. »Hm? Aber ich habe es dir beim Mittagessen gesagt, Mom. Ich habe einen kleinen Ausflug mit Betty gemacht. Wir sind rüber geflogen nach ...«

»Das interessiert mich nicht! Weiß du, was *diese Bestie* angestellt hat?«

Jetzt begriff er. Lummox. Er hoffte, daß es sich nicht um Mutters Garten handelte. Vielleicht hatte Lummox wieder einmal sein Haus umgeworfen. Wenn es so war, würde Mutter sich bald wieder beruhigen. Vielleicht sollte er einfach ein neues, größeres bauen. »Was ist passiert?« fragte er vorsichtig.

»›Was ist passiert?‹ Was ist nicht passiert? John Thomas, diesmal mußt du ihn einfach hinauswerfen. Das Maß ist voll.«

»Reg dich nicht auf«, beschwichtigte er sie hastig. »Wir können Lum nicht hinauswerfen, Mom. Du hast es Dad versprochen.«

Sie ging nicht auf seinen Einwand ein. »Alle zehn

Minuten kommt ein Polizist hierher, und diese riesige, gefährliche Bestie wütet herum und ...«

»*Wie?* Nun aber langsam, Mom, Lum ist nicht gefährlich; er ist so sanft wie ein Kätzchen. Was ist passiert?«

»Alles!«

Allmählich konnte er ein paar Einzelheiten aus ihr herausbekommen. Lummox war herumgestreunt, soviel stand fest. Ohne allzu große Überzeugung hoffte John Thomas, daß Lummox auf seinem Ausflug nicht auf Eisen oder Stahl gestoßen war; Eisen wirkte sich furchtbar auf seinen Metabolismus aus. Da war dieses eine Mal, als Lummox den gebrauchen Buick gegessen hatte ...

Seine Gedanken wurden von den Worten seiner Mutter unterbrochen. » ... und Mrs. Donahue ist furchtbar wütend! Und sie hat allen Grund dazu ... ihre preisgekrönten Rosen!«

O je, das war schlimm. Er versuchte, sich an den genauen Betrag seiner Ersparnisse zu erinnern. Außerdem würde er sich entschuldigen und sich etwas ausdenken müssen, womit er der alten Ziege Honig um den Bart schmieren konnte. Und zuvor würde er Lummoxs Ohren mit der Axt bearbeiten; Lummox wußte genau, was mit den Rosen war, es gab keine Entschuldigung für ihn.

»Schau, Mom, es tut mir furchtbar leid. Ich werde gleich hinausgehen und ihm ein wenig Verstand in seinen Dickschädel prügeln. Wenn ich mit ihm fertig bin, wird er es nicht mehr wagen, sich ohne Erlaubnis davonzuschleichen.« John Thomas schickte sich an, sich an ihr vorbeizuschieben.

»Wohin gehst du?« fragte sie.

»Wie? Hinaus um mit Lummox zu reden, natürlich. Wenn ich mit ihm fertig bin …«

»Sei nicht albern. Er ist nicht da.«

»Wie? Wo ist er?« Augenblicklich nahm John Thomas seine Stoßgebete wieder auf, in der Hoffnung, daß Lummox nicht zu viel Eisen gefunden hatte. Der Buick war eigentlich nicht Lummoxs Schuld gewesen, und schließlich hatte er John Thomas gehört, aber …

»Keine Ahnung, wo er jetzt ist. Chefinspektor Dreiser hat gesagt …«

»Die *Polizei* sucht nach Lummox?«

»Darauf kannst du dich verlassen, junger Mann! Die gesamte Sicherheitstruppe ist hinter ihm her. Mister Dreiser wollte, daß ich in die Stadt komme und ihn abhole, aber ich habe ihm gesagt, daß ich dich brauchen würde, um mit dem Untier fertig zu werden.«

»Aber Mutter, Lummox hätte dir gehorcht. Das tut er doch immer. Warum hat Mister Dreiser ihn mit in die Stadt genommen? Er weiß doch, daß Lummie hierher gehört. Es hat ihn sicher erschreckt, in die Stadt gebracht zu werden. Der arme Kleine ist so scheu; er mag es nicht …«

»Wahrhaftig, der arme Kleine! Sie haben ihn nicht in die Stadt gebracht.«

»Aber du hast doch gerade gesagt, daß sie ihn in die Stadt gebracht haben.«

»Ich habe nichts dergleichen gesagt. Wenn du einen Augenblick still bist, erzähle ich dir, was geschehen ist.«

Er erfuhr, daß Mrs. Donahue Lummox ertappt hatte, als er erst vier oder fünf ihrer Rosensträucher gefressen hatte. Mit viel Mut und wenig Verstand hatte sie sich, mit einem Besen bewaffnet, auf ihn gestürzt und seinen Kopf bearbeitet. Sie hatte nicht das Schicksal der Dogge geteilt, obwohl er sie mit einem einzigen Schluck bewältigt hätte; Lummox hatte einen ebenso feinen Sinn für Eigenart wie jede Hauskatze. Menschen waren keine Nahrungsmittel; Menschen waren im Grunde fast ausnahmslos freundlich.

Seine Gefühle waren daher verletzt. Er hatte sich schmollend zurückgezogen.

Der nächste Bericht, der Lummoxs Taten betraf, war etwa dreißig Minunten später von einem drei Kilometer entfernten Ort eingegangen. Die Stuarts lebten in einem Vorort von Westville; ein offener Landstrich trennte den Bezirk vom Hauptteil der Stadt. Mister Ito betrieb hier eine kleine Farm, auf der er liebevoll Gemüse für die Tafeln der Feinschmecker zog. Mister Ito hatte offensichtlich keine Ahnung, was das war, das seine Kohlköpfe ausriß und mit einem Schluck verschlang. Lummoxs langjährige Anwesenheit in der Nachbarschaft war sicher kein Geheimnis, aber Mister Ito kümmerte sich nicht um die Angelegenheiten anderer und hatte Lummox nie zuvor gesehen.

Aber er zeigte nicht mehr Zurückhaltung als Mrs. Donahue. Er stürzte ins Haus und kehrte mit einem Gewehr zurück, das ihm von seinem Großvater vererbt worden war – eine Erinnerung an den Vierten Weltkrieg, eine Waffe, die bewundernd als ›Panzer-Knacker‹ bezeichnet wurde.

Mister Ito stützte das Gewehr auf ein Stativ und

zielte auf die Stelle, auf der Lummox gesessen hätte, wäre er für dergleichen geschaffen. Der Knall erschreckte Mister Ito (er hatte noch nie gehört, wie die Waffe abgefeuert worden war), und der Feuerstrahl blendete ihn einen Augenblick lang. Als er mit den Augen blinzelte und sich allmählich von seinem Schrecken erholte, war das Ding verschwunden.

Aber es fiel nicht schwer zu raten, in welcher Richtung er verschwunden war. Diese Begegnung hatte Lummox nicht gedemütigt, wie der Zwischenfall mit Mrs. Donahue, dieses Ereignis hatte ihn derartig erschreckt, daß es ihn beinahe um den Verstand brachte. Während er mit seinem frischen, grünen Salat beschäftigt war, hatte er drei dicht beieinanderstehenden Gewächshäusern gegenübergestanden. Als ihn der Explosionsknall erreichte und das Geräusch in sein Bewußtsein drang, legte er den höchsten Gang ein und brauste in die Richtung davon, in die er gerade geblickt hatte. Gewöhnlich benutzte er eine Beinfolge von 1,2,5,8,2,3,6,7 und dann dasselbe wieder von vorn, was geeignet war für alle Gangarten zwischen langsamem Kriechen und dem Trab eines Pferdes; jetzt fiel er aus dem Stand in einen doppelseitigen Galopp, wobei er die Beine 1&2&5&6 gleichzeitig und im Wechsel mit 3&4&7&8 bewegte.

Lummox hatte die drei Gewächshäuser hinter sich gelassen, bevor er überhaupt Zeit hatte, von ihnen Notiz zu nehmen, und er hatte eine Bresche geschlagen, die einem mittelgroßen Lastwagen Durchlaß gewährt hätte. Vor ihm lag, etwa fünf Kilometer entfernt, die Stadt Westville. Es wäre möglicherweise besser gewesen, wenn er die entgegengesetzte Richtung in die Berge eingeschlagen hätte.

Mit wachsender Besorgnis lauschte John Thomas dem wirren Bericht seiner Mutter. Als er von Mister Itos Gewächshäusern hörte, dachte er nicht länger über seine Ersparnisse nach, sondern begann, sich darüber Gedanken zu machen, welche Besitztümer er zu Geld machen konnte. Sein Fluggeschirr war fast neu … aber Mist! Das würde den Schaden nicht dekken. Er fragte sich, ob sich die Bank auf irgendeinen Handel mit ihm einlassen würde. Eines stand jedenfalls fest: Mom würde ihm nicht aus der Sache heraushelfen, nicht in der Stimmung, in der sie sich befand.

Die folgenden Berichte waren bruchstückhaft. Lummox schien querfeldein gelaufen zu sein, bis er auf die Straße traf, die in die Stadt führte. Ein Lastwagenfahrer hatte sich über einer Tasse Kaffee bei einem Verkehrspolizisten beklagt, er habe gerade einen Pedallastroboter ohne Nummernschilder gesehen, und das verdammte Ding habe nicht auf die Fahrspuren geachtet. Doch der Lastwagenfahrer hatte das Ereignis zum Anlaß genommen, seinen Protest gegen die Gefährlichkeit der Roboterfahrer vorzubringen und zu betonen, daß es keinen Ersatz gab für einen menschlichen Fahrer, der im Führerhaus saß und die Augen offenhielt für alle Gefahrensituationen. Der Mann von der Verkehrsstreife hatte Lummox nicht gesehen, da er zu dem Zeitpunkt, als Lummox vorüberraste, bereits bei seinem Kaffee gesessen hatte, und er war nicht beeindruckt, da der Lastwagenfahrer offensichtlich voreingenommen war. Dennoch hatte er die Zentrale benachrichtigt.

Die Verkehrszentrale hatte dem Bericht keine Beachtung geschenkt, die Kontrollstation war vollauf mit einer Serie von Schreckensmeldungen beschäftigt.

John Thomas unterbrach seine Mutter. »Ist jemand verletzt worden?«

»Verletzt? Ich weiß es nicht. Wahrscheinlich. John Thomas, du mußt diese Bestie augenblicklich hinauswerfen.«

Er ignorierte die Bemerkung; es schien ihm nicht der richtige Zeitpunkt, darüber zu streiten. »Was ist noch geschehen?«

Mrs. Stuart wußte es nicht in allen Einzelheiten. In der Nähe des Stadtzentrums war Lummox durch einen Stationsschacht von der Hochstraße heruntergekommen. Er bewegte sich jetzt langsam und zögernd vorwärts; der Verkehr und das Menschengewimmel verwirrten ihn. Er hatte das Rollband betreten. Das Band war ächzend zum Stehen gekommen, da es nicht für ein geballtes Gewicht von sechs Tonnen geschaffen war; Sicherungen waren durchgebrannt, Stromunterbrecher hatten sich eingeschaltet, und in zwanzig Blocks mitten im Einkaufszentrum war der Verkehr zum Erliegen gekommen.

Frauen hatten geschrien, Kinder und Hunde hatten die Aufregung noch vergrößert, Sicherheitsbeamte hatten versucht, die Ordnung wiederherzustellen, und der arme Lummox, der nichts Böses im Sinn hatte, der überhaupt nicht die Absicht gehabt hatte, das Einkaufszentrum zu besuchen, beging einen durchaus verständlichen Fehler ... die großen Schaufenster des Supermarktes sahen aus, als könnte er darin Zuflucht finden und dem ganzen Durcheinander entkommen. Das Sicherheitsglas der Schaufenster galt als unzerbrechlich, aber der Architekt hatte nicht mit Lummox gerechnet, der es irrtümlich für Luft hielt. Lummox begab sich hinein und versuchte, sich in einem Dekorationsschlafzimmer zu verstecken. Er hatte nicht viel Erfolg damit.

John Thomas' nächste Frage wurde von einem dumpfen Schlag auf das Dach unterbrochen, jemand war gelandet. Er hob den Blick. »Erwartest du jemanden, Mom?«

»Das ist wahrscheinlich die Polizei. Sie haben gesagt, sie würden ...«

»Die Polizei? Ach, du meine Guüte!«

»Geh nicht weg ... du mußt mit ihnen reden.«

»Ich wollte gar nicht gehen«, entgegnete er kleinlaut und drückte auf einen Knopf, um den Dacheinstieg zu öffnen.

Wenig später hielt der träge Aufzug vom Dach knirschend an, und die Tür glitt auf. Ein Sicherheitsbeamter und ein Streifenpolizist traten heraus. »Mrs. Stuart?« begann der Beamte höflich. »Zu Ihren Diensten, Madam. Wir ...« In diesem Augenblick entdeckte er John Thomas, der sich bemühte, sich unauffällig im Hintergrund zu halten. »Sind Sie John T. Stuart?«

John schluckte. »Ja, Sir.«

»Dann kommen Sie gleich mit. Entschuldigen Sie uns, Madam. Oder möchten Sie auch mitkommen?«

»Ich? Oh, nein. Ich würde nur im Weg sein.«

Der Sicherheitsbeamte stimmte ihr mit einem erleichterten Kopfnicken zu. »Ja, Madam. Kommen Sie, junger Mann. Jede Minute zählt.« Er faßte John am Arm.

John versuchte, sich loszumachen. »He, was ist los? Haben Sie einen Haftbefehl oder so etwas?«

Der Polizeibeamte hielt inne, schien die Luft anzuhalten und bis zehn zu zählen und sagte dann langsam: »Junge, ich habe keinen Haftbefehl. Aber wenn

Sie der John T. Stuart sind, den ich suche ... und ich weiß, daß Sie es sind ... dann nehmen Sie lieber Ihre Beine in die Hand und kommen Sie mit, sofern Sie nicht wollen, daß diesem Etwas aus dem Weltall, das Sie beherbergt haben, etwas Entscheidendes und Unwiderrufliches geschieht.«

»Oh, ich komme schon«, beeilte sich John Thomas zu sagen.

»Gut. Und machen Sie keine Schwierigkeiten mehr.«

John Thomas folgte ihm schweigend.

In den drei Minuten, die der Streifenwagen für den Flug zur Stadt brauchte, versuchte John Thomas, das Schlimmste in Erfahrung zu bringen. »Hm, Mister, es ist doch niemand verletzt worden? Oder?«

»Sergeant Mendoza«, stellte sich der Streifenbeamte vor. »Ich hoffe es nicht. Ich weiß es nicht genau.«

John dachte über diese kurzangebundene Antwort nach. »Nun ... ist Lummox immer noch im Supermarkt?«

»So nennen Sie es? Lummox? Das scheint mir nicht besonders passend. Nein, wir haben es herausbekommen. Es befindet sich jetzt unter dem Arroyoviadukt ... hoffe ich.«

Die Antwort klang rätselhaft. »Wie meinen Sie das: Sie hoffen es.«

»Nun, zuerst haben wir die Hauptstraße und die Hamilton abgesperrt, dann haben wir es mit Feuerlöschern hinausgescheucht. Alles andere schien das Biest nicht aus der Ruhe zu bringen; Gewehrkugeln sind einfach abgeprallt. Sagen Sie, woraus ist die Haut dieses Wesens? Aus Stahl?«

»Oh, das nicht gerade.« Sergeant Mendozas Scherz

kam der Wahrheit näher, als John Thomas zuzugeben wagte; er fragte sich noch immer, ob Lummox Eisen gefressen hatte. Nach dem unglückseligen Zwischenfall mit dem Buick hatte Lummox einen gewaltigen Wachstumsschub gehabt; innerhalb von drei Wochen war er von der Gestalt eines mißgebildeten Nilpferdes zu seiner gegenwärtigen, unangemessenen Größe aufgeschossen; das war mehr, als er in der gesamten vorherigen Generation gewachsen war. Es verlieh ihm ein überaus hageres Aussehen; sein recht unirdisches Skelett bohrte sich durch die Haut, so daß es wirkte wie eine über eine Staffelei geworfene Leinwand; es hatte einer dreijährigen, kalorienreichen Diät bedurft, bis er wieder einige Rundungen ansetzte. Von dieser Zeit an hatte John Thomas versucht, Metall, insbesondere Eisen, von Lummox fernzuhalten, obgleich sein Vater und sein Großvater ihm immer ein paar Häppchen Alteisen gegeben hatten.

»Nun, jedenfalls haben ihn die Feuerlöscher hinausgetrieben, aber er mußte niesen und hat zwei Männer über den Haufen geworfen. Daraufhin haben wir noch mehr Feuerlöscher geholt und ihn damit die Hamilton hinuntergescheucht, in der Absicht, ihn aufs offene Land zu treiben, wo er nicht so viel Unheil hätte anrichten können ... und dann hätten wir versucht, Sie irgendwo aufzutreiben. Wir kamen ganz gut voran, es wurde lediglich hier und da ein Laternenpfahl umgerissen oder ein Bodenfahrzeug zertrampelt, bis wir die Stelle erreichten, an der wir ihn in Richtung Hillcrest und nach Hause zurücklenken wollten. Dort riß er sich von uns los und steuerte den Viadukt an, brauste gegen das Schutzgitter und durchbrach es, und ... nun, Sie werden es ja gleich sehen. Da sind wir schon.«

Über dem Viadukt kreiste ein halbes Dutzend Polizeiwagen. Im Umkreis drängten sich zahlreiche private Luftfahrzeuge und einige Luftbusse; die Streifenwagen drängten sie vom Schauplatz zurück. Dazwischen flitzten mehrere hundert Geschirrflieger wie Fledermäuse herum und erschwerten den Polizisten ihre Aufgabe. Auf dem Boden versuchten einige Polizisten, unterstützt von Sicherheitsbeamten mit Armbinden, die Schaulustigen zurückzuhalten und den Verkehr von dem Viadukt und der Frachtstraße, die am Arroyo entlang verlief, umzuleiten. Sergeant Mendozas Fahrer bahnte sich einen Weg durch die Wagen in der Luft und sprach dabei in das Funkgerät an seiner Brust. Polizeichef Dreisers leuchtendroter Kommandowagen löste sich aus der Menge am Ende des Viadukts und kam auf sie zu.

Beide Fahrzeuge kamen, hundert Meter über dem Viadukt und wenige Meter voneinander entfernt, zum Stehen. John Thomas sah die große Bresche im Geländer, die Lummox geschlagen hatte, aber Lummox selbst konnte er nicht entdecken; der Viadukt versperrte ihm die Sicht. Die Tür des Kommandowagens öffnete sich und Chefinspektor Dreiser beugte sich heraus; er wirkte gequält, und auf seinem kahlen Kopf stand der Schweiß. »Sagen Sie dem jungen Stuart, er soll seinen Kopf herausstrecken.«

John Thomas drehte ein Fenster herunter und leistete der Aufforderung Folge. »Hier bin ich, Sir.«

»Junge, können Sie das Ungeheuer lenken?«

»Aber sicher, Sir.«

»Ich hoffe, Sie haben recht. Mendoza! Lassen Sie ihn hinunter. Er soll es versuchen.«

»Ja, Chef.« Mendoza sagte etwas zu dem Fahrer, der den Wagen über den Viadukt hinauslenkte und dahinter an Höhe verlor. Jetzt kam Lummox in Sicht; er hatte sich klein gemacht ... für seine Verhältnisse jedenfalls, und unter der Brücke Zuflucht gesucht. John Thomas beugte sich aus dem Wagen und rief:

»Lum! Lummie, mein Kleiner! Komm zu Papa.«

Das Wesen regte sich, und mit ihm kam das Ende des Viadukts in Bewegung. Etwa zwölf Fuß seines Oberkörpers kamen unter der Brücke zum Vorschein, und es warf wilde Blicke um sich.

»Hier, Lum! Hier oben!«

Lummox entdeckte seinen Freund, und sein Kopf teilte sich zu einem törichten Grinsen. Sergeant Mendoza sagte kurzangebunden: »Gehen Sie ein Stück hinunter, Slats. Bringen wir es hinter uns.«

Der Fahrer senkte den Wagen ein wenig und sagte dann ängstlich: »Das reicht, Sergeant. Ich habe das Biest vorhin aufgerichtet gesehen.«

»Schon gut, schon gut.« Sergeant Mendoza öffnete die Tür und stieß eine Strickleiter hinaus, die gewöhnlich für Rettungsunternehmen gebraucht wurde. »Können Sie da hinunterklettern, Junge?«

»Sicher.« Mendoza reichte ihm die Hand, und John Thomas stieg aus der Luke und ergriff die Leiter. Er tastete sich hinunter, bis er das Ende der Leiter erreicht hatte; er schwebte noch immer sechs Fuß über Lummoxs Kopf. Er sah hinunter. »Kopf hoch, Junge. Hol mich runter.«

Lummox hob ein weiteres Paar Füße vom Boden und schob seinen breiten Schädel vorsichtig unter

John Thomas, der daraufkletterte, ein wenig ins Schwanken kam und mit der Hand nach Halt suchte. Lummox ließ ihn sanft zu Boden gleiten.

John Thomas sprang hinunter und wandte sich Lummox zu. Er hatte sich beim Fall offensichtlich nicht verletzt; das war immerhin beruhigend. Er würde ihn zuerst nach Hause bringen und dann Zentimeter für Zentimeter untersuchen.

Vorerst scharrte Lummox mit den Füßen und gab einen Laut von sich, der einem Schnurren ähnlich war. John sah ihn streng an. »*Böser* Lummie! Böser, böser Lummie ... du bist wirklich eine Plage.«

Lummox blickte verlegen drein. Er senkte den Kopf bis zum Boden, blickte zu seinem Freund auf und riß seinen Mund weit auf. »Ich habe es nicht *absichtlich* getan«, jammerte er mit seiner Kleinmädchenstimme.

»Du hast es nicht absichtlich getan. Du hast es nicht *absichtlich* getan! Oh, nein, das tust du nie. Ich werde deine Vorderfüße nehmen und sie dir in den Hals stopfen. Das weißt du doch, oder? Ich werde dich zu Brei schlagen und einen Bettvorleger aus dir machen. Kein Abendessen für dich. Du hast es nicht absichtlich getan, natürlich!«

Das leuchtendrote Auto kam heran und hielt an. »In Ordnung?« fragte Polizeichef Dreiser.

»Klar.«

»Gut. Unser Plan ist folgender: Ich werde die Sperre dort vorne öffnen lassen. Sie gehen durch die Talsenke hinauf, zurück nach Hillcrest. Dort erwartet Sie eine Eskorte; Sie schließen sich ihr an und bleiben bis nach Hause hinter den Männern. Verstanden?«

»In Ordnung.« John Thomas sah, daß die Arroyostraße in beiden Richtungen mit Blockadeschildern abgesperrt war, Traktoren, an deren Vorderseite schwere Panzer angebracht waren, so daß eine vorübergehende Sperre über eine Straße oder einen Platz gezogen werden konnte. Seit den Unruhen von '91 gehörten sie zur Standardausrüstung der Sicherheitskräfte jeder Stadt, aber er konnte sich nicht erinnern, daß sie in Westville je zur Anwendung gekommen waren; ihm wurde allmählich bewußt, daß der Tag, an dem Lummox in die Stadt gekommen war, lange Zeit nicht in Vergessenheit geraten würde.

Aber er war erleichtert, daß Lummox zu schüchtern gewesen war, an den Stahlschildern zu knabbern. Er begann, die Hoffnung zu hegen, daß sein Schoßtier den ganzen Nachmittag über zu beschäftigt gewesen war, um irgendein eisenhaltiges Metall zu fressen. Er wandte sich wieder an Lummox. »Also los, schaff deinen häßlichen Kadaver aus diesem Loch heraus. Wir gehen nach Hause.«

Lummox fügte sich willig; der Viadukt bebte erneut, als er dagegenstieß. »Mach mir einen Sattel.«

Lummoxs Mittelteil senkte sich einige Fuß tief. Er dachte angestrengt nach, dann verformte sich seine Rückenfläche zu einem stuhlähnlichen Gebilde. »Halt still«, befahl John Thomas. »Ich möchte mir nicht die Finger zerquetschen.« Lummox gehorchte, ein leichtes Zittern durchlief ihn, dann kletterte er hinauf, indem er in den Falten von Lummoxs unverwüstlicher Haut Halt suchte. Er ließ sich nieder wie ein Maharadscha, der sich anschickt, auf Tigerjagd zu gehen.

»Fertig. Jetzt in langsamem Schritt die Straße hinauf. Nein, nein! Kehrt, du Dummkopf! Hinauf, nicht hinunter.«

Fügsam machte Lummox kehrt und trottete davon.

Zwei Wagen der Bodenstreife fuhren ihnen voraus, zwei weitere folgten. Polizeichef Dreisers tomatenroter Flitzer schwebte in sicherer Entfernung über ihnen. John Thomas lehnte sich zurück und vertrieb sich die Zeit damit, sich zurechtzulegen, was er erstens Lummox und zweitens seiner Mutter sagen würde. Die erste Rede war wesentlich einfacher; wann immer er mit der zweiten ins Stocken kam, kehrte er zu der ersten zurück und fügte ihr neue Adjektive hinzu.

Sie hatten die halbe Strecke des Heimwegs hinter sich, als sich ein Flieger, der in einem Fluggeschirr ungehindert herumflitzte, der kleinen Gruppe näherte. Der Flieger beachtete das rote Warnlicht nicht, das am Wagen des Polizeichefs aufblitzte, und schoß geradewegs auf die gewaltige Sternenbestie hinunter. John Thomas glaubte, Bettys draufgängerische Fahrweise zu erkennen, noch bevor er klare Umrisse wahrnehmen konnte; er irrte sich nicht. Er holte sie ein, als sie den Antrieb drosselte.

Polizeichef Dreiser riß heftig das Fenster auf und streckte den Kopf hinaus. Betty unterbrach ihn mitten im Redeschwall. »Aber Mister Dreiser! Wie kann man nur so entsetzliche Dinge sagen!«

Er hielt inne und sah genauer hin. »Ist das etwa Betty Sorenson?«

»Selbstverständlich. Und ich muß schon sagen. Chef, daß ich nach all den Jahren, die Sie in der Sonntagsschule unterrichtet haben, nicht geglaubt habe, daß ich es erleben würde, solche Worte aus ihrem Mund zu hören. Wenn das ein gutes Beispiel sein soll, werde ich wohl ...«

»Junge Dame, halten Sie den Mund.«

»Ich? Aber Sie waren es doch, der diese Worte ...«

»Ruhe! Ich habe genug für heute. Lassen Sie diesen Anzug lossurren und machen Sie, daß Sie hier wegkommen. Dies ist eine offizielle Angelegenheit. Verschwinden Sie.«

Sie warf John Thomas einen Blick zu und zwinkerte, dann setzte sie ein unschuldiges Engelsgesicht auf. »Aber Chef, ich kann nicht.«

»Wie? Warum nicht?«

»Mir ist der Treibstoff ausgegangen. Das war gerade eine Notlandung.«

»Betty, hören Sie auf, mich anzuflunkern.«

»Ich? Flunkern? Aber Diakon Dreiser!«

»Ich gebe Ihnen einen Diakon. Wenn Ihr Tank leer ist, gehen Sie von diesem Biest herunter und laufen Sie nach Hause. Es ist gefährlich.«

»Lummie gefährlich? Lummie würde keiner Fliege etwas zuleide tun. Und abgesehen davon, wollen Sie, daß ich allein nach Hause laufe? Wo es schon fast dunkel ist? Ich muß mich über Sie wundern.«

Dreiser stieß etwas Unverständliches hervor und schloß das Fenster. Betty schälte sich aus ihrem Fluggeschirr und machte es sich in dem breiteren Sitz bequem, den Lummox unaufgefordert geformt hatte. John Thomas sah sie an. »Hallo, Schläger.«

»Hallo, Wirrkopf.«

»Ich wußte nicht, daß du den Polizeichef kennst.«

»Ich kenne jeden. Jetzt halt den Mund. Ich bin mit Höchstgeschwindigkeit und unter vielen Unannehmlichkeiten hierhergekommen, als ich die Nachrichten gehört hatte. Dir und Lummox allein konnte es unmöglich gelingen, einen Ausweg aus diesem Schlamassel zu finden, selbst wenn Lummox den größten

Teil der Arbeit erledigt hätte – also bin ich gekommen. Jetzt erzähl mir alle gräßlichen Einzelheiten. Verschweig Mama nichts.«

»Klugscheißer.«

»Verschwende die Zeit nicht mit Komplimenten. Dies wird wahrscheinlich unsere einzige Gelegenheit zu einem Gespräch unter vier Augen sein, bevor Sie dich in die Mangel nehmen, also beeil dich und sprich.«

»Ha! Was glaubst du, was du bist? Ein Anwalt?«

»Ich bin besser als ein Anwalt. Mein Kopf ist nicht mit langweiligen Präzedenzfällen vernagelt. Ich kann erfinderisch an die Sache herangehen.«

»Also ...« Tatsächlich war ihm wohler, nun, da Betty bei ihm war. Jetzt stand er nicht mehr allein mit Lummox einer feindlichen Welt gegenüber. Er sprudelte die Geschichte hervor, während sie aufmerksam zuhörte.

»Jemand verletzt?« fragte sie schließlich.

»Ich glaube nicht. Jedenfalls haben sie nichts davon erwähnt.«

»Das hätten sie auf jeden Fall getan.« Sie straffte sich. »Dann brauchen wir uns keine Sorgen zu machen.«

»Wie bitte? Bei einem Schaden von Hunderten, vielleicht Tausenden? Ich möchte wissen, wie für dich Sorgen aussehen.«

»Wenn Menschen verletzt werden«, entgegnete sie. »Mit allem anderen kann man fertig werden. Vielleicht müssen wir mit Lummox einen Wertverlust geltend machen.«

»Wie? Das ist doch albern!«

»Wenn du das albern findest, hast du noch nie eine Gerichtsverhandlung erlebt.«

»Du etwa?«

»Lenk nicht vom Thema ab. Immerhin ist Lummox mit einer tödlichen Waffe angegriffen worden.«

»Es hat ihm keinen Schaden zugefügt; er ist lediglich ein wenig angesengt worden.«

»Das ist nebensächlich. Auf jeden Fall hat es ihm erhebliche seelische Ängste verursacht. Ich weiß nicht, ob er für das, was danach geschah, verantwortlich war. Sei still, und laß mich nachdenken.«

»Macht es dir etwas aus, wenn ich ebenfalls nachdenke?«

»Solange ich das Getriebe nicht dabei knirschen höre, nein. Sei jetzt still.«

Schweigend legte die kleine Schar das letzte Wegstück zum Haus der Stuarts zurück. Betty gab ihm noch einen Ratschlag, als sie anhielten. »Gib nichts zu. *Nichts*. Und unterschreib nichts. Schrei, wenn du mich brauchst.«

Mrs. Stuart kam nicht heraus, um sie zu empfangen. Polizeichef Dreiser untersuchte gemeinsam mit John Thomas das Loch im Gitter, während Lummox ihnen über die Schulter schaute. Der Polizeichef beobachtete schweigend, wie John Thomas ein Seil nahm und es in der Öffnung festzurrte.

»So! Jetzt kann er nicht mehr hinaus.«

Dreiser verzog den Mund. »Junge, sind Sie noch ganz richtig im Kopf?«

»Das verstehen Sie nicht, Sir. Das Gitter würde ihn nicht aufhalten, auch wenn wir es instandsetzten … nicht, wenn er hinaus will. Ich kenne nichts, das ihn aufhalten könnte. Aber dieser Strick wird es tun. Lummox!«

»Ja, Johnnie?«

»Siehst du diesen Strick?«

»Ja, Johnnie.«

»Wenn du diesen Strick zerreißt, zerreiße ich dir deinen blödsinnigen Kopf. Verstehst du mich?«

»Ja, Johnnie.«

»Du wirst diesen Hof nicht noch einmal verlassen, niemals, es sei denn, ich lasse dich hinaus.«

»In Ordnung, Johnnie.«

»Versprochen? Hand aufs Herz?«

»Hand aufs Herz.«

»Er hat in Wirklichkeit kein Herz«, fuhr Johnnie fort. »Er hat ein nicht zentriertes Zirkulationssystem. Es ist wie ...«

»Von mir aus kann er Rotationspumpen haben, solange er nur zu Hause bleibt.«

»Das wird er. Er hat ›Hand aufs Herz‹ noch nie gebrochen, auch wenn er kein Herz hat.«

Dreiser kaute auf dem Daumen. »Also gut. Ich werde heute nacht einen Mann mit einem Rufgerät hierlassen. Und morgen werden wir die Holzbalken durch Stahlträger ersetzen.«

John Thomas machte Anstalten zu sagen: »Oh, nein, keinen Stahl.« Doch dann besann er sich eines besseren. Dreiser fragte: »Was ist los?«

»Ach, nichts.«

»Sie werden ihn auch im Auge behalten.«

»Er wird nicht ausbrechen.«

»Das ist auch besser so. Ihnen ist doch klar, daß Sie beide unter Arrest stehen, nicht wahr? Aber ich habe keine Möglichkeit, dieses Ungeheuer einzusperren.«

John Thomas gab keine Antwort. Es war ihm nicht klar gewesen; jetzt erkannte er, daß es unvermeidlich war. Dreiser fuhr mit freundlicher Stimme fort: »Versuchen Sie, sich deswegen keine Gedanken zu machen. Sie scheinen ein vernünftiger Junge zu sein, und alle hielten große Stücke auf Ihren Vater. Jetzt muß ich hineingehen und ein Wort mit Ihrer Mutter wechseln. Sie bleiben besser hier, bis mein Mann hier eintrifft ... dann können Sie ihm dieses, äh, dieses Ding vorstellen.« Er ließ den Blick mißtrauisch über Lummox gleiten.

John Thomas blieb zurück, als der Polizeichef zum Haus hinüberging. Jetzt war der Zeitpunkt gekommen, Lummox zu bestrafen, aber er brachte es nicht übers Herz. Nicht in diesem Augenblick.

Das Ministerium für Raumangelegenheiten

John Thomas Stuart XI erschienen die Schwierigkeiten, in denen er und Lummox sich befanden, einmalig und unerträglich, und doch war er nicht allein damit, nicht einmal in der Gegend von Westville. Der kleine Mister Ito litt an einer fast tödlichen Krankheit – dem Alter. Es würde ihn bald umbringen. Hinter ungezählten verschlossenen Türen in Westville litten andere Menschen unter den unzähligen Erscheinungsformen stiller Verzweiflung, die einen Mann oder eine Frau beschleichen kann, sei es um des Geldes, der Familie, der Gesundheit oder des guten Rufes willen.

Weiter entfernt, in der Hauptstadt des Landes, starrte der Gouverneur verzweifelt auf einen Stapel Papier – Beweisdokumente, die seinen ältesten und vertrautesten Freund mit Sicherheit ins Gefängnis bringen würden. Noch viel weiter entfernt, auf dem Mars, ließ ein Bodenforscher sein schadhaftes Sandfahrzeug zurück und schickte sich an, den langen Marsch zu seinem Vorposten anzutreten. Er würde es niemals schaffen.

Unglaublich viel weiter entfernt, siebenundzwanzig Lichtjahre von der Erde, trat das Raumschiff *Bolivar* in eine interplanetare Transmissionsphase ein. Ein Fehler an einem winzigen Schaltelement würde zur Folge haben, daß dieses eine Zehntelsekunde später schalten würde als vorgesehen. Die RS *Bolivar* würde viele Jahre lang zwischen den Sternen umherirren … aber sie würde den Weg nach Hause niemals finden.

Unbegreiflich viel weiter entfernt, fast auf der anderen Seite unseres Sternenhimmels, mußte eine Rasse von Krustentieren, die auf Bäumen lebten, einer jüngeren, kämpferischen Rasse von Amphibien weichen. Es würde mehrere tausend Erdenjahre dauern, bis die Krustentiere ausgelöscht waren, aber der Ausgang war nicht zu bezweifeln. Das war (aus menschlicher Sicht zumindest) bedauerlich, denn die Krustentierrasse verfügte über geistige und seelische Fähigkeiten, die die menschlichen Züge dergestalt ergänzten, daß daraus eine aussichtsreiche Zusammenarbeit hätte entstehen können.

Aber als die ersten Erdenmenschen etwa elftausend Jahre später dort landeten, waren die Krustentiere lange schon tot.

Doch hier auf der Erde, in der Hauptstadt der Föderation, machte sich Seine Exzellenz, der Hochwohlgeborene Henry Gladstone Kiku, M.A. (Oxon), Ehrendoktor der Universität Capetown, Träger des Britischen Empireordens, ständiger Unterstaatssekretär im Ministerium für Raumangelegenheiten, keine Gedanken über die untergehende Rasse von Krustentieren, da er nie von ihrer Existenz erfahren würde. Er machte sich auch keine Sorgen um die RS *Bolivar*, aber das würde noch kommen. Abgesehen von dem Raumschiff würde der Verlust eines der Besatzungsmitglieder auf diesem Schiff in den kommenden Jahren eine Kettenreaktion von Kopfschmerzen bei Mister Kiku und allen seinen Mitarbeitern auslösen.

Alles und jedes, das außerhalb der Erdionosphäre lag, unterstand Mister Kikus Verantwortung und Sorge. In Mister Kikus Verantwortungsbereich fiel auch alles, was die Beziehungen zwischen der Erde und allen Teilen des erforschten Universums betraf. Selbst Angelegenheiten, die, oberflächlich betrachtet, ausschließlich mit der Erde zu tun hatten, unterstanden seiner Aufsicht, wenn irgend etwas im Spiel war, dessen Wesen in irgendeiner Weise außerirdisch, interplanetar oder interstellar war – wahrhaftig ein weitreichendes Gebiet.

Seine Zuständigkeit umfaßte auch Dinge wie die Einfuhr von Sandgras vom Mars, das, entsprechend mutiert, für die tibetanische Hochebene bestimmt war. Mister Kikus Ministerium hatte der Einfuhr nicht zugestimmt, bevor nicht eine sorgfältige mathematische Prüfung der möglichen Auswirkungen auf die australische Schafzucht – und ein Dutzend weiterer Gesichtspunkte – Klärung gebracht hatte. Das furchtbare Beispiel von Madagaskar und der Beerenwurzel vom Mars vor Augen, wurden diese Dinge sehr ernst und sorgfältig geprüft. Wirtschaftliche Entscheidungen brachten Mister Kiku nicht aus der Ruhe, gleichgültig, wie vielen Leuten er damit auf die Füße trat; andere dagegen ließen ihn nächtelang nicht schlafen – wie zum Beispiel seine Entscheidung, die Austauschstudenten von Procyon VII nicht unter Polizeischutz zu stellen, obwohl ihnen eine durchaus reale Gefahr von den Erdenmenschen aus der Provinz drohte, die Vorurteile hegten gegen Lebewesen mit einer nicht irdischen Anordnung der Gliedmaßen, der Augen oder ähnlichem – denn die Kopffüßler dieses Planeten waren reizbares, gefährliches Volk, und ihre Strafe für Verbrechen war einer Polizeieskorte nicht unähnlich.

Mister Kiku stand selbstverständlich ein zahlreicher Mitarbeiterstab zur Seite, und ebenso selbstverständlich der Staatssekretär selbst. Der Staatssekretär hielt Reden, begrüßte bedeutende Besucher, gab Interviews und erleichterte Mister Kiku in vieler Hinsicht eine ansonsten unerträgliche Last – Mister Kiku wäre der erste gewesen, das zu betonen. Solange der gegenwärtige Staatssekretär sich anständig betrug, seine Aufgaben erfüllte, die öffentlichen Auftritte wahrnahm und den Unterstaatssekretär die im Ministerium anfallenden Arbeiten in Ruhe erledigen ließ, genoß er Mister Kikus Wohlwollen. Wenn er allerdings seinen Teil der Aufgabe nicht mehr erfüllen oder auf andere abwälzen würde, war Mister Kiku durchaus in der Lage, Möglichkeiten zu finden, sich seiner zu entledigen. Aber es war fünfzehn Jahre her, daß Mister Kiku es für notwendig befunden hatte, einen so drastischen Schritt zu gehen; selbst der ungeschliffenste politische Beauftragte konnte gewöhnlich in die Zügel genommen werden.

Mister Kiku hatte sich über den gegenwärtigen Minister noch keine Meinung gebildet, machte sich im Augenblick aber auch keine Gedanken darum. Statt dessen überflog er die erste Seite der Übersicht über das Projekt Cerberus, ein Angebot zur Energieversorgung der Forschungsstation auf dem Pluto. Als ein Lämpchen auf seinem Tisch aufleuchtete, sah er auf und stellte fest, daß sich die Tür zwischen seinem Büro und dem des Ministers öffnete. Der Minister trat ein und pfiff dabei ›*Take Me Out To The Ball Game*‹; Mister Kiku erkannte die Melodie nicht.

Das Pfeifen brach ab. »Seien Sie gegrüßt, Henry. Nein, bleiben Sie sitzen.«

Mister Kiku hatte keine Anstalten gemacht, sich zu erheben. »Wie geht es Ihnen, Herr Staatssekretär? Was kann ich für Sie tun?«

»Nichts Besonderes, nichts Besonderes.« Er blieb

vor Mister Kikus Schreibtisch stehen und nahm den Projektordner zur Hand. »Worüber zerbrechen Sie sich gerade den Kopf? Cerberus, wie? Henry, das ist Sache der Techniker. Warum sollten wir uns darüber Gedanken machen?«

»Es gibt einige Gesichtspunkte«, antwortete Mister Kiku vorsichtig, »die uns betreffen.«

»Vermutlich. Die Finanzierung und so weiter.« Sein Blick fiel auf die nüchterne Zeile, die lautete: GESCHÄTZTE KOSTEN: 3,5 Megadollar und 78,4 Menschenleben. »Was soll das heißen? Ich kann mich doch nicht vor das Kabinett stellen und darum bitten, daß man dem zustimmt. Das ist Wahnsinn.«

»Die erste Schätzung«, entgegnete Mister Kiku mit unbewegter Stimme, »lag bei mehr als acht Megadollar und über hundert Menschenleben.«

»Das Geld ist mir gleichgültig, aber das andere ... Sie haben wirklich die Absicht, das Kabinett aufzufordern, das Todesurteil für sieben und vier Zehntel Menschen zu unterschreiben? Das können Sie nicht machen, das ist unmenschlich. Sagen Sie, was zum Teufel, ist ein Zehntel Mensch überhaupt? Wie kann man den Bruchteil eines Menschen töten?«

»Herr Staatssekretär«, sagte der Unterstaatssekretär geduldig, »jedes Projekt, das über die Errichtung einer Schulhofschaukel hinausgeht, ist mit dem möglichen Verlust von Menschenleben verbunden. Aber in diesem Fall ist der Unsicherheitsfaktor gering; das bedeutet, daß es im Vergleich sicherer ist, am Projekt Cerberus zu arbeiten, als auf der Erde zu bleiben. Das habe ich, über den Finger gepeilt, ausgerechnet.«

»Ach?« Wieder warf der Staatssekretär einen Blick auf den Entwurf. »Warum schreiben Sie das nicht so nieder? Setzen die Sache ins beste Licht und so weiter?«

»Dieser Bericht ist nur für meine Augen ... für unsere Augen bestimmt. Der Bericht für das Kabinett wird die Sicherheitsvorkehrungen hervorheben und nicht auf die Zahl der geschätzten Todesopfer eingehen – es ist schließlich nur eine Schätzung.«

»Hmm, ›eine Schätzung‹. Ja, natürlich.« Der Minister schien das Interesse zu verlieren und legte den Bericht zurück.

»Noch etwas, Sir?«

»Ach ja! Henry, alter Junge, Sie wissen doch, dieser rargyllische Würdenträger, den ich heute empfangen sollte? Dr. Wie-heißt-er-doch-gleich?«

»Dr. Ftaeml.« Mister Kiku warf einen Blick auf die Übersichtstafel auf seinem Schreibtisch. »Der Termin ist in einer Stunde und sieben Minuten.«

»Genau das ist es. Ich fürchte, ich werden Sie bitten müssen, mich zu vertreten. Mich bei ihm zu entschuldigen und so weiter. Sagen Sie ihm, ich bin durch wichtige Staatsangelegenheiten verhindert.«

»Sir, ich würde Ihnen davon abraten. Er wird erwarten, von einem offiziellen Vertreter Ihres Ranges empfangen zu werden ... und die Rargyllier nehmen es außerordentlich genau mit dem Protokoll.«

»Ach, kommen Sie, diese Eingeborenen kennen doch den Unterschied nicht.«

»Er wird ihn kennen, Sir.«

»Nun, dann lassen Sie ihn in dem Glauben, Sie seien ich ... mir ist das gleichgültig. Ich werde jedenfalls nicht hier sein, und damit basta. Der Minister hat mich eingeladen, ihn zum Baseball zu begleiten – und eine Einladung des Ministers kommt einem Befehl gleich, wissen Sie.«

Mister Kiku wußte, daß es nicht so war, aber er schwieg. »Sehr wohl, Sir.«

»Danke, alter Knabe.« Der Staatssekretär verließ pfeifend den Raum.

Als sich die Tür schloß, betätigte Mister Kiku mit einer zornigen Handbewegung eine Reihe von Schaltern auf seinem Schreibtisch. Er war jetzt eingeschlossen und konnte weder über Telefon, noch über Videofon, Funk oder Telex noch sonst irgendwie erreicht werden, lediglich über einen Alarmknopf, den sein Sekretär im Laufe von zwölf Jahren nur ein einziges Mal betätigt hatte. Er stützte die Ellbogen auf den Schreibtisch, legte den Kopf in die Hände und fuhr sich mit den Fingern durch das krause Haar.

Sorgen, Sorgen und nochmals Sorgen ... und immer irgendein Idiot, der seine Nerven strapazierte! Warum war er jemals von Afrika fortgegangen? Woher kam dieser Drang zum öffentlichen Dienst? Ein Drang, der schon längst zur bloßen Gewohnheit geworden war? ...

Er straffte sich und öffnete die mittlere Schublade seines Schreibtischs. Grundstücksprojekte von Kenia türmten sich darin; er nahm eine Handvoll heraus und war bald in den Vergleich der Vorzüge verschiedener Landhäuser vertieft. Hier hatte er ein richtiges kleines Schmuckstück, wenn man den Preis bezahlen konnte – mehr als achthundert Morgen, die Hälfte davon bewirtschaftet, und sieben bestätigte Brunnen auf dem Besitz. Er betrachtete die Landkarte und die Fotos und fühlte sich gleich darauf ein wenig besser.

Nach einer Weile legte er die Prospekte zurück und schloß die Schublade.

Obgleich das, was er dem Staatssekretär gesagt hatte, der Wahrheit entsprach, mußte er sich eingestehen, daß seine übertriebene Reaktion auf die Angst zurückzuführen war, die er von Kindheit an vor Schlangen hatte. Wenn Dr. Ftaeml nicht ausgerechnet ein Rargyllier gewesen wäre ... oder wenn die Rargyllier keine Medusahumanoiden gewesen wären, hätte es ihm nichts ausgemacht. Natürlich wußte er, daß die Tentakel, die aus dem Kopf eines Rargylliers wuchsen, *keine* Schlangen waren – aber sein Magen wußte es nicht. Er würde sich vorher Zeit für die Hypnosebehandlung nehmen müssen – nein, er hatte keine Zeit mehr dazu; er würde statt dessen eine Pille nehmen müssen.

Seufzend betätigte er erneut die Schalter. Sein Empfangskorb füllte sich augenblicklich, und alle Kommunikationsgeräte leuchteten auf. Doch die Lampen zeigten kein leuchtendrotes, sondern bernsteinfarbenes Licht; er beachtete sie nicht und sah flüchtig die Sachen durch, die in seinen Korb fielen. Das meiste davon war nur zu seiner Information; seine Untergebenen und deren Untergebene hatten ihre gewohnheitsmäßige Arbeit verrichtet. Gelegentlich notierte er einen Namen und einen Vorgang und legte das Papier in die klaffende Öffnung des Verteilerkorbes.

Ein Telex kam an, das nicht zu den Routineangelegenheiten gehörte, da es ein Wesen betraf, das angeblich außerirdisch, jedoch weder nach seiner Rasse noch nach seiner Herkunft bestimmt war. Die Vorkommnisse, um die es sich handelte, schienen unbedeutend – irgend etwas in einer der kleinen Städte im

Westen des Kontinents. Aber die Existenz eines außerirdischen Wesens hatte automatisch zur Folge, daß die örtliche Polizei einen Bericht an das Ministerium für Raumangelegenheiten schickte, und die fehlende Bestimmung des AI verbot eine routinemäßige Behandlung des Falles und war der Grund dafür, daß der Bericht nach oben weitergeleitet wurde.

Mister Kiku hatte Lummox nie gesehen und selbst wenn, hätte er kein besonderes Interesse an ihm gehabt. Aber Mister Kiku wußte, daß jede Berührung mit ›Dort draußen‹ einzigartig war. Das Universum war grenzenlos in seiner Verschiedenartigkeit. Ohne Kenntnis der Dinge Vermutungen anzustellen, aufgrund von Vergleichsmöglichkeiten zu argumentieren, das Unbekannte als selbstverständlich vorauszusetzen, all das bedeutete, dem Unheil Tür und Tor zu öffnen.

Mister Kiku überlegte anhand seiner Mitarbeiterliste, wen er hinschicken konnte. Jeder seiner Beamten konnte als höchst unanfechtbare Rechtsinstanz handeln, wenn es um außerirdische Angelegenheiten ging, aber wer von ihnen befand sich auf der Erde und war gerade frei? Hmm ...

Sergei Greenberg war der richtige Mann. Der Nachrichtendienst für Handelsplanung konnte einige Tage ohne seinen obersten Chef auskommen. Er drückte auf einen Knopf. »Sergei?«

»Ja, Boß?«

»Viel zu tun?«

»Ja und nein. Ich schneide mir die Nägel und zerbreche mir dabei den Kopf nach einem Grund, warum mir die Steuerzahler mehr Geld bezahlen sollen.«

»Sollten sie das wirklich? Ich schicke einen Bericht

hinunter.« Mister Kiku gab Greenbergs Namen in den Funkschreiber ein, legte das Blatt Papier in den Verteilerkorb und wartete einige Sekunden, bis er sah, daß Greenberg es aus seinem Empfangskorb nahm. »Lesen Sie es.«

Greenberg tat es und blickte dann auf. »Und, Boß?«

»Rufen Sie das dortige Gericht an und sagen Sie, daß wir uns die vorläufige Rechtsprechung vorbehalten, und dann düsen Sie ab und sehen Sie sich die Sache an.«

»Euer Wunsch ist mir Befehl, o König. Wir sind quitt, wenn das Biest sich doch als irdisch herausstellt, zwei zu eins, daß ich es identifizieren kann, wenn es außerirdisch ist.«

»Keine Wetten unter so ungleichen Voraussetzungen. Sie haben vermutlich recht. Aber vielleicht ist es eine ›Ausnahme‹. Wir dürfen kein Risiko eingehen.«

»Ich werde die Bauernlümmel dort in Zaum halten, Boß. Wo liegt dieses Kaff? Westville? Oder wie immer es heißen mag.«

»Woher soll ich das wissen? Sie haben den Bericht vor sich liegen.«

Greenberg warf einen Blick darauf. »He! Wissen Sie was? Es ist in den Bergen … das kann zwei oder drei Wochen dauern, Boß. Ist es Ihnen das wert?«

»Wenn Sie mehr als drei Tage brauchen, streiche ich es Ihnen vom Jahresurlaub.« Mister Kiku schaltete ab und wandte sich anderen Dingen zu. Er erledigte ein Dutzend Telefongespräche, arbeitete sich bis zum Boden seines Empfangskorbs durch, der sich gleich darauf wieder füllte, und stellte dann fest, daß es Zeit war für den Rargyllier. Eine Gänsehaut überlief ihn, und er durchwühlte hastig seinen Schreibtisch nach einer der Pillen, von denen ihm der Arzt gesagt hatte, er solle sie nicht allzu häufig einnehmen. Er hatte sie kaum geschluckt, als das Verbindungslämpchen zu seiner Sekretärin blinkte.

»Sir? Dr. Ftaeml ist da.«

»Führen Sie ihn herein«, murmelte Mister Kiku in einem Tonfall, den seine Vorfahren für Beschwörungen benutzt hatten – gegen Schlangen beispielsweise. Als sich die Tür öffnete, legte sich ein Ausdruck auf sein Gesicht, der dem Empfang wichtiger Besucher angemessen war.

› … eine unangemessene Frage‹

Die Intervention des Ministeriums für Raumangelegenheiten zogerte die Gerichtsverhandlung nicht hinaus, sondern beschleunigte sie eher. Mister Greenberg rief den Bezirksrichter an, bat ihn, ihm den Gerichtssaal zur Verfügung zu stellen und alle Beteiligten und Zeugen für zehn Uhr am nächsten Morgen zu bestellen – einschließlich des Außerirdischen natürlich, der im Mittelpunkt des ganzen Aufruhrs stand. Den letzten Punkt stellte Richter O'Farrell in Frage.

»Dieses Wesen … brauchen Sie es wirklich?«

Greenberg sagte, daß er entschieden auf der Anwesenheit des AI bestehen müsse, da seine Verwicklung in den Fall der Grund für sein Eingreifen war. »Richter, wir Leute vom Raumministerium mischen uns nicht gerne in Ihre lokalen Angelegenheiten. Wenn ich einen Blick auf das Wesen geworfen und ein halbes Dutzend Fragen gestellt habe, kann ich mich sicher verabschieden … was uns beiden sehr recht sein wird. Dieses angeblich außerirdische Wesen ist der einzige Grund, warum ich hinausgekomme. Sorgen Sie also dafür, daß das Biest anwesend ist, ja?«

»Äh, es ist ein wenig zu groß, um es in den Gerichtssaal zu bringen. Ich habe es einige Jahre nicht mehr gesehen, und ich hörte, daß es seitdem ein Stück gewachsen ist … aber selbst damals wäre es schon zu groß gewesen, es in ein Haus zu bringen. Könnten Sie nicht da, wo es ist, einen Blick auf es werfen?«

»Sicher, obwohl ich zugeben muß, daß ich gern alle,

die für eine Verhandlung vonnöten sind, an einem Fleck habe. Wo ist es?«

»Mit seinem Besitzer zusammen dort eingesperrt, wo es wohnt. Sie haben ein Vorstadthaus einige Meilen außerhalb der Stadt.«

Greenberg dachte darüber nach. Obgleich er ein bescheidener Mann war, dem es gleichgültig war, wo er aß oder schlief, handelte er, wenn es um Angelegenheiten des Raumministeriums ging, nach dem Grundsatz, die anderen die Laufereien erledigen zu lassen; anders wäre der gewaltige Aufgabenberg des Ministerium nicht zu bewältigen gewesen. »Ich würde die Fahrt aufs Land hinaus gerne vermeiden, da ich mein Schiff dabehalten und gleich morgen nachmittag in die Hauptstadt zurückkehren möchte, wenn möglich. Es ist ziemlich dringend ... steht im Zusammenhang mit dem Marsvertrag.« Das letztere war Greenbergs Standardlüge, wenn er jemanden zur Eile antreiben wollte, der nicht dem Ministerium angehörte.

Richter O'Farrell versprach, daß er es einrichten würde. »Wir werden einen behelfsmäßigen Pferch auf dem Rasen vor dem Gerichtsgebäude errichten.«

»Großartig! Bis morgen, Richter. Danke für alles.«

Zwei Tage zuvor, als Lummox seinen Spaziergang unternommen hatte, hatte sich Richter O'Farrell auf einer Angeltour befunden. Die Zerstörungen waren bei seiner Rückkehr beseitigt gewesen, und er vermied es aus Prinzip, Nachrichten zu lesen oder zu hören oder dem Tratsch zu lauschen, wenn es um Fälle ging, über die er möglicherweise würde zu Gericht sitzen müssen. Als er Sicherheitschef Dreiser anrief, erwartete er nicht, mit dem Transport von Lummox auf Schwierigkeiten zu stoßen.

Chefinspektor Dreiser ging an die Decke. »Richter, haben Sie den Verstand verloren?«

»Wie? Was fehlt Ihnen, Diakon?«

Dreiser versuchte, es zu erklären; der Richter wischte seine Einwände beiseite. Woraufhin sie beide den Bürgermeister anriefen. Aber der Bürgermeister war auf derselben Angeltour gewesen; er schlug sich auf O'Farrells Seite. Seine Worte lauteten: »Herr Polizeichef, ich muß mich über Sie wundern. Wir können doch nicht bei einem bedeutenden Regierungsbeamten den Eindruck erwecken, als seien wir so hinterwäldlerisch in unserer kleinen Stadt, daß wir mit einer so unbedeutenden Schwierigkeit nicht fertig werden.« Dreiser stöhnte auf und rief die Stahl- und Schweißfabrik Mountain States an.

Chefinspektor Dreiser beschloß, Lummox vor Tagesanbruch bringen zu lassen, da er ihn eingesperrt wissen wollte, wenn sich die Straßen füllten. Aber niemand hatte daran gedacht, John Thomas davon in Kenntnis zu setzen; er wurde um vier Uhr morgens jäh geweckt; er fuhr aus einem Alptraum auf und dachte im ersten Moment, Lummox sei etwas Schreckliches geschehen.

Als sich die Lage geklärt hatte, war er wenig hilfreich; er war einer der Menschen mit niedrigem Blutzuckerspiegel, die morgens nur langsam in Gang kommen, die erst nach einem herzhaften Frühstück – auf dem er jetzt bestand – zu etwas zu gebrauchen sind.

Chefinspektor Dreiser sah ihn zornig an. Mrs. Stuart hatte ihren Mutter-weiß-es-am-besten-Blick aufgesetzt und sagte: »Liebling, meinst du nicht, daß du besser ...«

»Ich werde erst frühstücken. Und Lummox ebenfalls.«

Dreiser sagte: »Junger Mann, Sie zeigen nicht die richtige Einstellung. Sie wissen, daß Sie sich in immer größere Schwierigkeiten bringen. Kommen Sie. Sie können in der Stadt frühstücken.«

John Thomas warf ihm einen eigensinnigen Blick zu. Seine Mutter sagte scharf: »John Thomas! Ich lasse es nicht zu, verstehst du? Du bist stur, genau wie dein Vater.«

Die Erwähnung seines Vaters machte ihn nur noch verstockter. Er sagte bitter: »Warum bist du nicht auf meiner Seite, Mom? Man hat mir in der Schule beigebracht, daß ein Bürger nicht aus seinem Haus geholt werden kann, wenn immer es einem Polizisten gefällt. Aber du scheinst ganz wild darauf zu sein, *ihm* zu helfen, anstatt *mir*. Auf wessen Seite stehst du?«

Sie starrte ihn ungläubig an, da er gewöhnlich den Rauf bereitwilligen Gehorsams genoß. »John Thomas! So kannst du mit deiner Mutter nicht reden!«

»Genau«, stimmte Chefinspektor Dreiser zu. »Seien Sie höflich zu Ihrer Mutter, sonst verpasse ich Ihnen eine Ohrfeige – inoffiziell, versteht sich. Wenn es etwas gibt, das ich nicht ausstehen kann, so ist das ein Junge, der unhöflich zu seinen Eltern ist.« Er knöpfte seine Jacke auf und zog ein zusammengefaltetes Blatt Papier hervor. »Sergeant Mendoza hat mir von den Ausflüchten erzählt, die Sie beim letzten Mal versucht haben ... ich bin daher nicht unvorbereitet gekommen. Hier ist meine Vollmacht. Kommen Sie jetzt? Oder muß ich Sie mit Gewalt hinausbingen?«

Er stand wartend da und trommelte mit dem Papier gegen seine Handfläche, reichte es aber nicht John Thomas zum Lesen. Als John Thomas jedoch die Hand danach ausstreckte, überließ er es ihm und wartete, während er las. Schließlich sagte Dreiser: »Sind Sie nun zufrieden?«

»Das ist eine Vorladung«, sagte John Thomas, »in der es heißt, daß ich vor Gericht erscheinen und Lummox mitbringen muß.«

»Ja, das ist es.«

»Aber darin steht zehn Uhr. Es steht nicht darin, daß ich nicht zuvor frühstücken darf, wenn ich nur um zehn Uhr dort bin.«

Der Polizeichef holte tief Luft und atmete dann hörbar wieder aus. Sein Gesicht, das vorher schon eine leichte Röte gezeigt hatte, wurde dunkelrot, aber er antwortete nicht.

John Thomas sagte: »Mom, ich mache mir jetzt das Frühstück. Soll ich für dich auch etwas machen?«

Sie blickte von Dreiser zu ihrem Sohn und biß sich auf die Lippen. »Laß es gut sein«, sagte sie mürrisch. »Ich mache das Frühstück. Mister Dreiser, wollen Sie eine Tasse Kaffee mit uns trinken?«

»Wie? Das ist freundlich von Ihnen, Ma'am. Ich hätte nichts dagegen einzuwenden. Ich war die ganze Nacht auf den Beinen.«

John Thomas sah sie an. »Ich laufe hinaus und werfe schnell einen Blick auf Lummox.« Er zögerte, dann fügte er hinzu: »Es tut mir leid, daß ich unhöflich war, Mom.«

»Erwähnen wir es lieber nicht mehr«, sagte sie abweisend.

Er hatte die Absicht gehabt, einiges zu seiner Rechtfertigung vorzubringen, besann sich aber eines Besseren und ging hinaus. Lummox lag zur Hälfte in seinem Haus und zur Hälfte davor und schnarchte leise. Wie immer, wenn er schlief, stand sein Wachauge in die Höhe. Es schwankte herum, als John Thomas sich näherte, und betrachtete ihn eingehend, doch der Teil von Lummox, der für den Rest Wache hielt, erkannte den Jungen; das Sternenwesen erwachte nicht. Zufrieden kehrte John Thomas zum Haus zurück.

Die Stimmung besserte sich im Laufe des Frühstücks; als John Thomas zwei Teller Haferflocken, Rühreier, Toast und einen halben Liter Kakao im Magen hatte, war er bereit, zuzugeben, daß Polizeichef Dreiser seine Pflicht getan hatte und wahrscheinlich niemanden zum Vergnügen herumscheuchte. Umgekehrt war der Polizeichef unter dem Einfluß des Essens zu dem Schluß gekommen, daß dem Jungen nichts fehlte, was eine strenge Hand und gelegentliche Schläge nicht hätten kurieren können ... ein Jammer, daß seine Mutter ihn allein aufziehen mußte; sie schien eine großartige Frau zu sein. Er haschte mit seinem Toast nach einem Stück Ei, erwischte es und sagte: »Jetzt fühle ich mich schon viel besser, Mrs. Stuart, wirklich. Es ist ein Vergnügen für einen Witwer, in den Genuß guter Hausmannskost zu kommen ... aber das darf ich meinen Leuten nicht erzählen.«

Mrs. Stuart legte erschrocken die Hand an den Mund. »Oh, die habe ich ganz vergessen!« Sie fügte hinzu: »Ich kann noch Kaffee machen, es dauert nicht lang. Wie viele sind es?«

»Fünf. Aber machen Sie sich keine Gedanken, Ma'am; sie bekommen ihr Frühstück nach dem

Dienst.« Er wandte sich an John Thomas. »Fertig, junger Mann?«

»Hm ...« Er warf seiner Mutter einen fragenden Blick zu. »Vielleicht könntest du ihnen noch das Frühstück machen, Mom? Ich muß Lummox noch wecken und füttern.«

Als Lummox endlich geweckt und gefüttert war und John Thomas ihm das Ganze erklärt hatte, während fünf Streifenpolizisten ihre zweite Tasse Kaffee nach einem heißen Mahl genossen, hatte die Angelegenheit eher den Anschein eines geselligen Beisammenseins als einer Verhaftung. Es war längst sieben Uhr durch, als sich der Zug in Bewegung setzte.

Um neun Uhr hatten sie Lummox in seinen Behelfskäfig vor dem Gerichtsgebäude geschoben. Lummox war hocherfreut über den Stahlgeruch und verspürte das Bedürfnis, daran zu knabbern; John Thomas mußte alle ihm zu Gebote stehende Strenge aufbieten. Er ging mit Lummox hinein, streichelte ihn und redete ihm gut zu, während die Tür zugeschweißt wurde. Der Anblick des massiven Stahlkäfigs hatte ihn beunruhigt, denn er war nie dazu gekommen, Chefinspektor Dreiser zu erzählen, daß Stahl gegen Lummox nichts ausrichten konnte.

Jetzt schien es ihm zu spät dazu, besonders, da der Polizeichef offensichtlich stolz auf sein Gehege war. Es war keine Zeit gewesen, ein Fundament zu gießen, daher hatte der Polizeichef einen Kasten aus Gitterstäben angeordnet, dessen eine Seite offen blieb, bis Lummox eingeschlossen werden konnte.

Nun, dachte John Thomas, sie wußten es alle so genau und hielten es nicht für nötig, mich zu fragen. Er beschloß, Lummox einfach zu befehlen, daß er, unter schwerer Strafandrohung, nicht wagen sollte, auch nur einen Bissen von dem Stahl zu nehmen ... und hoffte das Beste.

Lummox widersprach; in seinen Augen war es ebenso töricht, als versuchte man, einen hungrigen Jungen in einem Stapel Torten einzuschließen. Einer der Arbeiter hielt inne, senkte seinen Schweißbrenner und sagte: »Wissen Sie was, das klang gerade, als hätte das Biest gesprochen.«

»Das hat es auch«, antwortete John Thomas wortkarg.

»Oh.« Der Mann warf Lummox einen Blick zu und machte sich wieder an die Arbeit. Menschliche Sprache von seiten eines Außerirdischen war nichts Neues; der Mann schien zufriedengestellt. Aber kurz darauf hielt er wieder inne und sagte: »Ich mache mir nichts aus sprechenden Tieren.« John Thomas schwieg; die Bemerkung schien keine Antwort zu erfordern.

Jetzt, da er die Zeit dazu hatte, war John Thomas darauf erpicht, etwas an Lummox zu untersuchen, das ihm Sorgen machte. Er hatte es zum ersten Mal nach Lummoxs unheilvollem Streifzug entdeckt; zwei Schwellungen an der Stelle, an der Lummoxs Schultern gesessen hätte, wäre er dementsprechend gebaut gewesen. Gestern waren sie ihm bereits größer vorgekommen, was ihn beunruhigte, da er gehofft hatte, daß es sich ledigleich um Prellungen handelte ... es war allerdings nicht einfach, Lummox eine Prellung beizubringen.

Aber sie bereiteten ihm Sorgen. Es schien möglich, daß sich Lummox bei dem Sportfest, an dem er unfreiwillig teilgenommen hatte, verletzt hatte. Der Schuß, den Mister Ito auf ihn abgefeuert hatte, hatte ihm keinen Schaden zugefügt; an der Stelle, an der die Sprengladung ihn getroffen hatte, war lediglich eine kleine Verbrennung zu sehen. Eine Sprengladung, die einen Panzer in die Luft gejagt hätte, war für Lummox nicht viel anders als ein Fußtritt für einen Esel ... lästig, aber nicht gefährlich.

Vielleicht hatte Lummox sich verletzt, als er durch die Gewächshäuser geprescht war, aber das schien unwahrscheinlich. Eher war anzunehmen, daß er sich bei dem Sturz vom Viadukt verletzt hatte. John Thomas wußte, daß ein solcher Sturz jedes Erdentier getötet hätte, das groß genug war, ein ebenso ungünstiges Proportionsverhältnis zu haben wie beispielsweise ein Elefant. Natürlich war Lummox mit seinem außerirdischen Körperbau nicht annähernd so zerbrechlich wie ein Elefant ... dennoch konnte er sich schlimm verletzt haben.

Zum Teufel! Die Schwellungen waren größer denn je, regelrechte Tumore, und die Haut darüber schien weicher und dünner, nicht wie der Panzer, der Lummox am übrigen Körper umhüllte. John Thomas fragte sich, ob ein Wesen wie Lummox Krebs bekommen konnte, durch eine Verletzung zum Beispiel. Er wußte es nicht, und er kannte keinen Menschen, der es ihm hätte sagen können. Solange sich John Thomas erinnern konnte, war Lummox niemals krank gewesen, und auch sein Vater hatte niemals etwas von einer Unpäßlichkeit erwähnt. Lummoxs Zustand war stets gleichbleibend, heute, gestern und alle Zeit – außer, daß er immer größer wurde.

Er würde am Abend das Tagebuch und die Aufzeichnungen seines Großvaters durchsehen müssen. Vielleicht hatte er etwas übersehen ...

Er drückte auf eine der Schwellungen und versuchte, die Finger hineinzustoßen; Lummox bewegte sich unruhig. John Thomas hielt inne und fragte besorgt: »Tut das weh?«

»Nein«, antwortete die kindliche Stimme, »es *kitzelt.*«

Die Antwort beruhigte ihn nicht. Er wußte, daß Lummox kitzelig war, aber gewöhnlich bedurfte es einer Spitzhacke oder dergleichen, um diese Wirkung zu erzielen. Die Schwellungen mußten sehr empfindlich sein. Er war im Begriff, sie genauer zu untersuchen, als ihn jemand anrief.

»John! Johnnie!«

Er wandte sich um. Betty Sorenson stand vor dem Käfig. »Hallo, Schläger«, rief er ihr zu. »Hast du meine Nachricht bekommen?«

»Ja, aber erst um acht Uhr. Du kennst die Hausordnung. Hallo, Lummox. Wie geht's meinem Kleinen?«

»Gut«, erwiderte Lummox.

»Darum habe ich die Nachricht schriftlich hinterlassen«, entgegnete John Thomas. »Die Idioten haben mich noch vor Sonnenaufgang aus dem Bett geholt. Albern.«

»Tut dir gut, den Sonnenaufgang zu sehen. Aber warum diese Eile? Ich dachte, die Verhandlung wäre nächste Woche?«

»Das war auch so vorgesehen. Aber irgendein Bonze vom Raumministerium kommt aus der Hauptstadt hierher. Er führt die Verhandlung.«

»*Was?*«

»Was ist los?«

»Was los ist? Alles natürlich! Ich kenne diesen Mann aus der Hauptstadt nicht. Ich dachte, ich hätte es mit Richter O'Farrell zu tun ... ach, ich weiß nicht. Außerdem habe ich ein paar Ideen, über die ich mir in der kurzen Zeit noch nicht genügend Gedanken machen konnte.« Sie runzelte die Stirn. »Wir müssen einen Aufschub erreichen.«

»Wozu?« fragte John Thomas. »Warum gehen wir nicht einfach vor Gericht und sagen die Wahrheit?«

»Johnnie, du bist ein hoffnungsloser Fall. Wenn es weiter nichts wäre, würde es überhaupt keine Gerichte geben.«

»Das wäre vielleicht ein Fortschritt.«

»Aber ... Hör zu, Wirrkopf, steh nicht da herum und rede dummes Zeug. Wenn wir in weniger als einer Stunde erscheinen müssen ...« Sie warf einen Blick auf den Uhrturm des alten Gerichtsgebäudes. »Ein ganzes Stück weniger als eine Stunde. Wir müssen schnell handeln. Zumindest müssen wir diese Besitzeintragung machen lassen.«

»Das ist doch albern. Damit kommen wir nicht durch. Wir können Lummox nicht zum Besitz erklären. Er ist schließlich kein Stück Land.«

»Man kann eine Kuh, zwei Pferde, ein Dutzend Schweine zu seinem Besitz erklären lassen. Ein Zimmermann kann dasselbe mit seinen Werkzeugen tun und eine Schauspielerin mit ihrer Garderobe.«

»Aber das ist nicht dasselbe. Es ist kein Grundbesitz. Ich habe denselben Kurs in Handelsrecht belegt wie du. Sie werden dich auslachen.«

»Sei nicht albern. Es ist Teil II des Gesetzes. Wenn du Lummie auf dem Jahrmarkt ausstellen würdest, wäre er dein ›Berufskapital‹, nicht wahr? Es ist ihre

Sache, uns das Gegenteil zu beweisen. Wichtig ist, daß wir Lummox als unpfändbar registrieren lassen, bevor man einen Spruch gegen dich fällt.«

»Wenn sie bei mir nichts holen können, werden sie es sich von meiner Mutter holen.«

»Nein, das werden sie nicht. Ich habe das überprüft. Da dein Vater sein Geld einer Stiftung vermacht hat, besitzt deine Mutter dem Gesetz nach keinen roten Heller.«

»Ach, was soll's? Gesetzlichkeit hängt davon ab, ob du das Gericht davon überzeugen kannst, daß es das ist.«

»Betty, du bist spitzfindig.« Er drängte sich zwischen den Gitterstäben hindurch, wandte sich um und sagte: »Lummie, ich bleibe nur eine Minute. Du bleibst hier.«

»Warum?« fragte Lummox.

»Frag nicht ›warum‹. Du wartest hier auf mich.«

»In Ordnung.«

Auf dem Rasen vor dem Gerichtsgebäude hatte sich eine Menschenmenge versammelt, und die Leute starrten Lummox, der es in den letzten Tagen zur Berühmtheit gebracht hatte, an. Chefinspektor Dreiser hatte Absperrungen errichten lassen, und einige seiner Männer wachten darüber, daß sie beachtet wurden. Die beiden jungen Leute krochen unter der Absperrung hindurch und drängten sich durch die Schaulustigen zur Treppe des Gerichtsgebäudes. Das Büro des Bezirksschreibers befand sich im zweiten Stock; sie trafen dort seine Stellvertreterin, eine ältliche Jungfer, an.

Miss Schreibers Ansicht darüber, Lummox nicht pfändbar zu erklären, war dieselbe wie John Thomas'.

Aber Betty wies darauf hin, daß es nicht Sache des Bezirksschreibers war, darüber zu entscheiden, was als bewegliche Habe betrachtet werden konnte und was nicht, und sie erwähnte den völlig frei erfundenen Fall eines Mannes, der ein mehrfaches Echo als Besitz hatte registrieren lassen. Miss Schreiber füllte widerstrebend einige Formulare aus, nahm die bescheidene Gebühr in Empfang und überreichte ihnen eine beglaubigte Kopie.

Es war fast zehn Uhr. John Thomas eilte hinaus und die Treppen hinunter. Er zögerte, als er sah, daß Betty an einer Münzwaage stehengeblieben war. »Komm schon, Betty«, forderte er sie auf. »Dies ist nicht der richtige Zeitpunkt für so etwas.«

»Ich wiege mich nicht«, erklärte sie, während sie sich in dem Spiegel, der an der Waage befestigt war, betrachtete. »Ich begutachtete mein Make-up. Ich muß so gut aussehen wie möglich.«

»Du siehst gut aus.«

»Aber Johnnie, ein Kompliment!«

»Es war kein Kompliment. Beeil dich. Ich muß Lummox noch etwas sagen.«

»Halt die Luft an. Ich mache das schon.« Sie wischte sich die Augenbrauen ab und zeichnete sie in überlegener ›Satansweib‹-Linie nach. Es ließ sie älter wirken, fand sie. Dann überlegte sie, ob sie sich noch ein Würfelmuster auf die rechte Wange malen sollte, ließ es aber, als sie merkte, daß Johnnie zu kochen begann. Gemeinsam eilten sie zur Tür hinaus.

Weitere, kostbare Augenblicke mußten sie darauf verschwenden, einen Polizisten davon zu überzeugen, daß sie berechtigt waren, durch die Absperrung zu gehen. Johnnie sah, daß zwei Männer an Lummoxs

Käfig standen. Er fiel in Laufschritt. »He! Sie da! Gehen Sie da weg!«

Richter O'Farrell wandte sich um und blinzelte. »Was suchen Sie hier, junger Mann?« Der andere drehte sich um, sagte aber nichts.

»Ich? Nun, ich bin sein Besitzer. Er ist nicht an Fremde gewöhnt. Treten Sie also zurück, ja?« Er wandte sich an Lummox. »Schon gut, Kleiner. Johnnie ist da.«

»Wie geht's, Richter?«

»Oh. Hallo, Betty.« Der Richter sah sie mit einem Blick an, als wolle er sich Klarheit darüber verschaffen, was ihre Anwesenheit zu bedeuten hatte, dann wandte er sich wieder an John Thomas. »Sie müssen der Junge von Stuarts sein. Ich bin Richter O'Farrell.«

»Oh. Verzeihen Sie, Richter«, sagte John Thomas, und seine Ohren liefen dunkelrot an. »Ich dachte, Sie seien einer der Schaulustigen.«

»Ein verständlicher Irrtum. Mister Greenberg, das ist der junge Stuart ... John Thomas Stuart. Junger Mann, das ist der Ehrenwerte Sergei Greenberg, Sonderkommissar des Ministeriums für Raumangelegenheiten.« Er blickte um sich. »Ach, ja ... das ist Miss Betty Sorenson, Herr Kommissar. Betty, was haben Sie für merkwürdige Sachen mit Ihrem Gesicht gemacht?«

Sie überhörte seine Worte würdevoll. »Sehr erfreut, Herr Kommissar.«

»Sagen Sie einfach Mister Greenberg, Miss Sorenson.« Greenberg wandte sich an Johnnie. »Haben Sie etwas mit *dem* John Thomas Stuart zu tun?«

»Ich bin John Thomas Stuart der Elfte«, entgegnete

Johnnie einfach. »Ich nehme an, Sie meinen meinen Ur-ur-urgroßvater.«

»Das wird er wohl sein, nehme ich an. Ich bin auf dem Mars geboren, fast in Sichtweite seines Denkmals. Ich hatte keine Ahnung, daß Ihre Familie in diesen Fall verwickelt ist. Vielleicht können wir uns später ein wenig über die Geschichte des Mars unterhalten.«

»Ich bin nie auf dem Mars gewesen«, erklärte Johnnie.

»Nein? Das überrascht mich. Aber Sie sind noch jung.«

Betty hörte gespannt zu und kam zu dem Schluß, daß sie mit diesem Richter, falls er einer war, ein noch leichteres Spiel haben würden als mit Richter O'Farrell. Es war nicht einfach, sich vorzustellen, daß Johnnies Name eine besondere Bedeutung hatte ... besonders, da das nicht der Fall war. Nicht in Westville.

Greenberg fuhr fort: »Ihretwegen habe ich zwei Wetten verloren, Mister Stuart.«

»Sir?«

»Ich war überzeugt, daß sich herausstellen würde, daß das Wesen nicht von ›Da draußen‹ stammt. Ich habe mich geirrt; dieser Riesenkerl stammt mit Sicherheit nicht von der Erde. Aber ich war ebenso überzeugt, daß ich ihn einordnen könnte, wenn er sich als außerirdisch herausstellte. Ich bin kein Experte für exotische Wesen, aber in meinem Beruf muß man in diesen Sachen auf dem laufenden sein ... sich wenigstens die Bilder ansehen. Aber ich bin vollkommen aufgeschmissen. Was ist er, und woher stammt er?«

»Hm, er ist einfach Lummox. So nennen wir ihn.

Mein Urgroßvater hat ihn auf der *Himmelsstürmer* mitgebracht ... von ihrem zweiten Flug.«

»Ach, vor so langer Zeit schon? Nun, das erklärt einiges; das war, bevor das Raumministerium Aufzeichnungen aufbewahrte ... bevor es überhaupt ein solches Ministerium gab. Aber ich begreife dennoch nicht, wie dieser Bursche den Geschichtsbüchern entgehen konnte. Ich habe viel über die *Himmelsstürmer* gelesen, und ich erinnere mich, daß sie viele Exoten mitbrachte. Aber an diesen Kerl erinnere ich mich nicht ... und Außerirdische waren damals immerhin etwas Neues.«

»Ach, das ... Nun, Sir, der Kapitän wußte nicht, daß Lummox an Bord war. Mein Urgroßvater hat ihn in seiner Fallschirmtasche an Bord geschmuggelt und hat das Schiff ebenso mit ihm verlassen.«

»In seiner *Fallschirmtasche*?« Greenberg starrte Lummoxs übergroße Gestalt an.

»Ja, Sir. Lummie war damals natürlich noch kleiner.«

»Es bleibt mir nichts anderes übrig, als das zu glauben.«

»Ich habe Bilder von ihm. Er hatte etwa die Größe eines jungen Collie. Mehr Beine natürlich.«

»Hmm ja. Mehr Beine. Und er erinnert mich eher an einen Trinceratops als an einen Collie. Ist es nicht sehr teuer, ihn zu ernähren?«

»Oh, nein, Lummie ißt alles. Nun, jedenfalls fast alles«, verbesserte sich John Thomas mit einem schuldbewußten Seitenblick auf die Stahlgitter. »Und er kann lange Zeit ohne Nahrung auskommen. Nicht wahr, Lummie?«

Lummox hatte mit eingezogenen Beinen dagelegen

und die zeitlose Geduldigkeit zur Schau getragen, die er zeigen konnte, wenn es erforderlich war. Er hörte dem Gespräch zwischen seinem Freund und Mister Greeberg zu, während er Betty und den Richter nicht aus dem Auge ließ. Jetzt öffnete er sein riesiges Maul und sagte: »Ja, aber es gefällt mir nicht.«

Mister Greenberg hob die Augenbrauen und sagte: »Ich wußte nicht, daß er über ein Sprachzentrum verfügt.«

»Ein was? Oh, ja, natürlich. Lummie spricht schon, seit mein Vater ein kleiner Junge war; er hat es irgendwie aufgeschnappt. Ich wollte Sie gerade vorstellen. Lummie ... ich möchte dir Kommissar Greenberg vorstellen.«

Lummox warf Greenberg einen gelangweilten Blick zu und sagte: »Guten Tag, Kommissar Greenberg.« Er sprach die Begrüßungsworte deutlich aus, Name und Titel des Kommissars klangen weniger verständlich.

»Hm, guten Tag, Lummox.« Er starrte Lummox an, und in diesem Augenblick schlug die Uhr am Gerichtsgebäude zehn. Richter O'Farrell wandte sich um und sagte: »Zehn Uhr, Herr Beauftragter. Ich glaube, wir sollten besser beginnen.«

»Keine Eile«, entgegnete Greenberg geistesabwesend. »Es kann ohnehin erst losgehen, wenn wir dort sind. Mich interessiert dieser Teil der Untersuchung. Mister Stuart, wie ist Lummoxs IQ auf der menschlichen Tabelle?«

»Wie? Oh, sein Intelligenzquotient. Ich weiß es nicht, Sir.«

»Großer Gott, hat noch nie jemand versucht, das herauszufinden?«

»Nein, Sir ... ich meine, doch, Sir. Zur Zeit meines

Großvaters hat irgend jemand einige Tests mit ihm gemacht, aber mein Großvater war so aufgebracht über die Art, wie sie Lummox behandelten, daß er sie hinauswarf. Seither haben wir Fremde meistens von Lummie ferngehalten. Aber er ist wirklich klug. Versuchen Sie es selbst.«

Richter O'Farrell flüstere Greenberg zu: »Das Biest ist nicht einmal so klug wie ein guter Hühnerhund, auch wenn er die menschliche Sprache ein bißchen nachplappern kann. Ich weiß das.«

Empört sagte John Thomas: »Ich habe genau gehört, was Sie gesagt haben, Richter. Sie sind voreingenommen!«

Der Richter wollte antworten, aber Betty fiel ihm ins Wort. »Johnnie! Du weißt, was ich dir gesagt haben ... Ich übernehme das Reden.«

Greenberg achtete nicht weiter auf die Unterbrechung. »Ist der Versuch unternommen worden, seine Sprache zu erlernen?«

»Sir?«

»Hmm. Offensichtlich nicht. Und vielleicht ist er hierher gebracht worden, bevor er alt genug war, zu sprechen ... seine eigene Sprache, meine ich. Aber er muß eine haben; es ist allgemein bekannt, daß unter den fremdartigen Lebewesen nur diejenigen über ein Sprachzentrum verfügen, die es auch gebrauchen. Das heißt, er hätte die menschliche Sprache nicht erlernen können, nicht einmal fehlerhaft, wenn seine Rasse sich nicht der mündlichen Kommunikation bedienen würde. Kann er schreiben?«

»Wie sollte er, Sir? Er hat keine Hände.«

»Hm, ja. Nun, aufgrund theoretischer Erkenntnisse würde ich auf Anhieb darauf wetten, daß sein Quotient unter vierzig liegt. Fremdartenforscher haben herausgefunden, daß hochentwickelte Arten, entsprechend den Menschen, drei Wesenszüge aufweisen: ein Sprachzentrum, manuelle Geschicklichkeit und Erinnerungsvermögen. Wir können daher annehmen, daß Lummoxs Rasse eher zurückgeblieben ist. Haben Sie ein wenig Ahnung von Fremdspeziesforschung?«

»Nicht viel, Sir«, gab John Thomas verlegen zu. »Nur das, was ich aus Büchern weiß, die ich in der Bibliothek gefunden habe. Aber ich habe die Absicht, Fremdartenforschung und Exotenbiologie an der Universität zu studieren.«

»Gut für Sie. Es ist ein weites, offenes Gebiet. Sie würden sich wundern, wie schwierig es ist, genügend Fremdartenforscher nur für das Raumministerium aufzutreiben. Aber der Grund, warum ich die Frage gestellt habe, war folgender: Wie Sie wissen, hat sich das Ministerium in diesem Fall eingeschaltet. Seinetwegen.« Damit deutete Greenberg auf Lummox. »Es besteht die Möglichkeit, daß Ihr Haustier einer Rasse angehörte, die Vertragsrechte bei uns genießt. Einoder zweimal ist es, so seltsam das auch klingen mag, vorgekommen, daß ein Fremder, der unseren Planet besuchte, irrtümlich für ein wildes Tier gehalten wurde, was ... sagen wir ›unglückliche‹ Folgen hatte.« Greenberg runzelte die Stirn in Erinnerung an den schrecklichen, geheimgehaltenen Zwischenfall, als ein Mitglied der Familie des Botschafters von Llandor tot und ausgestopft in einem Kuriositätenladen auf den Jungferninseln aufgefunden wurde. »Aber in diesem Fall besteht nicht die Gefahr.«

»Oh. Sicher nicht. Lummox ist ... nun, er ist ein Mitglied unserer Familie.«

»Genau.« Greenberg richtete das Wort an Richter O'Farrell. »Kann ich einen Augenblick mit Ihnen reden, Richter? Unter vier Augen?«

»Gewiß, Sir.«

Die beiden Männer entfernten sich; Betty trat zu John Thomas. »Es ist so gut wie gewonnen«, flüsterte sie, »wenn du dich zurückhalten kannst und keine unpassenden Bemerkungen mehr machst.«

»Was habe ich denn falsch gemacht?« fuhr er auf. »Und was macht dich so sicher, daß wir leichtes Spiel haben werden?«

»Das liegt klar auf der Hand. Er mag dich, und er mag Lummox.«

»Ich verstehe nicht, wie das den Schaden im Erdgeschoß des Supermarktes wiedergutmachen soll. Oder den an all den Laternenpfählen.«

»Bewahre du nur die Ruhe und überlaß dich meiner Führung. Wenn wir da durch sind, werden sie uns bezahlen. Du wirst schon sehen.«

Etwas abseits sagte Mister Greenberg gerade zu Richter O'Farrell: »Richter, nach allem, was ich erfahren habe, glaube ich, daß sich das Raumministerium von diesem Fall zurückziehen wird.«

»Wie? Ich verstehe Sie nicht, Sir.«

»Lassen Sie es mich erklären. Ich würde die Verhandlung gerne um vierundzwanzig Stunden verschieben, um in dieser Zeit meine Erkenntnisse durch das Ministerium überprüfen zu lassen. Dann kann ich mich aus der Sache zurückziehen und den Fall der hiesigen Gerichtsbarkeit überlassen. Das heißt, Ihnen, versteht sich.«

Richter O'Farrell verzog den Mund. »Mir gefallen Aufschiebungen in letzter Minute nicht. Ich fand es schon immer unangenehm, Leute herzubestellen, denen das Kosten und Unannehmlichkeiten bereitet, und ihnen dann zu sagen, daß sie an einem anderen Tag wieder erscheinen sollten.«

Greenberg runzelte die Stirn. »Das ist wahr. Lassen Sie mich überlegen, ob wir es anders lösen können. Nach dem, was mir der junge Stuart erzählt hat, bin ich sicher, daß der Fall eine Intervention aufgrund der staatlichen Fremdartenpolitik nicht erfordert, wenn auch ein außerirdisches Wesen im Mittelpunkt des Interesses steht und damit ein Grund für das rechtmäßige Eingreifen des Ministeriums gegeben ist, wenn es erforderlich ist. Wenn das Ministerium auch über dieses Recht verfügt, so kommt es doch nur zur Anwendung, wenn es unumgänglich ist, um Schwierigkeiten mit den Regierungen anderer Planeten zu vermeiden. Auf der Erde gibt es Hunderttausende von außerirdischen Tieren und mehr als dreißigtausend nichtmenschliche Fremdwesen, sei es als eingebürgerte Erdbewohner oder als Besucher, denen vertraglich der Status eines ›Menschen‹ zusteht, auch wenn sie offensichtlich nichtmenschlich sind. Da die Angst vor Fremdwesen nun einmal besteht, besonders in unseren kulturell rückständigen Gebieten ... nein, ich habe nicht von Westville gesprochen! Da die menschliche Natur nun einmal so ist, ist jeder dieser Fremden eine mögliche Quelle der Störung unserer außenpolitischen Beziehungen.

Verzeihen Sie, wenn ich etwas sage, was Ihnen bereits bekannt ist; es ist eine notwendige Einrichtung. Die Mitarbeiter des Ministeriums können nicht herumlaufen und allen fremden Besuchern die Nase putzen ... nicht einmal, wenn sie über eine Nase verfügen. Wir haben nicht genügend Leute und ganz sicher nicht die Absicht dazu. Wenn einer von ihnen in Schwierigkeiten gerät, genügt es gewöhnlich, den örtlichen Friedensrichter über unsere vertraglichen Verpflichtungen gegenüber dem Heimatplaneten des Fremdwesens zu informieren. In seltenen Fällen schaltet sich das Ministerium ein. Dies hier ist, meiner Ansicht nach, kein derartiger Fall. Unser Freund Lummox scheint dem Gesetz nach ein ›Tier‹ zu sein, und ...«

»Gab es daran irgendwelche Zweifel?« fragte der Richter erstaunt.

»Es wäre möglich gewesen. Aus diesem Grund bin ich hier. Aber trotz seiner beschränkten Fähigkeit zu sprechen würden die darüber hinausgehenden Grenzen eines solchen Wesens nicht zulassen, daß es sich zu einer Ebene entwickelt, auf der wir es als zivilisiert akzeptieren könnten; darum ist es ein Tier. Darum genießt es nur die Rechte eines Tieres in unserer menschlichen Rechtsprechung. Darum muß sich das Ministerium nicht damit befassen.«

»Ich verstehe. Nun, niemand wird ihn grausam behandeln, nicht in meiner Gerichtsverhandlung.«

»Natürlich. Aber das Ministerium ist noch aus einem anderen, recht einleuchtenden Grund nicht an dem Fall interessiert. Angenommen, dieses Wesen ist ›menschlich‹, in dem Sinn, der diesem Wort aufgrund von Gesetz, Gewohnheit und Vertragsrecht beigemessen wird, seit wir das erste Mal mit der Großen Rasse vom Mars in Berührung kamen. Es ist es nicht, aber lassen Sie es uns annehmen.«

»Einigen wir uns darauf«, stimmte Richter O'Farrell zu.

»Gut. Dennoch untersteht es nicht der Verantwortung des Ministeriums, weil ... Richter, kennen Sie die Geschichte der *Himmelsstürmer*?«

»Nur flüchtig. Aus den Tagen der Grundschule. Ich habe nicht Raumforschung studiert. Unsere Erde ist verwirrend genug.«

»Ja, nicht wahr? Nun, die *Himmelsstürmer* unternahm die ersten drei interplanetarischen Transmissionsflüge, als diese Flüge noch ein ebenso tollkühnes Unterfangen waren wie die Entdeckungsreisen von Columbus. Sie kannten ihr Ziel nicht und hatten nur nebelhafte Vorstellungen, auf welche Weise sie zurückkehren sollten ... tatsächlich kam die *Himmelsstürmer* von ihrem dritten Flug niemals zurück.«

»Ja, ja. Ich erinnere mich.«

»Die Sache ist die, daß der junge Stuart – ich kann ihn einfach nicht beim vollen Namen nennen; es scheint mir so unpassend – Stuart sagte mir, daß dieser tölpelhafte Bursche mit dem albernen Lächeln ein Andenken vom zweiten Flug der *Bahnbrecher* ist. Mit keinem der Planeten, die sie besuchte, haben wir einen Vertrag, keinerlei Beziehungen oder Handelsaustausch. Dem Gesetz nach existieren sie nicht. Darum sind die einzig anwendbaren Gesetze in diesem Fall unsere heimischen; darum muß das Ministerium nicht eingreifen – und selbst, wenn es das täte, wäre ein Fachmann wie ich gezwungen, ausschließlich nach heimischem Recht zu verfahren. Wozu Sie viel eher befähigt sind als ich.«

Richter O'Farrell nickte. »Nun, ich habe nichts dagegen einzuwenden, die Verhandlung aufzunehmen. Sollen wir hineingehen?«

»Nur noch einen Augenblick. Ich habe einen Aufschub vorgeschlagen, weil dieser Fall merkwürdige Züge aufweist. Ich wollte mich an das Ministerium wenden, um sicherzugehen, daß mir kein wichtiger Präzedenzfall oder ein Gesetz entgangen ist. Aber ich bin bereit, mich sofort zurückzuziehen, wenn Sie mir eines versichern können. Dieses Wesen ... ich habe gehört, daß es sich, trotz seines gutmütigen Verhaltens, als zerstörerisch und gefährlich erwiesen hat?«

O'Farrell nickte. »Ja, das habe ich auch gehört ... nicht offiziell, natürlich.«

»Nun, ist die Forderung gestellt worden, daß es vernichtet werden soll?«

»Tja«, erwiderte der Richter zögernd, »ich weiß, auch wieder inoffiziell, daß diese Forderung gestellt werden wird. Mir ist aus inoffizieller Quelle zu Ohren gekommen, daß unser Polizeichef die Absicht hat, das Gericht zum Schutze der Öffentlichkeit um die Vernichtung des Tieres zu bitten. Und ich erwarte diese Forderung auch von privater Seite.«

Mister Greenbergs Blick nahm einen besorgten Ausdruck an. »So schlimm steht es? Nun, Richter, wie stehen Sie dazu? Wenn Sie den Fall verhandeln, werden Sie der Vernichtung des Tieres zustimmen?«

Richter O'Farrell gab zurück: »Sir, das ist eine unangemessene Frage.«

Greenbergs Gesicht rötete sich. »Verzeihen Sie. Aber ich mußte diese Frage stellen. Ist Ihnen klar, daß diese Spezies einzigartig ist? Gleichgültig, was das Wesen getan hat oder wie gefährlich es sein mag (obwohl ich verdammt sein will, wenn ich das glaube), ist seine Bedeutung für die Wissenschaft doch so groß, daß es erhalten bleiben sollte. Können Sie mir versichern, daß Sie seiner Vernichtung nicht zustimmen werden?«

»Junger Mann, Sie drängen mich, vorweg ein Urteil zu fällen. Ihr Verhalten ist höchst unangemessen!«

Diesen ungünstigen Augenblick wählte Chefinspektor Dreiser, um auf sie zuzueilen. »Richter, ich habe Sie überall gesucht. Findet die Verhandlung statt? Ich habe sieben Männer, die ...«

O'Farrell unterbrach ihn. »Herr Polizeichef, das ist der Sonderkommissar Mister Greenberg, Herr Kommissar, das ist unser Sicherheitschef.«

»Sehr erfreut, Sir.«

»Guten Tag, Herr Kommissar. Meine Herren, diese Verhandlung. Ich wüßte gerne ...«

»Sir«, unterbrach ihn der Richter barsch, »sagen Sie meinem Gerichtsdiener, er soll alles bereithalten. Und dann lassen Sie uns bitte allein.«

»Aber ...« Der Polizeichef verstummte, zog sich zurück und murmelte etwas, das man einem geplagten Polizisten wohl verzeihen konnte. O'Farrell wandte sich wieder an Greenberg.

Die Unterbrechung hatte dem Beauftragten Zeit gegeben, sich daran zu erinnern, daß er keine persönlichen Gefühle zeigen durfte. Ruhig sagte er! »Ich ziehe die Frage zurück, Richter. Ich hatte nicht die Absicht, eine Ungehörigkeit zu begehen.« Er grinste. »Unter anderen Umständen wäre ich vielleicht wegen Mißachtung des Gerichts belangt worden, wie?«

O'Farrell unterdrückte ein Lächeln. »Das ist möglich.«

»Haben Sie ein schönes Gefängnis? Ich habe mehr

als sieben Monate Urlaub angesammelt und keine Gelegenheit, ihn zu nehmen.«

»Sie sollten sich nicht überarbeiten, junger Mann. Ich finde immer Zeit zum Angeln, gleichgültig, wie voll der Terminplan ist. ›Allah zieht von der Zeit, die einem Menschen zugewiesen ist, die Stunden nicht ab, die er mit Fischen verbracht hat.‹«

»Das ist ein gutes Sprichwort. Aber ich habe noch immer ein Problem. Sie wissen, daß ich auf einen Aufschub bestehen könnte, während ich mich mit dem Ministerium berate.«

»Sicher. Vielleicht sollten Sie das. Ihre Entscheidung sollte nicht von meiner Meinung beeinflußt sein.«

»Nein. Aber ich teile Ihre Meinung; Aufschübe in letzter Minute sind ärgerlich.« Er dachte daran, daß er sich an Mister Kiku wenden mußte, wenn er Rücksprache mit dem Ministerium hielt ... und er konnte die empörten Bemerkungen des Unterstaatssekretärs über ›Entscheidungsfreudigkeit‹ und ›Verantwortung‹ und ›kann denn, um Himmels willen, kein Mensch in diesem Irrenhaus eine einfache Entscheidung ohne mich treffen?‹ geradezu hören. Greenberg kam zu einem Entschluß. »Ich glaube, es ist das beste für das Ministerium, weiterhin an dem Fall beteiligt zu bleiben. Ich werde ihn, zumindest für die Dauer der Vorverhandlung, übernehmen.«

O'Farrell lächelte breit. »Das hatte ich gehofft. Ich bin gespannt darauf. Ich habe gehört, daß die Herren vom Ministerium für Raumangelegenheiten das Recht manchmal auf recht ungewöhnliche Art anwenden.«

»Wirklich? Ich hoffe nicht. Ich habe die Absicht, der juristischen Fakultät von Harvard Ehre zu machen.«

»Harvard? Ach, da habe ich auch studiert! Feuern Sie Reinhard noch immer an?«

»Als ich dort war, zumindest.«

»Ja, ja, die Welt ist klein! Ich wünsche diesen Fall keinem meiner Kommilitonen; ich fürchte, es wird ein heißes Eisen werden.«

»Sind sie das nicht alle? Nun, lassen Sie uns das Feuerwerk beginnen. Warum setzen wir uns nicht einfach gemeinsam an den Richtertisch? Sie werden die Verhandlung wahrscheinlich zu Ende führen müssen.«

Sie begaben sich zum Gerichtsgebäude zurück. Polizeichef Dreiser, der wütend in einiger Entfernung gewartet hatte, sah, daß Richter O'Farrell ihn vergessen hatte. Er schickte sich an, den beiden Männern zu folgen, als er bemerkte, daß John Thomas und Betty Sorenson sich noch hinter Lummoxs Käfig aufhielten. Sie hatten die Köpfe zusammengesteckt und merkten nicht, daß die beiden Richter sich entfernten. Dreiser schlenderte zu ihnen hinüber.

»He! Hinein mit Ihnen, Johnnie Stuart! Sie sollten bereits vor zwanzig Minuten vor Gericht erscheinen.«

Überrascht blickte John Thomas auf. »Aber ich dachte ...«, setzte er an, dann stellte er fest, daß der Richter und Mister Greenberg verschwunden waren. »Oh! Einen Augenblick, Mister Dreiser ... Ich muß Lummox noch etwas sagen.«

»Sie haben der Bestie jetzt gar nichts zu sagen. Kommen Sie.«

»Aber Herr Polizeichef ...«

Mister Dreiser packte ihn beim Arm und setzte sich in Bewegung. Da er nahezu einhundert Pfund schwerer war als John Thomas, blieb Johnnie nichts anderes übrig, als ihm zu folgen. Betty mischte sich mit den

Worten: »Diakon Dreiser! Was für ein ungehöriges Benehmen!« in das Geschehen ein.

»Das reicht von Ihrer Seite, junge Dame«, entgegnete Dreiser. Mit John Thomas im Schlepptau setzte er den Weg zum Gerichtsgebäude fort. Betty schwieg und folgte den beiden. Sie überlegte, ob sie dem Polizeichef ein Bein stellen sollte, entschloß sich dann aber, es nicht zu tun.

John Thomas fügte sich in das Unvermeidliche. Er hatte die Absicht gehabt, Lummox in letzter Sekunde einzuschärfen, daß es überaus wichtig war, ruhig zu bleiben und die Stahlstreben nicht zu essen. Aber Polizeichef Dreiser hörte nicht auf ihn. John Thomas hatte den Eindruck, daß die meisten älteren Menschen viel Zeit darauf verschwendeten, nicht zuzuhören.

Lummox war ihr Aufbruch nicht entgangen. Er erhob sich, wobei er den ganzen Käfig ausfüllte, starrte John Thomas nach und fragte sich, was er jetzt tun sollte. Die Gitterstreben knirschten, als er dagegenstieß. Betty wandte sich zu ihm und sagte: »Lummox! Warte hier! Wir kommen wieder.«

Lummox blieb aufrecht stehen, starrte ihnen nach und zerbrach sich den Kopf über das Gesagte. Ein Befehl von Betty war kein richtiger Befehl. Oder doch? Es gab einige Präzedenzfälle in der Vergangenheit, über die man sich Gedanken machen mußte.

Bald darauf legte er sich wieder auf den Boden.

Der Gefangene vor Gericht

Als O'Farrell und Greenberg den Gerichtssaal betraten, rief der Gerichtsdiener: »Ruhe im Saal!« Das Gemurmel verstummte, und die Zuschauer hielten nach freien Plätzen Ausschau.

Ein junger Mann, der einen Hut trug und mit seiner Fotoausrüstung herumstand, trat den beiden Richtern in den Weg. »Einen Augenblick!« sagte er und fotografierte sie. »Noch eins ... und lächeln Sie bitte, Richter, als hätte der Kommissar gerade etwas Lustiges zu Ihnen gesagt.«

»Eins reicht. Und nehmen Sie diesen Hut ab.« Damit drängte sich O'Farrell an ihm vorüber. Der Mann zuckte die Schulter, nahm aber seinen Hut nicht ab.

Als sie sich näherten, hob der Gerichtsschreiber den Kopf. Sein Gesicht war gerötet und schweißglänzend, und seine Schreibutensilien lagen über den Richtertisch verstreut. »Entschuldigen Sie, Richter«, sagte er. »Nur noch einen kleinen Augenblick.« Er beugte sich über das Mikrofon und sprach hinein. »Probe ... eins, zwei, drei, vier ... Cincinnati ... sechsundsechzig.« Er hob den Kopf. »Ich hatte heute nichts als Schwierigkeiten mit diesem Wiedergabegerät.«

»Sie hätten es früher überprüfen sollen.«

»Dann müssen Sie mir helfen, Richter, wenn Sie jemanden finden können ... Na ja, Schwamm drüber. Ich hatte es überprüft, es funktionierte ausgezeichnet. Als ich es dann zehn Minuten vor zehn einschaltete, gab ein Transistor den Geist auf, und es hat ewig gedauert, die Fehlerquelle herauszufinden.«

»Schon gut«, entgegnete O'Farrell gereizt. Es ärgerte ihn, daß etwas derartiges in Gegenwart eines hohen Besuchers passierte. »Räumen Sie Ihre Gerätschaften von meinem Tisch, ja?«

Eilig wandte Greenberg ein: »Wenn es Ihnen nichts ausmacht, werde ich den Richtertisch nicht benutzen. Wir werden uns nach dem Vorbild der Gerichtsgepflogenheiten auf dem Mars um einen großen Tisch versammeln. Ich finde, das beschleunigt die Angelegenheit.«

O'Farrell blickte unzufrieden in die Runde. »Ich habe mich immer an die überlieferten Formen gehalten. Ich finde, es lohnt sich.«

»Wahrscheinlich. Ich nehme an, daß diejenigen, die wie wir an jedem erdenklichen Ort Recht sprechen müssen, lockerere Gewohnheiten annehmen. Aber wir können es nicht ändern. Nehmen Sie zum Beispiel Minatare; stellen Sie sich vor, Sie machen den Versuch, sich aus Höflichkeit an ihre Bräuche zu halten, wenn Sie einen Fall verhandeln. Sie sind der Meinung, ein Richter sei keinen Heller wert, wenn er sich nicht, bevor er den Richterstuhl einnimmt, einem Reinigungsfasten unterzieht ... und dann muß er ohne Essen und Trinken aushalten, bis er einen Spruch gefällt hat. Offen gestanden, ich könnte das nicht. Sie etwa?«

Richter O'Farrell war ungehalten darüber, daß dieser redegewandte junge Mann einen Vergleich zog zwischen den würdevollen Bräuchen seines Gerichts und derartigen, heidnischen Gebräuchen. Er erinnerte sich voller Unbehagen an die drei Stapel Weizenfladen, angereichert mit Wurst und Eiern, mit denen er den Tag begonnen hatte. »Nun ... andere Zeiten, andere Sitten«, sagte er verdrießlich.

»Genau. Und vielen Dank, daß Sie mich gewähren lassen.« Greenberg gab dem Gerichtsdiener ein Zeichen; gemeinsam schoben sie die Tische der Beisitzer zusammen und formten daraus einen großen, bevor O'Farrell noch klarstellen konnte, daß er das alte Sprichwort zitiert hatte, um es zu widerlegen. Bald darauf saßen etwa fünfzehn Leute um den zusammengestellten Tisch herum, und Greenberg hatte den Gerichtsdiener nach Aschenbechern geschickt. Er wandte sich an den Gerichtsschreiber, der jetzt, Kopfhörer über den Ohren und mit der steifen Haltung des Elektroniktechnikers, an seinem Kontrollpult saß. »Funktioniert die Anlage jetzt?«

Der Schreiber legte Daumen und Zeigefinger aneinander. »Es läuft.«

»Ausgezeichnet. Die Verhandlung ist eröffnet.«

Der Gerichtsschreiber sprach Zeit, Datum, Ort, Art und Ziel der Verhandlung, Name und Titel des Vorsitzenden ins Mikrofon und las zuletzt den Namen Sergei Greenbergs vor, wobei er den Vornamen falsch aussprach; Greenberg verbesserte ihn nicht. Der Gerichtsdiener kam, die Hände voller Aschenbecher, herein und sagte eilig: »Hört! Hört! Ein jeder, der ein Anliegen hat vor diesem Gericht, soll sich nun einfinden und ...«

»Schon gut«, schnitt ihm Greenberg das Wort ab. »Jedenfalls vielen Dank. Dieses Gericht wird jetzt eine Voruntersuchung all jener Vorkommnisse halten, die mit den Taten vom letzten Montag im Zusammenhang stehen, begangen von einem hier ansässigen und unter dem Namen ›Lummox‹ bekannten außerirdischen Wesen. Ich meine das große Biest in dem Käfig vor dem Gerichtsgebäude. Gerichtsdiener, machen Sie ein Bild von ihm, und fügen Sie es den Unterlagen bei.«

»Sofort, Euer Ehren.«

»Das Gericht verkündet hiermit, daß diese Verhandlung zu jeder Zeit und in allen Punkten zu einer endgültigen Entscheidung gebracht werden kann, wenn es das Gericht verkündet, und daß entsprechend der Geschäftsordnung Einspruch eingelegt werden kann. Mit anderen Worten, halten Sie das Feuer nicht zurück, vielleicht ist dies Ihr einziger Tag vor Gericht. Ach ja ... das Gericht wird sowohl Gesuche entgegennehmen, die im Zusammenhang mit diesem außerirdischen Wesen stehen, als auch über Streitigkeiten entscheiden.«

»Frage, Euer Ehren.«

»Ja?«

»Wenn es dem Gericht recht ist: Mein Klient und ich haben keine Einwände, solange es sich nicht um mehr als eine Voruntersuchung handelt. Werden wir aber zum ordentlichen Verfahren zurückkehren, wenn wir zum Spruch kommen?«

»Da dieses Gericht von der Föderation eingesetzt ist und in Übereinstimmung handelt mit dem Gesetzestext, der kurz ›Zivilisationsrecht‹ genannt wird und Vereinbarungen, Verträge, Präzedenzfälle et cetera zwischen zwei oder mehr Planeten der Föderation oder mit anderen Zivilisationen, zu denen Mitgliedplaneten des Bundes diplomatische Beziehungen unterhalten, beinhaltet, ist es nicht an die örtlichen Verfahrenssitten gebunden.

Ziel dieses Gerichts ist es, die Wahrheit zu ermitteln

und auf dieser Grundlage Recht zu sprechen ... Recht vor dem Gesetz. Das Gericht wird nicht auf den herrschenden Gesetzen und Sitten herumtrampeln, es sei denn, sie befinden sich in unüberwindbarem Gegensatz zum übergeordneten Recht. Aber da, wo den örtlichen Sitten lediglich formale Bedeutung zukommt, wird dieses Gericht sich über die Förmlichkeiten hinwegsetzen und sein Ziel ohne Umschweife verfolgen. Verstehen Sie mich?«

»Äh, ich glaube schon, Sir. Ich werde vielleicht später Einspruch einlegen.« Der kleine Mann in mittleren Jahren, der das Wort ergriffen hatte, schien verlegen.

»Jedermann kann zu jeder Zeit und aus jedem Grund Einspruch einlegen und wird Gehör finden. Sie können auch Berufung gegen meine Entscheidungen einlegen. Ich bezweifle jedoch ...«, bei diesen Worten grinste Greenberg freundlich, » ... daß Ihnen das viel nützen wird. Bis jetzt habe ich ziemliches Glück gehabt mit der Bestätigung meiner Urteilssprüche.«

»Es lag nicht in meiner Absicht, anzudeuten, daß das Gericht nicht vorschriftsmäßig ...«, entgegnete der Mann steif.

»Sicher, sicher! Dann wollen wir mal sehen!« schnitt Greenberg ihm das Wort ab. Er nahm ein Bündel Papiere zur Hand. »Hier haben wir eine Zivilklage! ›Bon Marché Handelsgesellschaft‹ gegen *Lummox,* John Thomas Stuart XI ...« (An Richter O'Farrell gerichtet, flüsterte er: *»Dieser Name irritiert mich noch immer.«*) » ... Maria Brandley Stuart et al., und eine gleichlautende von der Western Versicherungsgesellschaft auf Gegenseitigkeit, Versicherung der Bon Marché Gesellschaft. Hier eine weitere gegen dieselben

Beklagten, vorgebracht von Mister Ito und seiner Versicherung, hm, New World Versicherungsgesellschaft mbH, eine von der Stadt Westville, wieder dieselben Beklagten ... und dann noch eine weitere von Mrs. Isabelle Donahue. Darüber hinaus gibt es einige strafrechtliche Klagen ... eine wegen Beherbergung eines gefährlichen Tieres, eine andere wegen verbrecherischer Beherbergung desselben, eine weitere wegen Fahrlässigkeit und schließlich eine wegen Unterhaltung eines öffentlichen Ärgernisses.«

Aus John Thomas' Gesicht war alle Farbe gewichen. Greenberg warf ihm einen Blick zu und sagte: »Sie haben nicht viel ausgelassen, was, mein Junge? Machen Sie nicht so ein trübsinniges Gesicht ... dem Verurteilten steht ein herzhaftes Mahl zu.« John Thomas gelang es, sich zu einem verkrampften Lächeln zu zwingen. Betty tastete unter dem Tisch nach seinem Knie und tätschelte es.

Ein weiteres Blatt Papier legte Greenberg mit den anderen beiseite, ohne es für das Aufnahmeprotokoll vorzulesen. Es war ein vom Sicherheitschef unterschriebenes Gesuch von Seiten der Stadt Westville, mit dem das Gericht aufgefordert wurde, die Vernichtung eines als ›Lummox‹ bekannten und näher beschriebnen gefährlichen Tieres anzuordnen. Greenberg blickte in die Runde und sagte: »Also, wer ist hier wer? Sie, Sir?«

Der Angesprochene war der Rechtsanwalt, der die Methoden des Gerichts in Frage gestellt hatte; er stellte sich als Alfred Schneider vor und erklärte, daß er sowohl die Western Versicherungsgesellschaft, als auch den Bon Marché vertrat. »Der Herr neben mir ist Mister deGrasse, Geschäftsführer des Supermarktes.«

»Gut. Der nächste bitte.« Greenberg stellte fest, daß alle Beschuldigten sowie ihre Anwälte anwesend waren; das Namensverzeichnis umfaßte, neben ihm selbst, Richter O'Farrell, John Thomas, Betty und Chefinspektor Dreiser, die folgenden Personen: Mrs. Donahue und ihren Anwalt Mister Beanfield, die Herren Schneider und deGrasse für den Bon Marché, Mister Lombard, Staatsanwalt der Stadt Westville, den Anwalt von Mister Itos Versicherungsgesellschaft und Mister Itos Sohn (in Vertretung seines Vaters), die Polizeibeamten Karnes und Mendoza (als Zeugen) und John Thomas' Mutter mit dem Familienanwalt der Stuarts, Mister Postle.

Greenberg wandte sich an Postle. »Ich nehme an, Sie vertreten auch Mister Stuart.«

Betty ergriff das Wort. »Um Himmels willen, nein! Ich vertrete Johnnie.«

Greenberg zog die Augenbrauen hoch. »Ich war gerade im Begriff, zu fragen, was Sie hier zu suchen haben. Hm, sind Sie Anwältin?«

»Nun ... ich bin seine Verteidigerin.«

O'Farrell beugte sich zu ihm hinüber und flüsterte: »Das ist lächerlich, Herr Beauftragter. Sie ist natürlich keine Rechtsanwältin. Ich kenne das Kind. Ich habe sie ganz gern – aber ich halte sie, offen gestanden, nicht für besonders schlau.« Streng fügte er hinzu: »Betty, Sie haben hier nichts zu suchen. Verlassen Sie den Saal und hören Sie auf, sich lächerlich zu machen.«

»Hören Sie, Richter ...«

»Einen Augenblick, junge Dame«, schaltete sich

Greenberg ein. »Sind Sie überhaupt berechtigt, als Verteidigerin für Mister Stuart aufzutreten?«

»Selbstverständlich. Ich bin der Verteidiger seiner Wahl.«

»Hm. Das ist ein überzeugendes Argument. Wenn auch vielleicht nicht ausreichend.« Er wandte sich an John Thomas. »Stimmt das, was sie sagt?«

»O ja, Sir.«

Richter O'Farrell flüsterte: »Tun Sie das nicht, Junge! So werden Sie kein Glück haben.«

Greenberg entgegnete ebenso leise: »Das fürchte ich auch.« Er runzelte die Stirn und wandte sich dann an Mister Postle. »Sind Sie bereit, Mutter und Sohn zu vertreten?«

»Ja.«

»*Nein!*« widersprach Betty.

»Wie? Wären Mister Stuarts Interessen nicht besser in den Händen eines Rechtsanwalts aufgehoben, als in Ihren? Nein, antworten Sie nicht; ich möchte, daß Mister Stuart darauf antwortet.«

John Thomas lief rot an und stieß zwischen den Zähnen hervor: »Ich will ihn nicht.«

»Warum?«

John Thomas' Züge nahmen einen eigensinnigen Ausdruck an. Betty sagte mit verächtlicher Stimme: »Weil seine Mutter Lummox nicht mag, darum. Und ...«

»Das ist nicht wahr!« warf Mrs. Stuart heftig ein.

»Es ist wahr ... und Postle, dieses alte Fossil, hält ihr die Stange. Sie wollen Lummie loswerden, alle beide!«

O'Farrell hustete in sein Taschentuch. Postle färbte

sich dunkelrot. Greenberg sagte ernst: »Junge Dame, stehen Sie auf und entschuldigen Sie sich bei Mister Postle.«

Betty sah den Kommissar an, senkte den Blick und erhob sich. Kleinlaut sagte sie: »Mister Postle, es tut mir leid, daß Sie ein Fossil sind. Ich meine, es tut mir leid, daß ich gesagt habe, Sie seien ein Fossil.«

»Setzten Sie sich«, sagte Mister Greenberg streng. »Und nehmen Sie sich von jetzt an zusammen. Mister Stuart, es wird von niemandem erwartet, daß er einen Verteidiger akzeptiert, der nicht seiner Wahl entspricht. Aber Sie bringen mich in eine schwierige Lage. Dem Gesetz nach sind Sie ein minderjähriges Kind; Sie haben ein anderes minderjähriges Kind zur Verteidigerin gewählt. Das würde sich im Protokoll nicht gut machen.« Er kratzte sich am Kinn. »Ist es möglich, daß Sie ... oder ihre Verteidigerin ... oder Sie beide zusammen ... versuchen, den Prozeß zum Scheitern zu bringen?«

»Aber nein, Sir.« Betty setzte eine höchst tugendhafte Miene auf; es war eine Möglichkeit, die sie in Erwägung gezogen hatte, die sie aber Johnnie gegenüber nicht erwähnt hatte.

»Hmmm ...«

»Euer Ehren ...«

»Ja, Mister Lombard?«

»Das Ganze erscheint mir lächerlich. Das Mädchen hat keine Berechtigung. Sie gehört nicht der Anwaltskammer an; sie kann daher offenkundig nicht als Verteidigerin auftreten. Es mißfällt mir, mich in der Lage zu befinden, daß ich das Gericht belehren muß, aber das einzig richtige ist doch, sie aus dem Gerichtssaal zu entfernen und einen Pflichtverteidiger zu benennen. Darf ich darauf hinweisen, daß der öffentliche Pflichtverteidiger anwesend und vorbereitet ist?«

»Sie dürfen darauf hinweisen. Ist das alles, Herr Staatsanwalt?«

»Oh, ja, Euer Ehren.«

»Darf ich mir die Bemerkung erlauben, daß es dem Gericht ebenfalls mißfällt, daß Sie das Gericht belehren; Sie werden das nicht noch einmal tun.«

»Äh ... ja, Euer Ehren.«

»Dieses Gericht wird seine eigenen Fehler und auf seine eigene Weise machen. Unter den Bedingungen, unter denen das Gericht zusammengekommen ist, ist es nicht notwendig, daß ein Verteidiger eine formelle Qualifikation besitzt ... in Ihren Worten, daß er ein ›Mitglied der Anwaltskammer‹, ein bestellter Rechtsanwalt, ist. Wenn Sie diese Regelung ungewöhnlich finden, seien Sie versichert, daß die ehrwürdigen Anwaltspriester von Deflai sie noch wesentlich befremdlicher finden. Aber es ist die einzige Regelung, die überall Anwendung finden kann. Dennoch danke ich Ihnen für Ihren Hinweis. Würde der öffentliche Pflichtverteidiger aufstehen, bitte?«

»Hier, Euer Ehren, Cyrus Andrews.«

»Danke. Sind Sie zu der Verteidigung bereit?«

»Ja. Ich benötige nur einen Winkel, in den ich mich mit meinem Klienten zurückziehen und beraten kann.«

»Selbstverständlich. Nun, Mister Stuart? Soll das Gericht Mister Andrews als ihren Verteidiger benennen? Oder als zweiten Verteidiger?«

»Nein!« Wieder ergriff Betty das Wort.

»Ich hatte Mister Stuart angesprochen, Miss Sorenson. Also?«

John Thomas warf Betty einen Blick zu. »Nein, Euer Ehren.«

»Warum nicht?«

»Ich werde die Frage beantworten«, schaltete sich Betty ein. »Ich rede schneller als er, darum bin ich die Anwältin. Wir werden Mister Andrews nicht nehmen, weil der Staatsanwalt der Stadt wegen einer der Albernheiten, die sie von Lummox behaupten, gegen uns ist ... und der Staatsanwalt und Mister Andrews sind Anwaltspartner, wenn sie sich nicht vor Gericht Scheingefechte liefern!«

Greenberg wandte sich zu Andrews. »Stimmt das, Sir?«

»Nun ja, wir sind Anwaltspartner, Eurer Ehren. Sie werden verstehen, daß in einer Stadt dieser Größe ...«

»Ich verstehe es durchaus. Ich verstehe auch Miss Sorensons Weigerung. Danke, Mister Andrews. Setzen Sie sich.«

»Mister Greenberg?«

»Was ist jetzt schon wieder, junge Dame?«

»Ich kann Ihnen ein Stück weiter helfen. Sehen Sie, ich hatte so eine dunkle Ahnung, daß irgendein Wichtigtuer versuchen würde, mich aus der Sache hinauszudrängen. Darum haben wir uns im voraus dagegen abgesichert. Ich bin zur Hälfte Eigentümerin.«

»Eigentümerin?«

»Lummox gehört mir zur Hälfte. Sehen Sie?« Sie zog ein Papier aus ihrer Handtasche und reichte es ihm. »Eine Verkaufsquittung, alles rechtsgültig und korrekt. Müßte es jedenfalls sein, ich habe es aus dem Buch abgeschrieben.«

Greenberg las es aufmerksam durch. »Das Formular

scheint in Ordnung. Gestern ausgestellt … das heißt, daß sie für den Ihnen gehörenden Teil freiwillig die Verantwortung übernehmen, vom rechtlichen Standpunkt aus gesehen. Das würde sich allerdings nicht auf Straftaten beziehen, die weiter zurückliegen.«

»Ach was! Es gibt keine Straftaten.«

»Darüber muß noch entschieden werden. Und sagen Sie nicht ›ach was‹, das ist keine rechtlich anerkannte Begründung. Die Frage ist vielmehr, ob der Unterzeichnende diesen Besitz verkaufen kann. Wer ist der Besitzer von Lummox?«

»Nun, Johnnie natürlich! Es stand im Testament seines Vaters.«

»So? Ist das richtig, Mister Postle?«

Mister Postle flüsterte mit Mrs. Stuart und sagte dann: »Ja, das ist richtig, Euer Ehren. Dieses Wesen namens Lummox ist rechtmäßiger Besitz des minderjährigen Kindes John Thomas Stuart. Mrs. Stuarts Anteil besteht lediglich durch ihren Sohn.«

»Also gut.« Greenberg händigte dem Schreiber die Verkaufsurkunde aus. »Nehmen Sie das ins Protokoll auf.«

Betty lehnte sich erleichtert zurück. »In Ordnung, Euer Ehren … benennen Sie, wen Sie wollen. Solange ich sagen kann, was ich will.«

Greenberg seufzte. »Würde es denn etwas ändern, wenn ich das tue?«

»Nicht viel, vermute ich.«

»Dann nehmen wir also ins Protokoll auf, daß Sie beide, nachdem Sie ordnungsgemäß gewarnt und belehrt wurden, darauf bestehen, sich selbst zu verteidigen. Mit Bedauern übernimmt das Gericht die Last,

Ihre Rechte zu schützen und Sie in Rechtsfragen zu unterweisen.«

»Oh, ich habe ein gutes Gefühl, Mister Greenberg. Wir haben Vertrauen zu Ihnen.«

»Mir wäre es lieber, Sie hätten keins«, entgegnete er sarkastisch. »Aber wir wollen fortfahren. Der Herr dort drüben ... wer sind Sie?«

»Ich, Richter? Ich bin der Berichterstatter der Galaktischen Nachrichten hier in der Gegend. Mein Name ist Hovey.«

»So? Der Schreiber wird einen Bericht für die Presse anfertigen. Ich werde später für das übliche Interview zur Verfügung stehen, wenn es jemand wünscht. Sind noch weitere Herren von der Presse anwesend?«

Zwei weitere Männer erhoben sich. »Der Gerichtsdiener wird hinter der Schranke Stühle für Sie aufstellen.«

»Ja, Richter. Aber vorher ...«

»Hinter der Schranke, bitte.« Greenberg sah sich um.

»Ich glaube, das ist alles ... nein, der Herr dort drüben. Ihr Name, Sir?«

Der Angesprochene erhob sich. Er trug ein steifes Jackett und graugestreifte kurze Hosen und bewegte sich mit würdevollem Selbstbewußtsein. »Wenn es dem Gericht beliebt, Sir, ich heiße T. Omar Esklund, Doktor der Philosophie.«

»Es beliebt dem Gericht weder, noch beliebt es ihm nicht, Doktor. Sind Sie in irgendeinem Punkt betroffen?«

»Oh, ja, Sir. Ich bin hier als *amicus curiae*, als Freund des Gerichts erschienen.«

Greenberg runzelte die Stirn. »Dieses Gericht legt

Wert darauf, sich seine Freunde selbst auszusuchen. Nennen Sie Ihr Anliegen, Doktor.«

»Sir, wenn Sie erlauben. Ich bin Bundesgeschäftsführer der Liga zur Erhaltung des Menschentums auf der Erde.« Greenberg unterdrückte einen Seufzer, was Esklund, der den Blick gerade gesenkt hatte, um ein umfangreiches Manuskript aufzunehmen, entging. »Wie allgemein bekannt ist, wird seit Beginn des gottlosen Unternehmens der Raumfahrt unser Heimatplanet Erde, der uns durch Göttliches Gesetz anvertraut ist, in wachsendem Maße von Wesen … oder besser gesagt ›Tieren‹ … von zweifelhafter Herkunft bevölkert. Die verderblichen Folgen dieses gottlosen Verkehrs sind überall offenkundig …«

»Doktor Esklund!«

»Sir?«

»Was ist Ihr Anliegen an diesem Gericht? Sind Sie in einem der vorgetragenen Fälle betroffen?«

»Nun, nicht direkt. Im weiteren Sinne jedoch bin ich der Anwalt der gesamten Menschheit. Die Gesellschaft, die zu vertreten ich die Ehre …«

»Haben Sie irgendein Anliegen? Ein Gesuch vielleicht?«

»Ja«, sagte Esklund, »ich habe ein Gesuch vorzutragen.«

»Tragen Sie es vor!«

Esklund kramte in seinen Papieren und zog ein Blatt heraus. Es wurde an Greenberg weitergereicht, der keinen Blick darauf warf. »Nennen Sie jetzt für das Protokoll in kurzen Worten die Art Ihres Gesuchs. Sprechen Sie deutlich und in das Mikrofon, das Ihnen am nächsten ist.«

»Nun … wenn es dem Gericht recht ist: die Gesellschaft, deren Vertreter zu sein ich die Ehre habe ... eine Liga, die, wenn ich so sagen darf, die gesamte Menscheit umfaßt, bittet darum ... nein, *fordert,* daß diese unirdische Bestie, die bereits in dieser schönen Gemeinde ihr Unwesen getrieben hat, vernichtet wird. Diese Vernichtung wird von denen gebilligt und ja, sogar gefordert, die den heiligen ...«

»Ist das Ihr Gesuch? Sie verlangen, daß das Gericht die Vernichtung des außerirdischen Wesenes namens Lummox anordnet?«

»Ja, aber darüber hinaus habe ich hier eine sorgfältige Aufstellung der Gründe ... unwiderlegbare Argumente, das darf ich wohl sagen, für ...«

»Einen Augenblick. Das Wort ›fordert‹, das Sie gebraucht haben, steht es in Ihrem Gesuch?«

»Nein, Euer Ehren, das kam mir aus dem Herzen, aus der Fülle meiner ...«

»Ihr Herz hat Sie verleitet, eine Mißachtung des Gerichts zu begehen. Möchten Sie das Gesuch neu formulieren?«

Esklund starrte ihn an und sagte dann widerstrebend: »Ich nehme das Wort zurück. Eine Mißachtung des Gerichts lag nicht in meiner Absicht.«

»Ausgezeichnet. Das Gesuch wird angenommen; der Schreiber wird es protokollieren. Eine Entscheidung wird später getroffen. Nun zu der Rede, die Sie zu halten wünschen: Aus dem Umfang Ihres Manuskripts schließe ich, daß sie etwa zwei Stunden dauern wird?«

»Ich glaube, das wäre angemessen, Euer Ehren«, erwiderte Esklund, etwas besänftigt.

»Gut. Gerichtsdiener!«

»Euer Ehren?«

»Können Sie eine Kiste auftreiben?«

»Nun, ich glaube schon, Sir.«

»Ausgezeichnet. Stellen Sie sie auf den Rasen vor dem Gerichtsgebäude. Doktor Esklund, jeder von uns schätzt die Redefreiheit ... also dann viel Spaß. Diese Kiste steht Ihnen die nächsten zwei Stunden zur Verfügung.«

Dr. Esklunds Gesicht nahm eine dunkelviolette Färbung an. »Sie werden von uns hören!«

»Ohne Zweifel.«

»Ihre Sorte kennen wir! Verräter der Menschheit. Abtrünnige! Die ihr verwerfliches Spiel treiben mit ...«

»Schaffen Sie ihn hinaus!«

Grinsend folgte der Gerichtsdiener der Aufforderung. Einer der Reporter ging mit ihnen hinaus. Freundlich fuhr Greenberg fort: »Mir scheint, jetzt sind nur noch die Unentbehrlichen übrig. Uns liegen etliche Anklagepunkte vor, denen jedoch der gleiche Tatsachenkomplex zugrunde liegt. Falls keine Einwände dagegen vorgebracht werden, hören wir uns alle Zeugenaussagen an und verhandeln dann alle Anklagepunkte auf einmal. Einwände?«

Die Anwälte wechselten zweifelnde Blicke. Schließlich meldete sich Mister Itos Anwalt zu Wort: »Euer Ehren, mir würde es gerechter erscheinen, wenn über jeden Fall einzeln verhandelt wird.«

»Möglich. Aber wenn wir das tun, sitzen wir noch Weihnachten hier. Es widerstrebt mir, so viele schwer arbeitende Menschen immer wieder dasselbe durchkäuen zu lassen. Aber es steht Ihnen natürlich frei, ein abgesondertes Schwurgerichtsverfahren zu verlangen ... was bedeutet, daß Ihr Klient die zusätzlich entstandenen Kosten allein zu tragen hat, wenn Sie verlieren.«

Mister Itos Sohn zupfte den Anwalt am Ärmel und flüsterte ihm etwas zu. Der Anwalt nickte und sagte: »Wir sind mit der gemeinsamen Verhandlung einverstanden ... soweit es die Beweisaufnahme betrifft.«

»Sehr gut. Weitere Einwände?« Es gab keine. Greenberg wandte sich an O'Farrell. »Richter, gibt es hier im Saal Lügendetektoren?«

»Wie? Aber ja. Ich mache fast nie Gebrauch davon.«

»Ich mag sie.« Er wandte sich an die übrigen Anwesenden. »Lügendetektoren werden jetzt angeschlossen. Niemand wird gezwungen, einen zu benutzen, aber alle, die sich dagegen entscheiden, werden vereidigt. Das Gericht wird, wie es ihm zusteht, zu Protokoll nehmen, wenn sich jemand weigert, den Lügendetektor zu verwenden.«

John Thomas flüsterte Betty zu: »Sieh dich vor, Schläger.«

Sie gab flüsternd zurück: »Das werde ich, Schlaukopf! Paß du selbst auf.«

Richter O'Farrell sagte, an Greenberg gewandt: »Es wird einige Zeit dauern, bis sie angeschlossen sind. Sollen wir nicht eine Mittagspause einlegen?«

»Ach ja, die Mittagspause. Alle Anwesenden bitte herhören ... das Gericht zieht sich nicht zum Mittagessen zurück. Ich werden den Gerichtsdiener bitten, Kaffee und Sandwiches oder was immer Sie wünschen bringen zu lassen, während der Schreiber die Detektoren anschließt. Wir werden hier am Tisch essen. In der Zwischenzeit ...« Greenberg kramte nach Zigaretten, kramte weiter. » ... hat jemand ein Streichholz?«

Draußen auf dem Rasenplatz war Lummox, nachdem er über die schwierige Frage nachgegrübelt hatte, ob es Betty zustand, Befehle zu erteilen, zu dem Schluß gekommen, daß sie wahrscheinlich eine Ausnahmestellung genoß. Jeder John Thomas hatte bisher eine Person in sein Leben eingeführt, die Betty entsprach; jeder hatte darauf bestanden, daß jeder Laune der entsprechenden Person nachgegeben werden mußte. Bei diesem John Thomas hatte dieser Ablauf mit Betty bereits begonnen; darum war es wohl das beste, sich ihren Wünschen zu fügen, solange es ihm nicht allzu große Schwierigkeiten bereitete. Er legte sich schlafen, während sein Wachauge auf der Hut blieb.

Er verfiel in einen unruhigen, vom verführerischen Stahlduft gestörten Schlaf. Nach einiger Zeit erwachte er wieder und brachte, indem er sich streckte, den Käfig ins Wanken. Ihm schien, daß John Thomas unnötig lange fortblieb. Als er darüber nachdachte, wurde ihm klar, daß ihm die Art, wie dieser Mann John Thomas fortgeführt hatte, nicht gefallen hatte ... nein, sie hatte ihm ganz und gar nicht gefallen. Er überlegte, was er tun sollte, wenn überhaupt. Was würde John Thomas sagen, wenn er da wäre?

Das Problem war zu schwierig. Er legte sich nieder und knabberte an den Gitterstäben seines Käfigs. Er unterließ es, sie zu essen, nahm nur ein Häppchen zum Kosten. Ein wenig zäh, befand er, aber gut.

Im Saal hatte Chefinspektor Dreiser, gefolgt von Karnes und Mendoza, seine Zeugenaussage beendet. Es hatte sich keine Diskussion ergeben, und die Lügenanzeiger hatte sich nicht bewegt; Mister deGrasse hatte darauf bestanden, daß Teile der Aussage ausführlicher dargestellt wurden. Mister Itos Anwalt hatte ausgesagt, daß Mister Ito auf Lummox geschossen hatte; Mister Itos Sohn erhielt die Erlaubnis, die Folgen zu beschreiben und Fotos davon zu zeigen. Zur Vervollständigung der Geschichte des Tages L fehlte nur noch Mrs. Donahues Aussage.

Greenberg wandte sich an ihren Anwalt. »Mister Beanfield, möchten Sie Ihre Klientin befragen, oder soll das Gericht fortfahren?«

»Fahren Sie fort, Euer Ehren. Ich werde vielleicht einige Fragen hinzufügen.«

»Das steht Ihnen frei. Mrs. Donahue, erzählen Sie uns, was sich ereignete.«

»Das werde ich ganz gewiß tun. Euer Ehren, liebe Freunde, verehrtes Publikum, obgleich unerfahren in der Kunst des öffentlichen Redens, glaube ich doch, in aller Bescheidenheit behaupten zu können ...«

»Halten Sie sich damit nicht auf, Mrs. Donahue. Nur die Tatsachen. Der Nachmittag des vergangenen Montags.«

»Aber das habe ich ja gerade erzählt!«

»Also gut, fahren Sie fort. Machen Sie es einfach.«

Sie schnaubte verächtlich. »Also! Ich hatte mich hingelegt, um mir ein kurzes Ruhepäuschen zu gönnen ... ich habe so viele Verantwortungen zu tragen, Clubs, Wohltätigkeitsvereine und ähnliches ...«

Greenberg beobachtete den Lügendetektor, der ruhelos zuckte, aber nicht so weit in den roten Bereich ausschlug, daß er den Alarmsummer ausgelöst hätte. Er beschloß, daß es überflüssig war, sie zur Ordnung zu rufen.

» ... als mich plötzlich unsagbare Furcht ergriff.«

Die Nadel schlug weit in den roten Bereich aus, ein

leuchtendrotes Licht blitzte auf, und ein lautes, unangenehmes Summen ertönte. Jemand begann zu kichern; augenblicklich rief Greenberg: »Ruhe im Gerichtssaal. Der Gerichtsdiener ist angewiesen, jeden Zuschauer zu entfernen, der das Gericht stört.«

Als der Alarm schrillte, brach Mrs. Donahues Redeschwall unvermittelt ab. Mister Beanfield blickte finster vor sich hin und sagte, indem er sie am Arm faßte: »Lassen Sie sich nicht aus der Ruhe bringen, liebe Dame. Erzählen Sie dem Gericht einfach von dem Lärm, den Sie hörten, was Sie sahen und was Sie taten.«

»Er beeinflußt die Zeugin«, wandte Betty ein.

»Das macht nichts«, entgegnete Greenberg. »Jemand muß es ja tun.«

»Aber ...«

»Einspruch abgelehnt. Die Zeugin soll fortfahren.«

»Nun! Ja ... nun, ich hörte diesen Lärm und fragte mich, was, um Himmels willen, das sein mochte. Ich warf einen Blick hinaus und sah diese riesige, gierige Bestie, die dort ihr Unwesen trieb und ...«

Wieder ertönte das Summen; ein Dutzend Zuhörer lachten laut auf. Erzürnt sagte Mrs. Donahue: »Kann jemand dieses blöde Ding abschalten? Ich weiß nicht, wie ein Mensch seine Aussage machen soll, wenn das so weiter geht.«

»Ruhe!« rief Greenberg. »Wenn es weitere Störungen gibt, sieht sich das Gericht gezwungen, jemanden zur Verantwortung zu ziehen.« An Mrs. Donahue gewandt, fuhr er fort: »Wenn ein Zeuge der Anwendung des Lügendetektors einmal zugestimmt hat, kann er diese Entscheidung nicht mehr rückgängig machen. Aber die Angaben haben lediglich informativen Charakter; das Gericht ist nicht daran gebunden. Fahren Sie fort.«

»Nun, das will ich hoffen. In meinem ganzen Leben ist noch keine Lüge über meine Lippen gekommen.«

Der Summer blieb still; Greenberg überlegte, daß sie davon überzeugt sein mußte. »Ich meine«, fügte er hinzu, »daß das Gericht sich selbst eine Meinung bildet. Es überläßt diese Aufgabe nicht einem Apparat.«

»Mein Vater hat immer gesagt, daß derartige Geräte Teufelswerk seien. Er sagte, daß ein ehrbarer Geschäftsmann nicht ...«

»Bitte, Mrs. Donahue.«

Mister Beanfield flüsterte ihr etwas zu. Etwas ruhiger fuhr Mrs. Donahue fort: »Also, da war dieses *Etwas*, diese riesige Bestie, die dem Nachbarjungen gehört. Das Untier fraß meine Rosensträucher.«

»Und was taten Sie daraufhin?«

»Ich wußte nicht, was ich tun sollte. Ich griff nach dem nächstbesten Gegenstand ... es war mein Besen ... und eilte hinaus. Die Bestie griff mich an und ...«

Buzzzzzz!

»Möchten Sie sich die letzte Aussage noch einmal überlegen, Mrs. Donahue?«

»Nun ... jedenfalls eilte ich darauf zu und begann, es auf den Kopf zu schlagen. Es schnappte nach mir. Diese gewaltigen Zähne ...«

Buzzzzz!

»Was geschah dann, Mrs. Donahue?«

»Nun, es drehte sich um, das feige Biest und rannte aus meinem Garten davon. Ich weiß nicht, wohin es lief. Aber mein wunderschöner Garten war vollkommen *zerstört.*« Die Nadel zitterte, aber der Summer ertönte nicht.

Greenberg wandte sich an den Anwalt. »Mister Beanfield, haben Sie sich den Schaden in Mrs. Donahues Garten angesehen?«

»Ja, Euer Ehren.«

»Würden Sie uns das Ausmaß der Zerstörung beschreiben?«

Mister Beanfield entschloß sich, lieber eine Klientin zu verlieren, als sich vor Gericht von diesem verteufelten Spielzeug aussummen zu lassen. »Fünf Sträucher wurden angefressen, Euer Ehren, gänzlich oder teilweise. Der Rasen wurde geringfügig beschädigt und in einen geschnitzten Zaun ein Loch gerissen.«

»Der finanzielle Schaden?«

Mister Beanfield sagte vorsichtig: »Die Summe, die wir einzuklagen beabsichtigen, liegt Ihnen vor, Euer Ehren.«

»Das ist keine befriedigende Antwort, Mister Beanfield.«

Mister Beanfield zuckte im Geiste die Achseln und strich Mrs. Donahue von seiner Liste zahlender Klienten. »Oh, was den Schaden am Besitz betrifft, dürfte es sich um rund zweihundert handeln. Aber das Gericht sollte die Unannehmlichkeiten und den seelischen Schaden nicht außer acht lassen.«

Mrs. Donahue stieß einen schrillen Schrei aus. »Das ist lächerlich! Meine *preisgekrönten* Rosen.«

Die Nadel schlug aus und schwang so schnell zurück, daß sie den Summer nicht auslöste. Müde sagte Greenberg: »Welche Preise, Mrs. Donahue?«

Der Anwalt schaltete sich ein. »Sie standen genau neben Mrs. Donahues berühmten Meisterpflanzen.

Ihr mutiges Eingreifen hat die wertvolleren Sträucher gerettet, wie ich zu meiner Freude sagen kann.«

»Haben Sie dem noch etwas hinzuzufügen?«

»Ich glaube nicht. Ich kann Ihnen Fotos zur Verfügung stellen.«

»Sehr gut.«

Mrs. Donahue warf ihrem Anwalt einen Blick zu. »Nun! Ich habe noch etwas hinzuzufügen. Es gibt etwas, worauf ich bestehe, unwiderruflich *bestehe,* und das ist die *Vernichtung* dieser gefährlichen, blutrünstigen Bestie!«

Greenberg wandte sich an Beanfield. »Ist das ein förmlicher Antrag, Herr Rechtsanwalt? Oder können wir die Frage als rhetorisch betrachten?«

Beanfield sah sich unbehaglich um. »Wir stellen ein solches Gesuch, Euer Ehren.«

»Das Gericht nimmt es entgegen.«

Betty schaltete sich ein. »He! Einen Augenblick! Lummie hat nichts weiter getan, als ein paar von ihren schäbigen alten ...«

»Später, Miss Sorenson.«

»Aber ...«

»Später, bitte. Sie werden Gelegenheit erhalten, alles zu sagen. Das Gericht ist jetzt der Ansicht, daß alle zweckdienlichen Tatsachen zusammengetragen sind. Hat noch jemand etwas Neues vorzutragen, oder wünscht jemand, einen weiteren Zeugen zu befragen? Oder einem Zeugen noch weitere Fragen zu stellen?«

»Wir«, erklärte Betty, ohne zu zögern.

»Was wünschen Sie?«

»Wir möchten einen weiteren Zeugen befragen.«

»Also gut. Ist er anwesend?«

»Ja, Euer Ehren. Draußen. Es ist Lummox.«

Greenberg warf ihr einen nachdenklichen Blick zu. »Verstehe ich Sie richtig, daß Sie Lummox zu seiner eigenen Verteidigung in den Zeugenstand rufen wollen?«

»Warum nicht? Er kann sprechen.«

Ein Reporter wandte sich an seinen Kollegen und flüsterte ihm etwas zu, dann eilte er aus dem Saal. Greenberg kaute auf der Unterlippe. »Das weiß ich«, stimmte er ihr zu. »Ich habe selbst ein paar Worte mit ihm gewechselt. Aber die Fähigkeit zu sprechen macht noch keinen zuverlässigen Zeugen aus ihm. Ein Kind kann vielleicht sprechen lernen, bevor es ein Jahr alt ist, aber sehr selten ist ein Kind in sehr jungen Jahren ... sagen wir, unter fünf ... in der Lage, Zeugnis abzulegen. Das Gericht erklärt, daß Mitglieder nichtmenschlicher Rassen ... nichtmenschlich im biologischen Sinne ... Zeugenaussagen machen können. Aber bisher ist nichts vorgetragen worden, das beweisen würde, daß dieser besondere Außerirdische dazu in der Lage ist.«

Besorgt flüsterte John Thomas Betty zu: »Hast du dir das gut überlegt? Wir haben keine Ahnung, was Lummie sagen würde.«

»Pst!« An Greenberg gewandt, fuhr sie fort: »Sehen Sie, Herr Beauftragter, Sie haben eine Unmenge von Worten gesagt, aber was bedeuten sie? Sie sind im Begriff, ein Urteil über Lummox zu fällen ... und Sie machen sich nicht einmal die Mühe, ihm eine einzige Frage zu stellen. Sie sagen, er ist nicht in der Lage, eine gültige Zeugenaussage zu machen. Nun, ich habe hier ein paar Leute gesehen, die auch nicht gerade eine gute Figur gemacht haben. Ich möchte wetten, wenn

Sie Lummie an einen Lügendetektor anschließen, wird er nicht summen. Sicher, er hat einiges getan, das er nicht hätte tun sollen. Er hat ein paar schäbige, alte Rosensträucher und Mister Itos Kohlköpfe gefressen. Was ist daran so entsetzlich? Haben Sie als Kind jemals heimlich ein Plätzchen genommen, wenn Sie sich unbeobachtet glaubten?«

Sie nahm einen tiefen Atemzug. »Stellen Sie sich vor, jemand hätte Ihnen mit dem Besen ins Gesicht geschlagen, als Sie das Plätzchen nahmen. Oder man hätte mit einem Gewehr auf Sie geschossen? Hätten Sie sich nicht erschreckt? Wären Sie nicht davongelaufen? Lummie ist gutmütig. Jeder hier in der Gegend weiß das ... und wenn sie es nicht wissen, dann sind sie dümmer und verantwortungsloser als er. Aber hat auch nur ein Mensch versucht, mit ihm zu reden? Oh, nein! Sie haben ihn verdroschen, auf ihn geschossen, ihn zu Tode erschreckt und von Brücken gestürzt. Sie sagen, Lummox ist kein zuverlässiger Zeuge. Wer ist ein glaubwürdigerer Zeuge? All diese Menschen, die gemein zu ihm sind? Oder Lummie? Jetzt wollen sie ihn umbringen. Wenn ein kleiner Junge ein Plätzchen stehlen würde, würden sie ihm wahrscheinlich den Kopf abschlagen, nur um sicherzugehen, daß er es nicht noch einmal tut. Sind hier alle verrückt? Was ist das für ein Narrenstück?«

Sie schwieg, Tränen rannen ihr über die Wangen. Es war eine Fähigkeit, die ihr in Schulaufführungen zugute gekommen war; zu ihrer eigenen Überraschung stellte sie fest, daß sie diesmal echt waren.

»Sind Sie fertig?« fragte Greenberg.

»Ich glaube schon. Jedenfalls im Augenblick.«

»Ich muß sagen, daß Sie Ihre Geschichte sehr rührend vorgetragen haben. Aber das Gericht sollte nicht durch Gefühle beeinflußt werden. Sind Sie der Ansicht, daß der größte Teil des Schadens ... sagen wir, abgesehen von den Rosensträuchern und den Kohlköpfen ... durch unangemessene Handlungsweise der Menschen entstanden ist und darum weder Lummox noch seinem Besitzer angelastet werden kann?«

»Das müssen Sie selbst herausfinden, Euer Ehren. Der Schwanz folgt im allgemeinen dem Hund. Warum fragen Sie nicht Lummie, wie er die ganze Sache sieht?«

»Dazu kommen wir noch. Eine andere Sache: Ich kann Ihren Vergleich nicht akzeptieren. Wir haben es hier nicht mit einem kleinen Jungen, sondern mit einem Tier zu tun. Sollte dieses Gericht die Vernichtung des Tieres anordnen, so würde dies nicht um der Rache oder Bestrafung willen geschehen, denn einem Tier wird nicht unterstellt, daß es solche Wertordnungen versteht. Der einzige Zweck wäre der Schutz davor, daß aus einer möglichen Gefahr eine Zerstörung von Leben, Leib oder Eigentum erwächst. Ihr kleiner Junge kann von den Händen seiner Kinderfrau gebändigt werden ... aber wir haben es mit einem Wesen zu tun, das einige Tonnen wiegt und einen Menschen durch einen unachtsamen Schritt zerstampfen kann. Ihr Plätzchen stehlender kleiner Junge ist damit nicht vergleichbar.«

»Ach nein? Dieser kleine Junge kann heranwachsen und eine ganze Stadt auslöschen, indem er einen winzigen Knopf drückt. Also schlägt man ihm den Kopf ab – bevor er erwachsen wird. Man fragt ihn nicht, warum er das Plätzchen genommen hat, man stellt ihm überhaupt keine Fragen! Er ist ein unartiger Junge – also schlägt man ihm den Kopf ab und erspart sich weiteren Ärger.«

Greenberg ertappte sich dabei, daß er wieder auf der Unterlippe kaute. Er sagte: »Ist es Ihr Wunsch, daß wir Lummox befragen?«

»Das habe ich doch gesagt, oder nicht?«

»Ich weiß nicht genau, was Sie gesagt haben. Das Gericht wird es in Erwägung ziehen.«

Mister Lombard ergriff das Wort. »Einspruch, Euer Ehren. Wenn dieses außergewöhnliche …«

»Schieben Sie Ihren Einspruch bitte auf. Das Gericht zieht sich für zehn Minuten zurück. Alle bleiben im Saal.«

Grennberg stand auf und entfernte sich. Er nahm eine Zigarette heraus, stellt wieder fest, daß er kein Feuer hatte, und steckte sie in die Packung zurück.

Zum Teufel mit dem Mädchen! Er hatte sich einen Plan zurechtgelegt, wie er diesen Fall geschickt beilegen konnte, zur Zufriedenheit des Ministeriums und aller Beteiligten … mit Ausnahme des jungen Stuart, aber daran konnte man nichts ändern … des Jungen und seiner altklugen, albernen jungen Mami, die ihre Fittiche über ihn gelegt hatte. Und den Daumen auf ihn, fügte er hinzu.

Er durfte nicht zulassen, daß dieses einzigartige Exemplar vernichtet wurde. Aber seine Absicht war es gewesen, die Sache ohne Aufsehen hinter sich zu bringen … das Gesuch dieser alten Schachtel abzulehnen, da es offenkundig auf purer Bosheit beruhte und den Polizeichef unter vier Augen zu bitten, das andere zu vergessen. Das Gesuch der Liga zur Erhaltung der Welt für die Neandertaler war nicht von Bedeutung.

Aber dieses vorlaute Mädchen erweckte, indem sie redete, wenn sie eigentlich zuhören sollte, den Eindruck, als könne ein Ministerialgericht dazu verleitet werden, das öffentliche Wohl gegen diesen sentimentalen, anthropomorphen Blödsinn zurückzustellen!

Zum Teufel mit ihren hübschen Augen!

Sie würden ihm auch noch vorwerfen, er hätte sich von diesen hübschen, blauen Augen beeinflussen lassen. Zu dumm, daß das Mädchen nicht häßlich war.

Der Besitzer des Tieres war für den Schaden verantwortlich; es gab tausend Fälle von ›streunenden Tieren‹, die ein entsprechendes Urteil rechtfertigen würden – da sie sich hier nicht auf dem Planeten Tencora befanden. Das Gerede, daß es die Schuld derjenigen gewesen sei, die ihn erschreckt hatten, war doch nichts als dummes Geschwätz. Aber das außerirdische Wesen war als Exemplar für die Wissenschaft wesentlich mehr wert als die Schadenssumme; der Urteilsspruch würde dem Jungen also in finanzieller Hinsicht nicht schaden.

Er erkannte, daß er sich in einen höchst unjuristischen Gemütszustand hatte gleiten lassen. Die Zahlungsfähigkeit des Beschuldigten war nicht seine Angelegenheit.

»Verzeihen Sie, Euer Ehren. Bitte, spielen Sie nicht an diesen Dingern herum.«

Er blickte auf, bereit, jemandem an die Kehle zu gehen, und sah sich dem Gerichtsschreiber gegenüber. Dann erkannte er, daß er mit den Knöpfen und Hebeln am Kontrollpult des Schreibers gespielt hatte. Er zog die Hände zurück. »Entschuldigen Sie.«

»Jemand, der nichts von diesen Dingen versteht«,

erklärte der Gerichtsschreiber entschuldigend, »kann großen Schaden daran anrichten.«

»Das ist wahr. Leider.« Er wandte sich abrupt ab »Das Gericht bittet um Ruhe.«

Er setzte sich an seinen Platz zurück und wandte sich augenblicklich Miss Sorenson zu. »Das Gericht ist zu dem Schluß gekommen, daß Lummox nicht als Zeuge gehört wird.«

Betty schnappte nach Luft. »Euer Ehren, Sie sind außerordentlich ungerecht.«

»Schon möglich.«

»Wir verlangen eine Änderung des Gerichtsstandes.«

»Wo haben Sie das Wort gelernt? Wie dem auch sei, Sie hatten eine, als sich das Ministerium einschaltete. Damit ist das erledigt. Jetzt halten Sie zur Abwechslung einmal den Mund.«

Sie wurde rot. »Sie sollten sich selbst für untauglich erklären.«

Greenberg hatte sich vorgenommen, ruhig zu bleiben, wahrhaft göttliche Geduld an den Tag zu legen. Jetzt sah er sich gezwungen, dreimal tief und langsam einzuatmen. »Junge Dame«, sagte er vorsichtig, »Sie haben den ganzen Tag über versucht, die Beweisaufnahme zu erschweren. Es besteht keine Veranlassung für Sie, jetzt zu reden; Sie haben ohnehin schon zuviel gesagt. Haben Sie mich verstanden?«

»Das habe ich nicht, das werde ich doch, und das habe ich auch nicht!«

»Wie? Wiederholen Sie das, bitte.«

Sie warf ihm einen Blick zu. »Nein, ich nehme es lieber zurück ... sonst sprechen Sie von ›Mißachtung‹ des Gerichts.«

»Nein, nein. Ich wollte es mir merken. Ich glaube nicht, daß ich jemals eine so umfassende Erklärung gehört habe. Na, macht nichts. Halten Sie jetzt einfach den Mund. Wenn Sie wissen, wie das geht. Sie werden später das Wort haben.«

»Ja, Sir.«

Er wandte sich an die anderen. »Das Gericht hat zu einem früheren Zeitpunkt verkündet, daß es die Beteiligten gebührend informieren würde, wenn es die Verhandlung noch heute zur Entscheidung führt. Das Gericht sieht keinen Grund, das nicht zu tun. Irgendwelche Einwände?«

Die Anwälte rutschten unbehaglich auf dem Stuhl herum und wechselten fragende Blicke. Greenberg wandte sich an Betty. »Wie steht es mit Ihnen?«

»Meinen Sie mich? Ich dachte, ich wäre nicht stimmberechtigt.«

»Sollen wir heute zum Urteilsspruch in allen Tatbeständen kommen?«

Sie warf John Thomas einen Blick zu und sagte dann dumpf: »Kein Einspruch.« Dann beugte sie sich zu ihm hinüber und flüsterte: »Oh, Johnnie, ich habe es *versucht*!«

Er streichelte ihr unter dem Tisch die Hand. »Ich weiß es, Schläger.«

Greenberg tat so, als hörte er nichts. Er fuhr mit kalter, geschäftsmäßiger Stimme fort: »Dem Gericht liegt ein Gesuch vor, in dem die Vernichtung des Außerirdischen Lummox gefordert ist, mit der Begründung, daß er gefährlich und unkontrollierbar ist. Die Bestandsaufnahme hat diesen Standpunkt nicht erhärtet; das Gesuch wird abgelehnt.«

Betty holte tief Luft und seufzte. John Thomas'

Züge nahmen einen erstaunten Ausdruck an, dann lächelte er zum ersten Mal. »Ruhe, bitte«, sagte Greenberg freundlich. »Uns liegt noch ein weiteres Gesuch mit demselben Begehren, aber unterschiedlichen Begründungen vor.« Er hob das Gesuch der Liga zur Erhaltung des Menschtums auf der Erde hoch. »Das Gericht sieht sich außerstande, den angeführten Gründen zu folgen. Gesuch abgelehnt.«

»Uns liegen außerdem vier Strafanträge vor, die ich alle abweise. Das Gesetz erfordert ...«

Der Staatsanwalt der Stadt warf ihm einen überraschten Blick zu. »Aber Euer Ehren.«

»Wenn Sie etwas zu sagen haben, merken Sie es sich bitte. Es kann in den vorliegenden Fällen keine kriminelle Absicht unterstellt werden, woraus wir schließen können, daß kein Verbrechen vorliegt. Das Gesetz erfordert jedoch, daß jedermann die notwendige Vorsicht walten läßt, um anderen keinen Schaden zuzufügen, und auf dieser Grundlage müssen wir die Tatbestände beurteilen. Vorsicht und Besonnenheit setzen Erfahrungen – der Allgemeinheit oder eigene – voraus, keine unmögliche Hellseherei. Nach dem Urteil des Gerichts waren die getroffenen Vorsichtsmaßnahmen ausreichend, auf der Grundlage der Erfahrung ... der Erfahrung bis zum vergangenen Montagnachmittag, heißt es.« Er wandte sich um und sagte zu John Thomas: »Ich will damit sagen, junger Mann: Ihre Vorkehrungen waren ausreichend, soweit Ihnen bekannt war. Jetzt wissen Sie es besser. Wenn sich dieses Biest noch einmal freimacht, wird Sie das teuer zu stehen kommen.«

Johnnie schluckte. »Ja, Sir.«

»Es bleibt noch die Frage des Privatschadens. Hier

kommen andere Kriterien zur Anwendung. Der Erziehungsberechtigte eines minderjährigen Kindes oder der Besitzer eines Tieres ist verantwortlich für den Schaden, den dieses Kind oder dieses Tier anrichtet, da das Gesetz vorschreibt, die Folgen nicht einer unschuldigen dritten Person, sondern dem Besitzer oder Erziehungsberechtigten aufzuladen. Die Zivilklagen fallen, außer in einem Punkt, den ich aber im Augenblick zurückstellen möchte, unter dieses Gesetz. Lassen Sie mich zuerst anmerken, daß einige der Tatbestände wirkliche, strafbare und exemplarische Beschädigungen voraussetzen. Strafbare und exemplarische Zerstörung wird verneint; dafür gibt es keine Begründung. Ich glaube, daß in jedem der Fälle ein wirklicher Schaden vorliegt, und die Anwälte haben das bestätigt. Das Ministerium für Raumangelegenheiten hat sich, was die Schadenssummen betrifft, in das öffentliche Interesse eingeschaltet; die Kosten werden vom Ministerium getragen.«

Betty flüsterte: »Gut, daß wir ihn zur beweglichen Habe erklären ließen. Sieh nur, wie diese Versicherungsgeier grinsen.«

Greenberg fuhr fort: »Ich habe einen Punkt zurückgestellt. Indirekt ist die Möglichkeit angesprochen worden, daß es sich bei diesem Lummox nicht um ein Tier handelt ... daß es darum kein Eigentum sein kann ... sondern daß er im Sinne des ›Zivilisationsrechts‹ ein erkenntnisfähiges Wesen ist ... und darum sein eigener Herr.« Greenberg zögerte. Er war im Begriff, eine persönliche Erklärung zum ›Zivilisationsrecht‹ abzugeben; er legte Wert darauf, nicht überstimmt zu werden. »Wir haben die Sklaverei schon vor langer Zeit abgeschafft; kein fühlendes Wesen darf in

Knechtschaft leben. Wenn aber Lummox ein erkenntnisfähiges Wesen ist, was haben wir dann? Kann Lummox persönlich verantwortlich gemacht werden? Es hat nicht den Anschein, als verfügte er über ausreichende Kenntnisse unserer Sitten, und es hat auch nicht den Anschein, als befinde er sich aus eigenem Antrieb in unserer Mitte. Sind die angenommenen Besitzer in Wirklichkeit seine Erziehungsberechtigten und in diesem Sinne verantwortlich? Alle diese Fragen laufen auf den Punkt hinaus: Ist Lummox ein Besitz oder ein freies Wesen?

Das Gericht hat seiner Überzeugung Ausdruck gegeben, als es anordnete, daß Lummox nicht in den Zeugenstand treten darf ... zu dem betreffenden Zeitpunkt. Aber das Gericht verfügt nicht über die Vollmacht, eine endgültige Entscheidung zu treffen, gleichgültig, wie sehr es davon überzeugt ist, daß Lummox ein Tier ist.

Das Gericht wird also darangehen, auf eigene Veranlassung Lummox' Status festzusetzen. In der Zwischenzeit werden die örtlichen Behörden für Lummox sorgen und die Verantwortung sowohl für seine als auch für die öffentliche Sicherheit in bezug auf ihn übernehmen.« Greenberg schwieg und ließ sich zurücksinken.

Eine Fliege hätte die freie Auswahl unter den offenstehenden Mündern gehabt. Der erste, der sich faßte, war Mister Schneider, der Anwalt der Western Versicherungsgesellschaft. »Euer Ehren? Wo bleiben *wir* dabei?«

»Ich weiß es nicht.«

»Aber ... sehen Sie, Euer Ehren, wir müssen den Tatsachen ins Auge sehen. Mrs. Stuart verfügt über keinerlei Besitz oder Vermögen, das zur Deckung herangezogen werden könnte; sie ist Treuhänderin einer Stiftung. Ebenso verhält es sich mit dem Jungen. Wir hatten die Absicht, unsere Ansprüche gegen die Bestie selbst geltend zu machen; sie würde auf dem freien Markt einen guten Preis erzielen. Jetzt haben Sie, wenn Sie erlauben, alles über den Haufen geworfen. Wenn einer dieser Wissenschaftler ... hmmpf! ... eine lange Testserie in Gang bringt, die vielleicht Jahre in Anspruch nimmt oder Zweifel am Status der Bestie als bewegliche Habe äußert ... an wen sollen wir uns dann wegen des Schadensersatzes wenden? Sollen wir die Stadt verklagen?«

Augenblicklich sprang der Staatsanwalt der Stadt auf. »Na, hören Sie, Sie können die Stadt nicht verklagen! Die Stadt ist eine der geschädigten Parteien. Nach dieser Theorie ...«

»Ruhe«, rief Greenberg streng. »Keine dieser Fragen kann im Augenblick beantwortet werden. Alle Zivilklagen werden verhandelt, wenn Lummox' Status geklärt ist.« Er hob den Blick zur Decke. »Es gibt noch eine weitere Möglichkeit. Es scheint, als wäre dieses Wesen mit der *Himmelsstürmer* zur Erde gekommen. Wenn mein Geschichtsgedächtnis mich nicht im Stich läßt, waren alle Tiere, die auf diesem Schiff zur Erde gelangten, Eigentum der Regierung. Selbst wenn Lummox als bewegliche Habe bezeichnet werden kann, ist es möglich, daß er sich nicht in Privatbesitz befindet. In diesem Fall ist die Quelle der Entschädigung möglicherweise die Angelegenheit einer zuständigen Rechtsinstanz.«

Mister Schneider blickte benommen drein, Mister Lombard verärgert und Johnnie verwirrt. Er flüsterte

Betty zu: »Was will er eigentlich damit sagen? Lummox gehört mir.«

»Pst ...«, flüsterte Betty. »Ich habe dir *gesagt*, daß wir aus der Sache herauskommen würden. Oh, Mister Greenberg ist wirklich ein Schatz!«

»Aber ...«

»Sei still! Wir sind im Vorteil.«

Mister Itos Sohn hatte, abgesehen von seiner Zeugenaussage, geschwiegen. Jetzt erhob er sich. »Euer Ehren?«

»Ja, Mister Ito?«

»Ich verstehe kein Wort von alldem. Ich bin nur ein Bauer. Aber eins möchte ich gern wissen. *Wer zahlt mir den Schaden an den Gewächshäusern meines Vaters?*«

John Thomas stand auf. »Ich«, erklärte er einfach.

Betty zupfte ihn am Ärmel. »Setz dich, du Idiot!«

»Du bist jetzt still, Betty. Du hast genug geredet.« Betty schwieg. »Mister Greenberg, jetzt haben alle geredet. Kann ich auch etwas sagen?«

»Bitte.«

»Ich habe mir den ganzen Tag über allen möglichen Unsinn angehört. Der eine erklärt, Lummox sei gefährlich, aber das ist er nicht. Der andere will ihn nur zum Spaß töten lassen ... ja, Sie meine ich, Mrs. Donahue!«

»Bitte, wenden Sie sich an das Gericht«, mahnte Greenberg ruhig.

»Ich habe auch von Ihnen viele Worte gehört. Ich konnte Ihnen nicht in allem folgen, aber manche davon kamen wir ziemlich albern vor, wenn Sie mir verzeihen, Sir. Entschuldigen Sie.«

»Ich nehme an, Sie hatten keine Beleidigung im Sinn.«

»Nun ... nehmen Sie nur das ganze Gerede darüber, ob Lummox eine bewegliche Habe ist oder nicht. Oder ob er klug genug ist, seine Stimme abzugeben. Lummox ist ziemlich klug, ich nehme an, keiner außer mir weiß, wie klug er wirklich ist. Aber er hat nie irgendeine Erziehung genossen, und er ist nirgendwo gewesen. Aber das hat nichts damit zu tun, wem er gehört. Er gehört zu *mir.* Genauso, wie ich zu ihm gehöre. Wir sind zusammen aufgewachsen. Ich weiß, daß ich für den Schaden am vergangenen Montag verantwortlich bin ... wirst du still sein, Betty! Ich kann ihn im Augenblick nicht wiedergutmachen, aber ich werden ihn bezahlen. Ich ...«

»Einen Augenblick, junger Mann. Das Gericht wird nicht zulassen, daß Sie ohne Rechtsbeistand eine Schulderklärung ablegen. Wenn das in Ihrer Absicht liegt, wird das Gericht einen Verteidiger benennen.«

»Sie sagten, ich hätte das Wort.«

»Fahren Sie fort. Nehmen Sie ins Protokoll auf, daß die Erklärung nicht bindend ist.«

»Natürlich ist sie bindend, weil ich es tun werde. In Kürze wird meine Ausbildungsversicherung fällig, und die Summe deckt in etwa den Schaden. Ich nehme an, ich kann ...«

»John Thomas!« rief seine Mutter mit schneidener Stimme. »Du wirst nichts dergleichen tun!«

»Mutter, es wäre besser, du würdest dich da auch heraushalten. Ich wollte gerade sagen ...«

»Du wirst überhaupt nichts sagen. Euer Ehren, er ist ...«

»Ruhe!« schnitt Greenberg ihr das Wort ab. »Die Erklärung ist nicht bindend. Lassen Sie den Jungen reden.«

»Danke, Sir, ich hatte ohnehin alles gesagt. Aber ich habe *Ihnen* noch etwas zu sagen, Sir. Lummie ist scheu. Ich kann mit ihm umgehen, weil er mir vertraut – aber wenn Sie glauben, daß ich zulasse, daß ein Haufen fremder Menschen in ihm herumstochern und wühlen, ihm alberne Fragen stellen und ihn durch alle möglichen Labyrinthe hetzen, dann sollten Sie das noch einmal überdenken – denn ich werde es nicht dulden! Lummie ist jetzt schon ganz durcheinander. Das alles war mehr Aufregung für ihn, als ihm guttut. Der arme Kerl ...«

Lummox hatte länger auf John Thomas gewartet, als ihm lieb war, denn er wußte nicht, wohin John Thomas verschwunden war. Er hatte gesehen, daß er in der Menge verschwunden war, hatte aber keine Ahnung, ob er das große Haus in der Nähe betreten hatte. Nachdem er das erste Mal aufgewacht war, hatte er den Versuch gemacht, wieder einzuschlafen, war aber immer wieder von den Leuten gestört worden. Er hatte sich immer wieder selbst wecken müssen, weil seine Wächter ihre Aufgabe mit wenig Geschick versahen. Nicht, daß er es auf diese Weise betrachtet hätte; er war sich lediglich bewußt, daß seine Warnsignale immer wieder angeschlagen hatten.

Endlich beschloß er, daß es Zeit war, John Thomas zu suchen und nach Hause zu gehen. Im Geiste zerriß er Bettys Anweisung; Betty war schließlich nicht John Thomas.

Also schob er sein Gehör in die Höhe und versuchte, Johnnie auszumachen. Er lauschte lange Zeit und hörte mehrmals Bettys Stimme – aber er war nicht an Betty interessiert. Er fuhr mit dem Lauschen fort.

Jetzt hörte er Johnnie! Er schaltete alles andere aus und lauschte. Er befand sich tatsächlich in dem großen Haus. He! Genauso klang Johnnies Stimme auch, wenn er sich mit seiner Mutter stritt. Lummox breitete sein Gehör ein wenig weiter aus und versuchte zu erkennen, was da vor sich ging.

Sie sprachen über Dinge, von denen er nichts wußte. Aber eins war klar: Irgend jemand war gemein zu Johnnie. Seine Mutter? Ja, einmal hörte er ihre Stimme ... und er wußte, daß sie das Recht hatte, gemein zu Johnnie zu sein, genau wie Johnnie böse mit ihm reden durfte, ohne daß es wirklich eine Rolle spielte. Aber da war noch jemand anderes ... mehrere andere, und kein einziger von ihnen hatte das Recht dazu.

Lummox fand, daß es Zeit war zu handeln. Er wuchtete sich auf die Füße.

John Thomas war mit seiner Schlußerklärung gerade an der Stelle. »Der arme Kerl ...« angelangt, als von draußen wildes Geschrei hereindrang; alle im Saal Anwesenden drehten die Köpfe, um zu sehen, was los war. Der Lärm kam rasch näher, und Mister Greenberg war gerade im Begriff, den Gerichtsdiener hinauszuschicken, um die Ursache zu ergründen, als sich das plötzlich als überflüssig erwies. Die Tür zum Gerichtssaal wurde aufgestoßen und sprang aus den Angeln. Lummoxs Vorderkörper drang herein und riß einen Teil der Wand mit sich. Schließlich hatte er den Türrahmen wie einen Kragen um den Hals hängen. Er riß das Maul auf und piepste: »Johnnie!«

»Lummox!« rief sein Freund. »Halt still. Bleib, wo du bist. Rühr dich keinen Zentimeter vom Fleck.«

Von allen Mienen im Saal wies diejenige des Sonderkommissars Greenberg den interessantesten Ausdruck gemischter Gefühle auf.

Eine Frage des Standpunktes

Seine Exzellenz Mister Kiku, Unterstaatssekretär im Ministerium für Raumangelegenheiten, öffnete eine Schreibtischschublade und ließ den Blick über seine Tablettensammlung schweifen. Es gab keinen Zweifel; sein Magengeschwür machte sich wieder bemerkbar. Er wählte eine aus und wandte sich müde seinen Aufgaben zu.

Er las eine Anweisung vom Technischen Büro des Ministeriums, die ein Startverbot für alle interplanetarischen Schiffe der *Pelikan*-Klasse beinhaltete, bis bestimmte Veränderungen vorgenommen waren. Mister Kiku hielt sich nicht damit auf, den beigefügten technischen Bericht durchzulesen, sondern erklärte durch seine Unterschrift sein Einverständnis, versah es mit dem Vermerk ›Mit sofortiger Wirkung‹ und warf das Papierbündel in den Ausgangskorb. Die technische Sicherheit im Raum unterstand der Verantwortung des technischen Büros. Kiku selbst hatte keine Ahnung von Technik und verspürte auch nicht den Wunsch; er würde die Entscheidungen seines Chefingenieurs decken oder ihn entlassen und einen anderen einstellen.

Aber er überlegte mißmutig, daß die finanzkräftigen Besitzer der *Pelikan*-Schiffe dem Minister schon bald die Türen einrennen würden ... und kurze Zeit später wurde der Staatssekretär in seiner Unwissenheit und eingeschüchtert von der politischen Macht, die diese feinen Herren ausübten, klein beigeben.

Er begann, an diesem neuen Staatsekretär zu zweifeln; er entwickelte sich nicht zu seinem Vorteil.

Die nächste Notiz war nur zu seiner Information bestimmt und nur auf Grund der strikten Anordnung an ihn weitergeleitet worden, daß alles, was den Staatssekretär betraf, über seinen Schreibtisch zu laufen hatte, gleichgültig, wie unwichtig es sein mochte. Die vorliegende Notiz schien vollkommen unwichtig: dem Schriftstück zufolge forderte eine Organisation, die sich ›Lummoxs Freunde‹ nannte und von einer Mrs. Beulah Murgatroyd geführt wurde, eine Unterredung mit dem Staatssekretär für Raumangelegenheiten; sie wurde an den Leiter der Abteilung Öffentlichkeitsarbeit verwiesen.

Mister Kiku las nicht weiter. Wes Robbins würde sie mit Liebenswürdigkeiten ersticken, und weder er noch der Staatssekretär würden behelligt werden. Er vergnügte sich kurz mit der Vorstellung, den Staatssekretär zu bestrafen, indem er ihm Mrs. Murgatroyd auf den Hals schickte, aber das war nur ein flüchtiger Gedanke; die Zeit des Staatssekretärs mußte für wirklich bedeutende Grundsteinlegungen vorbehalten bleiben und durfte nicht mit verrückten Gesellschaften verschwendet werden. Jede Organisation, die sich ›Die Freunde von diesem oder jenem‹ nannte, bestand aus einem, der seine eigennützigen Ziele verfolgte, dem üblichen Sammelsurium von prominenten Schwachköpfen und gewohnheitsmäßigen aufgeblasenen Wichtigtuern. Aber solche Gruppen konnten lästig werden … man durfte ihrem Ansuchen daher nie Folge leisten.

Er legte das Schriftstück auf den für die Ablage bestimmten Stapel und nahm einen Bericht vom ökonomischen Büro zur Hand: Ein Virus war in die große Hefefabrik in St. Louis gelangt, es bestand die Gefahr einer Proteinverknappung und entsprechender einschneidender Rationierungsmaßnahmen. Selbst eine Hungersnot auf der Erde lag nicht gerade in Mister Kikus Interesse. Er starrte eine Weile nachdenklich vor sich hin, während vor seinem geistigen Augen ein paar Zahlen vorüberglitten, dann rief er einen seiner Mitarbeiter. »Wong, haben Sie Öko-Büro Ayo428 gesehen?«

»Hm, ich glaube ja, Boß. Die Sache mit der Hefefabrik in St. Louis?«

»Ja. Was haben Sie unternommen?«

»Äh, nichts. Nicht mein Ressort, glaube ich.«

»Glauben Sie, ja? Unsere Außenposten sind Ihre Angelegenheit, oder nicht? Sehen Sie die Schiffspläne für die nächsten achtzehn Monate durch und stimmen Sie sie mit Ayo428 ab. Vielleicht müssen Sie australische Schafe kaufen ... und in unseren Besitz bringen. Wir können nicht zulassen, daß unsere Leute hungern müssen, weil irgendein Trottel in St. Louis seine Sokken in den Hefekessel hat fallen lassen.«

»Ja, Sir.«

Mister Kiku wandte sich wieder seiner Arbeit zu. Bekümmert stellte er fest, daß er zu grob zu Wong gewesen war. Seine augenblickliche Gemütsverfassung, soviel stand fest, war nicht Wongs Schuld, sondern Dr. Ftaemls.

Nein, auch nicht Dr. Ftaemls Schuld ... seine eigene! Er wußte, daß er Rassenvorurteilen keinen Raum lassen durfte, nicht in *seinem* Beruf. Vom Verstand her war er sich darüber im klaren, daß er selbst einigermaßen verschont blieb von jeder Art von Verfolgung, die aus Unterschieden von Haut, Haarfarbe und Gesichtsform resultierte, und zwar aus dem einen Grund, daß merkwürdige Gestalten wie Dr. Ftaeml die Unterschiede zwischen den menschlichen Rassen nur noch geringfügig erscheinen ließen.

Und dennoch konnte er nichts dagegen tun ... er haßte Dr. Ftaemls bloßen Schatten. Er war machtlos dagegen.

Wenn dieser Soundso einen Turban tragen würde, wäre es etwas anderes ... anstatt mit diesen schmutzigen Schlangen auf dem Kopf herumzulaufen, die sich wie eine Büchse voll Würmer wanden. Aber nein! Die Rargyllier waren auch noch stolz darauf. Ihr Benehmen legte die Vermutung nahe, daß diejenigen, die sie nicht hatten, nicht ganz menschlich seien.

Ach, komm schon ... Ftaeml war ein anständiger Kerl. Er nahm sich vor, Ftaeml zum Abendessen einzuladen, es nicht länger hinauszuschieben. Er würde einige tiefenhypnotische Vorbereitungen treffen, dann mußte das Abendessen sich nicht schwierig gestalten. Aber bei dem Gedanken krampfte sich sein Magen erneut zusammen.

Kiku lastete es dem Rargyllier nicht an, daß er ein unlösbares Problem in die müden Hände des Ministeriums gelegt hatte; unlösbare Probleme gehörten zur täglichen Routine. Es war nur ... ach, warum ließ sich das Ungetüm nicht einen Haarschnitt verpassen?

Die Vorstellung, Dr. Ftaeml mit Herrenschnitt zu sehen, den Schädel mit Beulen und Knoten bedeckt, entlockte Mister Kiku ein Lächeln; ein wenig aufgeheitert, nahm er seine Arbeit wieder auf. Als nächstes hielt er einen kurzen Außendienstbericht in Händen ... ach ja, Sergei Greenberg. Guter Junge, Sergei. Er langte nach seinem Füller, um die Empfehlung zu unterschreiben, noch bevor er sie zu Ende gelesen hatte.

Anstatt zu unterschreiben, starrte er fast eine halbe Sekunde lang auf das Papier und drückte dann heftig auf einen Knopf. »Schicken Sie mir den vollständigen Bericht von Mister Greenbergs letztem Außendienstauftrag, von dem er vor ein paar Tagen zurückgekehrt ist, herauf.«

»Haben Sie die Aktennummer, Sir?«

»Die Sache, in die wir uns eingeschaltet haben ... Sie werden es schon finden. Warten Sie ... es ist, hm, Rto411 vom Samstag. Ich möchte den Bericht jetzt sofort haben.«

Ihm blieb gerade noch Zeit, ein halbes Dutzend weiterer Notizen zu erledigen, als wenige Sekunden später ein winziger Zylinder mit einem *plopp!* aus der Rohrleitung auf seinen Schreibtisch plumpste. Er steckte ihn in sein Lesegerät und entspannte sich, während er den Daumen auf eine Druckplatte legte, um die Geschwindigkeit, mit der das Geschriebene über den Bildschirm glitt, zu regulieren.

In weniger als sieben Minuten hatte er nicht nur den gesamten Prozeß, sondern auch Greenbergs Bericht von allen weiteren Ereignissen durchgejagt. Mit Hilfe dieses Gerätes konnte Mister Kiku mindestens zweitausend Worte in der Minute lesen; mündliche Berichte und persönliche Unterredungen betrachtete er als Zeitverschwendung. Aber als sich das Gerät ausschaltete, entschied er sich für einen mündlichen Bericht. Er beugte sich über sein internes Sprechgerät und betätigte einen Schalter. »Greenberg.«

Greenberg blickte von seinem Schreibtisch auf. »Wie geht's, Boß?«

»Kommen Sie bitte zu mir.« Ohne sich weiter mit Höflichkeitsfloskeln aufzuhalten, schaltete er das Gerät ab.

Greenberg kam zu dem Schluß, daß dem Boß seine Magengeschwüre wieder zu schaffen machen mußten. Aber es war zu spät, irgendeine dringende Aufgabe außerhalb des Ministerialgebäudes vorzuschieben; er eilte hinauf und rief mit dem üblichen, munteren Grinsen: »Wie geht's, Chef?«

»Morgen. Ich habe Ihren Bericht gelesen.«

»So?«

»Wie alt sind Sie, Greenberg?«

»Wie? Siebenunddreißig.«

»Hmm. Welchen Rang haben Sie zur Zeit?«

»Sir? Beamter der zweiten Klasse ... stellvertretender Beamter der ersten.«

Was, zum Teufel, hatte das zu bedeuten? Onkel Henry kannte die Antworten ... höchstwahrscheinlich wußte er genau, welche Schuhgröße er hatte.

»Alt genug, um ein wenig Grips im Kopf zu haben«, sagte Kiku nachdenklich. »In einer Stellung, die hoch genug ist, daß man Sie zum Botschafter ... oder zum geschäftsführenden Bevollmächtigten eines eingesetzten Botschafters ernennt. Sergei, wie kommt es, daß Sie so verdammt blöde sind?«

Greenberg biß die Zähne zusammen, sagte aber nichts.

»Nun?«

»Sir«, entgegnete Greenberg kalt, »Sie sind älter als ich und viel erfahrener. Darf ich fragen, warum Sie so verdammt grob sind?«

Mister Kikus Lippen zuckten, aber er lächelte nicht. »Eine berechtigte Frage. Mein Psychiater hat mir gesagt, daß es daran liegt, daß ich ein Anarchist mit dem falschen Beruf bin. Jetzt setzen Sie sich, dann können wir darüber reden, warum Sie so dickköpfig sind. Zigaretten sind in der Sessellehne.« Greenberg nahm Platz, stellte fest, daß er kein Feuer hatte und bat darum.

»Ich rauche nicht«, erklärte Kiku. »Ich dachte, diese Zigaretten wären von der selbstzündenden Sorte. Stimmt das nicht?«

»Doch, Sie haben recht.« Greenberg zündete sich eine Zigarette an.

»Sehen Sie? Sie benutzen Ihre Augen und Ohren nicht. Sergei, nachdem das Tier sprechen konnte, hätten Sie die Verhandlung verschieben müssen, bis wir alles über es in Erfahrung gebracht hatten.«

»Hmm ... ja, vermutlich.«

»*Vermutlich!* Junge, Ihr unterbewußtes Alarmsystem hätte schrillen müssen wie der Wecker am Montagmorgen. Sie aber haben sich von der tieferen Bedeutung überraschen lassen, als Sie den Prozeß längst beendet glaubten. Und zwar durch ein Mädchen, das noch ein Kind ist. Ich bin froh, daß ich keine Zeitungen lese; ich wette, es war ein gefundenes Fressen für sie.«

Greenberg errötete. Er las die Zeitungen.

»Und als sie Sie dann völlig umgarnt hatte, haben Sie, anstatt ihre Herausforderung anzunehmen und ihr zu begegnen ... Auf welche Weise? Indem Sie die Verhandlung vertagt und die Untersuchung angeordnet hätten, die gleich zu Anfang notwendig gewesen wäre, Sie ...«

»Aber ich *habe* sie angeordnet.«

»Unterbrechen Sie mich nicht. Dann setzen Sie

Ihrer Dummheit die Krone auf, indem Sie eine Entscheidung fällen, die ihresgleichen nicht gesehen hat, seit Salomons Befehl, das Kind in zwei Hälften zu zerreißen. In welchem Fernkurs haben Sie Ihr Juraexamen abgelegt?«

»Harvard«, entgegnete Greenberg mürrisch.

»Hmm ... Nun ja, dann sollte ich nicht zu streng mit Ihnen sein; das ist ein schweres Handicap. Aber bei den siebenundsiebzig siebenseitigen Göttern von Sarvanchil, welches war Ihr nächster Schritt? Zuerst lehnen Sie ein Vernichtungsgesuch zum Schutze der Öffentlichkeit der örtlichen Behörden selbst ab ... dann widerrufen Sie Ihre Entscheidung und geben dem Gesuch statt, weisen sie an, ihn zu töten ... nach einer routinemäßigen Bestätigung durch das Ministerium. Das alles in zehn Minuten. Junge, es ist mir gleichgültig, ob Sie einen Narren aus sich machen, aber müssen Sie unbedingt das Ministerium hineinziehen?«

»Boß«, sagte Greenberg kleinlaut, »ich hatte einen Fehler gemacht. Als ich den Fehler erkannte, tat ich das einzig mögliche; ich widerrief meine Entscheidung. Die Bestie ist wirklich gefährlich, und es gibt keine geeigneten Einrichtungen, um sie in Westville gefangenzuhalten. Wenn es in meiner Macht gelegen hätte, so hätte ich die sofortige Vernichtung angeordnet, ohne die Zustimmung des Ministeriums – Ihre Zustimmung – abzuwarten.«

»Hmmm.«

»Sie saßen nicht an meiner Stelle dort, Sir. Sie haben nicht gesehen, wie diese dicke Mauer eingedrückt wurde. Sie haben die Zerstörung nicht gesehen.«

»Ich bin nicht beeindruckt. Haben Sie jemals eine

Stadt gesehen, die durch eine Atombombe dem Erdboden gleichgemacht wurde? Was spielt schon eine Gerichtsmauer für eine Rolle? ... Wahrscheinlich hat irgendein betrügerischer Bauunternehmer mieses Material geliefert.«

»Aber Boß, Sie hätten den Käfig sehen sollen, aus dem er zuerst ausbrach. Gehärtete Stahlträger. Er hat sie zerrissen wie Strohhalme.«

»Ich erinnere mich, daß Sie ihn in dem Käfig betrachteten. Warum haben Sie nicht dafür gesorgt, daß er ausbruchsicher untergebracht war?«

»Wie? Es ist schließlich nicht die Aufgabe des Ministeriums, Gefängnisse zu beschaffen.«

»Junge, alles, was in irgendeiner Weise mit irgend etwas von ›Da draußen‹ zu tun hat, ist unsere höchstpersönliche Angelegenheit. Das wissen Sie doch. Wenn Sie es erst einmal schlafend und wachend vor Augen haben, wenn das Wissen bis in Ihre Fußzehen gegenwärtig ist, werden Sie sich eine gewohnheitsmäßige Routine zu eigen machen wie ein ehrenamtlicher Helfer, der Suppe in einem Wohlfahrtsheim austeilt. Ihre Aufgabe war es, mit wachen Augen und gespitzten Ohren zur Stelle zu sein und Ausschau zu halten nach ›Besonderheiten‹. Sie haben versagt. Jetzt erzählen Sie mir von dem Tier. Ich habe den Bericht gelesen und das Bild gesehen. Aber ich kann es nicht mit dem *Gefühl* erfassen.«

»Nun, es ist ein ungleichgewichtiger Vielfüßler, acht Beine, ungefähre Rückenhöhe von sieben Fuß. Es ist ...«

Kiku richtete sich kerzengerade auf. »Acht Beine? Hände?«

»Hände? Nein.«

»Irgendwelche Greiforgane? Ein veränderter Fuß?«

»Nichts, Chef … wenn es etwas dergleichen gegeben hätte, so hätte ich umgehend eine umfassende Untersuchung angeordnet. Die Füße haben etwa die Größe von Nagelfässern und sind auch entsprechend zierlich. Warum?«

»Ach, nichts. Eine andere Sache. Fahren Sie fort.«

»Es erinnert zum Teil an ein Rhinozeros, zum Teil an einen Triceratops, doch die Sprache ähnelt nichts auf diesem Planeten Geborenem. ›Lummox‹ nennt es sein junger Herr. Er ist ein recht sympathisches Tier, aber dumm. Das macht es so gefährlich; es ist so groß und kräftig, daß zu befürchten ist, daß es Menschen aus purer Dummheit und Tolpatschigkeit verletzt. Es spricht, aber ungefähr so gut wie ein vierjähriges Kind … es klingt tatsächlich, als hätte es ein kleines Mädchen verschluckt.«

»Warum dumm? Ich stelle fest, daß sein Herr mit dem Namen aus dem Geschichtsbuch behauptet, es sei klug.«

Greenberg lächelte. »Er ist voreingenommen. Ich habe mit dem Biest gesprochen, Boß. Es ist dumm.«

»Ich kann keinen Beweis für Ihre Behauptung entdecken. Die Annahme, daß ein AI dumm sei, weil er unsere Sprache nicht richtig beherrscht, ist der Behauptung vergleichbar, daß ein Italiener Analphabet ist, weil er gebrochen Englisch spricht. Das ist vollkommen unlogisch.«

»Aber hören Sie, Boß, keine *Hände*. Maximale Intelligenz niedriger als die eines Affen. Vielleicht so hoch wie die eines Hundes. Das ist aber eher unwahrscheinlich.«

»Nun, ich will zugeben, daß Sie sich streng an die

Fremdartentheorie halten, das ist aber auch alles. Eines Tages wird diese Überheblichkeit den strenggläubigen Fremdartenforscher ins Gesicht schlagen. Wir werden auf eine Zivilisation stoßen, die einen Entwicklungsstand erreicht hat, in dem es nicht mehr notwenig ist, mit Patschhänden nach Dingen zu greifen.«

»Wollen Sie darauf eine Wette abschließen?«

»Nein. Wo befindet sich dieses ›Lummox‹ denn jetzt?«

Greenberg warf ihm einen nervösen Blick zu. »Sir, der Bericht, den ich gerade zusammenstelle, ist im Augenblick im Mikrofilmlabor. Er müßte jeden Augenblick auf ihrem Schreibtisch liegen.«

»In Ordnung, dann sind Sie also diesmal am Ball geblieben. Dann wollen wir mal sehen.«

»Ich habe mich mit dem dortigen Richter angefreundet und ihn gebeten, mich auf dem laufenden zu halten. Sie konnten das Biest natürlich nicht ins städtische Gefängnis werfen; das heißt, sie hatten kein Gebäude zur Verfügung, das stabil genug gewesen wäre, es aufzuhalten ... das war ihnen auf drastische Weise klar geworden. Und sie konnten auch in der kurzen Zeit nichts bauen, das stark genug gewesen wäre ... glauben Sie mir, der Käfig, aus dem er ausgebrochen ist, war *stark.* Aber der Polizeichef der Stadt hatte einen Geistesblitz; ihm fiel ein leeres Wasserbekken ein, dessen Wände aus dreißig Fuß hohem Stahlbeton bestehen ... ein Teil der Feuerlöschanlage. Sie bauten also eine Rampe und trieben ihn hinunter in das Becken. Darauf entfernten sie die Rampe wieder. Es schien ein guter Schachzug zu sein, denn das Wesen ist nicht zum Springen geschaffen.«

»Klingt recht gut.«

»Tja, aber das ist noch nicht alles. Richter O'Farrell erzählte mir, daß der Polizeichef so nervös war, daß er das Einverständnis des Ministeriums nicht abwartete, sondern die Hinrichtung auf eigene Faust vornahm.«

»*Was?*«

»Ich bin noch nicht fertig. Er sagte keinem Menschen etwas davon – aber ›zufällig‹ wurde in dieser Nacht das Einfüllventil geöffnet und das Becken lief voll Wasser. Am nächsten Morgen lag Lummox am Grund. Chefinspektor Dreiser nahm also an, daß sein ›Unfall‹ erfolgreich verlaufen und das Biest ertrunken sei.«

»Und?«

»Es störte Lummox nicht im geringsten. Er lag mehrere Stunden unter Wasser, doch als es abgelaufen war, erwachte er, stand auf und sagte ›Guten Morgen‹.«

»Wahrscheinlich ein Amphibium. Welche Schritte haben Sie unternommen, um seine Eigenmächtigkeit zu unterbinden?«

»Einen Augenblick, Sir. Dreiser wußte, daß Feuerwaffen und Sprengstoff sinnlos waren ... Sie haben den Bericht gelesen ... zumindest in einer Stärke, die man gefahrlos innerhalb des Stadtgebietes zünden konnte. Also versuchte er es mit Gift. Da er nichts über das Wesen wußte, probierte er ein halbes Dutzend verschiedene Giftarten aus, und zwar in verschiedenen Speisen versteckt und in Mengen, die für ein ganzes Regiment ausgereicht hätten.«

»Und?«

»Lummox hat alles verschlungen. Sie haben ihn nicht einmal schläfrig gemacht; im Gegenteil, es schien seinen Appetit anzuregen, denn seine nächste

Handlung bestand darin, das Einfüllventil aufzufressen, woraufhin das Becken erneut voll Wasser lief. Sie mußten die Zuleitung von der Pumpstation unterbrechen.«

Kiku kicherte. »Dieser Lummox beginnt mir zu gefallen. Haben Sie gesagt, er *fraß* das Einfüllventil? Woraus war es?«

»Ich weiß es nicht. Die übliche Metallegierung, vermute ich.«

»Hmm ... es scheint einen harten Bissen auf seinem Speisezettel zu mögen. Vielleicht hat er einen Kropf wie ein Vogel.«

»Das würde mich nicht wundern.«

»Was tat Chefinspektor Dreiser als nächstes?«

»Bis jetzt nichts. Ich habe O'Farrell gebeten, Dreiser klarzumachen, daß er wahrscheinlich in einer dreißig Lichtjahre von Westville entfernten Strafkolonie enden würde, wenn er weiterhin das Ministerium zum Narren halten würde. Also wartet er ab und versucht, eine Lösung für sein Problem zu finden. Sein letzter Vorschlag war, Lummox in Zement zu werfen und nach seinem eigenen Belieben sterben zu lassen. Aber O'Farrell hat dagegen protestiert – unmenschlich.«

»Also befindet sich Lummox noch immer in dem Wasserbecken und wartet darauf, daß wir etwas unternehmen, wie?«

»Ich glaube, ja, Sir. Jedenfalls gestern noch.«

»Nun, ich nehme an, er kann dort warten, bis wir etwas unternehmen können.« Mister Kiku nahm Greenbergs Kurzbericht mit der abschließenden Empfehlung zur Hand.

Greenberg sagte: »Ich nehme an, daß Sie meinen Vorschlag ablehnen, Sir?«

»Nein. Was bringt Sie auf den Gedanken?« Er unterschrieb den Befehl zur Vernichtung Lummox und ließ ihn in den Verteilerkorb fallen. »Ich widerrufe nie die Entscheidung eines meiner Männer, ohne ihn zu entlassen ... und ich habe noch eine andere Aufgabe für Sie.«

»Oh.« Greenberg empfand einen Augenblick lang Bedauern. Er hatte erleichtert damit gerechnet, daß der Chef Lummoxs Todesurteil widerrufen würde. Nun ja ... schade ... aber die Bestie *war* gefährlich.

Mister Kiku fuhr fort: »Fürchten Sie sich vor Schlangen?«

»Nein. Ich mag sie ganz gern.«

»Ausgezeichnet! Obwohl ich diese Einstellung nicht nachvollziehen kann. Ich habe immer tödliche Angst vor ihnen gehabt. Als ich noch ein Kind in Afrika war ... na ja, vergessen wir das. Haben Sie je eng mit einem Rargyllier zusammengearbeitet? Ich kann mich nicht erinnern.«

Plötzlich begriff Greenberg. »Ich habe mich in der Vega-VI-Sache eines rargyllischen Dolmetschers bedient. Ich komme gut mit Rargylliern aus.«

»Ich wünschte, ich könnte dasselbe von mir behaupten. Sergei, ich habe da einen Fall, in den ein rargyllischer Dolmetscher, ein Dr. Ftaeml, verwickelt ist. Vielleicht haben Sie schon einmal von ihm gehört?«

»Ja, natürlich, Sir.«

»Ich will zugeben, daß Ftaeml, auch wenn er ein Rargyllier ist ...«, das Wort klang aus seinem Munde wie ein Schimpfwort, » ... ganz in Ordnung ist. Aber die Sache, in die er da verwickelt ist, riecht nach Ärger ... und mein eigener Riecher für Schwierigkeiten ist durch diese krankhafte Angst, die ich habe, beeinträchtigt. Ich setze Sie also als meinen Assistenten ein, damit Sie für mich hineinschnuppern.«

»Ich dachte, Sie trauen meiner Nase nicht, Sir?«

»Nun, wir lassen den Blinden von einem Blinden führen, wenn Sie den Wechsel im Vergleich verzeihen. Vielleicht können wir es gemeinsam ausschnüffeln.«

»Ja, Sir. Darf ich fragen, woraus die Aufgabe besteht?«

»Nun ...« Bevor Mister Kiku noch antworten konnte, leuchtete das Lämpchen seiner Sekretärin auf, und ihre Stimme verkündete: »Ihr Hypnotherapeut, Sir.«

Der Unterstaatssekretär warf einen Blick auf seine Uhr und sagte: »Wie die Zeit vergeht ...« Dann wandte er sich dem Sprechgerät zu. »Führen Sie ihn in mein Ankleidezimmer. Ich komme gleich.« An Greenberg gewandt, fuhr er fort: »Ftaeml wird in dreißig Minuten hier sein. Ich kann mich nicht länger aufhalten, ich muß mich für ihn wappnen. Sie werden alle vorhandenen Unterlagen – wenig genug! – in dem Stapel für schwebende Verfahren finden.« Mister Kiku warf einen Blick auf seinen Eingangskorb, der sich während der Unterhaltung bis zum Überlaufen gefüllt hatte. »Es wird nicht länger als fünf Minuten dauern. Verwenden Sie die Zeit, die Ihnen dann noch bleibt, um diesen Haufen Abfallpapier aufzuräumen. Setzen Sie meinen Namen darunter und halten Sie alles zurück, das ich Ihrer Meinung nach sehen muß ... aber es sollten nicht mehr als ein halbes

Dutzend Sachen sein, sonst schicke ich Sie nach Harvard zurück!«

Er sprang eilig auf und machte sich dabei im Geiste einen Vermerk, seine Sekretärin vom Ankleideraum aus anzuweisen, alles, was in der nächsten halben Stunde durchkam, zu notieren und ihm später vorzulegen ... er wollte sehen, wie der Bursche arbeitete. Mister Kiku war sich der Tatsache bewußt, daß er eines Tages sterben würde, und er wollte dafür sorgen, daß dann Greenberg seinen Platz einnahm. Inzwischen wollte er dem Jungen das Leben so schwer wie möglich machen.

Der Unterstaatssekretär steuerte seinen Ankleideraum an, die Tür wich zur Seite und schloß sich wieder hinter ihm. Greenberg blieb allein zurück. Er streckte gerade die Hand nach dem Stapel schwebender Verfahren aus, als gleichzeitig ein Blatt Papier in den Eingangskorb fiel, ein rotes Licht blinkte und ein Summer ertönte.

Er nahm das Blatt Papier zur Hand, überflog den Text zur Hälfte und hatte gerade festgestellt, daß es sich wirklich um einen dringenden Fall handelte, als ein anderer kombinierter Lichtsummer am hausinternen Sprechgerät ertönte und der Bildschirm sich einschaltete; Greenberg erkannte den Leiter der Abteilung für Systembeziehungen. »Boß?« klang es aufgeregt vom Bildschirm herüber.

Greenberg drückte den Kommunikationsknopf. »Greenberg hier«, entgegnete er. »Ich halte den Stuhl des Chefs warm, Ihr Bericht ist eingetroffen, Stan. Ich lese ihn gerade.«

Ibañez erwiderte ungeduldig: »Halten Sie sich nicht damit auf. Geben Sie mir den Chef.«

Greenberg zögerte. Ibañez' Problem war einfach, aber heikel. Den Schiffen von der Venus wurde stets unverzüglich Landeerlaubnis erteilt, da die Schiffsärzte Mitarbeiter des Gesundheitsministeriums waren. Doch die *Ariel*, die in Port Liby bereits erwartet wurde, war ganz plötzlich von ihrem Schiffsarzt unter Quarantäne gestellt worden und wartete nun auf einer Parkumlaufbahn. Der Außenminister der Venus befand sich an Bord ... unglücklicherweise, da angenommen wurde, daß die Venus in der bevorstehenden Dreierkonferenz die Erde gegen den Mars unterstützen würde.

Greenberg konnte das heikle Problem aufschieben, bis der Boß wieder verfügbar war; er konnte den Boß stören; er konnte sich über den Kopf des Bosses hinweg direkt an den Staatssekretär wenden (das hieße, sich eine Antwort zu überlegen und so vorzulegen, daß sie Zustimmung finden würde); oder ... er konnte sich Mister Kikus Autorität bedienen und selbständig handeln.

Mister Kiku konnte den Kriesenfall nicht vorausgesehen haben ... aber der Boß hatte die unangenehme Gewohnheit, Leute ins kalte Wasser zu stoßen.

Greenberg hatte im Geist die Tatsachen schnell zusammengefaßt. Er sagte: »Es tut mir leid, Stan, Sie können nicht mit dem Boß sprechen. Ich bin sein Stellvertreter.«

»Ach? Seit wann?«

»Nur vorübergehend, aber jetzt bin ich es.«

Ibañez runzelte die Stirn. »Hören Sie, mein Lieber, es wäre besser, Sie suchen den Boß. Vielleicht unterschreiben Sie Routinesachen für ihn ... aber hier handelt es sich nicht um eine Routineangelegenheit. Sie würden den Hals hinhalten, wenn Sie mir auf eigene Verantwortung die Anweisung geben, eine so bedeutende Sache wie eine Quarantäne zu unterlaufen. Denken Sie darüber nach.«

Die Quarantäne brechen? Greenberg rief sich die Große Pest von '51 in Erinnerung, in jenen Tagen, als die Biologen noch ernsthaft davon überzeugt waren, daß die Lebensgemeinschaft des einen Planeten immun gegen die Krankheiten der Bewohner jedes anderen seien.

Ibañez' Gesicht nahm einen gequälten Ausdruck an. »Sergei, wir dürfen diese Konferenz nicht aufs Spiel setzen ... ›aufs Spiel setzen‹? Was sage ich? Wir können nicht zehn Jahre Arbeit fortwerfen, nur weil eines der Besatzungsmitglieder leichtes Fieber hat. Die Quarantäne *muß* gebrochen werden. Aber ich erwarte nicht von Ihnen, daß Sie das tun.«

Greenberg zögerte. »Der Boß hat sich für eine bevorstehende schwierige Aufgabe einer Hypnose unterzogen. Es kann ein paar Stunden dauern, bis Sie mit ihm sprechen können.«

Ratlos sah Ibañez ihn an. »Ich werde mich an den Staatssekretär wenden müssen. Ich wage es nicht, zwei Stunden zu warten. Diese heilige Kuh von der Venus darf nicht auf den Gedanken kommen, dem Schiffskommandanten Anweisung zu geben, Kurs heimwärts zu nehmen ... das können wir nicht riskieren.«

»Ebensowenig können wir es wagen, eine Seuche einzuschleppen. Passen Sie auf, Sie tun folgendes: Rufen Sie ihn an und sagen Sie ihm, daß Sie ihn persönlich abholen werden. Nehmen Sie ein schnelles Kurierschiff. Nehmen Sie ihn an Bord und bringen Sie ihn innerhalb der Quarantänebahn vom Schiff fort. Wenn er sich an Bord des Kurierschiffs befindet … und nicht früher … teilen Sie ihm mit, daß Sie an der Konferenz gemeinsam in Isolationsanzügen teilnehmen werden.« Die Isolationsanzüge waren versiegelte Druckanzüge, die vornehmlich eingesetzt wurden, wenn Planeten angelaufen wurden, deren Seuchenstruktur noch unbekannt war. »Das Kurierschiff und seine Mannschaft müssen sich natürlich ebenfalls in Quarantäne begehen.«

»Isolationsanzug! Er wird begeistert sein. Sergei, es würde weniger Schaden anrichten, wenn wir die Konferenz absagen. Eine derartige Beleidigung würde ihn für alle Zeiten gegen uns aufbringen. Der Knabe hat einen tödlichen Stolz.«

»Natürlich wird er begeistert sein«, erklärte Greenberg. »Wenn Sie ihm einleuchtend klarmachen, wie das Spiel abläuft. ›Großes persönliches Opfer‹ … ›wollen das Wohl unseres geliebten Schwesternplaneten nicht aufs Spiel setzen‹ … ›der Ruf der Pflicht geht allem anderen vor‹ et cetera. Wenn Sie sich Ihrer Sache nicht sicher sind, nehmen Sie einen Burschen aus der Presseabteilung mit. Und hören Sie, während der gesamten Konferenz muß er von einem Arzt überwacht werden … und von ein paar Krankenschwestern. Die Konferenz muß immer wieder unterbrochen werden, damit er sich ausruhen kann … stellen Sie eine Liege und Krankenhausmonitoren in die Nähe des Konferenztisches im Heldensaal. Es soll der Eindruck vermittelt werden, daß er als kranker Mann gekommen ist und noch im Sterben die Sache zu Ende bringt. Verstehen Sie, was ich meine? Sagen Sie es ihm, bevor Sie das Kurierschiff landen ... durch die Blume natürlich.«

Ibañez sah ihn zweifelnd an. »Glauben Sie, daß das klappt?«

»Das liegt an Ihnen. Ich schicke Ihnen die Unterlagen, die die Aufrechterhaltung der Quarantäne verlangen, Ihnen aber die Anweisung gibt, Ihren Einfluß geltend zu machen, damit er bei der Konferenz anwesend ist.«

»Nun ... also gut.« Plötzlich zog ein Grinsen über Ibañez' Züge. »Vergessen Sie die Unterlagen. Ich bin schon auf dem Weg.« Er schaltete die Verbindung ab.

Angeregt von der Vorstellung, daß er Gott spielte, wandte er sich wieder dem Schreibtisch zu. Er fragte sich, wie der Boß gehandelt hätte ... aber es war ihm nicht weiter wichtig. Es mochte viele richtige Lösungen geben, aber das war eine davon; dieses Gefühl beflügelte ihn. Er streckte wieder die Hand nach dem Stapel dringender Angelegenheiten aus.

Er hielt inne. Etwas nagte tief im Innern seines Bewußtseins an ihm. Dem Boß hatte es widerstrebt, dieses Todesurteil zu bewilligen, das spürte er. Blödsinn, der Boß hatte ihm sogar *gesagt*, daß er im Unrecht war; eine umfassende Untersuchung wäre das einzig Richtige gewesen. Aber der Boß hatte, aus Solidarität mit seinem Untergebenen, seine Entscheidung nicht widerrufen.

Aber im Augenblick saß er selbst auf dem Stuhl des Bosses. Und?

Hatte ihn der Boß aus diesem Grund an seinen Platz gesetzt? Damit er seinen Fehler wiedergutmachen konnte? Nein, der Boß war feinfühlig, aber nicht allwissend; er hätte nicht vorhersehen können, daß

Greenberg in Erwägung zog, den Fall wieder aufzurollen.

Aber dennoch ... Er rief die Sekretärin des Chefs an. »Mildred?«

»Ja, Mister Greenberg?«

»Dieser Kurzbericht von der Intervention des Ministeriums, mit deren Durchführung ich betraut war ... die Nummer war Rto411. Er ist vor fünfzehn Minuten hier hinausgeschickt worden. Ich möchte ihn noch einmal haben.«

»Er ist vielleicht schon hinausgegangen«, entgegnete sie zweifelnd. »Das Kommunikationspult ist heute nur sieben Minuten hinter den Aufträgen zurück.«

»Es gibt so etwas wie Übereifer. Wenn die Anweisung das Gebäude bereits verlassen hat, dann geben Sie eine Stornierung und ›weitere Anweisungen folgen‹ hinaus, ja? Und schicken Sie mir die Originalunterlagen rauf.«

Endlich konnte er sich dem Stapel dringender Angelegenheiten zuwenden. Wie Mister Kiku gesagt hatte, war der Ordner mit der Aufschrift ›Ftaeml‹ nicht umfangreich. Er trug den Untertitel ›Die Schöne und das Tier‹, und er fragte sich warum. Der Boß hatte einen gewissen Sinn für Humor ... aber er schwenkte so häufig um, daß andere Menschen ihm nur mit Mühe folgen konnten.

Bald darauf zog er die Augenbrauen hoch. Diese unermüdlichen Dolmetscher, Unterhändler, Agenten und Vermittler, die Rargyllier, tauchten immer wieder in Verhandlungen zwischen verschiedensten Rassen auf; Dr. Ftaemls Anwesenheit auf der Erde hatte Greenberg vermuten lassen, daß irgend etwas mit einem nichtmenschlichen Volk im Gange war … nichtmenschlich in geistiger Hinsicht, Wesen, die eine so andersartige Psyche hatten, daß die Verständigung schwerfiel. Aber er hatte nicht damit gerechnet, daß der gebildete Doktor eine Rasse vertreten würde, von der er noch nie gehört hatte … etwas mit der Bezeichnung ›die *Hroshii*‹.

Es war immerhin möglich, daß Greenberg das Volk mit dem Namen wie ein Niesen einfach vergessen hatte; vielleicht eine unbedeutende Rasse auf niedriger kultureller Entwicklungsstufe oder ohne wirtschaftliche Bedeutung oder unbeteiligt an der Raumfahrt. Oder vielleicht waren sie der Gemeinschaft beigetreten, als Greenberg gerade bis über die Ohren in Angelegenheiten des Sonnensystems vertieft gewesen war. Seit die menschliche Rasse einmal mit anderen Rassen, die über die Raumfahrt verfügten, in Berührung gekommen war, geschah die Vermehrung der Familie der rechtmäßigen ›Menschen‹ so schnell, daß man kaum auf dem laufenden bleiben konnte; je weiter die Grenzen des menschlichen Horizonts wurden, desto schwerer fiel es, sie zu sehen.

Oder vielleicht kannte er die Hroshii unter anderem Namen? Greenberg wandte sich Mister Kikus Universallexikon zu und gab den Namen ein.

Das Gerät zögerte, dann strahlte die Leselampe auf: KEINE INFORMATION.

Greenberg versuchte es erneut, indem er das H wegließ, in der Annahme, daß sich das Wort im Munde von Nicht-Hroshii vielleicht verändert hatte … das gleiche negative Ergebnis.

Er gab den Versuch auf. Das Universallexikon im Britischen Museum umfaßte nicht mehr Wissen als das im Büro des Unterstaatssekretärs; seine Funktionsteile nahmen ein ganzes Gebäude in einem anderen Teil der Hauptstadt ein, und ein Heer von Kybernetikern, Linguisten und Enzyklopädisten befriedigten pausenlos seinen unendlichen Wissensdurst. Er konnte sicher sein, daß die Föderation von den ›Hroshii‹, was auch immer sie sein mochten, noch nie etwas gehört hatte.

Was verblüffend war.

Nachdem er sich seinem Erstaunen eine ganze Sekunde lang überlassen hatte, fuhr Greenberg mit der Lektüre fort. Er erfuhr, daß die Hroshii bereits da waren, noch nicht auf der Erde gelandet zwar, aber in Blickweite ... in einer Parkbahn gut achtzigtausend Kilometer entfernt. Er überließ sich weitere zwei Sekunden dem Erstaunen, bevor er die Entdeckung machte, daß er aus einem einzigen Grund nichts von ihrer Ankunft erfahren hatte: Dr. Ftaeml hatte Mister Kiku eindringlich darauf hingewiesen, daß kein Streifenschiff oder ähnliches die Fremden herausfordern oder den Versuch unternehmen sollte, an Bord ihres Schiffes zu gelangen.

Er wurde durch die Rückkehr seines Berichts zu der Lummoxangelegenheit unterbrochen, der Mister Kikus Bestätigung des Todesurteils trug. Er dachte einen Augenblick nach, dann fügte er einen Nachtrag hinzu, so daß es nun lautete: ›Empfehlung stattgegeben ... darf jedoch erst ausgeführt werden, nachdem umfassende wissenschaftliche Untersuchungen an dem Wesen vorgenommen wurden. Die örtlichen Behörden werden die Aufsicht, wenn erforderlich, an das Amt für Fremdartenforschung weitergeben, das für den Transport sorgt und das Institut auswählt, das die Untersuchungen vornimmt.«

Greenberg unterschrieb den veränderten Text in Kikus Namen und übergab das Papier wieder dem routinemäßigen Ablauf. Er mußte zugeben, daß die Anweisung jetzt aalglatt formuliert war … denn es stand fest, daß die Fremdartenbiologen Lummox, wenn sie ihn erst einmal in den Fingern hatten, nie wieder herausgeben würden. Dennoch war ihm plötzlich leichter ums Herz. Seine vorherige Handlungsweise war falsch gewesen, diese aber war richtig.

Er wandte seine Aufmerksamkeit wieder den Hroshii zu … und wieder hoben sich seine Augenbrauen. Die Hroshii waren nicht gekommen, um Beziehungen zur Erde aufzunehmen; sie waren hier, um eine der ihren zu retten. Dr. Ftaeml zufolge waren sie überzeugt, daß Terra diese Hroshia in ihrer Gewalt hatte, und sie forderten nun ihre Herausgabe.

Greenberg hatte das Gefühl, in ein billiges Melodram geraten zu sein. Diese Leute hatten sich den falschen Planeten für ihr Räuber-und-Gendarm-Spielchen ausgesucht. Ohne Paß, ohne eine Akte in den Händen des Ministeriums, ohne einen anerkannten grund für seinen Besuch auf der Erde, würde ein Nicht-Mensch so hilflos sein wie eine Braut ohne Berechtigungsschein. Er würde unverzüglich aufgegriffen … Blödsinn, er würde nicht einmal die Quarantäne überwinden.

Warum riet ihnen der Chef nicht einfach, ihren Karren zu nehmen und zu verschwinden?

Wie stellten sie sich überhaupt vor, daß sie die Erdoberfläche erreicht haben sollte? War sie vielleicht gelaufen? Oder hatte einen Sturzflug unternommen?

Raumschiffe landeten nicht; Raumschiffe dienten ihnen als Zubringer. Er stellte sich vor, wie sie sich an einen Bordoffizier auf einer der Fähren heranmachte. »Entschuldigen Sie, Sir, aber ich bin auf der Flucht vor meinem Mann in einem entlegenen Teil der Galaxis. Würde es Ihnen etwas ausmachen, wenn ich mich unter dem Sitz verstecke und mich heimlich auf Ihrem Planeten einschleiche?«

»Ohne Fahrkarte läuft nix« ... so würde die Antwort des Bordoffiziers lauten. Diese Fährgesellschaften haßten alle nicht zahlenden Fahrgäste; Greenberg bekam es jedesmal zu spüren, wenn er seinen Diplomatenpaß vorlegte.

Irgend etwas ließ ihn nicht in Ruhe ... dann erinnerte er sich an die Frage des Chefs, ob Lummox Hände hätte. Ihm wurde klar, daß sich der Boß gefragt haben mußte, ob Lummox die vermißte Hroshia sein konnte, da Hroshii, nach Dr. Ftaemls Angaben, acht Beine hatten. Greenberg kicherte. Lummox war nicht der richtige Kerl, um Raumschiffe zu bauen, weder er, noch einer seiner Vettern. Natürlich hatte der Boß Lummox nicht gesehen und konnte nicht ahnen, wie absurd der Gedanke war.

Und abgesehen davon befand sich dieser Lummox schon mehr als hundert Jahre auf der Erde. Auf diese Weise würde er mit erheblicher Verspätung zum Abendessen kommen.

Die eigentliche Frage war, was nun mit den Hroshii geschehen sollte, da sie schon einmal mit ihnen in Berührung gekommen waren. Alles von ›Da Draußen‹ war interessant, lehrreich und von Vorteil für die Menschheit, wenn man es erst einmal erforscht hatte ... und eine Rasse, die über ein eigenes interstellares Antriebssystem verfügte, war das alles in höchster Potenz. Ohne Zweifel führte der Boß sie an der Nase herum, während er insgeheim dauerhafte Verbindungen herstellte. Schön, es lag an Greenberg, diese Verbindung zu fördern und dem Boß über seine gefühlsmäßige Behinderung in der Zusammenarbeit mit einem Rargyllier hinwegzuhelfen.

Er überflog den Rest des Berichts. Was er bis jetzt wußte, hatte er aus der Zusammenfassung erfahren; der Rest war eine Abschrift der blumenreichen Umschreibungen Dr. Ftaemls. Schließlich legte er den Ordner auf den Stapel zurück und nahm die Arbeit seines Chefs in Angriff.

Er bemerkte Mister Kiku erst, als er ihm über die Schulter schaute und sagte: »Dieser Korb ist genauso voll wie vorher.«

»Oh. Hallo, Boß. Ja, aber stellen Sie sich vor, wie er aussehen würde, wenn ich nicht jede zweite Notiz zerrissen hätte, ohne sie zu lesen.« Greenberg erhob sich aus dem Sessel.

Mister Kiku nickte. »Ich weiß. Manchmal schreibe ich einfach auf alle Papiere mit ungeraden Zahlen ›abgelehnt‹.«

»Fühlen Sie sich besser?«

»Bereit, ihm ins Gesicht zu spucken. Was kann eine Schlange schon, das ich nicht noch besser könnte?«

»Das ist die richtige Einstellung.«

»Dr. Morgan ist sehr geschickt. Sie müssen ihn einmal aufsuchen, wenn Ihnen die Nerven durchgehen.«

Greenberg grinste. »Boß, das einzige, was mir Sorgen bereitet, ist die Schlaflosigkeit während der Arbeit. Ich kann nicht mehr an meinem Schreibtisch schlafen, wie ich es früher gewohnt war.«

»Das ist das erste Anzeichen. Die Hirnklempner werden Sie doch noch in die Finger bekommen.« Mister Kiku warf einen Blick auf die Uhr. »Noch nichts von unserem Freund mit dem lebhaften Haar gehört?«

»Noch nicht.« Greenberg berichtete ihm von der Quarantäne über der *Ariel* und was er unternommen hatte. Mister Kiku nickte, was in manchen Kreisen gleichbedeutend war mit einer lobenden Erwähnung vor der Truppe; Greenberg wurde von einem warmen Schauer durchrieselt und schickte sich an, von der Änderung der Anweisung in bezug auf Lummox zu erzählen. Er druckste verlegen herum.

»Boß, wenn man in diesem Sessel sitzt, sieht man die Dinge aus einem anderen Blickwinkel.«

»Das habe ich schon vor Jahren festgestellt.«

»Hm, ja. Während ich hier saß, habe ich mir noch einmal über meinen Fall Gedanken gemacht.«

»Warum? Wir hatten ihn doch abgeschlossen.«

»Das dachte ich auch. Dennoch ... na, jedenfalls ...« Er sprudelte den abgeänderten Befehl hervor und wartete.

Wieder nickte Mister Kiku. Er überlegte, ob er Greenberg sagen sollte, daß er es ihm erspart hatte, sich einen Weg auszudenken, wie er zu demselben Ergebnis kommen konnte, ohne daß jemand dabei das Gesicht verlor, entschied sich aber dagegen. Statt dessen beugte er sich über seinen Schreibtisch. »Mildred? Schon etwas von Dr. Ftaeml gehört?«

»Er ist gerade eingetroffen, Sir.«

»Gut. Östlicher Konferenzsaal, bitte.« Er schaltete das Sprechgerät ab und wandte sich an Greenberg. »Nun, mein Junge, dann wollen wir uns der Schlangenbeschwörung zuwenden. Haben Sie Ihre Flöte mitgebracht?«

»Dr. Ftaeml, das ist mein Mitarbeiter, Mister Greenberg.«

Dr. Ftaeml verneigte sich tief, was durch sein Doppelkinn und das fremdartige Gelenkgefüge zu einer eindrucksvollen Geste geriet. »Ich habe durch einen Mitbürger, der die Ehre hatte, mit ihm zusammenzuarbeiten, bereits von dem hervorragenden Dr. Greenberg gehört. Ich fühle mich geehrt, Sir.«

Greenberg antwortete mit der gleichen höflichen Übertreibung, derer sich der kosmische Sprachwissenschaftler bediente. »Ich hege schon lange den Wunsch, den Vorzug zu genießen, die gelehrte Aura des Dr. Ftaeml persönlich kennenzulernen, doch habe ich nie gewagt, diesen Wunsch zur Hoffnung erblühen zu lassen. Ihr Diener und Schüler, Sir.«

»Ummmpf!« fiel ihm Mister Kiku ins Wort. »Dr. Ftaeml, die heikle Angelegenheit, in der Sie vermitteln, ist von so großer Bedeutung, daß ich, bei all meinen alltäglichen, unangenehmen Aufgaben, noch keine Zeit gefunden habe, ihr die erforderliche Aufmerksamkeit zu widmen. Mister Greenberg ist Sonderbotschafter und Gesandter mit uneingeschränkter Vollmacht, der in dieser Angelegenheit tätig werden wird.«

Greenberg warf seinem Chef einen hastigen Seitenblick zu, ließ sich aber keine Überraschung anmerken. Ihm war bereits aufgefallen, daß ihn der Boß nicht als ›Assistenten‹, sondern als ›Mitarbeiter‹ vorgestellt hatte und hatte es für das einleitende Manöver gehalten, um sich durch die Prestigeanhebung des eigenen

Vermittlers Vorteile im Protokoll zu schaffen – diesen plötzlichen Aufstieg hatte er jedoch nicht erwartet. Er war einigermaßen sicher, daß Mister Kiku sich nicht damit aufgehalten hatte, den Rang bestätigen zu lassen; Dennoch konnte er dafür sorgen, daß die Ernennung Gültigkeit erhielt, und das Beglaubigungsschreiben würde wahrscheinlich auf seinem Schreibtisch auftauchen. Er fragte sich, ob es sich auf seinem Gehaltsscheck niederschlagen würde.

Er kam zu dem Schluß, daß der Boß eine Ahnung hatte, daß diese alberne Angelegenheit von einer Bedeutung war, die nicht klar auf der Hand lag. Oder wollte er sich einfach nur den Medusoiden vom Hals schaffen?

Dr. Ftaeml verneigte sich erneut. »Hocherfreut, mit seiner Exzellenz zusammenzuarbeiten.« Greenberg vermutete, daß sich der Rargyllier nicht täuschen ließ; dennoch war er wahrscheinlich tatsächlich hocherfreut, denn es bedeutete, daß der Medusoide ebenfalls den Rang eines Botschafters einnahm.

Eine Serviererin brachte Erfrischungen herein; sie unterbrachen die Unterhaltung, um sich dem üblichen Ritual zu unterziehen. Ftaeml wählte einen französischen Wein, während Greenberg und Kiku, von Hobson beraten, zum einzigen verfügbaren rargyllischen Gebräu griffen – ein Zeug, das aufgrund einer Sprachverwirrung ›Wein‹ genannt wurde, das aber aussah wie in Milch getauchtes Brot und schmeckte, als sei es mit Schwefelsäure angereichert. Greenberg heuchelte Genuß, während er keinen Schluck über die Lippen ließ.

Voller Hochachtung stellte er fest, daß der Boß das Zeug tatsächlich hinunterschluckte.

Dieser Brauch, der in sieben von zehn Zivilisationen verbreitet war, gab Greenberg Zeit, Ftaeml genauer zu betrachten. Der Medusoide war mit dem kostspieligen Zerrbild eines irdischen Abendanzuges bekleidet ... Gehrock, spitzenbesetzte Hemdbluse und gestreifte Kniehosen. Es trug dazu bei, die Tatsache zu verbergen, daß er, obwohl ein Humanoide mit zwei Beinen, zwei Armen und dem Kopf auf einem verlängerten Hals, in keinem als im rechtlichen Sinne auch nur im entferntesten an einen Menschen erinnerte.

Aber Greenberg war im Schatten der Großen Marsianer aufgewachsen und seither mit vielen anderen Völkern in Berührung gekommen; er erwartete nicht, daß ›Menschen‹ wie Menschen aussahen, und bevorzugte in keiner Weise die menschliche Gestalt. In seinen Augen war Ftaeml ein gutaussehender Bursche und außerordentlich anmutig. Seine trockene horngepanzerte Haut, purpurrot mit grünleuchtenden Flekken, war ebenso schön wie der Pelz eines Leoparden und nicht weniger kleidsam. Das Fehlen der Nase war nicht der Rede wert und wurde durch den beweglichen, hochempfindlichen Mund wettgemacht.

Greenberg vermutete, daß Ftaeml seinen Schwanz unter den Kleidern um den Körper geschlungen haben mußte, um den Anspruch aufrechtzuerhalten, daß er nicht nur wie ein Terraner gekleidet war, sondern auch so aussah – Rargyllier würden keine Mühe scheuen, um nach der alten, höflichen Regel zu handeln, wenn man in Rom sei, solle man römische Kerzen anzünden. Der andere Rargyllier, dem Greenberg begegnet war, hatte überhaupt keine Kleider getragen (da die Leute auf Vega-VI unbekleidet gingen) und hatte den Schwanz hocherhoben wie eine stolze Katze getragen. Beim Gedanken an Vega-VI überlief Greenberg ein Frösteln, er hatte es für notwendig befunden, sich bis zu den Ohren zu vermummen.

Er warf einen Blick auf die Fühler des Medusoiden. Pah! Sie hatten nichts Schlangenähnliches. Der Boß mußte unter einer gewaltigen Neurose leiden. Sicher, sie waren etwa einen Fuß lang und so dick wie sein Daumen, aber sie hatten weder Augen noch einen Mund oder Zähne – es waren einfach nur Fühler. Was waren Finger anderes als kurze Fühler?

Als Dr. Ftaeml das Glas absetzte, stellte auch Mister Kiku seinen Becher nieder. »Doktor, haben Sie sich mit Ihren Auftraggebern beraten?«

»Sir, ich hatte die Ehre. Und darf ich die Gelegenheit ergreifen, Ihnen für das Kurierschiff zu danken, das Sie mir großzügigerweise zur Verfügung gestellt haben, um die notwendigen Reisen zwischen Ihrem lieblichen Planeten und dem Schiff des Volks zu unternehmen, dem zu dienen ich die Ehre habe. Es ist, das darf ich wohl ohne Herabsetzung des großen Volkes, dem ich gegenwärtig diene, sagen, dem Zwecke angemessener und bequemer für ein Wesen meiner Statur, als die Hilfsfähren Ihres Schiffes.«

»Nicht der Rede wert. Ich freue mich, einem Freund einen Gefallen tun zu können.«

»Sie sind zu gütig, Herr Unterstaatssekretär.«

»Nun, und was haben sie gesagt?«

Dr. Ftaeml zuckte bedauernd mit dem ganzen Körper. »Es schmerzt mich, Ihnen mitteilen zu müssen, daß sie ungerührt sind. Sie bestehen darauf, daß ihnen ihr Sie-Kind unverzüglich zurückgegeben wird.«

Mister Kiku runzelte die Stirn. »Sie haben ihnen

ohne Zweifel erklärt, daß wir ihr vermißtes Kind nicht haben, nie von ihm gehört haben, keinen Grund haben zu der Annahme, daß es sich je auf diesem Planeten befunden hat, und berechtigten Grund zu der Vermutung, daß es sich niemals hier befunden haben kann?«

»Das habe ich. Sie müssen meine Unhöflichkeit entschuldigen, wenn ich ihre Antwort in groben Worten, aber unmißverständlich übersetze.« Er zuckte bedauernd zusammen. »Sie sagen, daß Sie lügen.«

Mister Kiku betrachtete das Gesagte nicht als Beleidigung, da ihm klar war, daß ein Rargyllier in der Rolle eines Vermittlers ebenso unpersönlich war wie ein Telefon. »Es wäre besser, wenn wir tatsächlich lügen würden. Dann könnte ich ihnen ihr Balg aushändigen, und die Angelegenheit wäre bereinigt.«

»*Ich* glaube Ihnen«, sagte Dr. Ftaeml unvermittelt.

»Danke. Warum?«

»Sie haben die Konjunktivform benutzt.«

»Oh. Haben Sie ihnen gesagt, daß es auf der Erde etwa siebentausend verschiedene außerirdische Arten gibt, die durch mehrere hunderttausend Einzelwesen vertreten sind? Daß unter diesen Einzelwesen etwa dreißigtausend erkenntnisfähige Wesen sind? Daß aber von diesen intelligenten Wesen nur sehr wenige über etwas Ähnliches wie die körperlichen Merkmale dieser Hroshii verfügen? Und daß wir uns für diese wenigen in bezug auf ihre Herkunft und Rassenzugehörigkeit verbürgen können?«

»Ich bin Rargyllier, Sir. All das und mehr habe ich ihnen in ihrer eigenen Sprache erklärt, und ich habe es deutlicher formuliert, als Sie es einem anderen Erdenmenschen klarmachen könnten. Ich habe ihm Leben verliehen.«

»Ich glaube Ihnen.« Mister Kiku klopfte auf die Tischplatte. »Haben Sie einen Vorschlag?«

»Einen Augenblick bitte«, ergriff Greenberg das Wort. »Haben Sie nicht ein Bild eines typischen Hroshii? Das könnte hilfreich sein.«

»Hroshiu«, verbesserte Ftaeml. »Beziehungsweise, im vorliegenden Fall ›Hroshia‹. Es tut mir leid. Sie bedienen sich nicht der bildhaften Darstellung. Leider verfüge ich nicht über ihre Ausrüstung, um ein Bild zu machen.«

»Eine augenlose Rasse?«

»Nein, Exzellenz. Ihr Sehvermögen ist recht gut und differenziert. Aber ihre Augen und ihr Nervensystem setzen Eindrücke irgendwie anders um, als das bei Ihnen der Fall ist. Ihre Entsprechung des ›Bildes‹ würde für Sie bedeutungslos sein. Selbst mir fällt es schwer, und meine Rasse ist bekanntlich die Feinfühlige in der Interpretation symbolischer Abstraktion. Wenn ein Rargyllier ...« Er hielt inne und plusterte sich auf!

»Nun ... beschreiben Sie uns einen. Machen Sie von Ihren eben gerühmten semantischen Fähigkeiten Gebrauch.«

»Mit Vergnügen. Die Hroshii, aus denen sich die Besatzung dieses Schiffes zusammensetzt, sind alle ungefähr von der gleichen Größe, da sie durchweg der militärischen Klasse angehören ...«

Mister Kiku unterbrach ihn: »Militärische Klasse? Doktor, ist das ein Kriegsschiff? Das haben Sie mir nicht gesagt.«

Dr. Ftaeml warf ihm einen gequälten Blick zu. »Mir

erschien die Tatsache gleichermaßen offenkundig wie abscheulich.«

»Ja, das scheint mir auch so.« Mister Kiku fragte sich, ob er den Generalstab der Föderation alarmieren sollte. Er beschloß, es noch nicht zu tun. Mister Kiku hatte eine starke Abneigung gegen das Einbringen von militärischer Macht in schwebende Verhandlungen, denn er war überzeugt, daß das nicht nur ein Eingeständnis des diplomatischen Versagens war, sondern auch die Aussichten, weitere Probleme durch Verhandlungen zu lösen, vergiftete. Er konnte diese Überzeugung mit Vernunftgründen erklären, hielt sie aber dennoch für gefühlsbetont. »Bitte, fahren Sie fort.«

»Die militärische Klasse setzt sich aus drei Geschlechtern zusammen, deren Unterschiede nicht deutlich erkennbar sind und uns nicht interessieren müssen. Meine Schiffskameraden und Gastgeber sind etwa fünfzehn Zentimeter höher als dieser Tisch und ihre Länge beträgt ungefähr die Hälfte Ihrer Körpergröße. Jeder von ihnen hat vier Beinpaare und zwei Arme. Ihre Hände sind klein und zartgliedrig und außerordentlich gewandt. Meiner Ansicht nach sind die Hroshii, deren äußere Gestalt der Zweckmäßigkeit mit seltener Anmut dient, ungewöhnlich schön. Sie sind bemerkenswert geschickt im Umgang mit Maschinen, Instrumenten und feinmechanischen Einrichtungen aller Art.«

Während Ftaeml sprach, löste sich Greenbergs Spannung ein wenig. Trotz allem hatte ihn der Gedanke nicht losgelassen, daß ›Lummox‹ zu den Hroshii gehören könnte … aber er erkannte jetzt, daß die Annahme ihren Grund in einer rein zufälligen Übereinstimmung der Beinzahl hatte ... als wäre ein Strauß wegen seiner zwei Beine ein Mensch! In Gedanken wollte er Lummox einordnen und würde ohne Zweifel auch nicht locker lassen, aber dieses Raster paßte ganz sicher nicht.

Dr. Ftaeml fuhr fort: » ... aber das hervorstechendste Merkmal der Hroshii, das von der bloßen Beschreibung der Größe, Gestalt, Körperstruktur und mechanischen Tätigkeit nicht berührt wird, ist der überwältigende Eindruck großer geistiger Macht, den sie vermitteln. So überwältigend ...«, verlegen kicherte der Medosoid, » ... daß ich mich fast hätte verleiten lassen, auf mein Honorar zu verzichten und es mir als Ehre anzurechnen, ihnen unentgeltlich zu dienen.«

Greenberg war beeindruckt. Diese Hroshii mußten wirklich etwas an sich haben; die Rargyllier würden, so ehrlich sie ihre Aufgabe als Unterhändler auch erfüllen, einen Menschen eher verdursten lassen, als ihm die örtliche Übersetzung für Wasser zu nennen, bevor sie die Bezahlung nicht in Händen hielten. Und sie vollzogen ihr geschäftstüchtiges Gebaren mit Hingabe.

»Das einzige«, fuhr Ftaeml fort, »was mich vor dieser Fehlleistung bewahrte, war das Wissen, daß ich ihnen in einem Punkt überlegen bin. Sie sind sprachlich nicht begabt. So reich und ausdrucksstark ihre eigene Sprache auch sein mag, ist es doch die einzige Sprache, die sie je zufriedenstellend lernen. Ihre Sprachbegabung ist sogar noch dürftiger als die Ihrer eigenen Rasse.« Er spreizte seine absonderlichen Hände in einer Handbewegung, die etwas unvergleichlich Gallisches hatte (eine vollkommene, eingeübte Nachahmung) und setzte hinzu: »Also habe ich mein Selbstwertgefühl wiederhergestellt und das Doppelte meines gewöhnlichen Honorars verlangt.«

Sein Redefluß versiegte. Mister Kiku hielt den Blick mißmutig auf den Tisch gesenkt, und Greenberg wartete. Schließlich sagte Kiku: »Was schlagen sie vor?«

»Mein werter Freund, es gibt nur einen sinnvollen Weg. Die Hroshia, die sie suchen, muß ihnen ausgeliefert werden.«

»Aber wir haben diese Hroshia nicht.«

Ftaeml machte täuschend echt einen menschlichen Seufzer nach. »Das ist bedauerlich.« Greenberg warf ihm einen scharfen Blick zu; in dem Seufzer lag keine Überzeugung. Er hatte das Gefühl, daß Ftaeml die Sackgasse, in der sie steckten, für außerordentlich aufregend hielt ... was lächerlich war; wenn ein Rargyllier die Rolle eines Unterhändlers angenommen hatte, war er stets darauf bedacht, die Verhandlungen zum Erfolg zu führen; andernfalls verlor er in seinen eigenen Augen das Gesicht.

Also wandte er sich an den Medusoiden: »Dr. Ftaeml, als Sie diesen Auftrag für die Hroshii annahmen, haben Sie da geglaubt, diese, hm, Hroshia auftreiben zu können?«

Die Fühler des Wesens sackten plötzlich in sich zusammen; Greenberg zog eine Augenbraue hoch und bemerkte trocken: »Nein, ich sehe, Sie haben es nicht erwartet. Darf ich fragen, warum Sie in diesem Fall den Auftrag übernommen haben?«

Ftaemls Antwort kam zögernd und ohne die gewohnte Überheblichkeit. »Sir, man lehnt einen Auftrag der Hroshii nicht ab. Glauben Sie mir, man tut es nicht.«

»Hmm ... diese Hroshii. Doktor, verzeihen Sie,

wenn ich Ihnen sagen muß, daß Sie mir noch kein umfassendes Bild von diesem Volk vermittelt haben. Sie erklären uns, daß sie über große geistige Macht verfügen, eine Macht, die so groß ist, daß ein führender Kopf einer hochentwickelten Rasse ... Sie selbst nämlich ... fast ›überwältigt‹ ist von ihnen. Sie sagen damit aus, daß sie auch auf andere Weise mächtig sind ... daß Sie, Mitglied einer freien, stolzen Rasse, sich ihren Wünschen fügen müssen. Sie stehen in einem einzigen Schiff einem ganzen Planeten gegenüber, einem Planeten, der aufgrund seiner außerordentlichen Macht einen weiter verbreiteten Herrschaftsanspruch geschaffen hat, als dies je in diesem Teil des Universums der Fall war ... und doch sagen Sie, es wäre ›bedauerlich‹, wenn wir ihre unmögliche Forderung nicht erfüllen könnten.«

»Das alles trifft zu«, entgegnete Ftaeml vorsichtig.

»Wenn ein Rargyllier im Zusammenhang mit seinem Beruf eine Aussage macht, muß ich ihm glauben. Doch in diesem Fall fällt es mir schwer zu glauben. Diese Überwesen ... warum haben wir noch nie von ihnen gehört?«

»Der Raum ist weit, Exzellenz.«

»Ja, ja. Ohne Zweifel gibt es Tausende großer Rassen, denen wir von der Erde nie begegnet sind und niemals begegnen werden. Ich muß annehmen, daß dies auch die erste Begegnung Ihrer Rasse mit den Hroshii ist?«

»Nein. Wir kennen sie schon lange ... viel länger als Ihre Rasse.«

»Wie?« Greenberg warf Mister Kiku einen scharfen Blick zu. Er fuhr fort: »In welcher Beziehung steht

Rargyll zu den Hroshii? Und warum liegt der Föderation kein Bericht darüber vor?«

»Exzellenz, soll diese letzte Frage ein Vorwurf sein? Wenn ja, muß ich Ihnen sagen, daß ich nicht im Auftrag meiner Regierung handele.«

»Nein«, beruhigte ihn Greenberg. »Es war nur eine Frage. Die Föderation ist immer bestrebt, ihre diplomatischen Fühler so weit wie möglich auszustrecken. Es hat mich überrascht zu erfahren, daß Ihre Rasse, die den Anspruch erhebt, mit der unseren befreundet zu sein, Kenntnis von einer mächtigen Zivilisation haben kann, ohne der Föderation davon zu berichten.«

»Darf ich sagen, Exzellenz, daß mich Ihre Überraschung verwundert? Der Raum ist weit … und mein Volk war lange Zeit ein berühmtes fahrendes Volk. Vielleicht hat die Föderation nicht die richtigen Fragen gestellt? Was den anderen Punkt betrifft, so unterhält mein Volk keine diplomatischen Beziehungen, zu den mächtigen Hroshii. Es sind Leute, die sich, wie Sie sagen würden, um ihre eigenen Geschäfte kümmern, und wir gehen ihnen nur zu bereitwillig aus dem Weg. Es ist viele Jahre her, über fünf Jahrhunderte nach Ihrer Rechnung, daß zum letzten Mal ein Schiff der Hroshii in unseren Himmeln erschienen ist und unsere Dienste gefordert hat. Es ist besser so.«

Greenberg sagte: »Je mehr ich weiß, desto mehr scheint es mich zu verwirren. Sie machten in Rargyll halt, um einen Dolmetscher an Bord zu nehmen, anstatt auf direktem Weg hierher zu kommen?«

»Nicht ganz. Sie erschienen in unseren Himmeln und fragten, ob wir je von Ihrem Volk gehört hätten. Wir erwiderten, daß wir Sie kennen … denn wenn die

Hroshii Fragen stellen, erhalten sie eine Antwort! Wir beschrieben ihnen die Lage Ihres Sterns, und mir wurde ungefragt die Ehre zuteil, als ihr Vertreter ausgewählt zu werden.« Er zuckte hilflos mit dem Körper. »Hier bin ich. Lassen Sie mich hinzufügen, daß ich erst weit draußen im All vom Gegenstand ihrer Suche erfuhr.«

Greenberg war kurz zuvor etwas aufgefallen, das er nicht verstand. »Einen Augenblick. Sie stellten Sie ein, machten sich auf den Weg zur Erde und teilten Ihnen dann mit, daß sie auf der Suche nach einer vermißten Hroshia waren. In diesem Augenblick muß Ihnen klar geworden sein, daß Sie den Auftrag nicht würden erfüllen können. Warum?«

»Ist das nicht offensichtlich? Wir Rargyllier sind, in ihrer schönen und treffenden Ausdrucksweise, die größten Klatschmäuler des Universums. Sie würden uns vielleicht ›Historiker‹ nennen, aber ich meine etwas Lebendigeres. Klatschmäuler. Wir kennen jeden Ort und jedes Volk, und wir sprechen alle Sprachen. Ich mußte nicht erst die Akten durchforschen, um zu wissen, daß die Erdmenschen den Hauptplaneten der Hroshii niemals besucht haben. Hätte eine solche Begegnung stattgefunden, hätten Sie ihnen Ihr Interesse aufgezwungen und so einen Krieg provoziert. Wo immer zwei Rargyllier aufeinandertrafen, wäre es zum Gegenstand so mancher Anekdote gemacht worden. Ich wußte daher, daß sie sich irren mußten; daß sie nicht finden würden, was sie suchten.«

»Mit anderen Worten«, entgegnete Greenberg, »Sie haben den falschen Planeten genannt … und wollten das Problem auf uns abwälzen.«

»Bitte«, widersprach Dr. Ftaeml. »Wir haben den zutreffenden Planeten genannt, das versichere ich Ihnen – anhand der Beschreibung Ihrer Rasse, denn die Hroshii wußten nicht, woher Sie kamen. Die Wesen, die sie ausfindig machen wollten, waren Erdmenschen, in jeder nur erdenklichen Einzelheit bis zu den Fingernägeln, ja, den inneren Organen.«

»Und doch wußten Sie, daß sie sich irrten, Doktor. Ich bin kein Sprachwissenschaftler wie Sie. Mir scheint, es besteht ein Widerspruch ... ein Paradox.«

»Erlauben Sie, daß ich es erkläre. Wir, die wir uns beruflich mit Worten befassen, wissen, wie wohlfeil Worte sind. Ein Paradox kann nur in Worten existieren, niemals in den Tatsachen, die den Worten zugrunde liegen. Da die Hroshii genau die Erdenmenschen beschrieben, und da ich wußte, daß die Erdenmenschen die Hroshii nicht kannten, mußte ich zu dem einzig möglichen Schluß kommen – daß es eine zweite Rasse in der Galaxis gibt, die Ihrer Rasse wie ein Ei dem anderen gleicht – wie zwei Erbsen in der Schote. Erbsen? Ziehen Sie Bohnen vor?«

»›Erbsen‹ ist der richtige Vergleich«, entgegnete Mister Kiku ernst.

»Danke. Ihre Sprache ist reich; ich muß sie ein wenig auffrischen, während ich hier bin. Würden Sie das glauben? Der Mann, der sie mir als erster beibrachte, brachte mir absichtlich Vergleiche bei, die in Ihrer feineren Gesellschaft verpönt sind. Zum Beispiel ›kalt wie ein ...‹«

»Ja, ja«, fiel Mister Kiku ihm hastig ins Wort. »Ich glaube es. Einige unserer Mitbürger haben einen merkwürdigen Sinn für Humor. Sie behaupten, daß es irgendwo in diesem Sternennebel eine Rasse gibt, die uns gleicht wie ein Zwillingsbruder dem anderen? Ich finde diese Annahme statistisch unwahrscheinlich bis an die Grenze der Unmöglichkeit.«

»Das ganze Universum ist, Herr Unterstaatssekretär, im höchsten Maße unwahrscheinlich, bis an die Grenzen der Lächerlichkeit. Daher wissen wir Rargyllier, daß Gott ein Possenreißer ist.« Der Medusoide machte eine Bewegung, die seiner Rasse zu eigen war, und berichtigte sich dann höflicherweise in der Wahl seines Ausdrucks, indem er die auf der Erde am weitesten verbreitete Geste der Ehrerbietung machte.

»Haben Sie Ihren Auftraggebern diese Schlußfolgerung mitgeteilt?«

»Das habe ich ... und ich habe sie während der letzten Beratung höchst eindringlich wiederholt. Der Erfolg war voraussehbar.«

»Ja?«

»Jede Rasse hat ihre Fähigkeiten und ihre Schwächen. Wenn sich die Hroshii mit ihrem mächtigen Verstand eine Meinung gebildet haben, ist es schwer, sie davon abzubringen. ›Starrköpfig‹ ist Ihr zutreffender Ausdruck.«

»Starrköpfigkeit erzeugt Starrköpfigkeit, Dr. Ftaeml.«

»Bitte, mein werter Herr! Ich hoffe, Sie lassen sich nicht derartig reizen. Lassen Sie mich berichten, wenn es nicht anders geht, daß Sie nicht in der Lage waren, ihr geliebtes Kind zu finden, daß Sie aber eine erneute und gründlichere Suche einleiten werden. Ich spreche als Freund zu Ihnen ... gestehen Sie das Scheitern dieser Verhandlungen nicht ein.«

»Ich habe noch nie im Leben eine Verhandlung abgebrochen«, entgegnete Mister Kiku mißmutig.

»Wenn man den anderen schon nicht mit Argumenten überzeugen kann, so kann man ihn doch manchmal überleben. Aber ich weiß nicht, was wir ihnen noch zu bieten haben. Außer dieser einen Möglichkeit, über die wir uns das letzte Mal unterhalten haben. Haben Sie die Koordinaten ihres Planeten mitgebracht? Oder haben Sie sich geweigert, sie herauszugeben?«

»Ich habe sie. Ich habe Ihnen doch gesagt, daß sie sich nicht weigern würden; die Hroshii haben nicht die mindeste Angst davor, andere Rassen wissen zu lassen, wo sie zu finden sind ... es ist ihnen lediglich gleichgültig.« Dr. Ftaeml öffnete eine Aktenmappe, die entweder die Nachbildung einer irdischen war, oder von ihm auf der Erde erworben. »Dennoch war es nicht einfach. Das Wo und Wann mußte aus ihrem Beziehungssystem in dasjenige übertragen werden, das Rargyll als den wahren Mittelpunkt des Universums begreift, ein Unterfangen, von dessen Notwendigkeit sie erst überzeugt werden mußten. Dann mußten ihnen die Raumzeiteinheiten begreiflich gemacht werden, die auf Rargyll gelten. Da ich nun zu meiner Beschämung zugeben muß, daß ich in ihrer Methode, die Gestalt des Universums zu berechnen, nicht bewandert bin, brauche ich Hilfe, um unsere Zahlen in Ihr System zu übertragen.«

»Kein Grund zur Beschämung«, entgegnete Mister Kiku, »denn ich selbst habe auch keine Ahnung von unseren Methoden der Astrogation. Wir haben Spezialisten für derartige Dinge. Einen Augenblick.« Er drückte auf einen verschnörkelten Knopf auf dem Konferenztisch. »Verbinden Sie mich mit dem Astrobüro.«

»Sie sind alle schon nach Hause gegangen«, antwortete eine körperlose, weibliche Stimme, »bis auf den diensthabenden Astrogationsoffizier.«

»Dann möchte ich mit dem sprechen. Beeilen Sie sich.«

Einen Augenblick später ertönte eine männliche Stimme. »Dr. Warner, diensthabender Offizier.«

»Hier Kiku. Doktor, bearbeiten Sie auch Raum-Zeit-Beziehungen?«

»Selbstverständlich, Sir.«

»Können Sie eine Berechnung aufgrund von rargyllischen Unterlagen vornehmen?«

»Rargyllisch?« Der diensthabende Offizier pfiff leise durch die Zähne. »Das ist eine harte Nuß, Sir. Dafür ist Dr. Singh der richtige Mann.«

»Dann schicken Sie ihn sofort zu mir.«

»Aber er ist nach Hause gegangen, Sir. Er wird morgen früh wieder hier sein.«

»Ich habe nicht gefragt, wo er ist. Ich habe gesagt: ›Schicken Sie ihn zu mir – sofort.‹ Lösen Sie Polizeialarm und eine allgemeine Fahndung aus, wenn es notwendig ist. Ich brauche ihn *jetzt*.«

»Äh ... ja, Sir.«

Mister Kiku wandte sich wieder an Dr. Ftaeml. »Ich werde vermutlich beweisen können, daß kein Raumschiff von der Erde die Hroshii je besucht hat. Glücklicherweise verfügen wir für jeden interstellaren Flug über Astrogationsaufzeichnungen. Mein Gedanke ist folgender: Es wird Zeit, daß sich die Beteiligten in dieser Angelegenheit persönlich gegenübertreten. Mit Ihrer ausgezeichneten Vermittlung können wir ihnen zeigen, daß wir nichts zu verbergen haben, daß die Einrichtungen unserer Zivilisation zu ihrer Verfügung stehen und daß wir ihnen gerne helfen würden, ihr vermißtes Kind zu finden ... daß es sich aber nicht hier befindet. Wenn sie dann einen Vorschlag zu unterbreiten haben, werden wir ...« Mister Kiku brach ab, als die Tür am Ende des Saals geöffnet wurde. Audruckslos sagte er: »Hallo, Herr Staatssekretär.« Der Ehrenwerte Mister Roy MacClure, Staatssekretär im Ministerium für Raumangelegenheiten der Föderation der Zivilisationen, trat ein. Er schien nur Blicke für Mister Kiku zu haben. »Da sind Sie ja, Henry! Habe Sie überall gesucht. Diese alberne Gans wußte nicht, wohin Sie verschwunden waren, aber ich konnte in Erfahrung bringen, daß Sie das Gebäude nicht verlassen haben. Sie müssen ...«

Mister Kiku packte ihn fester am Ellbogen und sagte laut: »Herr Staatssekretär, erlauben Sie mir, Ihnen Dr. Ftaeml, den *ordentlichen* Botschafter der mächtigen Hroshii, vorzustellen.«

Mister MacClure faßte sich schnell. »Wie geht's, Doktor? Oder muß ich Exzellenz sagen?« Er besaß immerhin soviel Anstand, sein Gegenüber nicht anzustarren.

»Doktor reicht vollkommen, Herr Staatsekretär. Mir geht es gut, danke. Darf ich fragen, wie es um Ihre Gesundheit steht?«

»Ach, recht gut ... wenn nur nicht alles auf einmal passieren würde. Was mich daran erinnert ... Können Sie meinen Chefassistenten entbehren? Es tut mir furchtbar leid, aber es ist etwas Dringendes zu erledigen.«

»Selbstverständlich, Herr Staatssekretär. Ich habe keinen größeren Wunsch, als Sie zufrieden zu sehen.«

Mister MacClure warf dem Medusoiden einen scharfen Blick zu, sah sich aber außerstande, seinen

Ausdruck zu deuten ... wenn das Ding überhaupt zu einem Ausdruck fähig war, fügte er im Geiste hinzu. »Hm, ich vertraue darauf, daß man sich zu Ihrer Zufriedenstellung um Sie kümmert, Doktor.«

»Oh, ja, danke.«

»Gut. Es tut mir wirklich leid, aber ... Henry, würden Sie bitte kommen?«

Mister Kiku machte eine Verbeugung in Richtung des Rargylliers und verließ den Tisch mit einem so maskenhaften Ausdruck, daß Greenberg schauderte. Sobald sie sich vom Tisch entfernt hatten, redete Kiku flüsternd auf MacClure ein.

MacClure warf einen Blick auf die anderen beiden zurück und flüstere dann so laut, daß Greenberg seine Worte verstand: »Ja, ja! Aber ich sage Ihnen, das ist von entscheidender Bedeutung. Henry, welcher Teufel hat Sie geritten, daß Sie diesen Schiffen Landeerlaubnis erteilten, ohne vorher mit mir Rücksprache zu nehmen?«

Mister Kikus Antwort war unhörbar. MacClure fuhr fort: »Unsinn! Nun, Sie müssen einfach hinauskommen und mit ihnen reden. Sie können nicht ...«

Unvermittelt wandte sich Mister Kiku um. »Dr. Ftaeml, hatten Sie die Absicht, heute nacht zum Schiff der Hroshii zurückzukehren?«

»Das hat keine Eile. Ich stehe zu Ihrer Verfügung, Sir.«

»Sie sind überaus gütig. Darf ich Sie Mister Greenbergs Obhut überlassen? Wir handeln in völliger Übereinstimmung.«

Der Rargyllier verneigte sich. »Es wird mir eine Ehre sein.«

»Es wird mir ein Vergnügen sein, Sie morgen wiederzusehen.«

Dr. Ftaeml verneigte sich erneut. »Bis morgen, Herr Staatssekretär, Herr Unterstaatssekretär ... zu Ihren Diensten.«

Die beiden gingen hinaus. Greenberg wußte nicht, ob er lachen oder weinen sollte; er schämte sich für seine gesamte Rasse. Der Medusoid beobachtete ihn schweigend.

Greenberg grinste schief und sagte: »Doktor, gibt es in der rargyllischen Sprache Schimpfwörter?«

»Sir, ich kann in mehr als hundert Sprachen fluchen ... und manche dieser Sprachen haben Flüche, die ein Ei auf tausend Schritt Entfernung verfaulen lassen würden. Soll ich Ihnen einige beibringen?«

Greenberg warf den Kopf in den Nacken und lachte aus vollem Halse. »Doktor, Sie gefallen mir. Sie gefallen mir wirklich ... völlig abgesehen von der Pflicht, höflich zueinander zu sein, die unser beider Beruf mit sich bringt.«

Ftaeml verzog seine Lippen zu einer gelungenen Nachahmung des menschlichen Lächelns. »Danke, Sir. Das Gefühl beruht auf Gegenseitigkeit ... und es ehrt mich. Darf ich, ohne eine Beleidigung zu beabsichtigen, sagen, daß die Aufnahme, die meinesgleichen auf Ihrem großen Planeten findet, manchmal etwas ist, das man sehr philosophisch betrachten muß?«

»Ich weiß. Es tut mir leid. Der größte Teil meines Volkes ist der aufrichtigen Überzeugung, daß die Vorurteile ihrer Heimatdörfer vom Allmächtigen selbst eingesetzt wurden. Ich wünschte, es wäre anders.«

»Sie brauchen sich dessen nicht zu schämen. Glauben Sie mir, Sir, diese Überzeugung wird von allen Rassen und an allen Orten geteilt ... sie ist das einzige, das uns allen gemeinsam ist. Ich nehme meine eigene Rasse nicht aus. Wenn Sie die Sprachen kennen würden wie ich ... Alle Sprachen beinhalten ein Bild ihrer Benutzer, und die Eigentümlichkeiten einer jeden Sprache bringen immer wieder zum Ausdruck: ›Er ist ein Fremder und darum ein Barbar!‹«

Greenberg grinste schief. »Entmutigend, nicht wahr?«

»Entmutigend? Warum, Sir? Es ist zum Schreien komisch. Es ist der einzige Witz, den Gott ständig wiederholt, weil die Komik daran nie abgedroschen wird.« Dann wandte sich der Rargyllier einem anderen Thema zu: »Was wünschen Sie, Sir? Sollen wir weiter über diese Angelegenheit reden? Oder haben Sie die Absicht, das Gespräch bis zur Rückkehr Ihres ... Mitarbeiters hinzuziehen?«

Greenberg wußte, daß der Rargyllier ihm so höflich wie möglich zu verstehen gab, daß Greenberg nichts ohne Kiku unternehmen konnte. Greenberg erkannte, daß es sinnlos war, etwas anderes zu behaupten ... und außerdem hatte er Hunger. »Haben wir nicht für heute genug getan, Doktor? Würden Sie mir die Ehre erweisen, mit mir zu abend zu essen?«

»Es wäre mir ein Vergnügen! Aber ... Sie sind mit den Besonderheiten unseres Speiseplans vertraut?«

»Natürlich. Vergessen Sie nicht, ich habe mehrere Wochen mit einem Ihrer Landsleute verbracht. Wir können ins Hotel Universum gehen.«

»Ja, natürlich«, stimmte Dr. Ftaeml ohne Begeisterung zu.

»Es sei denn, es gibt einen Ort, der Ihnen mehr zusagt?«

»Ich habe von Ihren Restaurants mit Unterhaltungsprogramm gehört ... wäre es möglich? Oder ist es ...?«

›Ein Nachtclub?‹ dachte Greenberg. »Ja! Der Kosmosclub. Die Küche dort steht der im Universum nicht nach.«

Sie waren im Begriff zu gehen, als eine Tür zur Seite glitt und ein schlanker, dunkelhäutiger Mann den Kopf hereinstreckte. »Oh. Verzeihen Sie. Ich dachte, Mister Kiku sei hier.«

Greenberg fiel ein, daß der Boß einen Relativitätsmathematiker hatte rufen lassen. »Einen Augenblick. Sie müssen Dr. Singh sein.«

»Ja.«

»Es tut mir leid, Mister Kiku hatte dringende Geschäfte, ich vertrete ihn hier.«

Er stellte die beiden Männer vor und erklärte das Problem. Dr. Singh überflog die Schriftrolle des Rargylliers und nickte. »Das wird ein Weilchen dauern.«

»Kann ich Ihnen helfen?« fragte Ftaeml.

»Das wird nicht nötig sein. Ihre Aufzeichnungen sind recht vollständig.« Solcherart beruhigt, begaben sich Greenberg und Ftaeml in die Stadt hinaus.

Die Darbietungen im Kosmosclub umfaßten, zu Ftaemls Entzücken, einen Jongleur und, zu Greenbergs Entzücken, Mädchen. Es war schon spät, als Greenberg sich vor einer der Sondersuiten für nichtmenschliche Gäste des Raumministeriums im Hotel Universum von Dr. Ftaeml verabschiedete. Greenberg gähnte, als er im Aufzug hinunterfuhr, fand aber, daß sich der Abend im Interesse der interplanetarischen Beziehungen gelohnt hatte.

Müde, wie er war, machte er doch noch einmal am Ministerium halt. Dr. Ftaeml hatte im Laufe des Abends eine Bemerkung fallen lassen, die er den Boß wissen lassen wollte … am selben Abend, wenn er ihn antraf, ansonsten würde er ihm eine Notiz auf den Schreibtisch legen. Der Rargyllier hatte im Überschwang der Freude an dem Jongleur sein Bedauern ausgedrückt, daß derartige Dinge schon so bald würden enden müssen.

»Was meinen Sie damit?« hatte Greenberg gefragt.

»Wenn die mächtige Erde sich aufgelöst hat …« hatte der Medusoide angesetzt, dann war er verstummt.

Greenberg war in ihn gedrungen, um mehr zu erfahren. Aber der Rargyllier hatte darauf beharrt, er habe einen Scherz gemacht.

Greenberg bezweifelte, daß es etwas zu bedeuten hatte. Aber die Rargyllier hatten gewöhnlich einen hintergründigen Humor; er beschloß, den Boß so bald wie möglich darüber zu unterrichten. Vielleicht hatte dieses merkwürdige Schiff einen Paralyseschuß, eine ›Nußknackerbombe‹ und eine Dosis Vakuum nötig.

Der Nachtwächter am Eingang hielt ihn auf. »Mister Greenberg … der Unterstaatssekretär sucht Sie schon seit einer halben Stunde.«

Er dankte dem Wächter und eilte die Treppe hinauf. Mister Kiku saß über seinen Schreibtisch gebeugt, der Eingangskorb quoll wie gewöhnlich über, aber der Unterstaatssekretär schenkte ihm keine Beachtung. Er hob den Kopf und sagte ruhig: »Guten Abend, Sergei. Sehen Sie sich das an.« Er reichte ihm einen Bericht.

Es war Dr. Singhs Überarbeitung von Dr. Ftaemls Unterlagen. Greenberg zog die geozentrischen Koordinaten aus dem Stapel hervor und überflog sie rasch. »Mehr als neunhundert Lichtjahre!« bemerkte er. »Und auch noch in *dieser* Richtung. Kein Wunder, daß wir ihnen nie begegnet sind. Nicht gerade unsere nächsten Nachbarn, wie?«

»Halten Sie sich damit nicht auf«, mahnte Mister Kiku. »Nicht mit den Daten. Diese Berechnung ist der Nachweis der Hroshii, wann und wo sie von einem unserer Schiffe besucht wurden.«

Greenberg starrte angestrengt darauf, und seine Stirn runzelte sich. Er wandte sich dem Antwortgerät zu und schickte sich an, eine Frage einzugeben. »Sparen Sie sich die Mühe«, erklärte Kiku. »Ihre Erinnerung ist richtig. Die *Himmelsstürmer.* Zweiter Flug.«

»Die *Himmelsstürmer*«, wiederholte Greenberg wie vor den Kopf geschlagen.

»Ja, wir hatten keine Ahnung, wo ihr Ziel lag, darum konnten wir es nicht vermuten. Aber wir wissen genau, *wann* der Flug stattfand. Es paßt. Eine wesentlich einleuchtendere Theorie als Dr. Ftaemls Zwillingsrassen.«

»Natürlich.« Er sah seinen Boß an. »Dann ist es also Lummox.«

»Ja, es ist Lummox.«

»Aber es *kann* nicht Lummox sein. Keine Hände. Einfältig wie ein Karnickel.«

»Nein, es kann nicht sein. Aber es ist so.«

Lummox war nicht in dem Sammelbecken. Er war müde geworden und nach Hause gegangen. Es war notwendig gewesen, ein Loch in die Beckenwand zu reißen, um bequem hinauszugelangen, aber er hatte nicht mehr Verwüstung angerichtet als unbedingt notwendig. Er war nicht darauf aus, mit John Thomas über so alberne Dinge zu streiten – beziehungsweise, nicht noch mehr zu streiten.

Ein paar Leute erhoben ein großes Geschrei, als er ging, aber er beachtete sie nicht. Er nahm sich in acht, daß er auf keinen trat, und reagierte auf ihre Angriffe mit würdevoller Zurückhaltung. Selbst als sie diese verhaßten Spritzenapparate auf ihn richteten, ließ er sich nicht von seinem Weg abbringen, so wie er sich an dem Tag, als er einen Spaziergang gemacht hatte, davon aus dem großen Gebäude hatte vertreiben lassen; er schloß einfach die Augen und die Reihe von Nüstern, senkte den Kopf und trottete heimwärts.

John Thomas, der von dem einigermaßen aufgelösten Sicherheitschef alarmiert worden war, kam ihm auf halbem Weg entgegen. Lummox hielt an und formte einen Sattel für John Thomas, nachdem sie sich gegenseitig begrüßt und beruhigt hatten, und dann setzte er seinen Heimweg zielstrebig fort.

Polizeichef Dreiser war vollkommen außer sich. »Drehen Sie diese Bestie um und bringen Sie sie zurück!« schrie er.

»Tun Sie es doch«, gab Johnnie finster zurück.

»Dafür ziehe ich Ihnen das Fell über die Ohren! Ich werde … ich werde …«

»Was habe *ich* denn getan?«

»Sie … Es geht um das, was Sie nicht getan haben. Diese Bestie ist ausgebrochen, und …«

»Ich war nicht einmal da«, erklärte John Thomas, während Lummox unbeirrt weitertrottete.

»Ja, aber … Das hat damit nichts zu tun! Jetzt ist er draußen; und es ist Ihre Pflicht, sich an das Gesetz zu halten und dafür zu sorgen, daß er wieder eingesperrt wird. John Stuart, Sie werden ernsthafte Schwierigkeiten bekommen.«

»Ich weiß nicht, was Sie sich eigentlich vorstellen. Sie haben ihn mir weggenommen. Sie haben dafür gesorgt, daß er verurteilt wird, und Sie sagen, er gehört mir nicht mehr. Sie haben versucht, ihn zu töten … das wissen Sie genau, ohne auch nur abzuwarten, ob die Regierung ihre Zustimmung geben würde. Wenn er mir gehört, müßte ich Sie anzeigen. Wenn er mir nicht gehört, geht es mich einen Dreck an, ob Lummox aus diesem albernen Tank heraussteigt.« John Thomas beugte sich zur Seite und blickte auf den Polizeichef hinunter. »Warum steigen Sie nicht in Ihr Auto, Chefinspektor, statt uns nachzulaufen, bis Ihnen die Luft ausgeht.«

Chefinspektor Dreiser befolgte mißmutig den Ratschlag und ließ sich von seinem Fahrer aufnehmen. Als er eingestiegen war, hatte er sein Gleichgewicht einigermaßen wiedergefunden. Er beugte sich aus dem Fenster und sagte: »John Stuart, ich werde mich nicht mit Ihnen herumstreiten. Was ich getan oder nicht getan habe, hat mit dieser Sache nichts zu tun. Es ist die Pflicht eines jeden Bürgers, die Sicherheitskräfte, wenn nötig, zu unterstützen. Ich fordere Sie hiermit offiziell auf – und ich habe das Bandgerät eingeschaltet, während ich das tue –, daß Sie mir helfen, diese Bestie in das Wasserbassin zurückzubringen.«

John Thomas sah ihn mit unschuldigem Augenaufschlag an. »Kann ich dann nach Hause gehen?«

»Wie? Ja, natürlich.«

»Danke, Chefinspektor. Hm, wie lange, glauben Sie, wird er in dem Becken bleiben, wenn ich ihn hineingebracht habe und nach Hause gegangen bin? Oder hatten Sie die Absicht, mich in Ihre Polizeitruppe aufzunehmen?«

Chefinspektor Dreiser gab auf; Lummox ging nach Hause. Dennoch betrachtete es Dreiser nur als zeitweilige Niederlage; die Hartnäckigkeit, die einen guten Polizeibeamten aus ihm machte, ließ ihn nicht im Stich. Er gestand sich selbst ein, daß die Sicherheit der Öffentlichkeit eher gewährleistet war, wenn die Bestie zu Hause eingesperrt blieb, während er sich einen bombensicheren Weg ausdachte, sie zu töten. Die Anweisung des Unterstaatssekretärs für Raumangelegenheiten, die es ihm gestattete, Lummox zu vernichten, gelangte in seine Hände, und das hob Dreisers Laune beträchtlich ... der alte Richter O'Farrell hatte sich ziemlich spöttisch über seine Voreiligkeit geäußert.

Der Widerruf dieser Anweisung und der Nachtrag, der Lummoxs Tod unbegrenzt verschob, erreichte ihn nie. Ein neuer Schreiber im Kommunikationsbüro des Raumministeriums beging einen unbedeutenden Irrtum, lediglich eine Verwechslung von zwei Zeichen, worauf der Widerruf zum Pluto gesandt wurde ... und der Nachtrag, der mit dem Widerruf verschlüsselt war, folgte ihm.

So kam es, daß Dreiser, das Todesurteil in Händen,

in seinem Büro saß und über Möglichkeiten nachdachte, die Bestie zu töten. Stromstöße? Vielleicht ... aber er hatte nicht die geringste Ahnung, wie stark die Dosis sein mußte, um Erfolg zu haben. Ihr wie einem Schwein die Kehle durchschneiden? Der Polizeichef hatte ernsthafte Zweifel, welche Art von Messer er benutzen sollte und was die Bestie in der Zwischenzeit anstellen würde.

Schußwaffen und Sprengstoff nützten nichts. Moment mal! Man müßte das Ungeheuer dazu bringen, das Maul weit aufzureißen und dann mit einer Sprengladung, die seine Innereien in Stücke reißen würde, direkt auf den Schlund zielen. Ihn auf der Straße töten – na klar! Viele Tiere hatten Panzer – Schildkröten, Gürteltiere, alles mögliche –, aber immer nur äußerlich, nicht innerlich. Dieses Biest bildete keine Ausnahme; Chefinspektor Dreiser hatte mehr als einen Blick in dieses große Maul geworfen, als er es mit Gift versucht hatte. Die Bestie mochte äußerlich gepanzert sein; innen war sie rosa, feucht und weich wie alle anderen auch.

Er würde den jungen Stuart dazu bringen, daß er dem Biest befahl, das Maul aufzumachen, und dann ... nein, das ging nicht. Der Junge würde sehen, was gespielt wurde, und der Bestie wahrscheinlich befehlen, anzugreifen ... und dann würden die Frauen einiger Polizisten Witwenrente beziehen. Mit diesem Jungen nahm es ohne Zweifel einen schlimmen Lauf ... seltsam, wie ein braver Junge plötzlich den falschen Weg einschlagen und im Gefängnis enden konnte.

Nein, der Junge mußte unter irgendeinem Vorwand in die Stadt gelockt werden, und man würde den

Befehl ausführen, solange er sich nicht in der Nähe befand. Sie konnten die Bestie dazu bringen, ›A‹ zu sagen, indem sie ihr etwas zu essen anboten … ›es ihr zuwarfen‹, berichtigte sich Dreiser.

Er warf einen Blick auf die Uhr. Heute? Nein, er wollte die Waffe auswählen und es dann mit allen Beteiligten durchspielen, damit es diesmal wie am Schnürchen ging. Früh am nächsten Morgen … es würde das beste sein, den Jungen gleich nach dem Frühstück abzuholen.

Lummox schien zufrieden, daß er wieder zu Hause war, bereit die Vergangenheit auf sich beruhen zu lassen. Er sprach niemals von Chefinspektor Dreiser, und wenn er bemerkt hatte, daß jemand ihm etwas Böses zufügen wollte, so verlor er kein Wort darüber. Seine im Wesen sonnige Natur äußerte sich in dem Verlangen, seinen Kopf in Johnnies Schoß zu legen und zu schmusen. Die Zeiten, als sein Kopf noch klein genug dazu gewesen war, waren lange vorbei; er legte nur die Spitze seiner Schnauze auf Johnnies Schenkel und trug sein Gewicht dabei selbst, während Johnnie ihm die Nase mit einem Ziegelstein steichelte.

Johnnie war nur teilweise glücklich. Seit Lummoxs Rückkehr fühlte er sich viel besser, aber er wußte, daß damit nichts geklärt war; Chefinspektor Dreiser würde schon bald einen neuen Versuch unternehmen, Lummox zu töten. Die Frage, was er dagegen tun sollte, bohrte sich wie ein nicht endenwollender Schmerz in seinen Leib.

Seine Mutter hatte seine Qualen noch vermehrt, indem sie in ein lautes Kreischen ausgebrochen war, als sie sah, daß ›diese Bestie!‹ in ihr Haus zurückkehrte. John Thomas hatte nicht auf ihre Bitten, Drohungen und Befehle gehört, sondern Lummox direkt zu seinem Stall gebracht, um ihn zu füttern und zu tränken; nach einiger Zeit war sie ins Haus zurückgestürmt und hatte ihre Absicht verkündet, Chefinspektor Dreiser anzurufen. Das hatte Johnnie erwartet und war einigermaßen sicher, daß sich daraus keine Konsequenzen ergeben würden, und er behielt recht; seine Mutter blieb im Haus. Aber Johnnie grübelte darüber nach; sein Leben lang war es Johnnie gewohnt, mit seiner Mutter auszukommen, indem er ihr mit Nachgiebigkeit und Gehorsam begegnete. Daß er sich ihr widersetze, verursachte Johnnie wesentlich mehr Kummer als ihr. Jedesmal, wenn sein Vater sie verlassen hatte (auch damals, als sein Schiff nicht zurückgekehrt war), hatte er zu Johnnie gesagt: »Gib acht auf deine Mutter, Sohn. Mach ihr keinen Kummer.«

Und er hatte es *versucht* ... wirklich! Aber fest stand, daß Dad niemals erwartet hatte, daß Mom versuchen würde, Lummox abzuschieben. Mom müßte es eigentlich besser wissen, sie hatte Dad in dem Wissen geheiratet, daß Lummox ein Teil des Vertrages war. Oder nicht?

Betty würde niemals auf diese Weise die Seiten wechseln.

Oder doch?

Frauen waren unbegreifliche Wesen. Vielleicht sollte er es mit Lummox allein durchstehen und kein Risiko eingehen. Bis zum Abend blieb er, in schwere Gedanken versunken, bei dem Sternentier und liebkoste es. Lummies Geschwüre erfüllten ihn zusätzlich mit Sorgen. Eines davon schien sehr weich und im

Begriff, aufzuplatzen; John Thomas fragte sich, ob man eine Öffnung herbeiführen sollte. Aber niemand wußte mehr darüber als er, und er wußte nichts.

Zu allem Übel war Lummie nun auch noch krank ... es war einfach zu viel!

Er ging nicht zum Abendessen ins Haus. Bald kam seine Mutter mit einem Tablett heraus. »Ich dachte, du möchtest vielleicht hier draußen bei Lummox essen«, sagte sie schmeichelnd.

Johnnie warf ihr einen scharfen, forschenden Blick zu. »Ja, danke, Mom ... äh, danke.«

»Wie geht es Lummie?«

»Ach, ich glaube, ihm geht es gut.«

»Das ist schön.«

Er starrte ihr nach, als sie ins Haus zurückging. Wenn Mom wütend war, war es schon schlimm genug, aber wenn sie diesen geheimnisvollen Katzenblick hatte, ganz Milde und Freundlichkeit, dann war er noch mehr auf der Hut. Desungeachtet aß er das köstliche Mahl bis zum letzten Krümel, da er seit dem Frühstück nichts mehr zu sich genommen hatte. Eine halbe Stunde später kam sie wieder heraus und sagte: »Fertig, Liebling?«

»Ja, danke ... es war gut.«

»Danke, Liebes. Würdest du das Tablett hereinbringen? Und komm dann auch ins Haus; um acht Uhr kommt ein Mister Perkins, der mit dir sprechen möchte.«

»Mister Perkins? Wer ist das?« Aber die Tür schloß sich bereits hinter ihr. Er traf seine Mutter im Erdgeschoß an, wie sie sich zur Ruhe gesetzt hatte und an einem Paar Socken strickte. Sie lächelte und sagte: »Nun? Wie fühlen wir uns jetzt?«

»Ganz gut. Sag mal, Mom, wer ist dieser Perkins? Warum will er mit *mir* reden?«

»Er hat heute nachmittag angerufen, um eine Verabredung mit dir zu treffen. Ich habe ihn für acht Uhr bestellt.«

»Aber hat er nicht gesagt, was er von mir will?«

»Tja ... vielleicht hat er das, aber Mutter ist der Meinung, daß Mister Perkins dir sein Anliegen besser selbst erklärt.«

»Geht es um Lummox?«

»Nimm deine Mom nicht ins Kreuzverhör. Du wirst es bald genug erfahren.«

»Aber hör mal, ich ...«

»Macht es dir etwas aus, nicht mehr davon zu reden? Zieh deinen Schuh aus, Liebling. Ich möchte am Fuß Maß nehmen.« Verwirrt begann er, den Schuh auszuziehen. Plötzlich hielt er inne. »Mom, ich wünschte, du würdest mir keine Socken stricken.«

»Wie, mein Junge? Aber es macht Mutter Freude, das für dich zu tun.«

»Ja, aber ... Hör zu, ich *mag* handgestrickte Socken nicht. Sie drücken mich an der Fußsohle ... ich habe es dir oft genug gezeigt!«

»Sei nicht albern! Wie kann weiche Wolle deinen Füßen schaden? Und überleg einmal, was du für handgearbeitete Wollsocken zahlen müßtest, wenn du sie kaufen würdest. Die meisten Jungen wären dankbar.«

»Aber ich *mag* sie nicht, wirklich!«

Sie seufzte. »Manchmal weiß ich nicht, was ich mit dir machen soll, Liebling, wirklich.« Sie rollte ihr Strickzeug zusammen und legte es beiseite. »Geh und wasch dir die Hände ... und kämm dir die Haare. Mister Perkins wird jeden Moment kommen.«

»Sag mal, dieser Mister Perkins ...«

»Beeil dich, Liebling. Mach es Mutter nicht schwerer als notwendig.«

Mister Perkins erwies sich als freundlicher Mensch; trotz seines Mißtrauens mochte John Thomas ihn. Nach einige Höflichkeitsfloskeln und nach dem Kaffee, der zum Zeichen förmlicher Gastlichkeit ausgeschenkt wurde, kam er zur Sache.

Er war der Vertreter des Laboratoriums für exotische Tiere des naturgeschichtlichen Museums. Der Prozeßbericht und Lummoxs Bild in der Zeitung hatte die Aufmerksamkeit des Museums erregt ... das ihn nun kaufen wollte.

»Zu meiner Überraschung«, fügte er hinzu, »habe ich im Laufe meiner Nachforschungen festgestellt, daß das Museum schon einmal den Versuch unternommen hat, das Exemplar zu erwerben ... von Ihrem Großvater, glaube ich. Es war der gleiche Name wie Ihrer, und das Datum stimmte. Sind Sie irgendwie verwandt mit ...«

»Ja, mein Ur-ur-urgroßvater«, fiel John Thomas ihm ins Wort. »Und es war wahrscheinlich mein Großvater, von dem Sie Lummox kaufen wollten. Aber er war damals nicht zu verkaufen – und er ist auch heute nicht zu verkaufen!«

Seine Mutter hob die Augen von ihrem Strickzeug und sagte: »Sei vernünftig, mein Lieber. Es steht dir nicht zu, eine solche Haltung einzunehmen.«

John Thomas hielt ihrem Blick eigensinnig stand. Mister Perkins fuhr freundlich lächelnd fort: »Ich kann Ihre Gefühle verstehen, Mister Stuart. Aber unser Justizministerium hat sich dieser Angelegenheit angenommen, bevor ich hierher kam, und Ihre derzeitigen Schwierigkeiten sind mir vertraut. Glauben Sie mir, ich bin nicht gekommen, um sie noch zu vergrößern; wir haben eine Möglichkeit anzubieten, wie Sie Ihr Schoßtier schützen und Ihre Probleme lösen können.«

»Ich werde Lummox nicht verkaufen«, wiederholte John Thomas hartnäckig.

»Warum nicht? Wenn sich herausstellt, daß es die einzige Lösung ist?«

»Nun ... weil ich nicht kann. Selbst wenn ich wollte. Er wurde mir nicht zum Verkauf überlassen, sondern er wurde mir anvertraut, damit ich ihn halte und für ihn sorge. Er war schon in dieser Familie, bevor es mich gab ... bevor es Mutter gab, darum.« Er sah seine Mutter finster an. »Mom, ich weiß nicht, was in dich gefahren ist.«

Ruhig entgegnete sie: »Das genügt, mein Lieber. Mutter tut das, was für dich das beste ist.«

Geschickt wechselte Mister Perkins das Thema, als sich John Thomas' Züge verfinsterten. »Wie dem auch sei, darf ich einen Blick auf das Wesen werfen, nachdem ich den weiten Weg hierher gekommen bin? Es interessiert mich außerordentlich.«

»Oh, ich denke schon.« Johnnie erhob sich langsam und führte den Fremden hinaus.

Mister Perkins betrachtete Lummox, hielt den Atem an und stieß ihn vernehmlich wieder aus. »Sagenhaft!« Bewundernd ging er um ihn herum. »Großartig! Einzigartig ... und das größte außerirdische Exemplar, das mir je unter die Augen gekommen ist. Wie, um alles in der Welt, ist er transportiert worden?«

»Na ja, er ist ein bißchen gewachsen«, erklärte John Thomas.

»Ich habe gehört, er ahmt die menschliche Sprache ein wenig nach. Können Sie ihn dazu bringen, es zu tun?«

»Wie? Er ahmt die Sprache nicht nach ... er *spricht*.«

»Wirklich?«

»Natürlich. He. Lummie, wie geht's dir, alter Junge?«

»Mir geht es gut«, piepste Lumox. »Was hat *er* hier zu suchen?«

»Ach nichts, gar nichts. Er wollte dich nur anschauen.«

Mister Perkins starrte ihn erstaunt an. »Er spricht! Mister Stuart, das Laboratorium *muß* dieses Exemplar haben.«

»Ich habe Ihnen bereits gesagt, daß das unmöglich ist.«

»Ich bin bereit, wesentlich mehr zu bieten, nachdem ich ihn jetzt gesehen ... und gehört habe.«

John Thomas wollte etwas Grobes erwidern, beherrschte sich aber und sagte statt dessen: »Mister Perkins, sind Sie verheiratet?«

»Ja, warum?«

»Haben Sie Kinder?«

»Ein kleines Mädchen. Sie ist fünf.« Seine Züge wurden weich.

»Ich schlage Ihnen ein Geschäft vor. Wir tauschen. Es werden keine Fragen gestellt, und jeder von uns tut mit seinem ›Exemplar‹, was ihm beliebt.«

Perkins sah aus, als wollte er aufbrausen, doch dann grinste er plötzlich. »Ich gebe mich geschlagen! Ich werde nichts mehr sagen. Aber«, fuhr er fort, »es war ein gewagtes Spiel. Einige meiner Kollegen hätten Sie übers Ohr gehauen. Sie können nicht verstehen, welch eine Versuchung ein solches Exemplar für einen Wissenschaftler darstellt. Wirklich.« Er warf einen begehrlichen Blick auf Lummox und fügte hinzu: »Sollen wir ins Haus gehen?«

Mrs. Stuart hob den Kopf, als sie eintraten; Mister Perkins schüttelte kurz den Kopf. Sie setzten sich, und Mister Perkins legte die Fingerspitzen aneinander. »Mister Stuart, Sie haben mir verboten, über die Möglichkeit eines Verkaufs zu sprechen, aber wenn ich dem Direktor des Laboratoriums sage, daß ich nicht einmal ein Angebot gemacht habe, macht das einen sehr schlechten Eindruck. Darf ich Ihnen sagen, welche Summe sich das Museum vorgestellt hatte ... nur der Form halber?«

»Nun ...« John Thomas runzelte die Stirn. »Das kann keinen Schaden anrichten, nehme ich an.«

»Danke. Ich muß meine Reisespesen schließlich irgendwie rechtfertigen. Lassen Sie mich die Situation erklären. Dieses Wesen ... Ihr Freund Lummox ... oder besser gesagt, ›unser‹ Freund Lummox, denn ich mochte ihn vom ersten Augenblick an. Über unseren Freund Lummox ist die Todesstrafe verhängt, nicht wahr? Ein richtiges Urteil.«

»Ja«, gab John Thomas zu. »Aber das Raumministerium hat noch nicht seine Zustimmung gegeben.«

»Ich weiß. Aber die Polizei hat bereits den Versuch gemacht, ihn zu töten, ohne die endgültige Entscheidung abzuwarten, stimmt's?«

John lag ein Fluch auf den Lippen, doch dann warf er seiner Mutter einen Blick zu und nahm sich zusammen. »Diese albernen Narren! Aber sie können Lummox ohnehin nicht nicht töten. Sie sind viel zu dumm.«

»Ich persönlich teile Ihre Gefühle. Diesen aufgeblasenen Polizeichef sollte der Auftrag entzogen werden. Er hätte tatsächlich ein vollkommen einmaliges Exemplar vernichten können. Stellen Sie sich das vor!«

Eisig erklärte Mrs. Stuart: »Chefinspektor Dreiser ist ein feiner Mann.«

Mister Perkins wandte sich ihr zu und sagte: »Mrs. Stuart, ich hatte nicht die Absicht, etwas Schlechtes über einen Ihrer Freunde zu sagen. Aber ich bleibe dabei: Der Chefinspektor hatte nicht das Recht, eigenmächtig zu handeln. Ein solches Verhalten von seiten eines Staatsbeamten ist weitaus schlimmer, als wenn es von einem unbedarften Bürger geübt wird.«

»Er mußte an die öffentliche Sicherheit denken«, sagte sie unerschütterlich.

»Das ist wahr. Das gibt ihm vielleicht mildernde Umstände. Ich nehme meine Bemerkungen zurück. Sie gehören nicht zum Thema, und ich hatte nicht die Absicht, einen Streit vom Zaun zu brechen.«

»Das freut mich zu hören, Mister Perkins. Wollen wir uns wieder dem Thema zuwenden?«

John Thomas' Gefühle erwärmten sich ein wenig für den Wissenschaftler – Mom war Perkins genauso über den Mund gefahren, wie sie es mit ihm immer tat –, und außerdem mochte er Lummox. Mister Perkins fuhr fort: »In allernächster Zeit, morgen oder vielleicht sogar schon heute, wird das Ministerium für Raumangelegenheiten seine Zustimmung zu Lummoxs Vernichtung geben, und ...«

»Vielleicht lehnen sie es aber auch ab.«

»Können Sie aufgrund dieser unberechtigten Hoffnung Lummoxs Leben aufs Spiel setzen? Der Polizeichef wird wieder auftauchen – und diesmal wird er Lummox töten.«

»Nein, das wird er nicht! Er weiß nicht, wie. Wir werden ihn auslachen!«

Mister Perkins schüttelte bedächtig den Kopf. »Aus Ihren Worten spricht Ihr Herz, nicht Ihr Verstand. Diesmal wird der Polizeichef auf Nummer Sicher gehen. Er hat sich schon lächerlich genug gemacht; das wird er nicht noch einmal zulassen. Wenn ihm selbst keine sichere Methode einfällt, wird er sich fachmännischen Rat holen. Mister Stuart, jeder Biologe könnte Lummox oberflächlich analysieren und aus dem Stehgreif zwei oder drei sichere Methoden nennen, ihn zu töten … ihn schnell und sicher zu töten. Mir ist bei seinem Anblick sofort eine eingefallen.«

Erschrocken sah John Thomas ihn an. »Das werden Sie Chefinspektor Dreiser aber nicht sagen?«

»Natürlich nicht! Dazu müßte man mich erst an den Daumen aufhängen. Aber es gibt Tausende, die ihm einen Tip geben könnten. Oder vielleicht stößt er selbst auf eine Methode. Eines jedenfalls müssen Sie wissen: Wenn Sie warten, bis die Zustimmung zu diesem Todesurteil eintrifft, ist es zu spät. Sie werden Lummox töten. Und das wäre ein Jammer.«

John Thomas antwortete nicht. Ruhig fuhr Mister Perkins fort: »Sie können sich den gesellschaftlichen Kräften nicht als einzelner entgegenstellen. Wenn Sie stur sind, werden Sie selbst dafür sorgen, daß Lummox getötet wird.«

John Thomas schlug die Hand vor den Mund. Dann sagte er fast unhörbar: »Was kann ich dagegen *tun*?«

»Viel, wenn Sie erlauben, daß ich Ihnen helfe. Lassen Sie mich zuerst eins klarstellen. Wenn Sie uns Ihr

Haustier anvertrauen, wird ihm in keiner Weise je ein Leid geschehen. Sie haben vielleicht von Vivisektion und ähnlichem reden gehört ... vergessen Sie es. Unser Ziel ist es, Exemplare von anderen Planeten in eine Umgebung zu setzen, die ihrer natürlichen Herkunft so ähnlich wie möglich ist, und dann studieren wir sie. Unser Wunsch ist es, sie glücklich und gesund zu sehen, und wir nehmen eine Menge Schwierigkeiten auf uns, dieses Ziel zu erreichen. Irgendwann wird Lummox dann eines natürlichen Todes sterben ... dann werden wir Haut und Skelett ausstopfen und als Ausstellungsstück aufbewahren.«

»Würde es Ihnen gefallen, ausgestopft und ausgestellt zu werden?« fragte Johnnie bitter.

»Wie?« Perkins sah ihn überrascht an, dann lachte er. »Es würde mich nicht im geringsten stören; ich hinterlasse meinen Kadaver der medizinischen Fakultät meiner Universität. Und Lummox wird es auch nicht stören. Es geht doch darum, ihn dem Zugriff der Polizei zu entziehen – damit er ein reifes Alter erleben kann.«

»Moment mal. Wenn Sie ihn kaufen, ist er noch nicht außer Gefahr. Sie werden ihn trotzdem töten. Oder nicht?«

»Ja und nein. Eher nein. Der Verkauf an das Museum hebt den Vernichtungsbefehl nicht auf, aber glauben Sie mir, er wird niemals ausgeführt werden. Unsere Rechtsabteilung hat mir Anweisungen gegeben, was zu tun ist. Zuerst einigen wir uns über die Bedingungen, dann unterzeichnen Sie den Kaufvertrag; das gibt dem Museum die rechtliche Grundlage. Dann suche ich noch heute abend den hiesigen Richter auf und erwirke eine einstweilige Verfügung, die

Hinrichtung einige Tage aufzuschieben; ein solcher Aufschub steht zweifellos in seinem Ermessen, zumindest, solange dieser neue Faktor des Besitzerwechsels in Betracht gezogen wird. Mehr brauchen wir nicht. Wir können uns direkt an den Staatssekretär für Raumangelegenheiten wenden, wenn es nötig ist … und ich verspreche Ihnen, daß Lummox, wenn er sich erst einmal im Besitz des Museums befindet, auf keinen Fall vernichtet wird.«

»Sind Sie *sicher*?«

»So sicher, daß ich das Geld des Ministeriums aufs Spiel setze. Wenn ich mich irre, verliere ich vielleicht meinen Job.« Perkins grinste. »Aber ich irre mich nicht. Wenn ich erst einmal die einstweilige Verfügung habe und das Museum sich um eine Dauerverfügung kümmert, ist mein nächster Schritt, daß ich den entstandenen Schaden wiedergutmache. Ich werde über genügend Bargeld verfügen … Bargeld hat immer eine überzeugende Wirkung. Wenn das alles geschafft ist, haben wir nur noch den Sicherheitschef gegen uns … und, obwohl er Ihnen wie ein schwer überwindliches Hindernis erscheinen mag, so kann er sich dem Gewicht doch niemals widersetzen, das das Museum, wenn nötig, aufzubieten imstande ist. Und alle lebten glücklich und zufrieden bis ans Ende ihrer Tage!« Perkins lächelte. »Ist dagegen etwas einzuwenden?«

John Thomas malte mit dem Zeh ein Muster auf den Teppich, dann hob er den Kopf. »Sehen Sie, Mister Perkins, ich weiß, daß ich etwas unternehmen muß, um Lummox zu retten. Aber bis jetzt hatte ich nicht den Mut, den Tatsachen ins Auge zu sehen.«

»Dann sind Sie also einverstanden?«

»Einen Augenblick bitte! So ist es auch nicht gut. Lummie würde vor Einsamkeit verzweifeln. Er würde sich nie daran gewöhnen. Es würde nur bedeuten, daß das Todesurteil in lebenslange Gefangenschaft umgewandelt wird. Ich weiß nicht, ob er nicht lieber tot wäre ... als allein zu sein, umgeben von Fremden, die an ihm herumstochern, ihn belästigen und Tests mit ihm machen. Aber ich kann ihn nicht einmal fragen, was er will, denn ich weiß nicht, ob er eine Ahnung hat, was der Tod ist. Aber er weiß, was Fremde sind.«

Mister Perkins kaute auf der Unterlippe und dachte, daß es schwierig war, es diesem jungen Mann recht zu machen. »Mister Stuart? Wenn Sie mit Lummox gehen könnten, würde das einen Unterschied machen?«

»Wie bitte?«

»Ich glaube, ich könnte Ihnen einen Job als Tierpfleger versprechen ... Ich habe sogar in meiner eigenen Abteilung eine freie Stelle; ich könnte Sie noch heute abend einstellen. Es wäre schließlich von Vorteil, wenn ein exotisches Tier von jemandem versorgt wird, der seine Eigenheiten kennt.«

Bevor Johnnie antworten konnte, sagte seine Mutter: »Nein!«

»Wie bitte, Mrs. Stuart?«

»Das kommt nicht in Frage. Mister Perkins, ich hatte gehofft, daß Sie uns aus diesen lächerlichen Unannehmlichkeiten heraushelfen. Aber ich kann Ihrem letzten Vorschlag nicht zustimmen. Mein Sohn wird demnächst aufs College gehen. Ich werde nicht zulassen, daß er sein Leben damit verschwendet, den Käfig dieser Bestie zu reinigen ... wie ein Landstreicher! Wahrhaftig nicht!«

»Aber Mutter ...«

»John Thomas! Bitte! Das Thema ist beendet.«

Mister Perkins ließ den Blick zwischen dem finsteren Gesicht des Jungen und den strengen Zügen seiner Mutter hin und her wandern. »Schießlich«, sagte er, »ist das nicht die Angelegenheit des Museums. Ich werde den Job, hm, sagen wir sechs Monate freihalten ... nein, bitte, Mrs. Stuart! Ob Ihr Sohn die Stelle annimmt oder nicht, ist Ihr Problem ... und ich bin sicher, Sie benötigen meinen Rat nicht. Ich möchte Ihrem Sohn lediglich versichern, daß das Museum ihn nicht von seinem Schoßtier fernhalten wird. Ist das annehmbar?«

Ihre Nadeln klapperten wie eine Maschine. »Ich glaube ja«, lenkte sie ein.

»Mister Stuart?«

»Einen Augenblick. Mutter, du glaubst doch nicht, ich würde ...«

»Bitte, Mister Stuart! Das naturgeschichtliche Museum hat in Ihren familiären Streitigkeiten nichts zu suchen. Sie kennen unser Angebot. Werden Sie annehmen?«

Mrs. Stuart ergriff das Wort: »Ich glaube, Sie haben den Preis noch nicht erwähnt, Mister Perkins.«

»Ach, tatsächlich? Sagen wir, zwanzigtausend.«

»Netto?«

»Netto? Oh, nein ... abzüglich der Wiedergutmachungen, die wir zu leisten haben, natürlich.«

»Netto, Mister Perkins«, erklärte sie fest.

Er zuckte die Achseln. »Netto.«

»Wir nehmen an.«

»Gut.«

»He, einen Augenblick!« widersprach John Thomas. »Das tun wir überhaupt nicht. Nicht, bevor die andere Sache nicht geregelt ist. Ich werde Lummox nicht an jemanden ausliefern, der ...«

»Sei still, Liebling, ich war sehr geduldig mit dir, aber ich will nichts mehr von diesem Unsinn hören. Mister Perkins, er nimmt an. Haben Sie die Papiere bei sich?«

»Wir nehmen überhaupt nicht an!«

»Einen Augenblick«, bat Mister Perkins. »Mrs. Stuart, gehe ich recht in der Annahme, daß ich die Unterschrift Ihres Sohnes für einen gültigen Kaufvertrag benötige?«

»Sie werden sie bekommen.«

»Hmm. Mister Stuart?«

»Ich werde nicht unterschreiben, wenn nicht geregelt ist, daß Lummox und ich zusammenbleiben.«

»Mrs. Stuart?«

»Das ist lächerlich.«

»Das finde ich auch. Aber ich kann da nichts machen.« Perkins erhob sich. »Auf Wiedersehen, Mrs. Stuart. Danke, daß Sie mich angehört haben – und daß ich Lummox sehen durfte. Nein, bleiben Sie sitzen; ich finde allein hinaus.«

Er schickte sich an zu gehen, während die Stuarts angestrengt aneinander vorbeisahen. An der Tür zögerte er. »Mister Stuart?«

»Ja, Mister Perkins?«

»Würden Sie mir einen Gefallen tun? Machen Sie so viele Aufnahmen von Lummox wie möglich. Farbfilm- und Tonaufnahmen, wenn es geht. Ich würde ein Filmteam herschicken ... aber vielleicht bleibt uns nicht genügend Zeit. Sie wissen ja. Es wäre wirklich eine Schande, wenn es von ihm keine wissenschaftlichen Unterlagen gäbe. Tun Sie bitte, was in Ihrer Macht steht.« Damit wandte er sich zum Gehen.

John Thomas schluckte und sprang auf. »Mister Perkins! He! Kommen Sie zurück.«

Wenige Minuten später unterschrieb er einen Kaufvertrag. Seine Unterschrift war zittrig, aber lesbar. »Nun, Mrs. Stuart, wenn Sie bitte hier unterschreiben würden, wo es heißt ›Erziehungsberechtigter‹ ... danke! Ach ja! Ich mußte den Passus ausstreichen, in dem es heißt ›abzüglich der zu begleichenden Ansprüche‹. Ich habe die Summe nicht bar bei mir; ich bin erst hier angekommen, als die Banken schon geschlossen hatten; ich werde Ihnen also einen Formalbetrag aushändigen, um den Vertrag bindend zu machen, und den Rest regeln wir, bevor das Exemplar zu uns gebracht wird.«

»Nein«, sagte John Thomas.

»Wie?«

»Ich vergaß, Ihnen zu sagen: Das Museum kann den Schaden bezahlen, da ich nicht dazu in der Lage bin und Lummox es schließlich getan hat. Aber ich werde kein Geld annehmen. Ich würde mir vorkommen wie Judas.«

Seine Mutter rief streng· »John Thomas! Ich werde nicht zulassen, daß du ...«

»Sag es lieber nicht, Mom«, sagte er mit drohender Stimme. »Du weißt, was Dad davon gehalten hätte.«

»Ahem!« Mister Perkins räusperte sich vernehmlich. »Ich werde die gesetzlich vorgeschriebene Mindestsumme für einen symbolischen Kaufpreis einsetzen. Ich kann nicht länger bleiben; Richter O'Farrell hat mir erzählt, daß er früh zu Bett geht. Mrs. Stuart, ich betrachte das Museum als gebunden an mein

Angebot. Mister Stuart, ich überlasse es Ihnen, sich mit Ihrer Mutter auf Ihre Weise zu einigen. Gute Nacht!« Er steckte den Kaufvertrag in die Tasche und ging eilig hinaus.

Eine Stunde später saßen sie sich noch immer erschöpft und zornig im Wohnzimmer gegenüber. John Thomas hatte sich zu dem Zugeständnis überreden lassen, daß seine Mutter das Geld nehmen konnte, solange er es nicht anrühren mußte. Er hatte geglaubt, dafür ihre Erlaubnis zu erhalten, den Job bei Lummox anzunehmen.

Aber sie schüttelte den Kopf. »Kommt gar nicht in Frage. Du warst schließlich ohnehin im Begriff, aufs College zu gehen. Du hättest die Bestie nicht mitnehmen können. Du hattest also ohnehin keinen Grund, anzunehmen, daß du ihn hättest behalten können.«

»Wie? Aber ich dachte, du würdest dich um ihn kümmern ... so, wie du es Dad versprochen hast ... dann hätte ich ihn an den Wochenenden sehen können.«

»Laß deinen Vater aus dem Spiel! Laß dir ein für alle Mal gesagt sein, daß für mich schon lange feststand, daß dieses Haus an dem Tag, an dem du zur Schule gehen würdest, aufhören würde, ein Zoo zu sein. Dieses ganze Durcheinander hat die Ereignisse lediglich um ein paar Tage beschleunigt.«

Er starrte sie, unfähig zu antworten, an.

Kurz darauf trat sie zu ihm und legte ihm die Hand auf die Schulter. »Johnnie! Johnnie, Liebling ...«

»Was?«

»Sieh mich an, Liebling. Es sind in letzter Zeit ein paar böse Worte gefallen, und es tut mir leid, daß sie je ausgesprochen wurden ... ich bin sicher, du hast es nicht so gemeint. Aber Mutter hat immer nur dein Bestes im Sinn gehabt, das weißt du doch. Oder nicht?«

»Tja, ich nehme es an.«

»Mom denkt immer nur daran ... was das beste für ihren großen Jungen ist. Du bist jung, und wenn man jung ist, erscheinen einem Dinge wichtig, die es gar nicht sind. Aber wenn du älter wirst, wirst du erkennen, daß deine Mutter es am besten wußte. Verstehst du das nicht?«

»Also ... Mom, dieser Job. Wenn ich nur ...«

»Bitte, Liebling. Mutter hat gräßliche Kopfschmerzen. Wir wollen jetzt nicht mehr darüber reden. Schlaf dich schön aus, und morgen sieht alles anders aus.« Sie tätschelte seine Wange, beugte sich nieder und küßte ihn. »Gute Nacht, Liebling.«

»Nacht.«

Noch lange, nachdem sie hinaufgegangen war, saß er da und grübelte. Er wußte, er hätte sich erleichtert fühlen müssen ... er hatte Lummie schließlich gerettet, nicht wahr?

Aber er spürte keine Erleichterung; ihm war zumute wie einem Tier, das sich ein Bein abgebissen hat, um aus einer Falle zu entkommen ... Elend und Entsetzen, keine Erleichterung.

Schließlich stand er auf und ging hinaus zu Lummox.

Das einzig Vernünftige

John Thomas blieb nur kurze Zeit bei Lummox, da er es nicht über sich brachte, ihm die Wahrheit zu sagen, und ein anderes Gesprächsthema gab es nicht. Lummox spürte seine Niedergeschlagenheit und stellte ihm Fragen; schießlich nahm sich John Thomas zusammen und sagte: »Ich sage dir, es ist nichts! Sei still und schlaf jetzt. Und paß verdammt auf, daß du im Hof bleibst, sonst schlage ich dich grün und blau.«

»Ja, Johnnie. Mir gefällt es draußen sowieso nicht. Die Leute haben komische Sachen gemacht.«

»Denk daran und tu es nie wieder.«

»Das werde ich nicht, Johnnie. Hand aufs Herz.«

John Thomas ging ins Haus zurück und begab sich zu Bett. Aber er konnte nicht einschlafen. Nach einer Weile stand er auf, kleidete sich notdürftig an und stieg hinauf auf den Dachboden. Das Haus war sehr alt und hatte eine richtige Dachkammer, die man über eine Leiter und durch eine Bodenluke im oberen Flur erreichte. Einst hatte es hier eine richtige Treppe gegeben, aber sie war verdrängt worden, als die Landeebene auf dem Dach gebaut worden war und der Platz für den schwerfälligen Aufzug, benötigt wurde.

Aber die Dachkammer war noch da, und sie war der einzige Ort, den John Thomas ganz für sich allein hatte. Sein Zimmer wurde gelegentlich von seiner Mutter ›aufgeräumt‹, obwohl es zu seinen Pflichten gehörte und auch sein Wunsch war, das selbst zu tun. Wenn Mutter aufräumte, konnte alles geschehen; Papiere konnten verschwinden, kaputtgehen oder sogar gelesen werden, denn Mom war der Meinung, daß es keine Geheimnisse zwischen Eltern und Kindern geben durfte.

Daher bewahrte er alles, was er für sich behalten wollte, in der Dachkammer auf; dorthin kam Mutter nie – Leitern machten sie schwindelig. Es war ein kleines, fast lichtloses und sehr staubiges Kämmerchen, das eigentlich nur als ›Lagerraum‹ dienen sollte. Die wirkliche Verwendung war vielseitig: Er hatte vor Jahren Schlangen darin gehalten; dort hatte er die kleine Sammlung von Büchern aufbewahrt, die jeder Junge einmal in die Hände bekommt, über die er aber nicht mit seinen Eltern spricht; er hatte sogar ein Telefon installiert, ein Nebengerät, das an den Bild- und Tonapparat in seinem Zimmer angeschlossen war, das letztere war das nützliche Ergebnis seines Physikkurses in der Schule, und es war harte Arbeit gewesen, es anzuschließen, da das nicht nur geschehen mußte, als Mutter aus dem Haus war, sondern auch solcherart, daß die Techniker der Telefongesellschaft sein Vorhandensein nicht feststellen konnten.

Aber so behelfsmäßig es auch angeschlossen war, es funktionierte, und er hatte einen Hilfsstromkreis zwischengeschaltet, der ein Warnlicht auslöste, wenn jemand von einem anderen Apparat im Haus mithörte.

Heute nacht hatte er nicht das Bedürfnis, jemanden anzurufen, und die Stunde, bis zu der direkte Anrufe in dem Wohnheim, in dem Betty wohnte, gestattet waren, war längst überschritten. Er wollte einfach allein sein ... und in ein paar Papieren stöbern, in die er schon lange keinen Blick mehr geworfen hatte. Er tastete unter seinem Arbeitstisch nach einem Schalter; in der scheinbar glatten Wand öffnete sich ein Fach. In dem so freigelegten Wandschrank lagen Bücher und Papiere. Er nahm sie heraus.

Darunter befand sich ein dünnes Notizbuch, das Tagebuch seines Urgroßvaters von der zweiten Erkundungsreise der *Himmelsstürmer*. Es war mehr als hundert Jahre alt und von vielen Händen abgenutzt. John Thomas hatte es ein Dutzend Mal gelesen; er nahm an, daß sein Vater und sein Großvater es ebenso oft in den Händen gehalten hatten. Die Seiten waren brüchig, viele geklebt.

Er blätterte darin, indem er die Seiten vorsichtig umschlug, las das Geschriebene aber nicht, sondern überflog es nur flüchtig. An einer wohlbekannten Stelle leuchteten seine Augen auf.

...Einige der Burschen verlieren die Nerven, besonders die verheirateten Männer. Aber sie hätten es sich überlegen müssen, bevor sie unterschrieben. Jetzt wissen alle, was die Stunde geschlagen hat; wir sind durchgebrochen und an einer Stelle angekommen, die nicht nah der Heimat liegt. Wen kümmert es? Schließlich wollten wir reisen, nicht wahr?

John Thomas blätterte weiter. Seit er denken konnte, kannte er die Geschichte der *Himmelsstürmer*. Sie flößte ihm weder Ehrfurcht noch Erstaunen ein. Eines der ersten interstellaren Schiffe, hatte seine Besatzung den Entdeckerberuf mit dem gleichen Selbstverständnis des Unbekannten hingenommen, das die goldenen Tage des fünfzehnten Jahrhunderts gekennzeichnet hatten, als Männer in hölzernen Kähnen unbekannte Meere erforscht hatten. Die *Himmelsstürmer* und ihre Schwestern waren auf gleichen

Wegen hinausgeflogen, hatten die Einsteinsche Grenze durchbrochen und auf gut Glück versucht, den Rückweg zu finden. John Thomas Stuart VIII hatte am zweiten Flug der *Himmelsstürmer* teilgenommen, war heil zurückgekehrt, hatte geheiratet, ein männliches Kind in die Welt gesetzt und sich hier niedergelassen ... er war es gewesen, der die Landefläche auf dem Dach gebaut hatte.

Dann hatte er eines Nachts den Ruf der Wildgänse gehört und sich noch einmal verdingt. Er war nicht zurückgekehrt.

John Thomas stieß auf die Stelle, an der Lummox zum erstenmal erwähnt war.

Dieser Planet ist eine gelungene Nachahmung der guten alten Erde, was eine Erlösung ist nach den letzten drei, da wir ohne Raumanzüge hinausgehen können. Aber die Evolution muß hier mit doppeltem Einsatz gespielt haben, denn anstelle der vierfüßigen Anordnung, die bei uns für schick gehalten wird, hat hier praktisch alles mindestens acht Beine ... ›Mäuse‹, die wie Tausendfüßler aussehen, kaninchenähnliche Wesen mit sechs kurzen Beinen und einem Paar gewaltiger Sprungbeine, alle Arten, bis hinauf zu giraffengroßen Tieren. Ich habe einen kleinen Burschen eingefangen (wenn man es so nennen kann ... Tatsache ist, daß er ankam und auf meinen Schoß geklettert ist), und er gefiel mir so gut, daß ich versuchen werde, ihn als Maskottchen mitzunehmen. Er erinnert mich an einen Hühnerhund, ist nur besser ausgestattet. Cristy hatte die Wache an der Luftschleuse, daher konnte ich ihn an Bord bringen, ohne ihn der biologischen Abteilung auszuliefern.

Im Eintrag des nächsten Tages war Lummox nicht

erwähnt, da er sich mit schwerwiegenderen Problemen befaßte.

Diesmal haben wir ins Schwarze getroffen … Zivilisation. Die Offiziere sind ganz außer sich vor Aufregung. Ich habe einen Vertreter der herrschenden Rasse von weitem gesehen. Die gleiche vielfüßige Erscheinung, aber man fragt sich, was aus der Erde geworden wäre, wenn die Dinosaurier sich durchgesetzt hätten.

Etwas weiter hieß es:

Ich habe mich gefragt, womit ich das Kuscheltier füttern soll. Ich hätte mir keine Sorgen zu machen brauchen. Er mag alles, was ich ihm aus der Messe herausgeschmuggelt habe … aber er ißt auch sonst alles, was nicht niet- und nagelfest ist. Heute hat er meinen Tintenkuli aufgefressen, und ich habe mir deswegen Sorgen gemacht. Ich nehme nicht an, daß die Tintenpatrone ihn vergiftet, aber wie steht es mit den Metall- und Plastikteilen? Er ist wirklich wie ein Baby; alles was er zu fassen bekommt, wandert in den Mund.

Kuscheltierchen wird immer niedlicher. Der kleine Lümmel versucht offensichtlich zu sprechen; er fiept mich an, und ich fiepe zurück. Dann krabbelt er auf meinen Schoß und sagt mir unmißverständlich, daß er mich liebt. Ich will verflixt sein, wenn ich ihn den Biologen überlasse, selbst wenn sie mich erwischen. Diese seltsamen Vögel wären imstande, ihn aufzuschneiden, nur um zu sehen, woraus er besteht. Er vertraut mir, und ich werde sein Vertrauen nicht enttäuschen.

John Thomas Junior war nicht zur See gegangen, sondern war beim Flug in einem drachenähnlichen

Gestell namens ›Flugzeug‹ ums Leben gekommen. Das war vor dem Ersten Weltkrieg gewesen; daraufhin hatte das Haus einige Jahre lang ›zahlende Gäste‹ aufgenommen.

J. T. Stuart III war für höhere Ziele gestorben; das U-Boot, in dem er Geschützoffizier war, war in japanische Gewässer eingedrungen und nie zurückgekehrt.

John Thomas Stuart IV war auf dem ersten Flug zum Mond umgekommen.

John Thomas V war zum Mars ausgewandert; seinen Sohn, den berühmten Namen in der Familie, überschlug Johnnie eilig; er war es schon lange leid, daran erinnert zu werden, daß er denselben Namen trug wie General Stuart, erster Gouverneuer des marsianischen Staatenbundes nach der Revolution. Johnnie fragte sich, was aus seinem Ur-ur-urgroßvater geworden wäre, wenn die Revolution gescheitert wäre. Hätten sie ihn gehängt? Anstatt ihm Denkmäler zu errichten?

Einen großen Teil des Buches nahmen die Bemühungen ein, die Johnnies Großvater unternommen hatte, um den Namen seines eigenen Großvaters reinzuwaschen – denn General Stuarts Sohn war kein großer Volksheld; vielmehr hatte er die letzten fünfzehn Jahre seines Lebens in der Strafkolonie auf Triton verbracht. Seine Frau war zu ihrer Familie auf der Erde zurückgekehrt und hatte für sich selbst und ihren Sohn, wieder ihren Mädchennamen angenommen.

Aber ihr Sohn war an dem Tag, an dem er volljährig wurde, vor Gericht gezogen und hatte seinen Namen von ›Carlton Gimmidge‹ in ›John Thomas Stuart VIII‹ umändern lassen. Er war es gewesen, der Lummox mitgebracht hatte, und er hatte die Prämie von der zweiten Reise der *Himmelsstürmer* dazu verwandt, den alten Besitz zurückzukaufen. Er hatte offensichtlich seinen Sohn davon überzeugt, daß dem Großvater seines Sohnes übel mitgespielt worden war; der Sohn hatte in seinen Aufzeichnungen viel Aufhebens darum gemacht.

Johnnies Großvater hätte einen Anwalt einschalten können, um seinen Namen zu verteidigen. In dem Tagebuch hieß es lediglich, daß John Thomas Stuart aus dem Staatsdienst ausgeschieden war und nie wieder ein Raumschiff betreten hatte, aber Johnnie wußte, daß er nur die Wahl zwischen dem und einem Gerichtsverfahren auf dem Mars gehabt hatte; sein eigener Vater hatte es ihm erzählt ... aber er hatte ihm auch gesagt, daß sein Großvater straffrei ausgegangen wäre, hätte er sich bereit gefunden, auszusagen. Sein Vater hatte hinzugefügt: »Johnnie, mir ist es lieber, wenn du deinen Freunden treu bist, als wenn deine Brust mit Orden bedeckt ist.«

Als Johnnies Vater ihm das erzählt hatte, war der alte Mann noch am Leben. Bei einer späteren Gelegenheit, als sein Vater auf einem Erkundungsflug unterwegs war, hatte Johnnie versucht, ihm zu zeigen, daß er es wußte.

Großpapa war wütend geworden. »Blödsinn!« hatte er aufbrausend geschrien. »Sie haben mich völlig zu Recht drangekriegt.«

»Aber Dad sagt, daß dein Kapitän eigentlich derjenige war, der ...«

»Dein Dad war nicht dabei. Kapitän Dominic war der bester Skipper, der jemals Schiffsstahl betreten hat ... möge seine Seele in Frieden ruhen. Stell die

Schachfiguren auf, mein Junge. Ich werde dich schlagen.«

Johnnie hatte versucht, Genaueres in Erfahrung zu bringen, nachdem sein Großvater gestorben war, aber die Antworten seines Vaters waren ausweichend. »Dein Großvater war ein sentimentaler Romantiker, Johnnie. Das ist der Fehler, den wir alle haben. In der ganzen Linie nicht genug Verstand, um ein Scheckbuch zu führen.« Er hatte an seiner Pfeife gezogen und hinzugefügt: »Aber wir haben Spaß.«

Johnnie legte die Bücher und Papiere zurück, und er wurde das Gefühl nicht los, daß es ihm nicht sehr geholfen hatte, in den Aufzeichnungen seiner Vorfahren zu lesen; Lummox ging ihm noch immer nicht aus dem Kopf. Er sollte versuchen, ein wenig zu schlafen.

Er wandte sich gerade zum Gehen, als der Telefonknopf aufleuchtete; er griff hastig nach dem Hörer, bevor das Klingeln ertönte; er wollte nicht, daß seine Mutter aufwachte. »Ja?«

»Bist du's, Johnnie?«

»Ja. Ich kann dich nicht sehen, Betty; ich bin oben auf dem Dachboden.«

»Das ist nicht der einzige Grund, warum du mich nicht sehen. kannst. Ich habe den Bildschirm ausgeschaltet. Außerdem ist es pechschwarz im Flur, weil ich eigentlich um diese nächtliche Stunde nicht mehr telefonieren dürfte. Hm, die Herzogin hört nicht zu, oder?«

Johnnie warf einen Blick auf seine Warnanlage. »Nein.«

»Ich will es kurz machen. Meine Spione berichten, daß Diakon Dreiser die Erlaubnis hat, das Urteil auszuführen.«

»*Nein!*«

»Doch. Die Frage ist, was wir dagegen tun. Wir können nicht einfach herumsitzen und zusehen.«

»Hm, ich habe etwas getan.«

»Was? Nichts Dummes, hoffe ich. Ich hätte heute bei dir bleiben sollen.«

»Nun, ein Mister Perkins ...«

»Perkins! Der Knabe, der heute abend bei Richter O'Farrell war?«

»Ja. Woher weißt du das?«

»Hör zu, verschwende nicht unnötige Zeit. Ich weiß alles. Erzähl weiter.«

»Nun ...« John Thomas gab ihr einen unzusammenhängenden Bericht. Betty hörte wortlos zu, so daß er das Gefühl hatte, sich verteidigen zu müssen; er stellte fest, daß er eher die Standpunkte seiner Mutter und Mister Perkins erläuterte als seine eigenen. »So war das also«, schloß er ein wenig überzeugend.

»Dann hast du sie also in die Wüste geschickt? Gut. Ich sage dir, was unser nächster Schritt ist. Was das Museum kann, können wir auch. Wir brauchen lediglich Großpapa O'Farrell dazu zu bringen ...«

»Betty, verstehst du nicht? Ich habe Lummox verkauft.«

»Was? Du hast Lummox verkauft?«

»Ja. Ich mußte es tun. Wenn ich es nicht ...«

»*Du* hast *Lummox* verkauft?«

»Betty, ich konnte nicht anders ...«

Aber sie hatte bereits aufgelegt.

Er versuchte, sie zurückzurufen, doch es ertönte nur eine Tonbandstimme, die sagte: »Dieser Anschluß hat erst morgen früh um acht Uhr direkte Verbindung.

Falls sie eine Nachricht hinterlassen wollen, warten Sie bitte bis ...« Er legte auf.

Er saß da, stützte den Kopf in die Hände und wünschte, er sei tot. Das Schlimmste war, daß Betty recht hatte. Er hatte sich zu etwas drängen lassen, von dem er *wußte*, daß es falsch war, nur weil es den Anschein gehabt hatte, daß er nichts anderes tun könnte.

Betty hatte sich nicht hinters Licht führen lassen. Vielleicht war das, was sie versuchen wollte, auch zu nichts nutze ... aber sie hatte das Spiel durchschaut.

Er saß von Selbstvorwürfen gemartert da und wußte nicht, was er tun sollte. Je mehr er darüber nachdachte, desto wütender wurde er. Er hatte sich zu etwas überreden lassen, das nicht *richtig* war ... nur, weil es vernünftig war ... weil es logisch war ... weil es dem gesunden Menschenverstand entsprach.

Zum Teufel mit dem gesunden Menschenverstand! Seine Vorfahren hatten keinen gesunden Menschenverstand gehabt, keiner von ihnen! Wer war er, daß er damit anfing?

Keiner von ihnen hatte je das Vernünftige getan. Man nehme nur seinen Ur-ur-urgroßvater ... er war auf einen Zustand gestoßen, der ihm mißfiel, und er hatte einen ganzen Planeten sieben verdammte Jahre lang in Aufruhr versetzt. Sicher, sie nannten ihn einen Helden ... aber war es etwa gesunder Menschenverstand, eine Revolution auszulösen?

Oder man nehme ... ach Blödsinn, jeder von ihnen! In der ganzen Sippschaft hatte es keinen ›braven‹ Jungen gegeben. Hätte Großvater Lummox verkauft? Ha, Großvater hätte den Gerichtssaal mit bloßen Händen zertrümmert. Wenn Großpapa da wäre, würde er sich mit einem Gewehr vor Lummox stellen und ihn vor der ganzen Welt in Schutz nehmen.

Ganz sicher würde er nichts von Perkins' schmutzigem Geld nehmen, das stand fest.

Aber was konnte er *tun*?

Er konnte zum Mars auswandern. Nach dem Lafayette-Gesetz war er ein Bürger des Planeten und konnte Anspruch auf Land erheben. Aber wie sollte er dahin gelangen? Noch schlimmer, wie sollte er Lummox hinbringen?

Das blöde daran ist, sagte er sich wütend, daß es fast einen Sinn ergibt. Und das nützt mir nichts.

Schließlich hatte er sich einen Plan zurechtgelegt. Er hatte den einen Vorteil, daß ihm keinerlei Vernunft zugrundelag; er war zu gleichen Teilen aus Verrücktheit und Wagnis zusammengesetzt. Er spürte, daß er seinem Großvater gefallen hätte.

Er stieg in den oberen Flur hinunter und lauschte an der Tür seiner Mutter. Er erwartete nicht, etwas zu hören, denn ihr Schlafzimmer war schalldicht; er handelte instinktiv. Dann kehrte er in sein Zimmer zurück und traf eilige Vorbereitungen, angefangen beim Anlegen von Campingkleidung und Bergsteigerstiefeln. Seinen Schlafsack bewahrte er in einem Schreibtischfach auf; er nahm ihn heraus, steckte ihn in eine Seitentasche seiner Jacke und schob den dazugehörigen Akku in eine Brusttasche. Die anderen Gegenstände seiner Tramp- und Campingausrüstung verteilte er in weiteren Taschen und war kurze Zeit später zum Aufbruch bereit.

Er zählte sein Bargeld und fluchte leise vor sich hin; sein übriges Vermögen lag auf einem Sparkonto, und er würde keine Gelegenheit haben, es abzuheben. Nun, da konnte man nichts machen ... er schickte sich an, die Treppe hinunterzusteigen, dann fiel ihm ein, daß er etwas Wichtiges vergessen hatte. Er kehrte zu seinem Schreibtisch zurück.

›*Liebe Mutter*‹, schrieb er. ›*Bitte, sag Mister Perkins, daß aus dem Handel nichts wird. Du kannst das Geld, das für meine Ausbildung bestimmt war, verwenden, um die Versicherungsleute zu bezahlen. Lummie und ich gehen fort, und es ist sinnlos, uns zu suchen. Es tut mir leid, aber wir können nicht anders.*‹ Er las das Geschriebene noch einmal durch, fand, daß es nichts mehr zu sagen gab, fügte ›*Alles Liebe*‹ hinzu und setzte seine Unterschrift darunter.

Er begann einen Brief an Betty, zerriß ihn wieder,

versuchte es noch einmal und sagte sich schließlich, daß er ihr einen Brief schicken würde, wenn er ihr mehr zu sagen hatte. Er ging hinunter, legte den Brief an seine Mutter auf den Eßtisch und trat dann in die Küche, um ein paar Vorräte einzupacken. Wenige Minuten später war er, mit einem großen Sack voller Dosen und Päckchen beladen, auf dem Weg zu Lummoxs Haus.

Sein Freund schlief. Das Wachauge erkannte ihn; Lummox rührte sich nicht. John Thomas holte aus und trat ihn so fest wie möglich. »He, Lum! Wach auf.«

Das Tier öffnete seine anderen Augen, gähnte geziert und piepste: »Hallo, Johnnie.«

»Rappel dich auf. Wir machen einen Ausflug.«

Lummox streckte die Beine aus und erhob sich mit einer Wellenbewegung, die vom Kopf bis zum Hinterteil verlief. »In Ordnung.«

»Mach mir einen Sitz und laß noch ein wenig Platz hierfür.« Johnnie hielt den Sack mit Lebensmitteln in die Höhe. Lummox gehorchte wortlos; John Thomas warf den Sack auf den Rücken des Tieres, dann kletterte er hinauf. Bald darauf befanden sie sich auf der Straße vor dem Haus der Stuarts.

So unlogisch John Thomas auch handelte, wußte er doch, daß es ein fast aussichtsloses Unterfangen war, fortzulaufen und Lummox zu verstecken; Lummox würde überall mindestens so auffällig sein wie eine Pauke in der Badewanne. Dennoch lag ein Hauch von Methode in seinem Wahnsinn; Lummox in der Nähe von Westville zu verstecken, war weniger unmöglich als an vielen anderen Orten.

Westville lag in einem offenen Gebirgstal; westlich davon schob das Rückgrat des Kontinents seine hageren Zacken in den Himmel. Wenige Meilen hinter der Stadt begann eines der großen Wildreservate, Tausende von Quadratmeilen, die sich seit der Zeit, als die Indianer Kolumbus mit offenen Armen aufgenommen hatten, kaum verändert hatten. Während der kurzen Jagdsaison, einmal im Jahr, wimmelte es dort von rotbefrackten Sportsfreunden, die auf Hirsche, Elche und aufeinander losballerten; den größten Teil des Jahres war es verlassen.

Wenn er Lummox dorthin bringen konnte, ohne gesehen zu werden, war es immerhin möglich, daß er seinen Verfolgern entkommen konnte – bis seine Nahrungsvorräte zu Ende gingen. Wenn das eintrat – nun, dann konnte er sich vielleicht von der Natur ernähren, genau wie Lummox es tun würde ... vielleicht würde er Wild jagen. Oder er konnte allein in die Stadt zurückkehren und aus seiner starken Position heraus, daß er sich weigern konnte, Lummoxs Versteck zu verraten, die Sache durchfechten, bis sie sich der Vernunft beugten. Die Möglichkeiten waren noch nicht erschöpft; er hatte einfach nur die Absicht, Lummox in Sicherheit zu bringen, dann wollte er sich über alles Weitere Gedanken machen ... ihn an einen Ort bringen, an dem der alte Schurke Dreiser keine Methoden ausprobieren konnte, ihn zu verletzen!

John Thomas hätte sich nach Westen wenden und Lummox querfeldein zu den Bergen lenken können, daß Lummox ebensowenig auf gepflasterte Straßen angewiesen war wie ein Panzer ... aber Lummox hinterließ eine Spur in weicher Erde, die mindestens ebenso auffällig war wie die eines Panzers. Sie mußten also auf der befestigten Straße bleiben.

Johnnie hatte bereits einen Ausweg gefunden. In einem früheren Jahrhundert hatte hier eine transkontinentale Straße das Gebirge überquert. Sie war südlich von Westville verlaufen und hatte sich bis zur Wasserscheide hinaufgewunden. Sie war vor langer Zeit durch eine moderne, energieversorgte Autobahn ersetzt worden, die in einem Tunnel durch die Felswand verlief, anstatt sich darüberzuwinden. Aber die alte Straße existierte noch, verlassen, an vielen Stellen überwuchert, die Zementdecke von Frost und Sommerhitze zerrissen und aufgeworfen ... aber immer noch eine gepflasterte Straße, die nur wenige Spuren von Lummox mächtigem Schritt aufweisen würde.

Er führte Lummox durch Seitenstraßen, ging den Häusern aus dem Weg und näherte sich einer drei Meilen westlich gelegenen Stelle, an der die Autobahn im ersten Tunnel verschwand und die alte Straße ihren Aufstieg begann. Er ging nicht bis zur der Abzweigung, sondern hielt hundert Meter davor an, ließ Lummox vor einer verlassenen Baustelle stehen, ermahnte ihn, sich nicht von der Stelle zu rühren und begann, die Umgebung zu erkunden. Er wagte es nicht, Lummox über die Autobahn zur alten Straße zu führen; nicht nur, daß man sie hätte sehen können, sondern es war auch gefährlich für Lummox.

Aber John Thomas fand, woran er sich zu erinnern geglaubt hatte: eine Umgehungsstraße, die im weiten Bogen um die Kreuzung herumführte. Sie war nicht gepflastert, sondern mit Schotter bedeckt, und er glaubte, daß selbst Lummoxs schwere Schritte keine

Spuren darauf hinterlassen würden. Er kehrte zurück, als Lummox gerade im Begriff war, mit heiterer Miene ein ›Zu Verkaufen‹-Schild zu fressen. Er schalt ihn aus und nahm ihm das Schild fort, meinte aber dann, daß es nicht schlecht wäre, das Beweisstück verschwinden zu lassen und gab es ihm wieder. Während Lummox auf dem Schild herumkaute, setzten sie ihren Weg fort.

Als sie sich auf der alten Straße befanden, ließ John Thomas' Spannung nach. Die ersten paar Meilen waren in gutem Zustand, denn sie führte zu einigen Häusern hinauf, die höher am Hang gelegen waren. Aber es gab keinen Durchgangsverkehr und auch keinen Pendelverkehr zu dieser frühen Stunde.

Einige Male zog ein Luftauto über ihren Köpfen hinweg, Party- oder Theaterbesucher auf dem Weg nach Hause, aber wenn die Fahrgäste das große Tier bemerkten, das auf der Straße dahintrottete, so gaben sie doch kein Zeichen.

Die Straße wand sich den Canyon hinauf und mündete auf einer Hochebene; hier war eine Sperre quer über die Straße errichtet, und ein Schild besagte: STRASSE GESPERRT ... FAHRZEUGVERKEHR HINTER DIESER LINIE UNTERSAGT. Johnnie stieg ab und betrachtete sich die Absperrung eingehend. Es war ein einziger, schwerer Holzbalken, der in Brusthöhe abegstürzt war. »Lummie, kannst du über das Ding steigen, ohne es zu berühren?«

»Klar, Johnnie.«

»Gut. Laß dir Zeit. Du darfst es nicht umwerfen. Nicht einmal streifen.«

»Das werde ich nicht, Johnnie.« Und er tat es auch nicht. Anstatt darüberzusteigen wie ein Pferd über ein niedriges Hindernis, zog Lummox nacheinander seine Beinpaare ein und schwebte darüber.

Johnnie kroch unter der Absperrung durch und trat zu ihm. »Ich wußte nicht, daß du das kannst.«

»Ich auch nicht.«

Vor ihnen war die Straße holperig. Johnnie hielt an, um die Vorräte an einem Seil unter Lummoxs Bauch festzubinden, dann zog er eine Seilschlinge über seinen Schenkeln. »Also los, Lummie. Laß uns ein bißchen Tempo machen. Aber galoppier nicht; ich möchte nicht hinunterfallen.«

»Halt dich fest, Johnnie!« Lummox behielt seine normale Fußfolge bei und nahm Geschwindigkeit auf. In schnellem Trott holperte er voran, wobei seine wankende Gangart durch die vielen Beine ausgeglichen wurde. Johnnie stellte fest, daß er, sowohl körperlich wie auch geistig, furchtbar müde war. Jetzt, da sie Häuser und belebte Straßen hinter sich gelassen hatten, übermannte ihn die Müdigkeit. Er lehnte sich zurück, und Lummox paßte sich seiner Körperform an. Die wiegende Bewegung und das eintönige Stampfen der schweren Schritte hatten eine einschläfernde Wirkung. Bald war er fest eingeschlafen.

Lummox setzte seinen Weg mit sicherem Tritt über die aufgeworfenen Zementbrocken fort. Er benutzte seine Nachtsicht, und er geriet nicht in Gefahr, im Dunkeln zu straucheln. Er wußte, daß Johnnie schlief, und glich seine Schritte so weich wie möglich aus. Aber bald fing er an, sich zu langweilen und entschied sich ebenfalls für ein kleines Schläfchen. Er hatte in den Nächten, in denen er nicht zu Hause gewesen war, nicht gut geschlafen ... immer war irgendein Blödsinn dazwischengekommen, und es hatte ihn geärgert, nicht zu wissen, wo Johnnie war. Also fuhr er sein Wachauge aus, schloß die anderen und übergab die Kontrolle an sein Hilfshirn hinten im Rumpf. Lummox schlief augenblicklich ein und überließ dem kleinen Teil, der niemals schlief, die Aufgabe, nach Hindernissen Ausschau zu halten und das unermüdliche Stampfen seiner acht langen Beine zu überwachen.

Als die Sterne am Morgenhimmel verblaßten, erwachte John Thomas. Er streckte seine steifen Glieder und schauderte. Er war von hohen Bergen umgeben, und die Straße wand sich, auf einer Seite von einem Steilhang begrenzt, der zu einem Bach tief unter ihm abfiel, an einem der Berge hinauf. Er richtete sich auf. »He, Lummie.«

Keine Antwort. Wieder rief er. Diesmal antwortete Lummie verschlafen: »Was ist, Johnnie?«

»Du hast geschlafen«, rief Johnnie vorwurfsvoll.

»Du hast nicht gesagt, daß ich das nicht tun soll, Johnnie.«

»Hm ... na ja. Sind wir noch auf derselben Straße?«

Lummox befragte sein anderes Ich und sagte: »Klar. Wolltest du zu einer anderen Straße?«

»Nein. Aber wir müssen diese Straße verlassen. Es wird hell.«

»Warum?«

John Thomas wußte nicht, wie er diese Frage beantworten sollte; Lummox zu erklären, daß die Todesstrafe über ihn verhängt worden war und er sich verstecken mußte, kam ihm nicht in den Sinn. »Weil wir es müssen, darum. Aber geh nur weiter. Ich sage dir schon, wann.«

Der Bach näherte sich der Straße immer mehr, nach

einer knappen Meile lag die Straße nur noch wenige Fuß über dem Bachbett. Sie erreichten eine Stelle, an der sich der Bach zu einem Geröllfeld erweiterte, in dem das Wasser nur in einem Rinnsal in der Mitte hindurchfloß. »Halt!« rief Johnnie.

»Frühstück?« fragte Lummox.

»Noch nicht. Siehst du die Felsen da unten?«

»Ja.«

»Ich möchte, daß du einen großen Schritt auf diese Felsen hinunter tust. Setz deine großen Füße nicht auf den weichen Boden. Steig direkt von der Straße auf die Felsbrocken. Verstanden?«

»Ohne Spuren zu hinterlassen?« fragte Lummox zweifelnd.

»Genau. Wenn jemand hier vorbeikommt und Spuren sieht, mußt du in die Stadt zurück – weil sie den Spuren folgen und uns finden werden. Verstehst du?«

»Ich werde keine Spuren hinterlassen, Johnnie.«

Lummox stieg wie ein gewaltiger Lindwurm in das trockene Bachbett hinunter. John Thomas klammerte sich mit der einen Hand an seine Halteschnur, mit der anderen faßte er nach den Vorräten. Er schrie auf. Lummox hielt inne und fragte: »Ist alles in Ordnung, Johnnie?«

»Ja. Ich wundere mich nur über dich. Jetzt den Bachlauf hinauf, und bleib auf den Steinen.« Sie folgten dem Bachlauf, fanden eine Stelle, an dem sie ihn überqueren konnten und setzten ihren Weg auf der anderen Seite fort. Er entfernte sich allmählich von der Straße, und bald waren sie einige hundert Meter davon entfernt. Es war jetzt fast heller Tag, und John Thomas begann sich Sorgen um die Entdeckung aus der Luft zu machen, obwohl nicht zu erwarten stand, daß der Alarm so früh ausgelöst wurde.

Vor ihnen erstreckte sich ein Pinienwäldchen bis zum Bachufer. Es schien dicht genug zu sein; selbst wenn Lummox nicht unsichtbar darin war, würde er doch wie ein großer Gebirgsfelsen aussehen, wenn er sich reglos verhielt. Das mußte genügen; sie hatten keine Zeit, eine bessere Stelle zu suchen. »Das Ufer hinauf und in das Wäldchen hinein, Lum, und tritt das Ufer nicht ein. Mach vorsichtige Schritte.«

Sie betraten das Wäldchen und blieben stehen; Johnnie stieg ab. Lummox riß einen Pinienzweig ab und begann zu kauen. Das erinnerte John Thomas daran, daß er selbst schon lange nichts mehr gegessen hatte, aber er war so totmüde, daß er den Hunger nicht spürte. Er wollte schlafen, richtig schlafen ... nicht sich im Halbschlaf an ein Sicherheitsseil klammern.

Aber er fürchtete, daß Lummox, wenn er ihn grasen ließ, während er schlief, aufs offene Feld hinauslaufen und entdeckt werden würde. »Lummie. Laß uns ein wenig schlafen vor dem Frühstück.«

»Warum?«

»Nun, Johnnie ist furchtbar müde. Leg dich nur hierher, und ich lege meinen Schlafsack neben dich. Und wenn wir aufwachen, essen wir etwas.«

»Nichts essen, bis du aufwachst?«

»Genau.«

»Hm ... also gut«, sagte Lummox bedauernd.

John Thomas nahm den Schlafsack aus der Tasche, öffnete die Membrane und stöpselte den Akku ein. Dann stellte er den Temperaturregler ein, und während sich der Schlafsack aufheizte, blies er die Matratzenseite auf. In der dünnen Gebirgsluft war das ein schwieriges Unterfangen; er hielt inne, bevor sie ganz aufgeblasen war, und zog sich nackt aus. Zitternd in der kühlen Luft, glitt er in den Schlafsack und zog ihn, bis auf ein kleines Loch zum Atmen, fest zu. »Nacht, Lummie.«

»Nacht, Johnnie.«

Mister Kiku schlief schlecht und war früh auf den Beinen. Er frühstückte, ohne seine Frau zu wecken, und begab sich zum Ministerium für Raumangelegenheiten, das er zu einem Zeitpunkt erreichte, als bis auf wenige Leute, die Nachtdienst hatten, noch kein Mensch da war.

Sein Unterbewußtsein hatte ihm die ganze Nacht über keine Ruhe gelassen, er spürte, daß er etwas Wichtiges übersehen hatte. Mister Kiku hielt große Stücke auf sein Unterbewußtsein, denn er ging davon aus, daß das wahre Denken nicht an der Verstandesoberfläche stattfand, die er lediglich für eine Sichtscheibe für Denkergebnisse hielt, die an einer anderen Stelle erzielt wurden, vergleichbar dem ›Ergebnis‹fenster eines Rechengerätes.

Etwas, das der junge Greenberg gesagt hatte ... darüber, daß der Rargyllier der Überzeugung war, die Hroshii könnten, mit nur einem einzigen Schiff, eine Bedrohung für die Erde darstellen. Mister Kiku hatte es als einen unbeholfenen Versuch des Schlangenknaben abgetan, von seinem Mißerfolg abzulenken. Nicht, daß es eine Rolle gespielt hätte, die Verhandlungen waren beinahe beendet ... das einzige, was noch zu tun blieb, war es, dauerhafte Beziehungen zu den Hroshii herzustellen.

Sein Unterbewußtsein war anderer Meinung.

Er beugte sich über seinen Schreibtisch und sagte zum Nachtdiensthabenden im Kommunikationszentrum. »Kiku. Rufen Sie im Hotel Universum an. Es gibt dort einen Dr. Ftaeml, einen Rargyllier. Sobald er das Frühstück bestellt, möchte ich mit ihm sprechen. Nein, wecken Sie ihn nicht, jeder Mensch hat ein Recht auf seinen Schlaf.«

Nachdem er sein Möglichstes getan hatte, wandte er sich der beruhigenden Routine der angehäuften Arbeit zu.

Zum ersten Mal seit Tagen war sein Eingangskorb leer, und im Gebäude begann es gerade lebendig zu werden, als an dem Sprechgerät auf seinem Schreibtisch ein rotes Blinklicht aufleuchtete.

»Kiku.«

»Sir«, sagte eine aufgeregte Stimme, »es geht um den Anruf im Hotel Universum. Dr. Ftaeml hat kein Frühstück bestellt.«

»Vielleicht schläft er lange. Sein gutes Recht.«

»Nein, Sir. Ich meine, er hat das Frühstück ausgelassen. Er ist auf dem Weg zum Raumhafen.«

»Wann ist er aufgebrochen?«

»Vor fünf bis zehn Minuten. Ich habe es gerade erfahren.«

»Sehr gut. Rufen Sie den Raumhafen an und sagen Sie, sein Raumschiff darf keine Starterlaubnis erhalten. Sorgen Sie dafür, daß sie begreifen, daß es Diplomatenfreiheit genießt, und daß sie wirklich etwas tun müssen – nicht einfach die Starterlaubnis auf der Tafel löschen und weiterschlafen. Dann versuchen

Sie, Dr. Ftaeml selbst zu erreichen – grüßen Sie ihn höflich von mir und bitten Sie ihn, ein paar Minuten zu warten, weil ich mit ihm reden möchte. Ich breche sofort zum Raumhafen auf.«

»Ja, Sir!«

Mister Kiku schaltete das Gerät ab und rief in der Transportabteilung an. »Kiku. Ich breche zum Raumhafen auf, sobald ich das Dach erreicht habe. Halten Sie einen Blitztransport und eine Polizeieskorte bereit.«

»Ja, *Sir.*«

Mister Kiku hielt sich nur noch auf, um seiner Sekretärin zu sagen, wohin er ging, dann betrat er seinen Privataufzug zum Dach. Am Raumhafen erwartete ihn Dr. Ftaeml in der Aussichtshalle, wo er die Raumschiffe beobachtete und vorgab, eine Zigarre zu rauchen. Mister Kiku trat zu ihm und verbeugte sich. »Guten Morgen, Doktor. Es war überaus freundlich von Ihnen, auf mich zu warten.«

Der Rargyllier warf die Zigarre fort. »Die Ehre ist ganz meinerseits, Sir. Von einer Persönlichkeit Ihres Ranges und Ihrer drängenden Geschäfte zum Raumhafen begleitet zu werden ...« Er endete mit einem Schulterzucken, das sowohl Überraschung als auch Freude ausdrücken sollte.

»Ich werde Sie nicht lange aufhalten. Aber ich hatte mir vorgenommen, es mir nicht nehmen zu lassen, Sie heute zu treffen, und ich wußte nicht, daß Sie die Absicht hatten, abzureisen.«

»Mein Fehler, Herr Unterstaatssekretär. Ich hatte die Absicht, einen Sprung hinauf zu machen und gleich wieder zurückzukommen, und wollte Sie dann heute nachmittag treffen.«

»Gut. Also, vielleicht kann ich Ihnen bis morgen eine annehmbare Lösung dieses Problem anbieten.«

Ftaeml war offenkundig überrascht. »Erfolgreich?«

»Ich hoffe es. Die Unterlagen, die Sie uns gestern vorgelegt haben, haben uns einen neuen Hinweis gegeben.«

»Verstehe ich Sie richtig, daß Sie die vermißte Hroshia *gefunden* haben?«

»Vielleicht. Kennen Sie das Märchen vom häßlichen Entlein?«

»Das häßliche Entlein?« Der Rargyllier schien sein Gedeächtnis zu durchforschen. »Ja, ich kenne die Redewendung.«

»Mister Greenberg hat sich, aufgrund Ihres Hinweises, aufgemacht, das häßliche Entlein zu fangen. Wenn sich durch irgendeinen abenteuerlichen Zufall herausstellen sollte, daß es sich um den Schwan handelt, den wir suchen, dann ...« Ohne es zu wollen, zuckte Mister Kiku genauso mit den Achseln wie zuvor Ftaeml.

Der Rargyllier schien es nicht glauben zu können. »Und ist es der ...›Schwan‹, Herr Unterstaatssekretär?«

»Das werden wir sehen. Die Logik sagt, er muß es sein; die Wahrscheinlichkeit sagt, er kann es nicht sein.«

»Hmmm ... und darf ich das meinen Auftraggebern berichten?«

»Ich schlage vor, wir warten, bis ich etwas von Mister Greenberg gehört habe. Er hat die Hauptstadt verlassen, um Nachforschungen anzustellen. Kann ich Sie über das Kurierschiff erreichen?«

»Selbstverständlich, Sir.«

»Ah, Doktor ... da ist noch etwas.«

»Ja, Sir?«

»Sie haben gestern abend etwas Seltsames zu Mister Greenberg gesagt ... wahrscheinlich war es ein Scherz ... oder vielleicht ein Versprechen. Sie haben etwas über die ›Auflösung‹ der Erde gesagt.«

Einen Augenblick lang schwieg der Rargyllier. Als er das Wort ergriff, wechselte er das Thema. »Sagen Sie, Sir, inwiefern würde es der Logik entsprechen, wenn es sich bei Ihrem ›häßlichen Entlein‹ um einen Schwan handelt?«

Vorsichtig wählte Kiku seine Worte. »Zu der Zeit, die in Ihren Unterlagen genannt ist, hat ein Schiff von der Erde einen fremden Planeten besucht. Bei der herrschenden Rasse hätte es sich um Hroshii handeln können; die Bestimmung ist nur in bezug auf den Zeitpunkt genau. Ein Wesen wurde von dort mit auf die Erde gebracht. Es lebt noch immer hier, nach einhundertzwanzig Jahren; Mister Greenberg holt es hierher, damit es von Ihren Auftraggebern identifiziert werden kann.«

Dr. Ftaeml sagte leise: »Es muß so sein. Ich habe es nicht geglaubt, aber es *muß* so sein.« Lauter und ziemlich fröhlich fuhr er fort: »Sir, Sie haben mich glücklich gemacht.«

»Wirklich?«

»Sehr. Und Sie haben es mir auch möglich gemacht, offen mit Ihnen zu sprechen.«

»Sie hatten immer die Freiheit, offen zu reden, Doktor, mindestens was uns betrifft. Ich weiß nicht, welche Anweisungen Sie von Ihren Auftraggebern erhalten haben.«

»Sie haben mir keine Redebeschränkung auferlegt.

Aber ... ist Ihnen bewußt, Sir, daß die Sitten einer Rasse in ihrer Sprache Ausdruck finden?«

»Ich hatte schon manchmal Grund zu dieser Vermutung«, erwiderte Mister Kiku trocken.

»Ja, sehen Sie. Wenn Sie einen Freund, von dem Sie wissen, daß er im Sterben liegt, im Krankenhaus besuchen, würden Sie mit ihm über sein Schicksal sprechen?«

»Nein. Wenn er nicht selber das Thema anschneidet.«

»Genau! Als ich mit Ihnen und Mister Greenberg sprach, war ich durch Ihre Sitten zwingend gebunden.«

»Dr. Ftaeml«, sagte Mister Kiku langsam, »lassen Sie uns offen miteinander reden. Wollen Sie ausdrükken, daß Sie überzeugt sind, dieses fremde Schiff könne, allein und ohne Hilfe anderer, diesem Planeten ernsthaften Schaden zufügen, trotz all seiner nicht unbeträchtlichen Verteidungsanlagen?«

»Ich werde offen sein, Sir. Sollten die Hroshii zu dem Schluß kommen, daß ihre Hroshia durch die Taten dieses Planeten oder einiger Mitglieder seiner Zivilisation umgekommen oder für immer verloren ist, würde der Erde kein Schaden zugefügt; die Erde würde vernichtet.«

»Ohne jeden Beistand.«

Mister Kiku schüttelte den Kopf. »Doktor, ich bin sicher, daß Sie von dem, was Sie sagen, überzeugt sind. Aber ich bin es nicht. Das Ausmaß und die Stärke der Verteidigungsanlagen dieses führenden Planeten der Föderation ist Ihnen sicherlich nicht bekannt. Aber sollten sie so töricht sein, werden wir ihnen die Zähne zeigen.«

Ein kummervoller Ausdruck lag auf Ftaemls Zügen. »In all den vielen Sprachen der Zivilisation finde ich keine Worte, Sie zu überzeugen. Aber glauben Sie mir – alles, was Sie gegen die Hroshii unternehmen könnten, wäre so sinnlos, als würden Sie mit Steinen auf eines Ihrer modernen Kriegsschiffe werfen.«

»Wir werden sehen. Oder hoffen wir lieber, daß wir es nicht sehen. Ich bin kein Freund von Waffen, Doktor; sie sind der letzte Ausweg gescheiterter Diplomatie. Haben Sie mit ihnen über die Bereitschaft der Föderation gesprochen, sie in den Bund der Zivilisationen aufzunehmen?«

»Ich bin bei dem Versuch, ihnen das Wesen Ihres Angebotes zu erklären, auf ernsthafte Schwierigkeiten gestoßen.«

»Sind sie denn so hoffnungslos kriegslüstern?«

»Sie sind überhaupt nicht kriegslüstern. Wie soll ich es erklären? Sind Sie kriegslüstern, wenn sie ... eine Fliege ... totschlagen ... zerquetschen, ja, zerquetschen? Die Hroshii sind nach Ihren Maßstäben, und selbst nach meinen, nahezu unsterblich. Sie stehen so unverwundbar über allen Gefahren, daß sie dazu neigen, aus ... wie ist Ihre Redewendung? ... aus olympischen Höhen auf uns herunterzublicken. Sie sehen keinen Sinn in Beziehungen zu unterlegenen Rassen; Daher ist Ihr Vorschlag nicht ernsthaft in Erwägung gezogen worden, obwohl ich ihn, bitte glauben Sie mir, unterbreitet habe.«

»Das klingt einfältig«, entgegnete Kiku mürrisch.

»Das stimmt nicht, Sir. Sie schätzen Ihre und meine Rasse außerordentlich genau ein. Sie wissen, daß eine Kultur, die über Raumverkehr verfügt, zumindest einige unbedeutendere Kenntnisse auf dem Gebiet der Physik haben muß. Sie wissen daher, daß Sie sich selbst für mächtig halten. Aus diesem Grund ziehen Sie gegenwärtig eine Machtdemonstration in Erwägung, mit dem Ziel, Sie davon zu überzeugen, daß Sie ihre Hroshia unverzüglich ausliefern müssen ... sie betrachten es wie die Peitsche für ein Zugtier, als ein Zeichen, das von ihm verstanden wird.«

»Hmmm ... ist Ihnen die Art dieser Machtdemonstration bekannt?«

»Ja. Mein heutiger Flug zu ihrem Schiff hat den Zweck, sie zu überzeugen, daß sie noch warten sollen. Sie haben die Absicht, die Oberfläche Ihres Mondes leicht zu berühren und eine glühende Spur von ungefähr tausend Meilen Länge zu hinterlassen, um Sie davon zu überzeugen, daß sie keine ... hm ... Scherze machen.«

»Ich bin nicht beeindruckt. Wir könnten eine Schiffsformation hinaufschicken und ebenfalls eine solche Spur ziehen. Nicht, daß wir das etwa tun würden.«

»Wären Sie mit einem einzigen Schiff, aus einer Entfernung von einer Viertelmillion Meilen und in wenigen Sekunden dazu in der Lage?«

»Sie glauben, daß die Hroshii das könnten?«

»Dessen bin ich sicher. Für sie eine leichte Übung. Herr Unterstaatssekretär, es gibt in ihrem Teil des Himmels Supernovae, die nicht durch Naturkatastrophen entstanden sind.«

Mister Kiku zögerte. Wenn das alles der Wahrheit entsprach, konnte es durchaus seinen eigenen Zielen dienen, wenn die Hroshii ihre Stärke zeigten. Der Verlust einiger wertloser Mondberge spielte keine Rolle ... aber es würde schwierig sein, selbst die wenigen Menschen, die sich dort befanden, aus einem so großen Gebiet zu evakuieren. »Haben sie ihnen gesagt, daß unser Mond bewohnt ist?«

»Er ist nicht von ihrer Hroshia bewohnt, und das ist das einzige, das für sie zählt.«

»Hmmm ... das muß ich wohl glauben. Doktor, könnten Sie ihnen vielleicht zum einen mitteilen, daß Sie ihre Hroshia vielleicht schon bald finden werden und zum anderen, daß ihre Hroshia sich möglicherweise auf unserem Mond befindet, was der Grund dafür ist, daß die Suche so lange gedauert hat?«

Der Rargyliier ahmte ein breites menschliches Grinsen nach. »Sir, ich gratuliere Ihnen. Mit Vergnügen werde ich eine solche Mitteilung überbringen. Ich bin sicher, es wird keine Machtdemonstration stattfinden.«

»Alles Gute, Doktor. Ich setze mich mit Ihnen in Verbindung.«

»Alles Gute für Sie, Sir.«

Auf dem Rückweg fiel Mister Kiku plötzlich auf, daß er in der Gegenwart des Medusoiden kein einziges Mal Magenschmerzen gehabt hatte ... der Bursche war tatsächlich recht liebenswert, wenn auch auf entsetzliche Weise. Dr. Morgan war ohne Zweifel ein fähiger Hypnotherapeut.

Wie üblich quoll sein Arbeitskorb über; er verdrängte die Hroshii aus seinen Gedanken und machte sich gutgelaunt ans Werk. Am späten Nachmittag teilte ihm das Kommunikationszentrum mit, daß es Mister Greenberg in der Leitung hatte. »Stellen Sie ihn durch«, sagte Mister Kiku, und er hatte das Gefühl, als fügten sich die letzten, noch fehlenden Teile, zusammen.

»Boß?« begann Greenberg.

»Wie? Ja, Sergei. Warum, zum Teufel, sehen Sie so aufgeregt aus?«

»Weil ich mich frage, wie es mir als gemeiner Soldat in der Raumlegion gefällt.«

»Drücken Sie sich deutlich aus. Was ist geschehen?«

»Der Vogel ist ausgeflogen.«

»Ausgeflogen? Wohin?«

»Ich wünschte, ich wüßte es. Am wahrscheinlichsten ist ein Waldreservat westlich von hier.«

»Warum vergeuden Sie dann Ihre Zeit damit, daß Sie es mir erzählen? Machen Sie sich auf den Weg und suchen Sie ihn.«

Greenberg seufzte. »Ich wußte, daß Sie das sagen würden. Sehen Sie, Boß, dieser Heuhaufen ist fünf Millionen Hektar groß, voller Bäume, hoher Berge und ohne Straßen. Und der dortige Polizeichef ist, gemeinsam mit all seinen Männern und der Hälfte aller Hilfssheriffs des Staates, schon vor mir da. Er hat den Befehl ausgegeben, ohne Warnung zu töten, und eine Belohnung für das Schiff ausgesetzt, dem die Tat gelingt.«

»Was?«

»Es ist genauso, wie ich sage. Ihre Zustimmung zur Durchführung des Gerichtsurteils kam durch; der Widerruf ist verlorengegangen ... wie, weiß ich nicht. Aber der dortige Polizeichef ist ein Polizist alter Schule mit der Seele eines Buchhalters; er hält an dem Befehl fest und ist durch nichts umzustimmen ... er ist für mich nicht einmal über den Polizeifunk zu erreichen. Nachdem wir uns aus der Sache zurückgezogen haben, verfüge ich über keine Spur von Macht, ihn zu zwingen.«

»Und Sie geben sich damit zufrieden, nehme ich an?« sagte Mister Kiku zornig. »Sie warten einfach, bis die ganze Sache in die Luft fliegt.«

»Nicht so ganz. Ich habe versucht, den Bürgermeister zu erreichen – er ist nicht in der Stadt. Dann habe ich es mit dem Gouverneur versucht – er ist in einer geschlossenen Geschworenensitzung. Dann mit dem obersten Waldhüter ... ich nehme an, er ist hinter der Belohnung her. Sobald ich jetzt auflege, werde ich dem Polizeichef den Arm umdrehen, bis er Sternchen sieht, und ...«

»Das sollten Sie in diesem Augenblick tun.«

»Ich werde keine Zeit mehr verlieren. Ich habe angerufen, um vorzuschlagen, daß Sie von dort aus ein wenig Dampf machen. Ich brauche Hilfe.«

»Die werden Sie bekommen.«

»Es reicht nicht, den Gouverneur zu erreichen und eine neue Untersuchung anzuberaumen. Selbst wenn wir diesen wildgewordenen Polizeichef dazu gebracht haben, seine Hunde zurückzupfeifen, werde ich noch Hilfe brauchen. Fünf Millionen Hektar nichts als Berge, Boß ... das bedeutet Männer und Schiffe, viele Männer, viele Schiffe. Es ist keine Aufgabe für einen einzigen Mann mit einer Aktentasche. Außerdem gehe ich zur Raumlegion.«

»Wir werden beide dorthin gehen«, sagte Kiku finster. »Also, dann mal los. Bewegen Sie sich.«

»Es war nett, Sie kennengelernt zu haben.«

Mister Kiku schaltete das Sprechgerät ab, dann folgte schlagartig eine Handlung er anderen. Zuerst ordnete er ein erneutes Eingreifen des Ministeriums an, dann schickte er eine dringende Eilbotschaft an den Gouverneur, eine an den Bürgermeister von Westville und eine weitere an das Bezirksgericht von Westville. Als diese Formalitäten erledigt waren, überlegte er ein paar Sekunden lang, was als nächstes zu tun war ... und begab sich dann zum Staatssekretär, um ihm mitzuteilen, daß sie sich an das Militärkommando der Föderation um Hilfe wenden mußten.

Als Johnnie aufwachte, fiel es ihm schwer, sich zu erinnern, wo er sich befand. Der Schlafsack war warm wie ein Ofen, er fühlte sich wohl, ausgeruht, aber faul. Allmählich formte sich in seinem Geist ein Bild, wo er war und warum er hier war, und er streckte den Kopf hinaus. Die Sonne stand hoch, und es war angenehm warm. Lummox war in der Nähe. »He, Lummie.«

»He, Johnnie. Du hast lange geschlafen. Und du hast Krach gemacht.«

»Wirklich?« Er kroch aus dem Schlafsack und zog sich an. Dann faltete er den Schlafsack zusammen, wandte sich an Lummox – und zuckte zusammen. »Was ist *das*?«

Nicht weit von Lummoxs Kopf lag, zerquetscht, als wäre jemand daraufgetreten, ein ungemein toter Grizzlybär ... ein etwa sechshundert Pfund schweres, männliches Tier. Blut war ihm aus Maul und Nasenlöchern gequollen und dann getrocknet. Lummox warf einen Blick darauf. »Frühstück«, erklärte er.

Angewidert sah John Thomas das Tier an. »Nicht für mich, oh, nein. Woher hast du es?«

»Ich fang es«, antwortete Lummox und lächelte geziert.

»Nicht ›ich fang es‹ ... es heißt ›ich fing es‹.«

»Aber ich habe es gefangen. Es versuchte, sich über dich herzumachen, und ich fang es.«

»Na gut. Danke jedenfalls.« John Thomas warf noch einen Blick auf den Bär, dann wandte er sich ab und öffnete seinen Vorratssack. Er entschied sich für eine

Dose Schinken mit Eiern, drehte den Deckel ab und wartete, bis es sich erhitzt hatte.

Lummox nahm das als Zeichen, daß es für ihn jetzt ebenfalls Zeit war zu frühstücken, was er auch tat – zuerst den Bären, dann einige kleine Pinien, etwa einen Scheffel Kies, weil er das Knusprige liebte, und zum Abschluß den leeren Behälter von John Thomas' Frühstück. Danach gingen sie zusammen zum Bach hinunter, Johnnie immer voran, um den Himmel abzusuchen; Lummox spülte das Mahl mit ein paar Fässern klaren Gebirgswassers hinunter. Johnnie kniete sich ans Ufer und trank, dann wusch er sein Gesicht und Hände und trocknete sie an seinem Hemd ab. Lummox fragte: »Was tun wir jetzt, Johnnie? Spazierengehen? Oder Sachen fangen vielleicht?«

»Nein«, wehrte Johnnie ab. »Wir gehen in das Wäldchen zurück und verhalten uns darin ruhig, bis es dunkel wird. Du mußt so tun, als wärest du ein Felsen.« Er stieg die Uferböschung hinauf, und Lummox folgte ihm. »Setz dich hin«, befahl Johnnie. »Ich möchte einen Blick auf diese Beulen werfen.«

Lummox gehorchte; er senkte die Geschwüre so tief, daß sein Herr sie betrachten konnte, ohne sich zu strecken. Johnnie begutachtete sie mit wachsender Besorgnis. Sie waren größer geworden, und in ihrem Inneren schienen sich Knoten und Beulen zu befinden; Johnnie versuchte, sich zu erinnern, ob das ein Zeichen für die Bösartigkeit eines Geschwürs war. Die Haut darüber hatte sich gedehnt und war dünner geworden, sie war jetzt kaum mehr dicker als festes Leder, ganz anders als Lummoxs übriger Panzer. Sie war trocken und fühlte sich heiß an. Johnnie knetete die linke Erhebung zart; Lummox zuckte zurück.

»Ist es so empfindlich?« fragte Johnnie besorgt.

»Ich kann es nicht *aushalten*«, erklärte Lummox. Er streckte seine Beine aus, ging zu einer hohen Pinie hinüber und begann, den Tumor daran zu reiben.

»He!« rief Johnnie. »Laß das! Du wirst dir wehtun.«

»Aber es *juckt*.« Lummox kratzte sich weiter.

John Thomas rannte auf ihn zu, in der Absicht, sehr streng mit ihm zu sein. Aber in dem Augenblick, als er ihn erreichte, platzte der Tumor auf. Voller Entsetzen starrte er darauf.

Etwas Dunkles, Feuchtes wand sich daraus hervor, wurde von der aufgerissenen Haut zurückgedrängt, hielt einen Augenblick inne, und dann brach es hervor und schnellte und baumelte herunter wie eine Dschungelschlange von einem Ast. Einen furchtbaren Augenblick lang konnte Johnnie nichts anderes denken, als daß es wirklich etwas Derartiges war ... ein riesiger Parasitenwurm. der sich aus seinem unglücklichen Wirt herausfraß. Er quälte sich mit Selbstvorwürfen, daß er Lummox gezwungen hatte, über den Berg zu steigen ... da er doch todkrank war.

Lummox seufzte und wand sich. »Ah!« brachte er verzückt hervor. »So ist es besser!«

»Lummox! Alles in Ordnung?«

»Hm? Warum denn nicht, Johnnie?«

»Warum? Na, *darum*!«

»Was?« Lummox blickte um sich; der merkwürdige Auswuchs schob sich nach vorn und er betrachtete ihn. »Ach, das ...«, sagte er, und seine Gedanken wandten sich bereits anderen Dingen zu.

Das Ende des Wurms öffnete sich wie eine aufblühende Blume ... und Johnnie erkannte endlich, was es war.

Lummox war ein Arm gewachsen.

Der Arm trocknete rasch, wurde heller und offensichtlich auch fester. Lummox hatte ihn noch nicht sehr gut unter Kontrolle, aber John Thomas konnte langsam seine endgültige Form erkennen. Er hatte zwei Ellbogen, eine deutlich ausgebildete Hand mit Daumen auf beiden Seiten. Insgesamt hatte die Hand sieben Finger, und der Mittelfinger war länger und biegsam wie ein Elefantenrüssel. Die Hand war einer menschlichen Hand nicht sehr ähnlich, aber es bestand kein Zweifel, daß sie *mindestens* ebenso brauchbar war – oder es noch werden würde; im Augenblick wanden sich die Fingerglieder noch ziellos in alle Richtungen.

Lummox ließ die Untersuchung bereitwillig über sich ergehen, schien selbst aber nicht besonders an dieser Entwicklung interessiert zu sein.

Johnnie sagte: »Laß mich einen Blick auf die zweite Beule werfen.« Er ging um Lummox herum. Die rechte Erhebung war noch größer geworden. Als John Thomas sie berührte, zuckte Lummox zurück und wandte sich um, als wolle er sich an einem Baum scharren. »Bleib stehen!« rief Johnnie. »Halt still!«

»Ich *muß* mich kratzen.«

»Du könntest dich für den Rest deines Lebens verstümmeln. Halt still, ich will etwas versuchen.« Lummox gehorchte widerstrebend. Johnnie nahm sein Messer aus dem Gürtel und machte vorsichtig einen Einschnitt in der Mitte der Schwellung.

Der Schnitt riß auf, Lummox Arm schnellte heraus und verfehlte Johnnies Gesicht nur knapp. Er sprang zurück.

»Danke, Johnnie.«

»Gern geschehen.« Er steckte sein Messer in die Scheide zurück und betrachtete den neugeborenen Arm nachdenklich.

Die Folgen von Lummoxs unerwartetem Zugewinn von Händen waren ihm nicht in ihrem ganzen Ausmaß klar. Aber er erkannte, daß es eine Menge ändern würde. Auf welche Weise, wußte er nicht. Vielleicht würde Lummox nun nicht mehr so viel Fürsorge benötigen. Auf der anderen Seite würde man gut auf ihn aufpassen müssen, sonst geriet er unwiderruflich in Dinge hinein, die nicht gut für ihn waren. Mit Unbehagen erinnerte sich Johnnie daran, daß er einmal jemanden sagen gehört hatte, welch ein Segen es sei, daß Katzen keine Hände hätten ... und Lummoxs Neugier war größer als die einer Katze.

Aber er spürte, ohne zu wissen, warum, daß all das Nebensache war; dies hier war *wichtig*.

Jedenfalls, sagte er sich wild entschlossen, änderte das eines nicht: Chefinspektor Dreiser durfte keinen weiteren Schlag gegen ihn richten!

Durch die Zweige hindurch suchte er den Himmel ab und fragte sich, ob sie von oben zu sehen waren. »Lum ...«

»Ja, Johnnie?«

»Zieh deine Beine an, es ist Zeit, Felsen zu spielen.«

»Ach, laß uns spazierengehen, Johnnie.«

»Wir gehen heute nacht spazieren. Aber bis es dunkel wird, möchte ich, daß du dich ganz ruhig verhältst.«

»Ach, Johnnie!«

»Hör zu, du möchtest doch nicht wieder in die Stadt, oder? Also gut, dann hör auf, dich mit mir zu streiten.«

»Na ja, wenn es so ist.« Lummox machte es sich auf dem Boden bequem. John Thomas setzte sich, lehnte sich an ihn und dachte nach.

Vielleicht gab es eine Möglichkeit für ihn und Lummox, ihren Lebensunterhalt zu verdienen ... auf einem Jahrmarkt oder so. Außerirdische waren auf Jahrmärkten sehr gefragt; es gab keinen ohne sie, obwohl die meisten von ihnen Fälschungen waren – und Lummox war keine Fälschung. Er konnte sicher lernen, Kunststücke mit den Händen zu machen, irgendein Instrument zu spielen oder so. Vielleicht war ein Zirkus noch besser.

Nein, das war nichts für Lummie; Menschenmengen machten ihn nervös. Ach, was konnten sie nur tun, um ihren Lebensunterhalt zu verdienen? ... wenn dieses ganze Durcheinander mit den Behörden geklärt war, natürlich. Vielleicht ein Bauernhof? Lummox wäre mehr wert als ein Traktor, und da er jetzt Hände hatte, konnte er auch als Knecht eingesetzt werden. Vielleicht war das die Lösung, wenn ihm auch nie zuvor in den Sinn gekommen war, Bauer zu werden.

Vor seinem geistigen Auge sah er sich und Lummox Kornfelder bestellen ... Heu machen ... Gemüse ernten ... unbemerkt war er eingeschlafen.

Ein Krach weckte ihn, und ihm war undeutlich bewußt, daß er das Geräusch schon mehrmals gehört hatte. Er öffnete die Augen, blickte sich um und sah, daß er neben Lummox lag. Er hatte sich nicht vom Fleck gerührt ... aber er bewegte seine Arme. Ein Arm sauste an Lummox Kopf vorbei, ein Sirren war zu kören und wieder ein Krachen ... und in einiger Entfernung stürzte ganz plötzlich eine Espe um. Andere lagen umgestürzt am Boden.

John Thomas rappelte sich auf. »He, hör auf damit!«

Lummox hielt inne. »Was ist los, Johnnie?« fragte er

mit beleidigter Stimme. Vor ihm lag ein Haufen Steine; er streckte gerade die Hand nach dem nächsten aus.

»Wirf nicht mit Steinen auf Bäume.«

»Aber du tust das doch auch, Johnnie.«

»Ja, aber ich fälle sie nicht dadurch. Es ist in Ordnung, wenn du Bäume ißt, aber mach sie nicht zum Spaß kaputt.«

»Ich werde sie essen. Das hatte ich sowieso vor.«

»Na gut.« Johnnie sah sich um. Die Dämmerung war hereingebrochen, sie konnten in wenigen Minuten aufbrechen. »Mach schon und iß sie. Nein, warte einen Augenblick.« Er untersuchte Lummox Arme. Sie hatten dieselbe Farbe wie der Rest seines Körpers und begannen, ebenso fest wie sein übriger Panzer zu werden. Aber die erstaunlichste Verwandlung war, daß sie doppelt so dick waren wie anfangs – sie hatten jetzt den Umfang von Johnnies Oberschenkeln. Der größte Teil der losen Haut hatte sich abgelöst; Johnnie stellte fest, daß er den Rest ohne Schwierigkeiten abschälen konnte. »Also los. Fütterungszeit.«

Lommox verschlang die Espen in der Zeit, die Johnnie benötigte, um sein einfaches Mahl zuzubereiten und zu verzehren, und konnte es kaum erwarten, die leeren Dosen als Nachtisch zu essen. Inzwischen war es dunkel geworden; sie machten sich auf den Weg.

In der zweiten Nacht ereignete sich noch weniger als in der ersten. Es wurde immer kälter, je höher sie gelangten; bald stöpselte Johnnie den Schlafsackakku in seinen Anzug. Ihm wurde warm, und er fühlte sich schläfrig. »Lum – wenn ich einschlafe, weck mich, sobald es anfängt, hell zu werden.«

»In Ordnung, Johnnie.« Lummox speicherte die Anweisung in seinem Nebenhirn, für alle Fälle. Kälte machte ihm nichts aus, er bemerkte sie gar nicht, da sein Körperthermostat wirkungsvoller war als Johnnicc – wirkungsvoller sogar als der Wärmeregler in Johnnies Schlafsack.

John Thomas döste ein, erwachte und döste wieder ein. Er schlief, als Lummox ihn mit den ersten Sonnenstrahlen über den fernen Gipfeln weckte. Johnnie richtete sich auf und hielt nach einer Stelle Ausschau, an der sie die Straße verlassen und sich verstecken konnten. Das Glück war gegen ihn; auf der einen Seite stieg der Fels steil bergan, auf der anderen fiel ein Steilhang in die Tiefe. Als die Minuten verrannen und helles Tageslicht sich verbreitete, begann er nervös zu werden.

Aber es blieb ihnen nichts anderes übrig, als voranzutraben.

In der Ferne hörte er den Donnerschlag eines Stratoschiffes, konnte es aber nicht sehen. Er konnte nur hoffen, daß es nicht nach ihm suchte. Wenige Minuten später, als er die Umgebung mit den Blicken durchstreifte, entdeckte er einen Punkt hinter ihnen, von dem er inständig hoffte, daß es ein Adler war.

Aber schon sehr bald mußte er sich eingestehen, daß es ein Mensch mit einem Flugharnisch war. »Halt, Lummox! Stell dich dicht an die Felswand. Du bist ein Erdrutsch.«

»Ein Erdrutsch, Johnnie?«

»Sei still und tu, was ich dir sage!« Lummox schwieg und gehorchte. John Thomas glitt hinunter, versteckte sich hinter Lummoxs Kopf und machte sich ganz klein. Er wartete darauf, daß der Flieger verschwand.

Aber der Flieger verschwand nicht, sondern stürzte sich in vertraut tollkühner Weise herab und setzte zur

Landung an. Johnnie stieß einen Seufzer der Erleichterung aus, als Betty Sorenson genau an der Stelle landete, die er gerade verlassen hatte. Sie rief: »Hallo, Lummie!« Dann wandte sie sich an Johnnie, stemmte die Hände in die Hüften und sagte: »Na! Du bist gut! Rennst davon, ohne mir Bescheid zu sagen!«

»Äh, ich wollte es tun, Schläger, wirklich. Aber ich hatte keine Gelegenheit ... es tut mir leid.«

Der zornige Ausdruck wich aus ihren Zügen, und sie lächelte. »Schon gut. Ich habe jedenfalls eine bessere Meinung von dir als in den vergangenen Tagen. Wenigstens hast du etwas getan. Johnnie, ich hatte schon befürchtet, du seist selbst ein großer Lummox – von aller Welt herumgeschubst.«

John Thomas beschloß, nicht mit ihr zu streiten; er war zu erfreut, sie zu sehen, um beleidigt zu sein. »Hm ... tja, wie dem auch sei, wie ist es dir gelungen, uns zu finden?«

»Wie? Wirrkopf, du bist seit zwei Nächten von zu Hause fort, aber weit bist du in der Zeit nicht gekommen ... wie konntest du erwarten, man würde dich nicht finden?«

»Schon, aber woher wußtest du, wo du uns suchen mußtest?«

Sie zuckte die Schultern. »Die alte Regel: Ich dachte wie ein Maulesel und schlug den Weg ein, den ein Maulesel nehmen würde. Ich wußte, daß du irgendwo an dieser Straße sein würdest, also bin ich im ersten Morgengrauen aufgebrochen und habe sie abgesucht. Und wenn du nicht in den nächsten paar Minuten entdeckt werden willst, sollten wir besser hier verschwinden und in Deckung gehen. Komm! Lummie, alter Junge, wirf deinen Motor an.«

Sie streckte ihm die Hand entgegen, und er schwang sich auf; die kleine Gesellschaft setzte sich in Bewegung. »Ich habe versucht, von der Straße wegzukommen«, erklärte Johnnie nervös, »aber wir haben keine geeignete Stelle gefunden.«

»Ich verstehe. Aber halt die Luft an, denn hinter der nächsten Wegbiegung liegen die Adam und Eva-Wasserfälle, und dort können wir die Straße verlassen.«

»Ach, da sind wir?«

»Ja.« Betty beugte sich, in dem sinnlosen Versuch, um den Felsvorsprung herumzuschauen, weit nach vorn. Dabei fiel ihr Blick zum ersten Mal auf Lummoxs Arme. Sei packte John Thomas an der Schulter. »Johnnie! An Lummox hängt eine Boa Constrictor!«

»Was? Sei nicht albern. Das ist bloß sein rechter Arm.«

»Sein *was*? Johnnie, du bist krank.«

»Reg dich ab, und hör auf, dich an mir festzuklammern. Ich habe ›Arm‹ gesagt – diese Geschwüre waren Arme.«

»Die Geschwüre ... waren Arme?« Sie seufzte. »Ich bin zu früh aufgestanden und hatte noch kein Frühstück. Ich kann solche Aufregungen nicht ertragen. Also gut, sag ihm, er soll stehenbleiben. Das muß ich mir ansehen.«

»Wie ist es mit der Deckung?«

»Oh. Ja, du hast recht. Du hast fast immer recht – zwei oder drei Wochen zu spät.«

»Streng dich nicht zu sehr an. Dort ist der Wasserfall.«

Sie ließen den Wasserfall hinter sich und waren jetzt auf gleicher Höhe mit dem Grund der Schlucht. John Thomas ergriff die erste Gelegenheit, um die Straße zu verlassen. Es war eine Stelle, die ihrem Unterschlupf vom Tag zuvor glich. Er fühlte sich viel wohler, nun da er Lummox wieder unter dichtem Laubwerk wußte. Während er das Frühstück zubereitete, untersuchte Betty Lummoxs nagelneue Arme.

»Lummox«, sagte sie vorwurfsvoll, »davon hast du Mama aber nichts gesagt.«

»Du hast mich nicht danach gefragt«, verteidigte er sich.

»Verzeihung, bitte vielmals um Verzeihung. Und was kannst du damit tun?«

»Ich kann Steine werfen. Stimmt's, Johnnie?«

»Nein!« entgegnete Johnnie hastig. »Betty, wie trinkst du deinen Kaffee?«

»Barfuß«, antwortete sie zerstreut und fuhr fort, die Vordergliedmaßen zu betrachten. In ihrem Unterbewußtsein schwebte ein Gedanke, der irgendeinen Zusammenhang damit hatte, aber sie konnte ihn nicht fassen ... und das ärgerte sie, denn sie erwartete von ihrem Verstand, daß er mit der Präzision eines Uhrwerks funktionierte, und keine Albereien, bitte! Ach ja ... erst mal frühstücken.

Nachdem sie das schmutzige Geschirr an Lummox verfüttert hatten, ließ Betty sich zurücksinken und sagte zu John Thomas: »Problemkind, weißt du eigentlich, was für einen Sturm du aufgewirbelt hast?«

»Na ja, ich nehme an, ich habe Chefinspektor Dreiser ganz schön auf die Palme gebracht.«

»Da hast du zweifellos recht. Aber das ist noch lange nicht alles.«

»Mister Perkins?«

»Richtig. Rat weiter.«

»Mom natürlich.«

»Natürlich. Sie schwankt zwischen Tränen um das verlorene Baby und der Erklärung, daß du nicht mehr ihr Sohn bist.«

»Ja. Ich kenne Mom«, nickte er unbehaglich. »Ach, es ist mir gleichgültig. Ich wußte, daß sie alle sauer auf mich sein würden. Aber ich konnte nicht anders.«

»Natürlich konntest du nicht anders, Wirrkopf, mein Liebling, wenn du es auch mit der stürmischen Grazie eines Nilpferdes getan hast. Aber ich meine nicht nur sie.«

»Was?«

»Johnnie, in Georgia gibt es eine kleine Stadt namens Adroan. Sie ist so klein, daß sie nicht über eine Sicherheitstruppe verfügt, es gibt dort nur einen einzigen Streifenpolizisten. Weißt du zufällig, wie dieser Streifenpolizist heißt?«

»Was? Natürlich nicht.«

»Schade. Denn soweit ich erfahren konnte, ist dieser Polizist der einzige weit und breit, der nicht nach dir sucht. Das ist der Grund, warum ich mich aufgerappelt habe – obwohl du weggerannt bist, ohne dir die Mühe zu machen, mich zu benachrichtigen, du nichtsnutziger Kerl.«

»Ich habe dir doch gesagt, daß es mir leid tut!«

»Und ich habe dir verziehen. In zehn Jahren oder so werde ich dir erlauben, es zu vergessen.«

»Was hat dieser Unsinn mit dem Wachtmeister zu bedeuten? Und warum sollte alle Welt hinter mir her sein? Abgesehen von Chefinspektor Dreiser, meine ich.«

»Weil er Alarm für alle ausgegeben und eine Belohnung auf Lummie – tot oder lebendig – ausgesetzt hat ... vorzugsweise tot. Sie meinen es ernst, Johnnie ... schrecklich ernst. Ich weiß nicht, welchen Plan du hattest, aber wir sollten uns lieber einen guten ausdenken. Was hattest du vor? Oder hast du dir überhaupt keine Gedanken gemacht?«

John Thomas wurde blaß und antwortete langsam: »Na ja ... ich wollte noch ein paar Nächte so weiterlaufen, bis wir einen Platz erreicht hätten, an dem wir uns verstecken könnten.«

Sie schüttelte den Kopf. »Nicht gut. Auf ihre schwerfällige bürokratische Weise werden sie mittlerweile zu der Erkenntnis gekommen sein, daß du genau das vorhast ... da das die einzige Stelle in der Nähe von Westvill ist, an der sich ein Wesen von Lummoxs Größe verstecken kann. Und ...«

»Oh, wir hätten uns von der Straße entfernt!«

»Natürlich. Und sie werden diesen Wald Baum für Baum durchsuchen. Sie meinen es wirklich ernst, Kumpel.«

»Du hast mich nicht ausreden lassen. Kennst du die alte Uranmine? Die Macht-und-Ehre-Mine? Man überquert den Paß zum Toten Wolf und hält sich dann auf einer Schotterstraße nördlich. Dorthin wenden wir uns. Dort kann ich Lummox völlig verschwinden lassen; der Hauptstollen ist groß genug.«

»Da ist ein Hauch von Verstand dran. Aber nicht gut genug gegen die Macht, der wir gegenüberstehen.«

Sie schwieg. Johnnie rutschte unbehaglich herum und sagte: »Aber wenn es nicht gut ist, was sollen wir dann tun?«

»Halt den Schnabel. Ich denke nach.« Sie lag reglos da und starrte in den tiefblauen Gebirgshimmel. Schließlich sagte sie: »Damit, daß du weggelaufen bist, hast du nichts erreicht.«

»Nein … aber immerhin habe ich Staub aufgewirbelt.«

»Ja, und das ist soweit auch ganz gut. Gelegentlich muß das unterste zuoberst gekehrt werden; es läßt Licht und Luft herein. Aber jetzt müssen wir dafür sorgen, daß wir die Teilstücke dahin bekommen, wo wir sie haben wollen. Dazu ist es notwendig, daß wir Zeit gewinnen. Deine Idee mit dem alten Bergwerk ist nicht schlecht; es wird reichen, bis ich etwas besseres vorbereitet habe.«

»Ich weiß nicht, warum sie ihn dort je finden sollten. Es ist so einsam, wie wir es uns nur wünschen können.«

»Genau aus diesem Grund werden sie dort suchen. Es könnte vielleicht Chefinspektor Dreiser täuschen; ich glaube, er würde nicht einmal seinen eigenen Hut ohne Durchsuchungsbefehl finden. Aber er hat einen Suchtrupp von der Größe eines kleinen Heeres zusammengestellt; diese Männer werden dich mit Sicherheit finden. Du hast deinen Schlafsack und Proviant mitgenommen; also schlägst du dein Lager im Freien auf. Ich habe dich gefunden, und sie werden dich auch finden. Mir ist es gelungen, weil ich deine Gedankengänge kenne, sie dagegen müssen logisch vorgehen. Das geht langsamer, ist aber ebenso sicher. Sie werden dich finden … und das ist Lummoxs Ende. Sie werden kein Risiko eingehen … wahrscheinlich bombardieren sie ihn.«

John Thomas grübelte über diese trostlosen Aussichten nach. »Was hat es dann für einen Sinn, ihn ihm Bergwerk zu verstecken?«

»Wir können damit einen Tag oder mehr gewinnen, weil ich noch nicht soweit bin, ihn herauszuholen.«

»Wie?«

»Natürlich. Wir werden ihn in der Stadt verstekken.«

»Was? Schläger, du hast einen Höhenkoller.«

»In der Stadt in einem Versteck ... denn das ist der einzige Ort in der ganzen, weiten Welt, an dem sie ihn nicht suchen werden.« Sie fügte hinzu: »Vielleicht in Mister Itos Gewächshäusern.«

»Was? Jetzt weiß ich, daß du verrückt bist.«

»Kannst du dir einen sicheren Platz vorstellen? Es ist nicht schwierig, mit Mister Itos Sohn zu reden; ich habe mich erst gestern recht nett mit ihm unterhalten. Ich habe mich ein bißchen dumm gestellt und zu ihm aufgeblickt und habe mir von ihm einiges erklären lassen. Seine Gewächshäuser sind hervorragend geeignet ... ein bißchen eng vielleicht, aber es ist schließlich ein Notfall. Das Milchglas, aus dem sie gebaut sind, ist undurchsichtig, und kein Mensch würde im Traum daran denken, daß Lummox sich darin befinden könnte.«

»Ich kann mir nicht vorstellen, wie du das schaffen willst.«

»Laß mich nur machen. Wenn ich das Gewächshaus nicht bekomme ... aber das werde ich sicher ... dann treibe ich eine leere Lagerhalle oder etwas Ähnliches auf. Heute nacht bringen wir Lummie in den Bergwerkstollen, dann fliege ich zurück und bereite alles vor. Morgen nacht werde ich mit Lummie in die Stadt zurückkehren ...«

»Ach? Wir haben zwei Nächte gebraucht, bis hierher zu kommen – und wir werden den größten Teil der heutigen Nacht benötigen, um zu dem Bergwerk zu gelangen. Du kannst nicht in einer Nacht mit ihm zurückreiten.«

»Wie schnell kann er laufen, wenn er sich anstrengt?«

»Aber niemand kann auf ihm reiten, wenn er galoppiert. Nicht einmal ich.«

»Ich werde nicht auf ihm reiten. Ich fliege über ihm, zeige ihm den Weg und bremse ihn vor den Kurven ab. Drei Stunden vielleicht? Und eine weitere Stunde, um ihn heimlich in das Gewächshaus zu bringen.«

»Hm ... vielleicht geht es.«

»Es wird gehen, weil es muß. Dann wirst du gefangengenommen.«

»Aber ... warum kann ich nicht einfach nach Hause gehen?«

»Nein, das würde uns verraten. Sie finden dich, du hast versucht, ohne Genehmigung Uran zu schürfen ... ich werde einen Strahlenmesser mitbringen. Du weißt nicht, wo Lummox ist; du hast dich von ihm verabschiedet und ihm die Freiheit gegeben; dann bist du hierher gekommen, um deinen Kummer zu vergessen. Du mußt überzeugend klingen ... und laß nicht zu, daß sie einen Lügendetektor benutzen.«

»Ja, aber ... schau, Schläger, was nützt das? Lummox kann nicht für immer in einem Gewächshaus bleiben.«

»Damit gewinnen wir lediglich Zeit. Sie sind entschlossen, ihn ohne Warnung zu töten ... und sie werden es tun. Also halten wir ihn versteckt, bis wir es ändern können.«

»Ich hätte den Verkauf an das Museum wahrscheinlich doch perfekt machen sollen«, entgegnete John Thomas niedergeschlagen.

»Nein! Dein Gefühl hat dich nicht getäuscht, wenn du auch weniger Verstand hast als ein Türknauf. Hör zu ... erinnerst du dich an den Cygnus-Beschluß?«

»Der Cygnus-Beschluß? Wir haben ihn im Grundkurs Zivilisationsrecht durchgenommen.«

»Ja. Sag mir den Text.«

»Was soll das? Ein Semesterquiz?« John Thomas runzelte die Stirn und kramte in seiner Erinnerung. »Alle Wesen, die im Besitz von Sprache und manueller Fertigkeit sind, müssen als erkenntnisfähig betrachtet werden, ihnen stehen daher von Geburt an menschliche Rechte zu, wenn das Gegenteil nicht unwiderlegbar bewiesen ist.« Er richtete sich kerzengerade auf. »He! Sie dürfen Lummox nicht töten – er hat Hände!«

»Halt die Luft an«, ermahnte sie ihn. »Kennst du den alten Witz von dem Mann, dem von seinem Anwalt versichert wird, daß er *dafür* nicht ins Gefängnis kommen kann?«

»Wofür?«

»Ist doch egal. Jedenfalls antwortet der Klient: ›Aber Herr Anwalt, ich rufe Sie aus dem Gefängnis an.‹ Was ich damit sagen will, ist, daß der Cygnus-Beschluß bloße Theorie ist; wir müssen Lummox so lange versteckt halten, bis wir das Gericht dazu gebracht haben, das Urteil zu ändern.«

»Oh, ich verstehe. Du hast wahrscheinlich recht.«

»Ich habe immer recht«, erklärte Betty würdevoll. »Johnnie, ich sterbe vor Durst; Denken ist eine trokkene Arbeit. Hast du Wasser vom Bach mit heraufgebracht?«

»Nein.«

»Hast du einen Eimer?«

»Ja, irgendwo.« Er durchsuchte seine Taschen, fand ihn und zog ihn heraus. Er blies ihn zur Hälfte auf und sagte: »Ich werde es holen.«

»Nein, gib ihn mir. Ich möchte mir die Beine vertreten.«

»Paß auf Flieger auf!«

»Willst du deine Großmutter belehren?« Sie nahm den Eimer und lief, indem sie sich immer dicht an den Bäumen hielt, den Hang hinunter, bis sie das Bachufer erreicht hatte. Johnnie beobachtete ihre schlanke Gestalt, auf der die Sonnenstrahlen, die durch die hohen Baumkronen fielen, spielten, und sagte sich, daß sie hübsch sei ... sie hatte einen fast ebenso klugen Kopf wie ein Mann und war ansehnlich vom Scheitel bis zur Sohle. Wirklich, abgesehen davon, daß sie auf weibliche Weise herrisch war, war Schläger in Ordnung.

Sie kehrte mit vorsichtigen Schritten mit dem gefüllten Kunststoffeimer zurück. »Bedien dich«, forderte sie ihn auf.

»Nimm du zuerst.«

»Ich habe schon am Bach getrunken.«

»Also gut.« Er trank in gierigen Zügen. »Weißt du, Betty, wenn du keine X-Beine hättest, würdest du ganz gut aussehen.«

»Wer hat X-Beine?«

»Und dann ist da natürlich noch das Gesicht«, fuhr er munter fort. »Abgesehen von diesen beiden Schönheitsfehlern bist du nicht ...«

Er vollendete den Satz nicht – sie duckte sich und versetzte ihm einen Tiefschlag. Das Wasser ergoß sich über ihn und auch ein wenig über sie. Das Gerangel war erst beendet, als er ihren rechten Arm zu fassen bekam und hinter ihrem Rücken festhielt. »Sag ›bitte, bitte‹«, befahl er.

»Zum Teufel mit dir, Johnie Stuart! ›Bitte, bitte‹.«

»Lauter.«

»Bitte, bitte – ach, verdammt. Laß mich los.«

»Also gut.«

Er erhob sich. Sie rollte herum, setzte sich auf und lachte. Sie waren beide schmutzig, zerkratzt und zerschrammt, und beiden war wunderbar zumute. Lummox hatte die Balgerei interessiert, aber nicht beunruhigt beobachtet, da Johnnie und Betty nicht ernsthaft böse aufeinander sein konnten. Er sagte: »Johnnie ist ganz naß.«

»Da hast du recht, Lummie.« Sie betrachtete ihn eingehend. »Wenn ich zwei Wäscheklammern hätte, würde ich ihn an einem Baum aufhängen. Und zwar an den Ohren.«

»Wir werden in fünf Minuten trocken sein, an einem Tag wie heute.«

»Durch meinen Fluganzug geht die Nässe nicht durch. Aber du siehst aus wie eine gebadete Katze.«

»Das stört mich nicht.« Er legte sich auf den Boden, nahm eine Piniennadel und kaute darauf herum. »Schläger, hier ist es herrlich. Ich wünschte, ich müßte nicht zum Bergwerk hinaufsteigen.«

»Weißt du was – wenn wir aus diesem Schlamassel heraus sind, und bevor wir zum College gehen, kommen wir hierher zurück und zelten ein paar Tage. Wir werden Lummox auch mitnehmen – was, Lummox?«

»Klar«, stimmte Lummox zu. »Sachen fangen. Steine werfen. Lustig.«

John Thomas warf ihr einen vorwurfsvollen Blick zu. »Damit hinterher die ganze Stadt über mich redet? Nein danke.«

»Sei nicht so zimperlich. Wir sind doch auch jetzt hier, oder nicht?«

»Das ist ein Notfall.«

»Du und dein guter Ruf!«

»Na ja, jemand muß doch darauf achten. Mom sagt, Jungen müßten sich vorsehen, wenn Mädchen von zu Hause fortgehen. Sie sagt, früher war alles anders.«

»Natürlich war es das – und wird es wieder werden. Sie wiederholen das Programm immer wieder.« Nachdenklich sah sie ihn an. »Aber, Johnnie, du hörst zu viel auf das, was deine Mutter sagt.«

»Ich glaube, du hast recht«, gab er zu.

»Du solltest dich ein bißchen mehr davon lösen. Sonst geht kein Mädchen das Risiko ein, dich zu heiraten.«

Er grinste: »Das ist meine Versicherungspolice.«

Sie senkte den Blick und errötete. »Ich habe nicht von mir gesprochen! Ich will dich gar nicht haben – ich kümmere mich nur um dich, um zu üben.«

Er beschloß, dieses Thema nicht weiter zu verfolgen. »Ehrlich«, sagte er, »man gewöhnt sich daran, sich in bestimmter Weise zu verhalten, und dann ist es schwierig, wieder damit aufzuhören. Ich habe, zum Beispiel, eine Tante – meine Tante Tessie, erinnerst du dich an sie? –, die an Astrologie glaubt.«

»Nein! Das ist nicht *wahr*!«

»Doch wirklich. Sie sieht nicht verrückt aus, nicht wahr? Aber sie ist es, und es ist peinlich, weil sie nicht aufhört, darüber zu reden, und Mutter besteht darauf, daß ich höflich zu ihr bin. Wenn ich ihr sagen könnte, daß sie nicht alle Tassen im Schrank hat, wäre alles in Ordnung. Aber nein! Ich muß ihrem Gefasel zuhören und so tun, als wäre sie ein vernünftiger, verantwortungsbewußter Erwachsener – dabei kann sie nicht mal ohne Abakus bis zehn zählen.«

»Weißt du – ein Rechengerät mit Kugeln. Ich sagte ›Abakus‹, weil nicht die allergeringste Hoffnung besteht, daß sie je lernen wird, zum Beispiel mit einem Rechenschieber umzugehen. Es *gefällt* ihr, schwer von Begriff zu sein – und ich muß ihr auch noch schmeicheln.«

»Tu es einfach nicht«, sagte Betty unvermittelt. »Hör nicht auf das, was deine Mutter sagt.«

»Schläger, du übst einen subversiven Einfluß auf mich aus.«

»Verzeihung, Johnnie«, antwortete sie sanftmütig. Dann fügte sie hinzu: »Habe ich dir je erzählt, warum ich mich von meinen Eltern habe scheiden lassen?«

»Nein, das hast du nicht. Es ist deine Angelegenheit.«

»So ist es. Aber ich glaube, ich werde es dir erzählen, vielleicht verstehst du mich dann besser. Komm näher heran.« Sie zog ihn zu sich heran und flüsterte ihm etwas ins Ohr.

Während er ihr zuhörte, nahm sein Gesicht einen überraschten Ausdruck an. »Wirklich?«

»Tatsache. Sie haben es nicht abgestritten, daher mußte ich es niemandem erzählen. Aber das ist der Grund.«

»Ich verstehe nicht, wie du damit fertig wirst.«

»Ich bin nicht damit fertig geworden. Ich bin vor dem Richter aufgestanden und habe mich von ihnen getrennt, und dann habe ich einen offiziellen Vormund bekommen, der keine verrückten Einfälle hat. Aber hör zu, Johnnie, ich habe meine Seele nicht vor dir bloßgelegt, damit dir der Mund offenstehen bleibt. Vererbung ist nicht alles; ich bin ich, ein Individuum. Du bist nicht identisch mit deinen Eltern. Du bist weder dein Vater noch deine Mutter. Aber dir ist das ein bißchen spät aufgefallen.« Sie setzte sich aufrecht. »Sei also du selbst, Wirrkopf, und hab den Mut, dein Leben selbst zu verpfuschen. Ahme nicht den Pfusch der anderen nach.«

»Schläger, wenn du so etwas sagst, klingt es ganz vernünftig.«

»Das liegt daran, daß ich immer vernünftig bin. Was hältst du von einem kleinen Imbiß? Ich habe Hunger.«

»Du bist genauso schlimm wie Lummox. Der Freßsack ist dort drüben.«

»Mittagessen?« fragte Lummox, als er seinen Namen hörte.

»Hmmm ... Betty, ich möchte nicht, daß er Bäume umwirft, nicht am hellichten Tag. Wie lange wird es dauern, bis sie mich finden?«

»Ich würde davon ausgehen, daß sie drei Tage dazu brauchen, so weitläufig die Gegend auch ist.«

»Nun ... ich werde für alle Fälle Nahrungsmittel für fünf Tage zurückbehalten.« Er wählte ein Dutzend Dosenrationen und reichte sie Lummox. Er öffnete sie nicht, denn Lummox liebte es, wenn sich die Packungen plötzlich erwärmten, wenn er daraufbiß. Er war mit seinem Mahl fertig, bevor Betty ihre Essenspakete geöffnet hatte.

Nachdem sie gegessen hatten, kam John Thomas erneut auf das Thema zu sprechen. »Betty, glaubst du wirklich, daß ...« Plötzlich verstummte er. »Hörst du etwas?«

Sie lauschte und nickte dann ernst.

»Wie schnell?«

»Nicht mehr als zweihundert.«

Er nickte. »Dann durchkämmen sie das Gelände. Lummox! Beweg keinen Muskel!«

»Das werde ich nicht. Warum soll ich keinen Muskel bewegen?«

»Tu, was ich dir sage.«

»Reg dich nicht auf«, ermahnte ihn Betty. »Sie

machen wahrscheinlich nur Stichproben. Es bestehen immerhin gute Chancen, daß sie uns weder mit bloßem Auge noch auf ihren Sichtgeräten ausmachen können, da ihnen die Bäume die Sicht versperren.« Aber sie sah besorgt aus. »Mir wäre es trotzdem lieber, Lummie wäre schon in dem Bergwerksstollen. Wenn jemand klug genug ist, heute nacht einen Suchstrahl auf die Straße zu richten, während wir uns darauf befinden … na ja, dann ist es aus.«

John Thomas hörte nicht richtig zu. Er beugte sich vor und legte die Hände an die Ohren. »Pst!« flüsterte er. »Betty, sie kommen zurück!«

»Verlier nicht die Nerven. Wahrscheinlich ist es nur die andere Seite des Suchmusters.«

Doch noch während sie das sagte, wußte sie, daß sie sich irrte. Das Geräusch kam näher, verharrte über ihnen und senkte dann die Tonhöhe. Sie blickten hinauf, aber der Wald war zu dicht und die Maschine zu hoch, als daß sie sie hätten sehen können.

Plötzlich blitzte ein Licht auf, das so hell war, daß das grelle Sonnenlicht düster erschien, als es wieder aufhörte. Betty schluckte. »Was war *das*?«

»Ultrablitzaufnahme«, erwiderte er düster. »Sie prüfen das, was sie auf den Bildgeräten eingefangen haben, nach.«

Das Geräusch über ihnen wurde höher und fiel dann wieder ab; gleich darauf blitzte wieder das blendende Licht auf. »Jetzt haben sie ein Stereogramm«, erklärte Johnnie mutlos. »Wenn sie uns vorher nur hier vermutet haben, so sehen sie uns jetzt ganz sicher.«

»Johnnie, wir müssen Lummox von hier wegbringen!«

»Wie? Sollen wir ihn auf die Straße hinaufbringen

und von Bomben durchsieben lassen? Nein, unsere einzige Hoffnung ist jetzt, daß sie ihn für einen großen Felsblock halten – ich bin froh, daß ich ihm gesagt habe, er soll alles einziehen.« Dann fügte er hinzu: »Wir dürfen uns auch nicht bewegen. Vielleicht entfernen sie sich.«

Auch dieser schwache Hoffnungsschimmer verflog schnell. Vier weitere Schiffe tauchten, eines nach dem anderen, am Himmel auf. Johnnie hakte sie im Geiste nacheinander ab. »Dieses hat im Süden Stellung bezogen, das dritte war im Norden, glaube ich. Jetzt werden sie den Westen decken ... sie haben uns eingekreist, Schläger.«

Sie sah ihn mit totenbleichem Gesicht an. »Was sollen wir jetzt tun, Johnnie?«

»Hm? Tja, nich – Nein, Betty, hör zu. Du schleichst dich im Wald zu dem Bach hinunter. Nimm deinen Flugharnisch mit. Dann folge dem Bachlauf eine gute Strecke und steig dann in die Luft auf. Flieg niedrig, dann kannst du ihrem Schirm entkommen. Sie werden dich durchlassen – sie wollen nicht dich.«

»Und was wirst *du* tun?«

»Ich? Ich bleibe hier.«

»Und ich ebenfalls.«

Johnnie sagte gereizt: »Mach mir keine Schwierigkeiten, Schläger. Du würdest nur im Weg sein.«

»Was glaubst du, kannst du tun? Du hast nicht einmal ein Gewehr.«

»Ich habe dies hier«, erklärte er und faßte grimmig den Griff seines Taschenmessers. »Und Lummox kann Steine werfen.«

Sie starrte ihn an und brach dann in gereiztes

Gelächter aus. »Was? Steine, ja wirklich! Ach, Johnnie ...«

»Wir werden uns nicht kampflos ergeben. Würdest du jetzt hier verschwinden – und zwar schnell! – und aufhören, mir auf die Nerven zu gehen.«

»Nein!«

»Hör zu, Schläger, jetzt ist keine Zeit zum streiten. Du gehst, und zwar schnell. Ich bleibe bei Lummox; das ist mein gutes Recht. Er gehört mir.«

Sie brach in Tränen aus. »Und du gehörst *mir*, du großer, dummer Esel.«

Er brachte kein Wort der Erwiderung heraus. Sein Gesicht verzog sich unter den zuckenden Bewegungen eines Mannes, der versucht, seine Tränen zu beherrschen.

Lummox bewegte sich unbehaglich. »Was ist los, Johnnie?« piepste er.

»Wie?« erwiderte Johnnie mit erstickter Stimme. »Nichts.« Er streckte die Hand aus und tätschelte seinen Freund. »Gar nichts, alter Freund. Johnnie ist hier. Es ist alles in Ordnung.«

»Fein, Johnnie.«

»Ja«, pflichtete Betty niedergeschlagen bei. »Es ist alles in Ordnung, Lummie.« Mit leiser Stimme fügte sie, an Johnnie Thomas gewandt, hinzu: »Es wird schnell gehen, nicht wahr, Johnnie? Wir werden es nicht merken, oder?«

»Ich hoffe es! He! Ich will nichts mehr davon hören – noch eine halbe Sekunde, dann verpasse ich dir einen Kinnhaken und schmeiße dich den Hang hinunter. Das wird dich vor dem Bombenschlag schützen.«

Sie schüttelte langsam den Kopf, in ihren Blicken stand weder Zorn noch Furcht. »Es ist zu spät, Johnnie. Das weißt du doch. Schimpf nicht mit mir – halt nur meine Hand.«

»Aber …« Er verstummte. »Hörst du das?«

»Noch mehr Maschinen.«

»Ja. Sie bilden wahrscheinlich ein Achteck … um ganz sicherzugehen, daß wir nicht entkommen können.«

Ein plötzlicher Donnerschlag ersparte ihr die Antwort. Darauf folgte das Kreischen eines Schiffes; diesmal konnten sie es sehen, es schwebte weniger als tausend Fuß über ihren Köpfen. Dann dröhnte eine metallische Stimme vom Himmel herunter: »Stuart! John Stuart! Kommen Sie ins Freie heraus.«

Johnnie zog sein Messer aus der Scheide, warf den Kopf in den Nacken und brüllte: »Kommt und holt mich!«

Betty blickte mit leuchtenden Augen zu ihm auf und tätschelte seinen Arm. »Zeig es ihnen, Johnnie.«

Der Mann, der hinter der gewaltigen Stimme steckte, schien ein auf Johnnie angesetztes Richtungsmikrofon zu haben; die Antwort lautete: »Wir wollen Sie nicht, und wir wollen niemanden verletzen. Geben Sie auf und kommen Sie heraus.«

Er schleuderte ihnen ein einziges, höhnisches Wort entgegen, dann fügte er hinzu: »Wir kommen nicht heraus!«

Die Donnerstimme fuhr fort: »Letzte Warnung, John Stuart. Kommen Sie mit leeren Händen heraus. Wir schicken Ihnen ein Schiff hinunter.«

John Thomas schrie zurück: »Schicken Sie es nur, dann schlagen wir es zu Schrott!« Rauh fügte er, an Lummox gewandt, hinzu: »Hast du ein paar Steine geholt, Lummie?«

»Ja, sicher. Jetzt, Johnnie?«

»Noch nicht. Ich sage dir Bescheid.«

Die Stimme blieb stumm; kein Schiff kam zu ihnen herunter. Statt dessen senkte sich ein anderes Schiff schnell herunter und blieb etwa hundert Fuß über den Pinien und etwa ebensoweit seitlich von ihnen in der Luft stehen. Es setzte sich langsam, fast kriechend, in Bewegung und schlug einen Kreis um sie.

Augenblicklich ertönte ein Knirschen, dann ein Krachen, und ein Baumriese stürzte zu Boden. Gleich darauf folgte der nächste. Wie eine gewaltige, unsichtbare Hand fällte ein Kraftfeld vom Schiff Bäume und fegte sie beiseite. Langsam zog es eine breite Bresche um sie.

»Warum tun sie das?« flüsterte Betty.

»Das ist ein Forstwartungsschiff. Sie schneiden uns ab.«

»Aber warum? Warum tun sie es nicht endlich und bringen es hinter sich?« Sie begann zu zittern, und er legte seinen Arm um sie.

»Ich weiß es nicht, Schläger. Sie sitzen am Steuer.«

Das Schiff schloß den Kreis, wandte sich ihnen zu und schien sich zurückzulehnen. Mit der zarten Behutsamkeit eines Zahnarztes, der einen Zahn zieht, reichte der Leitstrahl zu ihnen herein, wählte einen Baum aus, zog ihn aus der Erde und schleuderte ihn beiseite. Er pflückte noch einen – und noch einen. Allmählich entstand ein breiter Weg durch das Gehölz zu der Stelle hin, an der sie sich befanden.

Und ihnen blieb nichts anderes übrig, als zu warten. Das Forstschiff entfernte den letzten Baum, der ihnen Deckung bot; das Zugfeld streifte sie, als es ihn holte, so daß sie strauchelten und Lummox vor Entsetzen aufschrie. John Thomas fing sich und schlug dem Tier auf die Flanke. »Ruhig, Junge. Johnnie ist ja da.«

Er dachte daran, daß sie sich von der Lichtung, die vor ihnen entstanden war, zurückziehen konnten, aber das schien sinnlos zu sein.

Das Holzfällerschiff entfernte sich; ein Angriffsschiff kam an seiner Stelle. Es senkte sich langsam herunter und kam am Ende des Korridors auf der Erde auf. Johnnie schluckte und sagte: »*Jetzt*, Lummox. Alles, was aus diesem Schiff herauskommt – versuch, es zu treffen.«

»Worauf du dich verlassen kannst, Johnnie!« Lummox faßte mit beiden Händen nach Wurfgeschossen.

Aber er hob die Steine niemals auf. John Thomas hatte plötzlich ein Gefühl, als hätte man ihn bis zur Brust in flüssigen Zement getaucht; Betty schnappte nach Luft, und Lummox kreischte auf. Dann piepste er: »Johnnie! Die Steine stecken fest!«

John Thomas preßte mühsam hervor: »Schon gut, Junge. Gib dir keine Mühe. Beweg dich nicht. Betty, ist alles in Ordnung mit dir?«

»Ich kann nicht atmen!« keuchte sie.

»Kämpf nicht dagegen an. Sie haben uns.«

Acht Gestalten quollen aus der Schiffsluke. Sie sahen nicht menschlich aus, denn sie waren von Kopf bis Fuß in schwere Stahlnetzanzüge gehüllt. Sie trugen Helme, die an Fechtmasken erinnerten, und hatten einen Antifeldgenerator auf dem Rücken. Selbstsicher marschierten sie in Doppelreihen auf den Durchbruch durch den Wald zu; als sie das Feld erreichten, verlangsamten sie ihren Schritt kaum merklich, Funken stoben auf, und eine Aureole bildete sich um jeden von ihnen. Aber sie setzten ihren Weg fort.

Die hinteren vier trugen einen großen Zylinder aus Netzstahl, so hoch wie ein Mann und ebenso breit. Sie trugen ihn ohne Schwierigkeiten durch die Luft. Der Mann, der die Gruppe anführte, rief: »Macht einen Bogen um die Bestie! Wir werden erst die Kinder herausholen, dann kümmern wir uns um sie.« Er klang ganz fröhlich.

Der Trupp näherte sich der merkwürdigen Dreiergruppe, ohne Lummox allzu nahe zu kommen. »Ruhig! Fangt sie beide«, rief der Anführer. Der faßförmige Käfig senkte sich über Betty und John Thomas nieder und kam langsam zum Stehen, bis der befehlshabende Mann hineingriff und einen Schalter betätigte – woraufhin er Funken schlug und zu Boden sauste.

Er lachte sie jovial an. »Angenehmes Gefühl, das zähe Zeug wieder loszuwerden, was?«

Johnnie starrte ihn mit zitterndem Kinn an und antwortete mit einer Beleidigung, während er versuchte, sich die Krämpfe aus den Beinmuskeln zu massieren. »Aber, aber!« sagte der Kommandeur gutmütig. »Das nützt auch nichts. Sie haben uns gezwungen, so zu handeln.« Er warf einen Blick auf Lummox. »Großer Gott! Das ist ja wirklich eine riesige Bestie, was? Ich fände es scheußlich, ihm in einer dunklen Gasse und ohne Waffen zu begegnen.«

Johnnie stellte fest, daß ihm die Tränen über die Wangen liefen, und er konnte es nicht verhindern. »Macht schon!« schrie er, und seine Stimme wollte ihm nicht gehorchen. »Bringt es hinter euch!«

»Wie?«

»Er hatte nie die Absicht, etwas Schlechtes zu tun! Also tötet ihn schnell ... spielt nicht Katze und Maus mit ihm.« Er sank in sich zusammen und warf schluchzend die Hände vors Gesicht. Betty legte ihm die Hand auf die Schulter und fiel in sein Schluchzen ein.

Der Kommandeur sah die beiden bestürzt an. »Wovon reden Sie, Junge? Wir sind nicht hier, um ihm etwas zuleide zu tun. Wir haben den Befehl, ihn ohne einen Kratzer zurückzubringen – selbst auf die Gefahr hin, daß wir während der Operation Männer verlieren würden. Der verrückteste Befehl, den ich je auszuführen hatte.«

Was Pidgie-Widgie betrifft

Mister Kiku fühlte sich ausgezeichnet. Das Frühstück lag ihm nicht wie ein brennender Klumpen im Magen; er fühlte nicht das Bedürfnis, in seinem Pillenfach zu kramen, nicht einmal, die Maklerprospekte hervorzuholen. Die Dreierverhandlungen gingen gut voran, und die Delegierten vom Mars begannen, vernünftig zu reden. Er beachtete die verschiedenen bernsteinfarbenen Lichtsignale auf seinem Schreibtisch nicht und begann zu singen: *»Frankie und Johnnie liebten sich heiß ... und, oh Junge, wie die beiden lieben konnten ... schworen einander ewige Treue ...«*

Er hatte einen vollen Bariton und keinen Sinn für Tonhöhen.

Das beste von allem war, daß die leidige, verworrene Geschichte mit dem Hroshii beinahe beendet war ... und es hatte keine Scherben gegeben. Der gute alte Doc Ftaeml schien zu glauben, daß ein Hauch von Hoffnung bestand, diplomatische Beziehungen herzustellen, so erfreut waren die Hroshii über das Wiederauffinden ihrer vermißten Hroshia.

Wenn es sich um eine Rasse handelte, die so mächtig war wie die Hroshii, waren diplomatische Beziehungen von außerordentlicher Bedeutung ... sie mußten Verbündete werden, auch wenn es einige Zeit dauerte. Vielleicht nicht zu lange, dachte er; sie waren bei Lummoxs Anblick wahrhaftig außer sich geraten ... fast als sei er ein Gott für sie.

Wenn man es nun rückblickend betrachtete, lagen

die Dinge, die sie verwirrt haben, klar auf der Hand. Wer hätte ahnen können, daß ein Wesen, fast so groß wie ein Haus und mehr als hundert Jahre alt, ein Baby war? Oder daß Mitgliedern dieser Rasse erst Hände wuchsen, wenn sie alt genug waren, Gebrauch davon zu machen. Aber warum waren diese Hroshia nur so viel größer als ihre Artgenossen? Ihre Größe hatte Greenberg und ihn mehr irregeführt als alles andere. Interessante Sache ... er würde die Fremdartenforscher veranlassen, sich damit zu beschäftigen.

Egal. Inzwischen befand sich Lummox auf dem Weg zum Schiff der Hroshii. Kein Aufhebens, keine Feierlichkeiten, kein Pressewirbel, und die Gefahr war vorüber. Hätten sie die Erde wirklich auflösen können? Gut, daß sie es nicht herausgefunden hatten. Ende gut, alles gut. Er fing wieder an zu singen.

Er sang immer noch, als das Dringlichkeitslämpchen aufleuchtete, und er sang die letzte Zeile Greenberg ins Gesicht: »... *so treu wie die Sterne am Himmel!*« Dann setzte er hinzu: »Sergei, können Sie Tenor singen?«

»Warum sollte Sie das kümmern, Boß. Das war keine Melodie.«

»Sie sind nur neidisch. Was wollen Sie, mein Junge? Haben Sie sie an Bord gebracht?«

»Hm, Boß, es gibt da ein kleines Hindernis. Dr. Ftaeml ist bei mir. Können wir zu Ihnen kommen?«

»Was ist los?«

»Ich würde gern warten, bis wir allein sind. Können wir eines der Konferenzzimmer nehmen?«

»Kommen Sie in mein Büro«, sagte Mister Kiku mißmutig. Er schaltete das Gerät ab, öffnete eine Schublade, wählte eine Pille aus und schluckte sie.

Gleich darauf traten Greenberg und der Medusoide ein. Greenberg ließ sich erschöpft in einen Sessel fallen, zog eine Zigarette heraus, suchte in seinen Taschen und steckte sie dann wieder weg. Mister Kiku begrüßte Dr. Ftaeml höflich, dann wandte er sich an Greenberg. »Nun?«

»Lummox hat die Erde nicht verlassen.«

»Wie bitte?«

»Lummox hat sich geweigert, die Erde zu verlassen. Die anderen Hroshii gleichen einem aufgescheuchten Ameisenhaufen. Ich habe angeordnet, die Blockade aufrechtzuerhalten und den Teil des Raumhafens um ihre Landefähre abzusperren. Wir müssen etwas unternehmen.«

»Warum? Diese Entwicklung der Dinge kommt überraschend, aber ich begreife nicht, wo unsere Verantwortung liegt. Warum die Weigerung zu starten?«

»Tja ...« Greenberg warf Ftaeml einen hilfesuchenden Blick zu.

Der Rargyllier sagte ruhig: »Erlauben Sie, daß ich es erkläre, Sir. Die Hroshia weigert sich, ohne ihr Schoßtier an Bord zu gehen.«

»Schoßtier?«

»Der Junge, Boß. John Thomas Stuart.«

»Genau«, pflichtete Ftaeml bei. »Die Hroshia erklärt, daß sie schon seit langer Zeit ›John Thomasse‹ großzieht, und sie weigert sich, nach Hause zurückzukehren, wenn sie ihren John Thomas nicht mitnehmen kann. Sie war ziemlich herrisch in dieser Hinsicht.«

»Ich verstehe«, sagte Kiku. »Um es weniger ungewöhnlich auszudrücken: Der Junge und die Hroshia sind miteinander verbunden. Das ist nicht weiter verwunderlich: Schließlich sind sie zusammen aufgewachsen. Aber Lummox muß sich mit der Trennung ebenso abfinden wie John Thomas Stuart. Soweit ich mich erinnere, hat er ein ziemliches Geschrei gemacht; wir haben ihm gesagt, er soll ruhig sein und haben ihn nach Hause geflogen. Genauso müssen es auch die Hroshii machen: Sie sollen ihr sagen, sie soll den Mund halten, sie, wenn nötig, mit Gewalt in ihre Landefähre schaffen, und ab geht's. Aus diesem Grund sind sie hierher gekommen.«

Der Rargyllier antwortete: »Gestatten Sie mir zu sagen, daß sie es, indem Sie es ›weniger ungewöhnlich‹ ausgedrückt haben, falsch verstanden haben. Ich habe in ihrer eigenen Sprache mit ihr darüber gesprochen.«

»Wie? Hat sie sie so schnell gelernt?«

»Sie beherrscht sie schon lange. Die Hroshii, Herr Unterstaatssekretär, beherrschen ihre Sprache fast vom Ei an. Man könnte die Vermutung aufstellen, daß dieser Gebrauch der Sprache auf beinahe instinktiver Ebene der Grund dafür ist, warum sie andere Sprachen so schwierig finden und niemals vollkommen erlernen können. Die Hroshia spricht Ihre Sprache nicht viel besser als bei Ihnen ein Kind von vier Jahren, obwohl sie, wie ich gehört habe, schon in einer Ihrer früheren Generationen begonnen hat, sie sich anzueignen. Aber ihre eigene Sprache beherrscht sie vernichtend gewandt ... das mußte ich gestern, sehr zu meinem Kummer, erfahren.«

»So? Na gut, soll sie reden. Worte können uns nichts anhaben.«

»Sie *hat* geredet ... sie hat dem Kommandanten des Unternehmens befohlen, ihr Schoßtier augenblicklich zurückzuholen. Andernfalls, erklärt sie, wird sie hierbleiben und fortfahren, ›John Thomasse‹ großzuziehen.«

»Und«, fügte Greenberg hinzu, »der Kommandant hat uns ein Ultimatum gestellt, John Thomas sofort herzubringen ... andernfalls ...«

»Bedeutet ›andernfalls‹ das, was ich vermute?« fragte Kiku langsam.

»Die Räder setzen sich in Bewegung«, sagte Greenberg einfach. »Nachdem ich ihre Bodenfähre gesehen habe, weiß ich nicht recht, wozu sie *nicht* in der Lage sind.«

»Sie müssen verstehen, Sir«, fügte Ftaeml ernst hinzu, »daß der Kommandant ebenso bekümmert ist wie Sie. Aber er muß versuchen, die Wünsche der Hroshia zu erfüllen. Diese Paarung wurde vor mehr als zweitausend Jahren nach ihrer Zeitrechnung geplant; sie werden nicht leicht darauf verzichten. Er kann nicht zulassen, daß sie hierbleibt ... und er kann sie auch nicht zwingen, mitzugehen. Er ist in großer Bedrängnis.«

»Sind wir das nicht alle?« Mister Kiku schluckte zwei weitere Pillen. »Dr. Ftaeml, ich habe eine Botschaft an Ihre Auftraggeber. Bitte überbringen Sie sie wortwörtlich.«

»Das werde ich, Sir.«

»Bitte, sagen Sie ihnen, daß wir ihr Ultimatum mit Abscheu zurückweisen. Bitte ...«

»Sir! Ich bitte Sie!«

»Hören Sie mir zu. Sagen Sie ihnen das, und mildern Sie es nicht ab. Sagen Sie ihnen, daß wir auf jede erdenkliche Weise versucht haben, ihnen zu helfen, daß wir damit Erfolg hatten und daß sie unsere Freundlichkeit mit Drohungen beantwortet haben.

Sagen Sie ihnen, daß ihr Benehmen eines zivilisierten Volkes unwürdig ist und daß wir unser Angebot, sich der Gemeinschaft der Zivilisation anzuschließen, zurückziehen. Sagen Sie ihnen, daß wir ihnen ins Gesicht spucken ... denken Sie sich eine entsprechend starke Redewendung aus. Sagen Sie ihnen, daß freie Menschen sterben können, daß sie sich aber niemals unterdrücken lassen.«

Greenbergs Mund verzog sich zu einem breiten Grinsen, und er klatschte begeistert in die Hände. Dr. Ftaeml schien unter seinem Panzer zu erbleichen.

»Sir«, sagte er, »ich bedaure außerordentlich, diese Botschaft überbringen zu müssen.«

Kiku lächelte kalt. »Überbringen Sie sie so, wie ich es gesagt habe. Aber bevor Sie das tun, finden Sie eine Gelegenheit, mit der Hroshia Lummox zu reden. Wird das möglich sein?«

»Ganz sicher, Sir.«

»Sagen Sie ihr, daß der Kommandant des Unternehmens in seinem Eifer bestrebt ist, den Menschen John Thomas Stuart zu töten. Sorgen Sie dafür, daß sie das Ausmaß der Drohung versteht.«

Der Rargyllier formte seinen Mund zu einem breiten Lächeln. »Verzeihen Sie, Sir; ich habe Sie unterschätzt. Beide Botschaften werden in der angemessenen Reihenfolge überbracht.«

»Das ist alles.«

»Auf Wiedersehen, Sir.« Der Rargyllier wandte sich zu Greenberg um, legte ihm den gelenkigen Arm um die Schultern und sagte: »Mein Bruder Sergei, wir haben schon einmal gemeinsam aus einem verzwickten Irrgarten herausgefunden. Nun werden wir, mit

Hilfe Ihres geistigen Vaters, den Weg aus einem weiteren herausfinden, wie?«

»Richtig, Doc.«

Ftaeml ging hinaus. Kiku wandte sich an Greenberg und sagte: »Holen Sie den jungen Stuart. Holen Sie ihn persönlich und umgehend ab. Hmmm ... bringen Sie auch seine Mutter mit. Er ist noch nicht volljährig, nicht wahr?«

»Nein. Boß, was haben Sie vor? Sie werden ihnen den Jungen doch nicht ausliefern? ... nach diesem wunderbaren Tiefschlag, den Sie ihnen verpaßt haben.«

»Natürlich werde ich das. Aber zu meinen eigenen Bedingungen. Ich werde nicht zulassen, daß diese lebendigen Billardtische glauben, sie könnten uns herumschubsen. Wir werden uns dieser Sache bedienen, um zu bekommen, was wir wollen. Und jetzt gehen Sie!«

»Bin schon unterwegs.«

Mister Kiku verweilte an seinem Schreibtisch und erledigte mit einem Teil seines Bewußtseins die angefallene Arbeit, während sein Unterbewußtsein sich mit dem Problem Lummox befaßte. Er war tief in Gedanken versunken, als sich die Tür öffnete und der höchst ehrenwerte Mister Roy MacClure hereinspaziert kam. »Da sind Sie ja, Henry! Reißen Sie sich zusammen, Mann ... Beulah Murgatroyd wird uns einen Besuch machen.«

»Beulah wer?«

»Beulah Murgatroyd. *Die* Beulah Murgaroyd.«

»Müßte ich sie kennen?«

»Was? Mann, sehen Sie nie Stereovision?«

»Nicht, wenn es sich irgend vermeiden läßt.«

Nachsichtig schüttelte MacClure den Kopf. »Henry, Sie kommen nicht genug in der Welt herum. Sie vergraben sich hier in Ihrem Büro, drücken Ihre kleinen Knöpfe und haben keine Ahnung, was sich draußen alles tut.«

»Wahrscheinlich.«

»Bestimmt. Sie sind nicht auf dem laufenden, Mann ... es ist nur gut, daß Sie nicht mit Menschen zu tun haben.«

Mister Kiku gestattete sich ein frostiges Lächeln. »Ich vermute es.«

»Ich wette drei gegen eins, daß Sie nicht wissen, wer in der Meisterschaftsrunde führt.«

»Meisterschaft? Meinen Sie im Baseball? Tut mir leid, aber ich hatte in den letzten Jahren nicht einmal Zeit, die Kricketspiele zu verfolgen.«

»Sehen Sie, daß ich recht hatte? Aber wie Sie Kricket im selben Atemzug erwähnen können wie Baseball ... na ja, macht nichts. Da Sie nicht wissen, wer die berühmte Beulah Murgatroyd ist, werde ich es Ihnen erklären. Sie ist sozusagen Pidgie-Widgies Mutter.«

»›Pidgie-Widgie‹?« wiederholte Mister Kiku.

»Sie wollen mich auf den Arm nehmen. Die Schöpferin der Pidgie-Widgie-Geschichten für Kinder. Sie wissen schon – *Pidgie-Widgie auf dem Mond, Pidgie-Widgie fährt zum Mars, Pidgie-Widgie und die Raumpiraten.*«

»Ich fürchte, ich kenne es nicht.«

»Das ist kaum zu glauben. Aber Sie haben wohl keine Kinder, was?«

»Drei.«

Aber Mister MacClure fuhr fort, ohne ihn zu beachten: »Jetzt erscheint Pidgie-Widgie in Stereovision, und das ist wirklich eine großartige Geschichte. Für Kinder natürlich, aber so komisch, daß es sich auch die Erwachsenen ansehen. Wissen Sie, Pidgie-Widgie ist eine Puppe von ungefähr dreißig Zentimeter Größe. Er flitzt durchs All, rettet Menschen, jagt Piraten in die Luft und amüsiert sich bestens ... die Kinder lieben ihn. Und am Ende jeder Folge erscheint Mrs. Murgatroyd, und sie essen eine Schüssel Hunkies zusammen und plaudern miteinander. Mögen Sie Hunkies?«

Mister Kiku schauderte. »Nein.«

»Na ja, Sie können ja so tun, als würden Sie sie essen. Aber es ist die größte Frühstückssendung, die läuft, und alle sehen sie.«

»Und das ist wichtig?«

»Wichtig? Mann, wissen Sie, wie viele Menschen morgens frühstücken?«

»Nein. Nicht allzu viele, hoffe ich. Ich wünschte, ich hätte es heute nicht getan.«

Mister MacClure warf einen Blick auf seine Uhr. »Wir müssen uns beeilen. Die Techniker bereiten gerade alles vor. Sie wird gleich hier sein.«

»Techniker?«

»Habe ich das nicht gesagt? Mrs. Murgatroyd wird uns mit Pidgie-Widgie auf dem Schoß interviewen, und er beteiligt sich an der Unterhaltung. Dann bauen Sie es in die Sendung ein. Eine großartige Werbung für das Ministerium.«

»Nein.«

»Wie? Mister Kiku, habe ich Sie richtig verstanden?«

»Herr Staatssekretär«, sagte Mister Kiku steif. »Ich kann das unmöglich tun. Ich ... ich leide unter Lampenfieber.«

»Was? Aber das ist doch lächerlich! Sie haben mich bei der Eröffnung der Dreierkonferenz unterstützt. Sie haben eine halbe Stunde lang frei geredet.«

»Das ist etwas anderes. Das ist beruflich und unter Kollegen.«

Der Staatssekretär runzelte die Stirn. »Es widerstrebt mir, darauf bestehen zu müssen, wenn es Sie wirklich nervös macht. Aber Mrs. Murgatroyd legt gerade auf Sie besonderen Wert. Wissen Sie ...« MacClure blickte ein wenig verlegen drein. »... Pidgie-Widgie tritt gegen die Rassendiskriminierung ein. Brüder im Herzen ... das Zeug, das wir alle ermutigen möchten. Also?«

Mister Kiku erklärte fest: »Es tut mir leid.«

»Ach, kommen Sie! Sie werden mich doch nicht zwingen, darauf zu bestehen?«

»Herr Staatssekretär«, erwiderte Mister Kiku ruhig, »Sie werden feststellen, daß mein Arbeitsbereich nicht verlangt, daß ich als Stereovisionsschauspieler auftrete. Wenn Sie mir eine schriftliche Anweisung erteilen wollen, werde ich sie unserer Rechtsabteilung zur Beurteilung vorlegen und Ihnen dann eine offizielle Antwort geben.«

Mister MacClure runzelte die Stirn. »Henry, Sie können ein stures, kleines Aas sein, stimmt's? Ich frage mich, wie Sie es so weit bringen konnten!«

Mister Kiku antwortete nicht; Mister MacClure fuhr fort: »Ich werde nicht zulassen, daß Sie mir die Vorschriften unter die Nase reiben; ich bin ein alter Fuchs. Aber ich muß schon sagen, daß ich nicht erwartet hätte, daß Sie mir das antun.«

»Es tut mir wirklich leid, Sir.«

»Mir auch. Ich werde versuchen, Sie davon zu überzeugen, daß es für das Ministerium wichtig ist, ob nun ein Beamter damit beauftragt werden kann oder nicht. Sehen Sie, Beulah Murgatroyd ist die treibende Kraft hinter ›Lummoxs Freunden‹. Daher …«

»›Lummoxs Freunde‹?«

»Ich wußte, daß Sie es unter diesen Umständen mit anderen Augen betrachten würden. Schließlich haben Sie sich mit diesem Schnickschnack befaßt. Darum …«

»Was, in drei Teufels Namen, sind ›Lummoxs Freunde‹?«

»Nun, Sie haben das erste Interview mit ihnen selbst arrangiert. Aber wenn ich nicht zufällig mit Wes Robbins zum Mittagessen verabredet gewesen wäre, hätten wir unsere Chance vielleicht verpaßt.«

»Ich glaube ich erinnere mich an einen Vermerk. Eine Routineangelegenheit.«

»Mrs. Murgatroyd ist *keine* Routineangelegenheit. Das versuche ich Ihnen die ganze Zeit schon klarzumachen. Ihr Jungs hier mit euren Vorschriften und Formalitäten verliert den Kontakt mit dem Volk. Das ist der Grund, warum Sie nie ganz an die Spitze gelangen, wenn ich das einmal sagen darf.«

»Das stört mich nicht im geringsten«, entgegnete Mister Kiku versöhnlich.

»Wie?« Der Staatssekretär sah ihn ein wenig verlegen an. »Ich meine, ein Vollblutpolitiker wie ich, der den Finger immer am Pulsschlag des Volkes hat … obwohl ich zugeben muß, daß ich nicht Ihre hervorragende Ausbildung habe. Verstehen Sie?«

»Sowohl Ihre als auch meine Fähigkeiten werden gebraucht, Sir. Aber fahren Sie fort. Vielleicht habe ich in dieser Angelegenheit wirklich meine Chance verpaßt. Der Vermerk über ›Lummoxs Freunde‹ muß über meinen Schreibtisch gegangen sein, bevor der Name eine Bedeutung für mich hatte.«

»Wahrscheinlich. Ich hatte nicht die Absicht, Ihr Pflichtbewußtsein in Frage zu stellen. Tatsache ist, daß Sie zuviel arbeiten ... das Universum wird nicht stehenbleiben, wenn Sie es nicht aufziehen. Aber zurück zu ›Lummoxs Freunden‹ – wir haben uns in irgendeinen albernen Fall im Westen eingeschaltet; Sie wissen Bescheid, Sie schickten einen Ihrer Männer hin – in dem Fall ging es um diesen Horusski Lummox. Der Urteilsspruch des Gerichts ... *unser* Urteilsspruch lautete auf Vernichtung der Bestie. Übrigens, Henry, haben Sie dem verantwortlichen Mann einen Verweis erteilt?«

»Nein, Sir.«

»Warum diese Verzögerung?«

»Er wird keinen Verweis erhalten, Sir. Er war, aufgrund der Beweisaufnahme, vollkommen im Recht.«

»So sehe ich es nicht. Schicken Sie seine Unterlagen in mein Büro. Ich möchte es selbst beurteilen.«

»Sir«, sagte Mister Kiku tonlos, »haben Sie die Absicht, mich in einer Frage bürokratischer Disziplinarmaßnahmen zu korrigieren?«

»Nun, ich habe die Absicht, die Angelegenheit noch einmal zu prüfen.«

»Wenn Sie diese Absicht haben, Sir, ersuche ich Sie augenblicklich um meinen Rücktritt. In diesem Fall werde ich nicht mehr gebraucht.«

»Was? Henry, seien Sie nicht störrisch.« Der Staatssekretär trommelte auf Mister Kikus Schreibtisch. »Zum Teufel, Mann, lassen Sie uns offen miteinander reden. Ich weiß, daß Sie mir das Leben schwer machen können, wenn Sie wollen … ich bin lange genug in der Politik. Aber solange ich hier das Sagen habe, werde ich für Disziplin sorgen. Das ist mein gutes Recht.«

»Ja … das ist Ihr gutes Recht.«

»Und meine Verantwortung. Wahrscheinlich haben Sie recht, was diesen Mann betrifft, wer immer es sein mag – Sie haben gewöhnlich recht, sonst würden wir den Karren nicht am Laufen halten. Aber es ist meine Aufgabe, Vorgänge zu prüfen, wenn ich es für notwendig halte. Dennoch haben Sie keine Veranlassung, von Rücktritt zu reden, bevor ich Ihre Entscheidung nicht tatsächlich revidiere. Und da Sie das Thema schon auf den Tisch gebracht haben, wenn ich es notwendig finde, Ihre Entscheidung zu revidieren, werde ich Ihren Rücktritt *fordern*. Aber bis dahin bleiben Sie auf Ihrem Stuhl sitzen. Ist das ein faires Angebot?«

»Sicher, Sir. Ich war voreilig. Die Akte wird Ihnen geschickt.«

»Wenn ich es mir recht überlege, kümmern Sie sich nicht darum. Wenn Sie einen Ihrer Günstlinge …«

»Ich habe keine Günstlinge, Mister MacClure. Persönlich sind sie mir alle gleichgültig.«

»Manchmal glaube ich, Sie können sich selbst nicht leiden. Aber wo waren wir stehengeblieben? Ach ja! Als wir diesen furchtbaren Schnitzer mit diesem Horusski machten, sah Mrs. Murgatroyd eine Gelegenheit, eine gute Tat zu vollbringen. Wahrscheinlich hatte sie im Auge, ihr Programm aufzuwerten, aber das ist nebensächlich. Pidgie-Widgie erzählte also all seinen kleinen Freunden von dieser furchtbaren Sache und forderte sie auf, zu schreiben und sich ›Lummoxs Freunden‹ anzuschließen. Innerhalb von vierundzwanzig Stunden haben sie über drei Millionen Zuschriften erreicht. Inzwischen sind mehr als die Hälfte der Kinder unseres Kontinents – und niemand wußte, wie viele es anderswo sind – ›Lummoxs Freunde‹, und sie haben sich zum Ziel gesetzt, seine Hinrichtung zu verhindern.«

»Ihre«, berichtete Mister Kiku.

»Wie?«

»Verzeihung. Keines von beiden ist wahrscheinlich richtig. Bei den Hroshii gibt es sechs verschiedene Geschlechter. Sie können Lummox entweder als ›er‹ oder als ›sie‹ bezeichnen ... wir brauchen wahrhaftig neue Worte dafür. Aber das spielt keine Rolle.«

»Nein, für mich sicherlich nicht«, pflichtete MacClure bei. »Aber wenn wir diesem Lummox tatsächlich den Todesstoß versetzt hätten, so hätten die Kinder sicher eine Revolution begonnen. Davon bin ich überzeugt. Ganz zu schweigen von den erwachsenen Pidgie-Widgie-Anhängern. Aber auch so hat das Ministerium nicht gut abgeschnitten. Beulah Murgatroyd ist jedoch bereit, uns aus dem Schlamassel herauszuhelfen. Sie interviewt uns, ich werde die allgemeinen Fragen beantworten, und Sie stärken mir den Rücken mit den Einzelheiten – wie besorgt das Ministerium ist, die Rechte unserer nichtmenschlichen Freunde zu wahren, wie tolerant jedermann sein sollte – das übliche. Dann fragt Pidgie-Widgie, was aus Lummox geworden ist, und Sie erzählen den Kleinen, daß Lummox in Wirklichkeit ein verkleideter Märchenprinz war ... oder eine Prinzessin ... und daß Lummox in sein Himmelsreich zurückgekehrt ist. Es wird großartig.«

Dann fügte MacCure hinzu: »Mehr brauchen Sie

nicht zu tun. Sie werden Lummox einblenden, wie er in das Horusski-Schiff einsteigt und zum Abschied winkt. Dann essen wir alle eine Schüssel Hunkies – machen Sie sich keine Sorgen, ich werde darauf achten, daß Ihre Schüssel leer ist! Dann singt Pidgie-Widgie sein lustiges Liedchen, und fertig. Es wird keine zwanzig Minuten dauern, und für das Ministerium ist es eine großartige Sache. Einverstanden?«

»Nein.«

»Also Henry ... Na gut, Sie brauchen nicht einmal so zu tun, als würden Sie Hunkies essen.«

»Nein.«

»Henry, Sie sind unmöglich. Sind Sie nicht auch der Meinung, daß es unsere Aufgabe ist, den Kindern begreiflich zu machen, wie groß ihre Verantwortung ist, und ihnen die richtige Einstellung in unserem modernen Zeitalter – dem Zeitalter der Gemeinschaft der Zivilisationen – nahezubringen?«

»Nein, Sir, der Meinung bin ich nicht. Das ist die Aufgabe der Eltern und Erzieher, nicht die des Staates. Dieses Ministerium hat alle Hände voll zu tun, um angesichts der ständig wachsenden Fremdartenprobleme die Dinge im Griff zu behalten.« Im Geiste fügte er hinzu: Und wenn ich der Meinung wäre, würde ich es nicht angehen, indem ich Hunkies esse!

»Hmm ... eine sehr kurzsichtige Haltung, Henry. Sehr bürokratisch, wenn ich das so sagen darf. Sie wissen sehr gut, daß wir uns in bezug auf diesen Horusski Lummox auch aus anderer Richtung unter Beschuß befinden; die Gesellschaft zur Erhaltung des Status quo schreit nach Verbannung, und die Liga zur Erhaltung des Menschentums auf der Erde rennt uns die Türen ein. Das Kabinett wird bereits unruhig. Dazu kommt noch die einmalige Gelegenheit, die öffentliche Meinung gegen solche Spinner aufzubringen, und Sie wollen nichts dazu beitragen. Ihnen fallen die Status-quo-Leute und die Scherzbolde von der menschlichen Liga nicht auf die Nerven – weil *ich* Sie Ihnen vom Hals halte.«

»Es tut mir leid, Sir. Aber Sie sollten Ihre Zeit auch nicht mit ihnen verschwenden. Zweifellos wissen Sie, daß hinter jeder dieser scheinbaren Spinnerorganisationen finanzielle Interessen stehen. Sollen die Leute mit entgegengesetzten Interessen sich mit ihnen herumschlagen – Schiffslinie, Einfuhrgesellschaften, Wissenschaftler. Unsere Aufgabe sind die Außenbeziehungen. Wenn wir von Interessengruppen belästigt werden, sollten wir es unseren Leuten von der Presseabteilung überlassen, mit ihnen fertig zu werden; dafür sind sie da.«

»Was bin ich anderes als ein hochgelobter Pressemensch?« entgegente MacClure aufgebracht. »Ich mache mir keinerlei Illusionen über diesen verfluchten Job.«

»Sie irren sich, Sir. Sie tragen die höchste politische Verantwortung. Ich führe Ihre Politik aus – in den Grenzen meiner Stellung.«

»Hmmm! Sie bestimmen die Politik. Sie treiben mich wie ein Pferd an. Das wird mir allmählich klar.«

»Verzeihen Sie, Sir, ich glaube, jeder macht Politik ... in gewissem Maße sogar der Türsteher. Das ist unvermeidlich. Aber ich versuche, meine Aufgabe zu erfüllen.«

Mister Kikus Privatsekretärin fragte über das Sprechgerät an: »Mister Kiku, ist der Staatssekretär bei Ihnen? Mrs. Beulah Murgatroyd wartet.«

»Bin gleich da«, rief MacClure.

Ruhig setzte Kiku hinzu: »Mildred, sorgen Sie dafür, daß sich jemand um sie kümmert. Es gibt eine kleine Verzögerung.«

»Ja, Sir. Der Assistent des Staatssekretärs kümmert sich um sie.«

»Gut.«

»Es wird keine Verzögerung geben«, erklärte MacClure, an Mister Kiku gewandt. »Wenn Sie nicht wollen, wollen Sie nicht ... obwohl ich sehr enttäuscht von Ihnen bin. Aber ich kann sie nicht warten lassen.«

»Setzen Sie sich, Herr Staatssekretär.«

»Wie bitte?«

»Setzen Sie sich, Sir. Selbst die mächtige Mrs. Murgatroyd muß gelegentlich warten. Wir stehen vor einer sehr kritischen Situation; Sie werden das Kabinett darüber in Kenntnis setzen müssen ... vielleicht in einer Sondersitzung heute abend.«

»Was? Warum haben Sie mir das nicht gesagt?«

»Ich war gerade im Begriff, meine Gedanken zu ordnen, bevor ich Ihnen Bericht erstatte, Sir, als Sie hereinkamen. Während der vergangenen Minuten habe ich versucht, Ihnen klarzumachen, daß das Ministerium neben dem Verkauf von Hunkies noch andere wichtige Dinge zu tun hat.«

Der Staatssekretär starrte ihn an, dann streckte er die Hand über den Schreibtisch aus und drückte auf einen Knopf. »Hallo Mildred? Hier ist der Staatssekretär. Sagen Sie Kommodore Murthi, daß ich von dringenden Angelegenheiten aufgehalten werde und daß er sein Bestes versuchen soll, sie bei Laune zu halten.«

»Ja, Herr Staatssekretär.«

MacClure wandte sich wieder Kiku zu. »Also

Henry, hören Sie auf, mich zu belehren, und spucken Sie es aus.«

Mister Kiku lieferte einen umfassenden Bericht der neuerlichen Hroshii-Krise. Wortlos hörte Mister MacClure zu. Gerade als Mister Kiku seinen Bericht mit der Zurückweisung des Ultimatums abschloß, erklang das Surren des Sprechgerätes wieder. »Chef? Hier ist Murthi. Mrs. Murgatroyd hat noch eine andere Verabredung.«

Mister MacClure wandte sich der Stimme zu: »Kann sie mithören?«

»Natürlich nicht, Sir.«

»Hören Sie, Jack, es dauert ein paar Minuten. Halten Sie sie bei Laune.«

»Aber ...«

»Küssen Sie sie, wenn nötig. Und jetzt schalten Sie ab. Ich habe zu tun!« Er wandte sich wieder zu Mister Kiku um und runzelte die Stirn. »Henry, Sie haben mich einmal wieder in eine sehr unangenehme Lage gebracht. Mir bleibt nichts anderes übrig, als ihr Spiel mitzuspielen.«

»Darf ich fragen, was der Herr Staatssekretär unternommen hätte?«

»Wie?« MacClure legte nachdenklich die Stirn in Falten. »Na ja, wahrscheinlich hätte ich das gleiche gesagt wie Sie ... aber in groberen Worten. Ich gebe zu, daß ich nicht daran gedacht hätte, durch dieses Lummoxwesen einen Keil zwischen sie zu treiben. Das war großartig.«

»Ich verstehe, Sir. Da es sich um die Zurückweisung eines offiziellen Ultimatums handelt, welche Vorsichtsmaßnahmen hätte der Herr Staatssekretär unter diesen Umständen ergriffen? Ich muß hinzufügen, daß ich das Kabinett nicht auffordern wollte, für den gesamten Planeten den Kriegszustand auszurufen.«

»Wovon reden Sie? Nichts dergleichen wäre notwendig gewesen. Ich hätte auf eigene Verantwortung die Schließung des inneren Verteidigungsringes angeordnet und sie aus dem Himmel gefeuert. Schließlich befinden sie sich in der inneren Verteidigungszone und bedrohen uns ... eine ganz normale Polizeiaktion.«

Mister Kiku dachte bei sich: Genauso habe ich es mir vorgestellt ... laut aber sagte er: »Angenommen, ihr Schiff würde nicht vom Himmel verschwinden, sondern zurückfeuern?«

»Was? Lächerlich.«

»Herr Staatssekretär, das einzige, was ich in vierzig Jahren in diesem Gewerbe gelernt habe, ist, daß nichts lächerlich ist im Zusammenhang mit ›Da draußen‹.«

»Nun, ich will ... Henry, Sie haben wirklich geglaubt, daß sie uns gefährlich werden können. Sie hatten Angst.« Er betrachtete Mister Kiku prüfend. »Verschweigen Sie mir etwas? Haben Sie irgendwelche Hinweise darauf, daß sie ihre lächerliche Drohung wahrmachen könnten?«

»Nein, Sir.«

»Und?«

»Mister MacClure, vor mehr als dreihundert Jahren gab es in meinem Heimatland einen sehr tapferen Stamm. Eine kleine europäische Macht stellte bestimmte Forderungen an sie ... Steuern nannten sie es. Der Häuptling war ein mutiger Mann, und er verfügte über eine große Zahl erfahrener Krieger. Sie wußten, daß die Fremden Gewehre hatten, aber auch sie besaßen ein paar Feuerwaffen. Aber am stärksten verließen sie sich auf ihre Überzahl und ihre Tapferkeit. Sie planten alles sorgfältig und lockten die Feinde in einen Hinterhalt. Das dachten sie zumindest.«

»Und?«

»Sie hatten nie zuvor von Maschinengewehren gehört. Sie erfuhren auf sehr endgültige Weise davon – denn sie waren wirklich sehr tapfer und ergaben sich nicht. Diesen Stamm gibt es nicht mehr, keiner überlebte.«

»Wenn Sie versuchen, mir Angst einzujagen, dann ... ach lassen wir das. Aber Sie haben mir noch immer keinen Beweis geliefert. Wir sind schließlich kein ahnungsloser Stamm von Wilden. Es ist nicht vergleichbar.«

»Vielleicht. Aber dennoch war das Maschinengewehr damals nur ein kleiner Entwicklungsschritt, verglichen mit dem normalen Gewehr der damaligen Zeit. Wir besitzen Waffen, gegen die ein Maschinengewehr wie ein Pfadfindermesser ist. Und doch ...«

»Sie wollen auf die Vermutung hinaus, daß diese Horusskis Waffen haben, gegen die unsere neuesten Entwicklungen nutzlos sind wie Keulen? Ehrlich gesagt, ich will es nicht glauben, und ich glaube es auch nicht. Die Kraft, die bei der Kernspaltung frei wird, ist die mächtigste Waffe im Universum. Sie wissen das, ich weiß das. Sie steht uns zur Verfügung. Ohne Zweifel haben sie sie ebenfalls, aber wir sind ihnen zahlenmäßig Millionen zu eins überlegen und befinden uns auf unserem Heimatplaneten.«

»Genauso argumentierte der Stammeshäuptling.«

»Wie? Das ist nicht dasselbe.«

»Das ist es nie«, erwiderte Mister Kiku müde. »Ich habe nicht mit dem Gedanken an Zauberwaffen gespielt, die sich dem Begriffsvermögen unserer Physiker entziehen, ich habe mich lediglich gefragt, auf welche Weise eine kleine Verbesserung eine bekannte Waffe verändern könnte ... ich weiß es nicht. Ich habe von diesen Dingen keine Ahnung.«

»Nun, ich auch nicht, aber man hat mir versichert, daß ... Sehen Sie, Henry; ich werde den Befehl zu dieser Polizeiaktion geben, und zwar umgehend.«

»Ja, Sir.«

»Und? Sitzen Sie nicht mit dieser erstarrten Miene da und sagen ›Ja, Sir‹. Sie *wissen* es nicht, stimmt's? Warum sollte ich es also nicht tun?«

»Ich habe Ihnen nicht widersprochen, Sir. Wünschen Sie eine geheime Leitung? Oder wünschen Sie, daß der Oberkommandeur zum Befehlsempfang hierher kommt?«

»Henry, Sie sind ohne Frage der merkwürdigste Mensch auf den siebzehn Planeten. Ich habe Sie gefragt, warum ich es *nicht* tun sollte.«

»Ich kenne keinen Grund, Sir. Ich kann Ihnen nur sagen, warum ich Ihnen nicht vorgeschlagen habe, so zu handeln.«

»Nun?«

»Weil ich es *nicht* wußte. Weil ich nur die Befürchtungen eines Nicht-Menschen habe, der vielleicht noch zaghafter ist als ich, oder der durch seine anscheinend fast abergläubische Ehrfurcht irregeführt wurde. Da ich es nicht wußte, entschloß ich mich, mit unserem Planeten nicht Russisches Roulette zu spielen. Ich entschloß mich, so lange wie möglich mit Worten zu kämpfen. Möchten Sie den Befehl erteilen, Sir? Oder soll ich mich um die Einzelheiten kümmern?«

»Hören Sie auf, mich zu drängen.« Er starrte seinen Unterstaatssekretär mit rot angelaufenem Gesicht an. »Ich vermute, als nächstes werden Sie mir mit Ihrem Rücktritt drohen.« Mister Kiku verzog das Gesicht zu einem leisen Lächeln.

»Mister MacClure, ich biete meinen Rücktritt nie zweimal am selben Tag an.« Er fügte hinzu: »Nein, ich werde warten, bis die Polizeiaktion vorüber ist. Wenn wir beide dann noch am Leben sind, dann habe ich mich in einer Angelegenheit von höchster Wichtigkeit geirrt, und mein Rücktritt ist unumgänglich. Darf ich hinzufügen, Sir, daß ich hoffe, daß Sie recht behalten? Ich würde viel lieber ein friedliches Alter genießen, als mein Urteil posthum bestätigt zu sehen.« In MacClures Zügen arbeitete es, aber er sagte nichts. Mister Kiku fuhr ruhig fort: »Dürfte ich dem Herrn Staatssekretär in meiner Eigenschaft als Staatsbeamter einen Vorschlag machen?«

»Aber sicher. Das Gesetz verlangt es von Ihnen. Reden Sie.«

»Darf ich darauf drängen, daß der Angriff in den nächsten Minuten stattfindet? Vielleicht gewinnen wir durch Eile, was wir durch Zögern verlieren würden. Das Astrobüro kann uns die Umlaufdaten des feindlichen Schiffes liefern.« Kiku beugte ich über das Sprechgerät.

Es summte, bevor er es noch berührt hatte. »Chef? Hier ist Murthi. Ich habe mein Bestes getan, aber sie ...«

»Sagen Sie ihr, ich habe keine Zeit für sie.«

»Sir?«

»Ach ... beschönigen Sie es. Sie wissen, wie man das macht. Und jetzt halten Sie den Mund und stören Sie mich nicht mehr.«

»Sehr wohl, Sir.«

Mister Kiku rief das Astrobüro an. »Den Chefballistiker, bitte ... sofort. Ah, Cartier ... sorgen Sie dafür, daß niemand mithört. In Ordnung, ich brauche die taktischen Daten des ...«

MacClure streckte die Hand aus und unterbrach die Verbindung. »Also gut«, sagte er heftig. »Sie haben gewonnen mit Ihrem Trick.«

»Es war kein Trick, Sir.«

»Schon gut, Sie haben mich überzeugt, daß Sie ein kluger Kopf sind. Ich kann das Leben von fünf Billionen Menschen ebensowenig aufs Spiel setzen wie Sie. Wollen Sie, daß ich vor Ihnen in die Knie gehe?«

»Nein, Sir. Aber ich bin sehr erleichtert. Danke.«

»*Sie* sind erleichtert? Und was ist mit *mir*? Jetzt erklären Sie mir, wie Sie sich das Spiel vorstellen. Ich tappe noch immer im Dunkeln.«

»Selbstverständlich, Herr Staatssekretär. Vor allem habe ich die Anweisung gegeben, den jungen Stuart hierher zu bringen ...«

»Den jungen Stuart? Warum?«

»Um ihn zu überreden, daß er mitgeht. Ich möchte sein Einverständnis haben.«

Der Staatssekretär sah ihn an, als wolle er seinen Ohren nicht trauen. »Verstehe ich Sie richtig. Mister Kiku, daß Sie nach Ihrer Zurückweisung des Ultimatums nichts anderes beabsichtigen, als zu kapitulieren?«

»So würde ich es nicht ausdrücken.«

»Es ist mir gleichgültig, in welche diplomatischen Worte Sie es kleiden. Wir werden den Jungen nicht ausliefern. Ich war nicht bereit, mich blind auf irgendein Wagnis einzulassen, aber das ist etwas anderes.

Ich werde nicht ein einziges menschliches Wesen ausliefern, gleichgültig, welcher Druck ausgeübt wird ... und ich kann Ihnen versichern, daß das Kabinett meiner Meinung sein wird. Es gibt etwas wie Menschenwürde. Ich muß hinzufügen, daß ich sehr erstaunt ... bestürzt bin.«

»Darf ich fortfahren, Sir?«

»Bitte ... fahren Sie fort. Sagen Sie, was Sie zu sagen haben.«

»Ich hatte niemals die Absicht, den Jungen auszuliefern. In der Wissenschaft der Diplomatie ist die Versöhnungspolitik seit langem ein erforschtes Gebiet. Hätte ich je in Erwägung gezogen, den Jungen zu opfern, so würde ich Ihren Abscheu begrüßen. So aber konnte es mich nicht treffen.«

»Aber Sie sagten ...«

»Bitte, Sir. Ich weiß, was ich gesagt habe. Ich habe nach dem Jungen geschickt, um seine Wünsche zu erfahren. Nach allem, was ich über ihn weiß, ist es möglich, daß er geradezu bereitwillig mitgeht.«

MacClure schüttelte den Kopf. »Das dürften wir nicht zulassen, selbst wenn der Bursche verrückt genug wäre, zuzustimmen. Neunhundert Lichtjahre von den übrigen Menschen entfernt? Ebensogut könnte man einem Säugling Gift anbieten.«

»Das ist kein passender Vergleich, Sir. Wenn ich sein Einverständnis habe, kann ich es für die Dauer der Verhandlungen für mich behalten ... ich kann mit verdeckten Karten spielen. Es gibt vieles zu verhandeln.«

»Als da wäre?«

»Ihre Wissenschaft. Ihr Handel. Ein ganz neuer Bereich des Universums. Die Möglichkeiten sind erst undeutlich erkennbar.«

MacClure wand sich unbehaglich. »Ich bin immer noch nicht sicher, ob dieser Angriff nicht doch das richtige wäre. Und dem Gewürm anbiedern, das uns bedroht ... es gefällt mir nicht.«

»Herr Staatssekretär, wenn meine Pläne erfolglos sind ... oder Ihre Zustimmung nicht finden, dann werde ich mit Ihnen gemeinsam meine Verachtung in den Himmel schreien. Wir sollten handeln ... aber wie Männer.«

»Also gut ... fahren Sie fort. Erzählen Sie mir den Rest.«

›So nicht, Herr Staatssekretär‹

Mister Kikus Frau ließ ihn am nächsten Morgen lang schlafen. Das tat sie gelegentlich mit der Begründung, daß kein Problem schwerwiegend genug war, ihn zu wecken, wenn er Schlaf benötigte. Als er im Büro eintraf, fand er Wes Robbins, Sonderabteilungsleiter im Presseamt, schlafend in seinem Sessel vor. Robbins war kein Diplomat, wollte auch keiner sein und gab sich große Mühe, das deutlich zu zeigen.

»Guten Morgen, Wes«, sagte Mister Kiku gutgelaunt.

»Was soll daran gut sein?« Robbins warf dem Unterstaatssekretär eine Nummer der CAPITAL TIMES zu. »Haben Sie das schon gesehen?«

»Nein.« Mister Kiku schlug die Zeitung auf.

»Dreiundzwanzig Jahre im Zeitungsgeschäft … und dann das.«

Mister Kiku las:

FREMDE EINDRINGLINGE
DROHEN MIT KRIEG!!!
Geiseln gefordert

> Enklave der Hauptstadt, 12. Sept. Der Staatssekretär für Raumangelegenheiten, MacClure, enthüllte heute, daß die als ›Hroshii‹ bezeichneten Fremden, die kürzlich auf dem Raumhafen der Hauptstadt gelandet sind, unter Androhung eines Krieges das Bündnis aufgefordert haben …

Kiku überflog den Artikel und stellte fest, daß seine Antwort an die Hroshii in entstellter Form dem Staatsminister MacClure in den Mund gelegt worden war, ohne daß die Möglichkeit einer friedlichen Lösung auch nur erwähnt wurde. In einem Nebenartikel wurde berichtet, der Generalstabskommandeur habe der Erde und allen verbündeten Planeten versichert, daß sie von den unverschämten Fremden nichts zu befürchten haben. Ein südasiatischer Senator verlangte zu wissen, welche Schritte unternommen wurden ... Das alles las Kiku, ließ aber die bedeutungslosen neunzig Prozent einschließlich einer Schmährede der Liga zur Erhaltung des Menschentums auf der Erde und einem ›Wir stehen an der Wegkreuzung‹ überschriebenen Leitartikel, außer acht. Es gab auch ein Interview mit Mrs. Murgatroyd, aber er nahm sich nicht die Zeit, herauszufinden, auf wessen Seite Pidgie-Widgie stand.

»Ist das nicht eine schöne Bescherung?« fragte Robbins. »Wo haben Sie Ihre Zigaretten versteckt?«

»Es scheint mir eine ziemliche Papierverschwendung zu sein«, sagte Kiku. »In der Lehne des Besuchersessels.«

»Tja, und was machen wir nun? Es hat mich vollkommen überraschend getroffen. Warum sagt man mir so etwas nicht?«

»Einen Augenblick.« Mister Kiku beugte sich über den Schreibtisch. »Sicherheitsabteilung? Ah, O'Neill ... schicken Sie noch Leute von der Sondereinheit zur Landefähre der Hroshii ...«

»Sie bekommen sie augenblicklich, Boß. Aber warum sagt man uns so etwas nicht?«

»Eine berechtigte Frage. Ich weiß nicht, welche Art der Bewachung Sie anwenden, aber machen Sie Ihre Sache gründlich. Es darf nicht nur keinen Aufruhr geben, es darf auch nicht zu Zwischenfällen kommen. Verteilen Sie so viele Spannungsexperten in der Menge, wie Sie auftreiben können. Leihen Sie sich zusätzliche Leute von anderen Abteilungen aus. Und lenken Sie Ihr besonderes Augenmerk auf fanatische Randgruppen – fremdartenfeindliche, meine ich. Schon irgendwelchen Ärger gehabt?«

»Nichts, mit dem wir nicht fertig werden konnten. Aber ich kann nichts versprechen. Ich bin immer noch der Meinung, man sollte so etwas ...«

»Ohne Zweifel. Bleiben Sie mit mir in Verbindung.« Kiku wandte sich an Robbins. »Haben Sie eine Ahnung, wie das Interview zustande gekommen ist?«

»Sehe ich so aus? Er wollte zum Ehrenbankett der Dreierkonferenz, todsichere Sache. Ich erhielt die Zustimmung zu seiner Rede, überreichte ihm seine Kopie und verteilte die anderen unter die Jungs, zusammen mit der Anweisung, wie das Spiel laufen sollte. Alles glücklich und zufrieden. Heute morgen beim Aufstehen fühlte ich mich wie neunzig, und noch bevor ich meinen ersten Kaffee getunken habe, fühle ich mich wie hundertfünfzig. Kennen Sie jemanden, der meinen Job haben will? Ich werde ein Studium beginnen, wie ich ein Strandguträuber werde.«

»Ein einleuchtender Gedanke. Wes, lassen Sie mich Ihnen den Stand der Dinge erklären. Von dieser Sache sollte nichts an die Öffentlichkeit dringen, bevor sie nicht abgeschlossen ist, aber jetzt ...« In kurzen Zügen entwarf er ein Bild der neuesten Hroshii-Krise.

Robbins nickte. »Ich verstehe. Und Nummer eins hat Ihnen den Teppich unter den Füßen weggezogen. Ein schöner Partner.«

»Nun, wir sollten mit ihm reden. Ist er hier?«

»Ja. Ich habe nur auf Sie gewartet, Freund. Wollen Sie ihn festhalten, während ich ihn verprügele? Oder umgekehrt?«

»Wie es Ihnen lieber ist. Kommen Sie, wir wollen es hinter uns bringen.«

Der Staatssekretär war in seinem Büro; sie wurden eingelassen, und MacClure erhob sich, um ihnen Stühle anzubieten. Darauf saßen sie schweigend da. Robbins wartete darauf, daß Mister Kiku das Wort ergreifen würde, aber Kiku saß wortlos, mit ausdruckslosem Gesicht, wie eine Elfenbeinstatue auf seinem Stuhl.

MacClure begann, unruhig zu werden. »Nun, Henry? Ich habe viel zu tun heute morgen ... der Generalssekretär hat mich bereits aufgehalten.«

»Ich dachte, Sie wollen uns eine Mitteilung machen, Herr Staatssekretär.«

»Worüber?«

»Haben Sie die Zeitungen schon gelesen, Sir?«

»Ja ...«

»Es hat einen Kurswechsel in der Politik gegeben. Sonderabteilungsleiter Robbins und ich hätten gerne einen kurzen Überblick über Ihre neue Politik.«

»Welche neue Politik?«

»Ihre neue Politik in bezug auf die Hroshii, Herr Staatssekretär. Oder irren sich die Zeitungen?«

»Äh, nein, eigentlich nicht. Es ist natürlich übertrieben. Aber es ist keine Kursänderung in der Politik. Ich habe den Leuten lediglich das gesagt, was zu wissen sie ein Recht haben.«

»Die Leute haben ein Recht, es zu wissen.« Mister Kiku legte die Fingerspitzen aneinander. »Ah ja. In einem Staat, der auf der freien Meinungsbildung freier

Menschen begründet ist, haben die Leute immer das Recht, alles zu wissen. Ein alter Bürokrat wie ich verliert diese Grundsätze manchmal aus den Augen. Danke, daß Sie mich daran erinnert haben.« Einen Augenblick lang schien er in kosmische Gedanken versunken, dann fuhr er fort: »Ich vermute, das einzig richtige ist jetzt, meinen Fehler wiedergutzumachen und den Leuten alles zu sagen.«

»Wie meinen Sie das?«

»Nun, die ganze Geschichte, Herr Staatssekretär. Wie durch unsere Unwissenheit und die Mißachtung der Rechte anderer, sowohl heute als auch in der Vergangenheit, ein Mitglied einer zivilisierten Rasse entführt wurde. Wie dieses fremde Wesen nur durch blindes Glück am Leben blieb. Wie wir infolge dieser Ereignisse nun mit der drohenden Zerstörung unseres Planeten konfrontiert sind – und wie ein hochintelligenter Bürger einer befreundeten Rasse (ich meine Dr. Ftaeml) uns versichert, daß die Hroshii tatsächlich in der Lage sind, uns zu vernichten. Es wäre auch notwendig, ihnen mitzuteilen, daß uns gestern nur Minuten von dem Befehl trennten, diese fremden Wesen anzugreifen –, daß wir aber die Nerven verloren und beschlossen haben, lieber zu verhandeln, da wir unsere Stärke in Beziehung zu ihrer nicht einschätzen konnten und uns nur die sehr ernüchternde Meinung des Dr. Ftaeml zur Verfügung stand, die unsere Entscheidung lenken konnte. Ja, all das müssen wir ihnen erzählen.«

Staatssekretär MacClure hatte Mund und Augen aufgerissen. »Himmel, Henry! Versuchen Sie, einen Aufstand anzuzetteln?«

»Sir, ich habe Gegenmaßnahmen ergriffen, um

Unruhen zu verhindern ... Fremdartenhaß ist immer bereit, anzufeuern, und *dies hier* ...«, damit deutete er auf die Zeitung, » ... wird auf einige einen zündenden Effekt haben. Aber lassen Sie sich nicht aus der Ruhe bringen. Wir Bürokraten neigen zur Bevormundung; es ist so viel einfacher, das zu tun, was das beste zu sein scheint und es den Leuten hinterher zu sagen ... verhandeln oder ein Schiff in die Luft jagen, was immer es sein mag. Herr Staatssekretär, Sie sind sich natürlich darüber im klaren, daß dieses Ministerium, dessen Mitglied Sie sind, nicht nur der nordamerikanischen Union, auch nicht nur den Völkern der Erde, sondern allen Regierungen der Föderation, sowohl auf der Erde wie auf allen anderen Planeten, verantwortlich ist?«

»Was hat das damit zu tun? Wir sind die führende Macht.«

»Wen meinen Sie mit ›wir‹? Sicherlich nicht mein kleines Heimatland. Nein, woran ich denke, ist folgendes: Diese Angelegenheit wird jetzt dem Kabinett zur Beratung vorgelegt werden, und ich frage mich, ob das Kabinett sich möglicherweise entschließen würde, einen einzigen unbedeutenden nordamerikanischen Bürger auszuliefern, anstatt einen interstellaren Krieg zu riskieren? Ich frage mich, wie sich der Mars entscheiden wird.«

Der Staatssekretär erhob sich und ging unruhig in seinem Büro auf und ab. Es war ein großer Raum, wesentlich größer als Mister Kikus Büro. Am entgegengesetzten Ende blieb er stehen und sah nachdenklich aus dem Fenster auf den Turm der drei Planeten und die Halle der Zivilisationen hinaus. Kiku saß unbewegt auf seinem Stuhl, Wes Robbins lümmelte sich, die knochigen Beine weit von sich gestreckt, in einem Sessel. Er reinigte sich die Fingernägel mit einem Taschenmesser; sie waren lang und schwarzgerändert und bedurften der Pflege.

Unvermittelt wandte sich Mister MacClure zu Kiku um. »Wissen Sie, Henry, das sind alles Haarspaltereien, ich lasse mich nicht einschüchtern.«

»Einschüchtern, Herr Staatssekretär?«

»Ja, einschüchtern. Oh, Sie haben es mit Ihren gewohnten Doppeldeutigkeiten verbrämt, aber ich bin nicht von gestern. Sie wissen ganz genau, wenn wir der Presse diese überflüssigen Einzelheiten geben ... diesen Unsinn, mit dem Sie dieser Dr. Fatima, oder wie immer er heißen mag, dieses rargyllische Ungeheuer, überhäuft hat ..., und dann noch Ihre Drohung, der Presse zu erzählen, daß ich wegen des Angriffs kalte Füße bekommen habe ... das ist eine Drohung, wenn ich je eine gehört habe! ... Wenn sie diesen ganzen Plunder an die Öffentlichkeit bringen, wird es einen Aufruhr im Kabinett geben, der von hier bis Pluto zu hören ist! Die Staatsregierungen werden ihren Delegierten Anweisungen geben, und vielleicht wird der terranische Block überstimmt. Mitten in dieser heiklen Dreierkonferenz könnte das verheerende Folgen haben. Ja, das ist das richtige Wort ... *verheerend*.« MacClure hielt inne und rang nach Luft. »Aber damit kommen Sie nicht durch. Sie sind entlassen! ... Verstehen Sie mich? *Entlassen!* Ich werde dafür sorgen, daß Sie wegen dieser Sache zurücktreten müssen oder in Rente geschickt werden oder was immer die Vorschriften verlangen, aber sie sind erledigt, und zwar hier und jetzt. Ich entlasse Sie. Sie können nach Hause gehen.«

»Sehr wohl, Herr Staatssekretär«, sagte Mister Kiku unbewegt und schickte sich an, das Büro zu verlassen.

In das Schweigen hinein, ließ Wes Robbins sein Taschenmesser sehr vernehmlich zuschnappen. »Warten Sie, Henry. Mac...«

Mister MacClure fuhr herum. »Wie? Was ist mit *Ihnen* los? Und nennen Sie mich nicht ›Mac‹; dies ist eine offizielle Unterredung. Ich bin hier immer noch Staatssekretär, wie ich gerade schon zu Mister Kiku sagte.«

»Ja, noch sind Sie Staatssekretär – für die nächsten beiden Stunden vielleicht.«

»Wie? Machen Sie sich nicht lächerlich! Wes, Sie zwingen mich, Sie ebenfalls zu entlassen, wenn Sie so reden. Mister Kiku, Sie können gehen.«

»Gehen Sie nicht, Henry. Sie können mich nicht feuern, Mac, ich habe schon vor zehn Minuten gekündigt. Mac, sind Sie denn ein vollkommener Hohlkopf? Ich habe Sie schon gekannt, als Sie noch ein unerfahrener Senator waren, der sich um ein paar Zeilen in der Klatschspalte gerissen hat. Damals gefielen Sie mir. Sie schienen über gesunden Menschenversand zu verfügen, was in dem Geschäft nicht häufig zu finden ist. Jetzt sind Sie bereit, mich fallenzulassen, und ich mag Sie auch nicht mehr. Aber sagen Sie mir um der alten Zeiten willen: Warum sind Sie so versessen darauf, sich Ihren eigenen Strick zu drehen?«

»Was? Nicht *meinen* Strick. Ich bin kein Hampelmann, der sich von einem Untergebenen einen Strick drehen läßt. Ich habe dergleichen erlebt ... aber Kiku hat sich den Falschen ausgesucht.«

Robbins schüttelte bedächtig den Kopf. »Mac, Sie stecken in der Klemme. Wäre es nicht besser, Sie schneiden Henry die Zunge heraus, bevor ihn die Jungen von der Presse erreichen? Hier, Sie können mein Messer haben.«

»Wie?« MacClure riß erschrocken die Augen auf. Er fuhr herum und stieß aufgeregt hervor: »Mister Kiku! Sie werden gegenüber der Presse nichts sagen. Das ist ein Befehl.«

Robbins biß sich ein Stück Fingernagel ab, spuckte es aus und sagte: »Mac, was soll das? Sie können ihn nicht gleichzeitig feuern und am Reden hindern.«

»Geheime Angelegenheiten des Ministeriums ...«

»Daß ich nicht lache! Vielleicht könnten Sie ihm eine Abfindungssumme anbieten, aber glauben Sie, das würde ihn am Reden hindern? Henry ist ein Mann ohne Furcht, ohne Hoffnungen und Illusionen; Sie können ihm keine Angst einjagen. Was er den Reportern erzählen kann, schadet Ihnen mehr, wenn Sie es für ›geheim‹ erklären, als wenn Sie gar nicht erst den Versuch machen, ihn zum Schweigen zu bringen.«

»Darf ich etwas dazu sagen?« mischte sich der Gegenstand der heftigen Auseinandersetzung ein.

»Was? Ja, reden Sie, Mister Kiku.«

»Danke, Herr Staatssekretär. Ich hatte niemals die Absicht, die unangenehmen Seiten dieser Angelegenheit an die Öffentlichkeit zu bringen. Ich habe lediglich versucht, Ihnen überspitzt zu zeigen, daß es verheerende Folgen haben kann, wenn man den Grundsatz, die Öffentlichkeit immer auf dem laufenden zu halten, gedankenlos anwendet. Ich fand, daß Sie eine Indiskretion begangen haben, Sir. Ich hatte gehofft, Sie von weiteren Indiskretionen abhalten zu können, während wir nach Mitteln und Wegen suchten, den Schaden wiedergutzumachen.«

MacClure betrachtete ihn nachdenklich. »Meinen Sie das ernst, Henry?«

»Ich meine immer ernst, was ich sage, Sir. Es spart Zeit.«

MacClure wandte sich an Robbins. »Sehen Sie, Wes? Sie haben den falschen Baum angebellt. Henry ist ein Ehrenmann, auch wenn wir gelegentlich Meinungsverschiedenheiten haben. Hören Sie, Henry, ich war voreilig. Ich dachte wirklich, Sie wollten mir drohen. Lassen Sie uns vergessen, was ich über Ihre Entlassung gesagt habe, und machen Sie weiter mit Ihrer Arbeit. Einverstanden?«

»Nein, Sir.«

»Was? Kommen Sie, seien Sie nicht nachtragend. Ich war wütend, ich war beleidigt, ich habe einen Fehler gemacht. Ich bitte Sie um Verzeihung. Schließlich müssen wir an das Wohl der Öffentlichkeit denken.«

Robbins stieß eine unhöfliche Bemerkung aus; Mister Kiku antwortete freundlich: »Nein, Herr Staatssekretär, es hat keinen Sinn. Nachdem Sie mich einmal entlassen haben, könnte ich unter Ihrem Kommando nicht mehr vertrauensvoll handeln. Ein Diplomat ist auf das Vertrauen angewiesen; es ist oftmals seine einzige Waffe.«

»Hmm ... Nun ja, ich kann nur sagen, daß es mir leid tut. Wirklich.«

»Ich glaube Ihnen, Sir. Dürfte ich einen letzten, inoffiziellen Vorschlag machen?«

»Ja, selbstverständlich, Henry.«

»Kampf wäre der richtige Mann, die Routineangelegenheiten zu übernehmen, bis Sie Ihre neue Mannschaft zusammengestellt haben.«

»Sicherlich. Wenn Sie sagen, er ist der richtige

Mann, dann bin ich davon überzeugt. Aber Henry ... wir werden ihn vorübergehend auf diesen Posten setzen, und Sie überlegen es sich noch einmal. Wir können sagen, es sei eine Beurlaubung aus gesundheitlichen Gründen, oder etwas ähnliches.«

»Nein«, erwiderte Mister Kiku kalt und wandte sich erneut zum Gehen.

Bevor er die Tür erreicht hatte, ergriff Robbins das Wort. »Langsam, ihr beiden. Noch sind wir nicht fertig.« An MacClure gewandt, fuhr er fort: »Sie sagen, daß Henry ein Ehrenmann ist. Aber Sie haben etwas vergessen.«

»Was meinen Sie damit?«

»Ich bin keiner.«

Robbins fuhr fort: »Henry würde nie etwas tun, das nicht fair ist. Ich bin in der Gosse aufgewachsen und halte mich nicht mit Höflichkeiten auf. Ich werde die Jungs zusammentrommeln und ihnen die Augen öffnen. Ich werde ihnen sagen, wo der Hund begraben liegt, wie das Durcheinander entstanden ist und wer das Haar in die Suppe fallen ließ.«

Wütend fiel ihm MacClure ins Wort. »Wenn Sie ohne Genehmigung ein Interview geben, werden Sie nie wieder einen Regierungsposten bekommen!«

»Drohen Sie mir nicht, Sie überreife Melone. Wenn ich mein Lied gesungen habe, bekomme ich einen Job bei der Zeitung und erfreue die Öffentlichkeit mit den Tatsachen über mein Leben unter den Supermännern.«

MacClure starrte ihn böse an. »Sie haben keinerlei Sinn für Loyalität.«

»Aus Ihrem Mund, Mac, klingt das wirklich reizend. Wem gehört Ihre Loyalität? Abgesehen von Ihrem politischen Ruf?«

Mister Kiku mischte sich besänftigend ein. »Das ist nicht ganz fair, Wes. Der Staatssekretär hat immerhin standhaft darauf beharrt, den jungen Stuart nicht dem Zweck zu ofpern.«

Robbins nickte. »In Ordnung, Mac, ein Punkt für Sie. Aber Sie waren bereit, Henrys vierzig Amtsjahre zu opfern, um Ihr häßliches Gesicht zu retten. Ganz zu schweigen davon, was Sie getan haben, nur um eine Titelgeschichte an sich zu reißen. Mac, nichts ist einem Zeitungsmann verhaßter als die Gier nach Schlagzeilen. Ein Mann, der allzu begierig darauf aus ist, seinen Namen in den Schlagzeilen zu lesen, hat etwas Abstoßendes. Ich kann Sie nicht ändern und will es auch nicht, aber ich werde dafür sorgen, daß Sie Ihren Namen in den Schlagzeilen finden ... aber zum letzten Mal. Es sei denn ...«

»Was meinen Sie damit ...? ›Es sei denn?‹«

»Es sei denn, wir setzen die Scherben wieder zusammen.«

»Aber wie? Hören Sie, Wes, ich werde alles tun, das im Bereich des Möglichen liegt.«

»Das werden Sie mit Sicherheit.« Robbins runzelte die Stirn. »Wir können den Weg wählen, der sich anbietet. Wir können Henrys Kopf auf dem Silbertablett präsentieren. Ihm das gestrige Interview in die Schuhe schieben. Er hat Sie schlecht beraten. Er ist entlassen worden, und alles ist in Butter.«

Mister Kiku nickte. »So hatte ich es mir vorgestellt. Ich bin zur Zusammenarbeit gerne bereit ... vorausgesetzt, die Hroshii-Affäre wird nach meinen Vorstellungen gelöst.«

»Schauen Sie nicht so erleichtert drein, Mac!« knurrte Robbins. »Das ist die Lösung, die auf der

Hand liegt, und es würde funktionieren … weil Henrys Loyalität einer Sache gehört, die größer ist als er. Aber so werden wir es nicht machen.«

»Aber wenn Henry einverstanden ist, ist es für alle Seiten das beste …«

»Hören Sie auf! Es wird nicht Henrys Kopf sein, der auf dem Tablett präsentiert wird, sondern Ihrer.«

Sie starrten sich verbissen an. Schließlich sagte MacClure: »Wenn das Ihre Vorstellung ist, Robbins, vergessen Sie es und verschwinden Sie. Wenn Sie auf einen Kampf aus sind, können Sie ihn haben. Die erste Geschichte, die in der Zeitung erscheint, wird davon handeln, wie ich euch beide wegen mangelnder Loyalität und Unfähigkeit entlassen mußte.«

Robbins grinste belustigt. »Ich hoffe, Sie spielen dieses Spiel. Es wird lustig werden. Aber möchten Sie hören, wie wir die Sache lösen können?«

»Bitte … reden Sie.«

»Sie können es sich leicht machen, oder Sie können hart auf hart gehen. In jedem Fall sind Sie erledigt. Jetzt halten Sie den Mund und lassen Sie mich reden! Sie sind erledigt, Mac. Ich erhebe nicht den Anspruch, ein eingeweihter Kenner des Fremdartenressorts zu sein, aber selbst mir ist klar, daß sich die Zivilisation Ihre engstirnige Handhabung der empfindlichen Beziehungen zu nichtmenschlichen Rassen nicht leisten kann. Sie sind also erledigt. Die Frage ist nur, ob Sie selbst den Hut nehmen und sich damit ein hübsches Lob in den Geschichtsbüchern einhandeln.«

MacClure warf ihm einen finsteren Blick zu, unterbrach ihn aber nicht. »Wenn Sie mich zwingen, auszupacken, was ich weiß, gibt es zwei Möglichkeiten. Entweder wirft Sie der Minister den Wölfen zum Fraß vor, oder er stärkt Ihnen den Rücken und geht damit das Risiko ein, daß ihm das Konzil das Vertrauen entzieht. Und genau das würde geschehen. Das marsianische Staatenbündnis würde den Aufstand freudig anführen, Venus würde folgen, und dann würden sich die Außenkolonien und die verbündeten Fremdartenzivilisationen anschließen. Am Ende würde der größte Teil der terranischen Nation fordern, daß die nordamerikanische Union diesen einen Menschen ausliefert, um ein Auseinanderbrechen der Föderation zu verhindern.

Sie müssen nichts weiter tun, als den ersten Dominostein anzustoßen, die übrigen fallen von selbst ... und begraben Sie unter sich. Sie würden nicht einmal mehr zum Hundefänger gewählt werden. Aber wenn Sie es darauf nicht ankommen lassen wollen, gibt es folgende Möglichkeit: Sie treten zurück ... aber wir veröffentlichen die Tatsache erst in ein paar Wochen ... Henry, glauben Sie, zwei Wochen würden genügen?«

»Das müßte angemessen sein«, stimmte Mister Kiku ernst zu.

»In dieser Zeit putzen Sie sich nicht einmal die Nase ohne Henrys Erlaubnis. Sie sagen kein Wort ohne meine Zustimmung. Dann krönen Sie Ihre Laufbahn mit dem erfolgreichen Abschluß der Hroshii-Affäre und treten ruhmvoll aus dem Amt zurück. Vielleicht ergibt sich eine Möglichkeit, Ihnen einen angenehmeren Job zu beschaffen ... wenn Sie ein braver Junge sind. Was, Henry?«

Mister Kiku nickte.

MacClures Blick wanderte von Kikus ausdruckslosem Gesicht zu Robbins verächtlicher Miene. »Das habt ihr beiden ja schön eingefädelt«, sagte er bitter. »Was, wenn ich euch sage, Ihr sollt euch zum Teufel scheren?«

Robbins gähnte. »Auf Dauer gesehen würde es keine Rolle spielen, glauben Sie mir. Wenn die Regierung gestürzt wird, wird der neue Minister Henry aus dem Ruhestand ins Amt zurückgerufen, Ihr Posten wird mit einem verläßlichen Mann besetzt, und Henry setzt die Verhandlung mit den Hroshii fort. Mit einem Zeitverlust von drei Tagen, vielleicht weniger. Sie reinzuwaschen ist schwieriger, aber wir wollten Ihnen eine Chance geben. Stimmt's, Henry?«

»Es wäre besser so. Schmutzige Wäsche sollte man nicht in der Öffentlichkeit waschen.«

MacClure kaute auf der Unterlippe. »Ich werde darüber nachdenken.«

»Gut! Ich werde so lange warten. Henry, warum gehen Sie nicht wieder an die Arbeit? Ich wette, Ihr Schreibtisch leuchtet wie ein Weihnachtsbaum.«

»In Ordnung.« Mister Kiku verließ den Raum. Sein Schreibtisch sah aus wie ein Feuerwerk, mit drei rotblinkenden Lampen und einem Dutzend bernsteinfarbenen. Er erledigte die dringendsten Angelegenheiten, schob die weniger wichtigen beiseite und begann, den Papierberg in seinem Korb abzubauen. Er unterschrieb, ohne sich darum zu scheren, ob seine Unterschrift noch galt oder nicht.

Er verhängte gerade eine Sperre über den Paß eines sehr bekannten Professors – als der Narr das letztemal die Erde verlassen hatte, war er in einen Tempel eingedrungen und hatte Aufnahmen gemacht –, als Robbins hereinkam und ein Blatt Papier auf seinen Schreibtisch warf. »Hier ist die Rücktrittserklärung. Es ist besser, Sie gehen sofort zum Minister.«

Mister Kiku nahm das Papier und sagte: »Das werde ich tun.«

»Ich wollte nicht, daß Sie dabei sind, wenn ich ihm den Arm umdrehe. Es ist schwerer für einen Mann, vor Zeugen klein beizugeben. War Ihnen das klar?«

»Oh, ja.«

»Ich mußte ihn daran erinnern, daß wir ihn damals wegen des Abkommens mit Kondor gedeckt haben.«

»Bedauerlich.«

»Verschwenden Sie Ihr Mitleid nicht. Genug ist genug. Jetzt gehe ich und schreibe die Rede, die er vor dem Kabinett halten wird. Danach werde ich die Jungs aufsuchen, mit denen er gestern abend geredet hat, und sie bitten, um unseres lieben alten Heimatplaneten willen die Sache in der nächsten Nummer richtigzustellen. Es wird ihnen nicht gefallen.«

»Das glaube ich auch.«

»Aber sie werden mitmachen. Wir Menschen müssen zusammenhalten; wir sind in der Minderzahl.«

»Das ist auch meine Meinung. Danke, Wes.«

»War mir ein Vergnügen. Noch eins, ich habe ihm gegenüber nicht erwähnt, daß der Name des Jungen John Thomas Stuart ist. Ich bin nicht sicher, ob sich das Staatenbündnis des Mars nicht angesichts dieses Namens quergestellt hätte. Vielleicht hätte das Kabinett Mac doch noch den Rücken gedeckt ... und wir hätten erfahren, ob die Hroshii in der Lage sind, das zu tun, womit sie drohen.«

Kiku nickte. »Daran habe ich auch gedacht. Es war einfach keine Zeit, es zu erwähnen.«

»Genau. Es gibt so viele wunderbare Gelegenheiten zu schweigen. Worüber lachen Sie?«

»Ich dachte gerade«, erklärte Mister Kiku, »wie gut es ist, daß die Hroshii unsere Zeitungen nicht lesen.«

›Schicksal? Blödsinn!‹

Mrs. Stuart las Zeitungen. Greenberg war bei dem Versuch, sie davon zu überzeugen, daß sie in die Hauptstadt kommen und ihren Sohn mitbringen mußte, auf große Schwierigkeiten gestoßen.

Als Greenberg am nächsten Morgen eintraf, um sie abzuholen, mußte er feststellen, daß er in Ungnade gefallen war. Sie schäumte vor Wut und schleuderte ihm wortlos die Zeitung entgegen. Er warf einen Blick darauf. »Ja? Ich habe die Nummer im Hotel gelesen. Alles Unsinn natürlich.«

»Das habe ich auch versucht, Mutter klarzumachen«, erklärte John Thomas finster, »aber sie hört nicht auf mich.«

»John Thomas, du hältst den Mund. Nun, Mister Greenberg, was haben Sie dazu zu sagen?«

Greenberg wußte keine Antwort darauf. Gleich, nachdem er die Zeitungsartikel gesehen hatte, hatte er versucht, Mister Kiku anzurufen, hatte aber erfahren, daß sein Boß und Wes Robbins beim Minister waren und nicht gestört werden durften. Er sagte ihr, daß er später noch einmal anrufen würde, und stellte mit Unbehagen fest, daß er nicht der einzige war, der in Schwierigkeiten steckte.

»Mrs. Stuart, Ihnen ist sicherlich bekannt, daß Zeitungsberichte oft sehr entstellt sind. Es war nie die Rede von Geiseln ...«

»Wie können Sie das sagen, wenn es doch hier schwarz auf weiß steht? Das ist ein Interview mit dem Staatssekretär für Raumangelegenheiten. Wer weiß es besser, Sie oder er?«

Greenberg hatte in diesem Punkt seine eigene Meinung, behielt sie aber für sich. »Bitte, Mrs. Stuart, Sie sollten Zeitungsartikel nicht wortwörtlich nehmen. Dieser wirre Bericht hat mit dem eigentlichen Fall nichts zu tun. Ich bitte Sie lediglich, mit mir in die Hauptstadt zu kommen, um sich in Ruhe mit dem Unterstaatssekretär zu unterhalten.«

»Ich denke nicht daran! Wenn der Unterstaatssekretär mit mir reden will, soll er herkommen.«

»Madam, das wird er tun, wenn es nicht anders geht. Mister Kiku ist ein Gentleman der alten Schule, der eine Dame nicht zu sich bitten würde, wenn es der Druck der politischen Ereignisse nicht erfordern würde. Ihnen ist sicher bekannt, daß eine interplanetarische Konferenz im Gange ist?«

Selbstgefällig entgegnete sie: »Ich habe es mir zur Regel gemacht, mich niemals um Politik zu kümmern.«

Er seufzte. »Aber einige von uns müssen es tun. Mister Kiku kann wegen dieser Konferenz heute nicht hierher kommen. Wir hatten gehofft, daß Sie, als Privatmensch, zu ihm kommen würden.«

»Mister Greenberg, ich habe mich widerstrebend bereit erklärt. Nun muß ich feststellen, daß Sie mich hintergangen haben. Woher soll ich wissen, was das jetzt wieder für ein Trick ist? Vielleicht eine Verschwörung, um meinen Sohn diesen *Ungeheuern* auszuliefern?«

»Madam, bei meiner Ehre als Beamter der Föderation versichere ich Ihnen ...«

»Sparen Sie sich die Worte, Mister Greenberg. Wenn Sie mich jetzt entschuldigen wollen ...«

»Mrs. Stuart, ich bitte Sie. Wenn Sie nur ...«

»Mister Greenberg, zwingen Sie mich nicht, unhöflich zu einem Gast zu sein. Ich habe nichts weiter zu sagen.«

Greenberg ging. Er sah sich um, in der Absicht, den Jungen in die Unterredung einzubeziehen, aber John Thomas hatte sich stillschweigend entfernt. Greenberg begab sich ins Hotel zurück. Er hatte nicht die leiseste Lust, unverrichteter Dinge in die Hauptstadt zurückzukehren, sagte sich aber, daß es sinnlos war, mit ihr zu streiten, bevor sie sich nicht beruhigt hatte.

Er ließ sich vom Taxifahrer auf dem Hoteldach absetzen, um Reportern aus dem Weg zu gehen, aber ein Mann wartete, mit einem Aufnahmegerät bewaffnet, auf ihn. »Einen kleinen Augenblick, Herr Beauftragter. Mein Name ist Hovey. Könnten Sie uns ein paar Worte zu der Erklärung des Staatssekretärs MacClure sagen?«

»Kein Kommentar.«

»Mit anderen Worten, Sie sind damit einverstanden?«

»Kein Kommentar.«

»Dann sind Sie also nicht einverstanden?«

»Kein Kommentar. Ich habe es eilig.« Das entsprach der Wahrheit; er wollte so schnell wie möglich telefonieren und herausfinden, was im Namen der blaustrahlenden Galaxien wirklich geschehen war.

»Eine Sekunde bitte. Westville hat eine mächtige Interessengruppe. Ich hätte gerne eine Geschichte, bevor das Hauptbüro die Großen hierher schickt, die mich beiseitedrängen.«

Greenbergs Spannung ließ ein wenig nach ... es hatte keinen Sinn, sich mit der Presse anzulegen, und der Bursche hatte einen Punkt gut; er wußte genau, wie es war, wenn einem eine Sache, die man selbst angefangen hatte, plötzlich von Einflußreicheren aus der Hand genommen wurde. »Also gut. Aber machen Sie's kurz; ich habe es wirklich eilig.« Er nahm die Zigaretten aus der Tasche. »Haben Sie Feuer?«

»Ja.« Sie zündeten sich eine Zigarette an, und Hovey fuhr fort: »Es geht das Gerücht, daß dieser Schlag des Unterstaatssekretärs nur ein Täuschungsmanöver ist, und daß Sie hierher gekommen sind, um den jungen Stuart zu holen und an die Hroshii auszuliefern. Wie steht es damit?«

»Kein Kom... Nein, schreiben Sie folgendes: Kein Bürger des Bündnisses ist je als Geisel an irgendeine Macht ausgeliefert worden, und das wird auch in Zukunft nicht geschehen.«

»Ist das amtlich?«

»Das ist amtlich«, erwiderte Greenberg fest.

»Warum sind Sie dann aber hier? Es heißt, Sie versuchen, den jungen Stuart und seine Mutter in die Hauptstadt zu bringen. Die Hauptstadt ist eine Enklave und damit rechtlich gesehen kein Teil des nordamerikanischen Bündnisses, nicht wahr? Wenn Sie ihn dorthin bringen, können ihn die örtlichen und nationalen Sicherheitskräfte nicht beschützen.«

Erbost schüttelte Greenberg den Kopf. »Jeder Bürger der Föderation genießt in der Enklave dieselben Rechte wie in seiner Heimat.«

»Warum wollen Sie ihn dort haben?«

Die Lüge ging Greenberg glatt über die Lippen. »John Thomas Stuart kennt das Wesen der Hroshii wie kein anderer Mensch. Wir brauchen seine Hilfe, um mit ihnen zu verhandeln.«

»Das ist einleuchtend. ›Junge aus Westville zu diplomatischen Verhandlungen herangezogen.‹ Wie klingt das als Überschrift?

»Nicht schlecht«, sagte Greenberg. »War das alles? Ich bin in Eile.«

»Sicher«, erwiderte Hovey. »Das kann ich auf ein paar tausend Worte ausdehnen. Danke, Herr Beauftragter. Auf Wiedersehen.«

Greenberg begab sich auf sein Zimmer und schloß sich ein, um das Ministerium anzurufen, aber das Summen des Apparats kam ihm zuvor. Chefinspektor Dreiser blickte ihm entgegen. »Herr Kommissar Greenberg ...«

»Hallo, wie geht's, Chefinspektor?«

»Ganz gut, danke. Aber, Mister Greenberg – Mrs. Stuart hat mich gerade angerufen.«

»Ja?« Greenberg verlangte es plötzlich nach einer dieser Pillen, die der Boß immer schluckte.

»Mister Greenberg, wir versuchen stets, mit den Herren von der Regierung zusammenzuarbeiten.«

»Ach?« entgegnete Greenberg. »War das Ihre Form von Zusammenarbeit, als Sie versuchten, die Hroshia Lummox zu töten, ohne die offizielle Zustimmung abzuwarten?«

Dreiser lief rot an. »Das war ein Fehler. Es hat nichts mit dem zu tun, was ich jetzt zu sagen habe.«

»Und das wäre?«

»Mrs. Stuarts Sohn ist verschwunden. Sie glaubt, daß er vielleicht bei Ihnen sein könnte.«

»So? Sie irrt sich. Ich weiß nicht, wo er ist.«

»Ist das wahr, Herr Beauftragter?«

»Chefinspektor, ich dulde nicht, daß Sie mich als Lügner bezeichnen.«

Unbeirrbar fuhr Dreiser fort: »Verzeihung. Aber ich

muß noch folgendes hinzufügen: Mrs. Stuart wünscht nicht, daß ihr Sohn die Stadt verläßt. Das hiesige Polizeipräsidium steht hundertprozentig hinter ihr.«

»Chefinspektor, wenn Sie glauben, daß ich etwas Ungesetzliches tue, dann fordere ich Sie auf, Ihre Pflicht zu tun.«

»Das werde ich, Sir. Darauf können Sie sich verlassen.«

Greenberg schaltete die Verbindung ab, schickte sich erneut an zu telefonieren und überlegte es sich dann anders. Wenn der Boß neue Anweisungen hatte, würde er sie schicken ... und Kiku verabscheute Außendienstmitarbeiter, die an Mamas Schürzenzipfel zurückeilten, wann immer etwas Unerwartetes geschah. Er mußte Mrs. Stuart umstimmen – oder sich hier zum Winterschlaf verkriechen.

Während er noch in Gedanken versunken war, summte das Telefon erneut; er nahm das Gespräch entgegen und sah sich Betty Sorenson gegenüber. Sie lächelte und sagte: »Hier ist Miss Smith.«

»Äh ... wie geht es Ihnen, Miss Smith?«

»Danke, gut. Aber sehr beschäftigt. Ich habe einen Klienten, Mister Brown. Er ist gezwungen, eine Reise zu unternehmen. Er möchte nun folgendes wissen: Er hat in der Stadt, die sein Reiseziel ist, einen Freund. Wird man ihm erlauben, seinen Freund zu sehen?«

Greenbergs Gedanken arbeiteten fieberhaft. Die anderen Hroshii würden Lummox abschirmen; vielleicht würde es für den Jungen gefährlich werden, wenn sie ihn dorthin gehen ließen, und er war sicher, daß das nicht in Mister Kikus Absicht lag.

Aber die Polizei konnte Vorsichtsmaßnahmen ergreifen! Die Hroshii waren schließlich keine Übermenschen. »Sagen Sie Mister Brown, daß er seinen Freund sehen wird.«

»Danke. Ach, Mister Jones, wo könnte Ihr Pilot uns an Bord nehmen?«

Greenberg zögerte. »Es wäre besser für Mister Brown, wenn er die Reise mit einer privaten Linie unternimmt. Einen Augenblick.« Er holte den Flugplan, der in den meisten Hotelzimmern ausgelegt war. »In ungefähr einer Stunde geht ein Schiff von Stateport aus. Könnten Sie es erreichen?«

»Aber ja. Aber ... nun, es ist eine Frage des Geldes.«

»Oh. Angenommen, ich gebe Ihnen ein persönliches Darlehen? Ihnen, nicht Mister Brown.«

Ihr Mund verzog sich zu einem Grinsen. »Das wäre reizend!«

»Haben Sie einen Vorschlag, wie ich es Ihnen zukommen lassen kann?«

Sie hatte einen Vorschlag – eine Milchbar in der Nähe der Central High School. Einige Minuten später saß er in der Bar und nippte an einem Schokoladen-Milch-Gebräu. Betty tauchte auf, er übergab ihr einen Umschlag, und sie verschwand sofort wieder. Er blieb noch so lange, bis er den Inhalt seines Glases nicht mehr ertragen konnte, dann begab er sich zum Hotel zurück.

Er wartete zwei Stunden und rief dann Mrs. Stuart an. »Ich habe soeben erfahren, daß Ihr Sohn aus freien Stücken zur Hauptstadt aufgebrochen ist.«

Er wartete, bis sie sich beruhigt hatte, dann fuhr er fort. »Mrs. Stuart, ich bin im Augenblick noch in Westville, fliege aber gleich in die Hauptstadt zurück. Möchten Sie mich begleiten? Mein Schiff ist schneller als die Verkehrsmaschinen.«

Eine halbe Stunde später waren sie auf dem Weg in die Hauptstadt.

Mister Kiku empfing zuerst John Thomas Stuart. Obgleich er alt genug war, sein Großvater zu sein, behandelte er ihn wie einen Ebenbürtigen, dankte ihm für sein Kommen und bot ihm Erfrischungen an. In knappen Worten erklärte er, daß Lummox sich weigerte, ohne John Thomas in seine Heimat zurückzukehren. »Für die Hroshii ist es von außerordentlicher Bedeutung, daß Lummox zurückkehrt. Für uns ist es aus ganz anderen Gründen wichtig.«

»Sie wollen damit sagen«, erklärte John Thomas unverblümt, »daß sie uns angreifen, wenn ich mich weigere? So steht es in den Zeitungen.«

Mister Kiku zögerte kurz. »Vielleicht. Aber das ist nicht der Grund, warum ich mich mit Ihnen berate. Ich bezweifle, daß die Hroshii irgend etwas unternehmen würden, dem sich Ihr Freund Lummox widersetzt – und das würde Lummox tun, davon bin ich überzeugt, wenn es etwas ist, das Sie in Gefahr bringen würde, wie beispielsweise ein Angriff auf diesen Planeten.«

»Oh, dessen bin ich sicher, wenn Lummox etwas zu sagen hat. Aber warum sollten sie auf ihn hören? Ist er von königlicher Herkunft oder so?«

»Vielleicht ist ›königlich‹ das richtige Wort, da wir ihre Sitten nicht kennen. Jedenfalls sind Lummoxs Wünsche wichtig.«

Verwundert schüttelte John Thomas den Kopf. »Das kommt mir komisch vor. So, wie ich ihn immer herumkommandiert habe.«

»In jedem Fall bitte ich Sie nicht darum, uns vor einem möglichen Krieg zu bewahren. Ich denke an die positiven Folgen, nicht die negativen. Wir möchten freundschaftliche Beziehungen zu diesen Leuten herstellen. Ich habe Sie hierher gebeten, um herauszufinden, was Sie selbst wollen. Wenn ich es Ihnen ermöglichen würde, Lummox zu seinem Heimatplaneten zu begleiten – er heißt übrigens Hroshijud –, wie würde Ihre Antwort lauten? Denken Sie darüber nach, Sie brauchen nicht sofort zu antworten.«

John Thomas schluckte. »Darüber brauche ich nicht nachzudenken. Ich würde natürlich mitgehen.«

»Überstürzen Sie es nicht.«

»Ich überstürze nichts. Lummie wird mich brauchen. Er fühlt sich unter Fremden nicht wohl. Außerdem will er, daß ich mitkomme. Sie glauben doch nicht, daß ich ihn im Stich lassen würde, oder?«

»Nein. Aber das ist eine schwerwiegende Entscheidung. Sie werden fast tausend Lichtjahre von zu Hause fort sein.«

John Thomas zuckte die Achseln. »Mein Großvater war dort. Warum sollte ich nicht auch hingehen?«

»Hmm ... ja. Ich vergesse immer wieder, von welchen Vorfahren Sie abstammen. Aber würde es Sie nicht interessieren zu erfahren, welche Menschen Sie begleiten? Oder ob überhaupt andere Menschen mitgehen?«

»Wie?« John Thomas dachte kurz nach. »Ach, diese Einzelheiten ergeben sich von selbst. Das ist nicht mein Problem.«

»Wir werden uns damit befassen«, entgegnete Mister Kiku. Er erhob sich. »Vielen Dank, daß Sie gekommen sind.«

»Gern geschehen, Sir. Äh ... wann kann ich Lummox sehen?«

Mister Kiku verzog den Mund. »Nicht sofort; ich muß vorher noch einiges regeln. Bis dahin amüsieren Sie sich. Ich werde Ihnen einen Mann schicken, der Sie begleitet und Ihre Ausgaben deckt. Er wird Ihnen auch als Leibwächter dienen.«

»Ein Leibwächter? Wozu? Ich bin erwachsen.«

»Das sind Sie. Aber wenn kein anderer Grund besteht, dann darum, weil ich nicht möchte, daß Sie mit Reportern reden. Macht es Ihnen etwas aus? Ich kann es Ihnen nicht verbieten.«

»Aber nein, Mister Kiku ... wenn es der Sache nützt.«

»Das wird es.«

Mister Kiku hatte John Thomas an seinem Schreibtisch empfangen; Mrs. Stuart bat er in einen protzigen Raum ohne Konferenztisch, der von feinsinnigen Psychologen eigens zu dem Zweck entworfen worden war, Besucher zu beeindrucken. Mister Kiku wußte, daß ihm schwere Zeiten bevorstanden.

Er hielt sie sich mit Tee und Höflichkeiten fern und überhäufte sie mit Allgemeinplätzen. »Sehr freundlich, Madam, daß Sie gekommen sind. Zucker? Zitrone?«

»Nein, keins von beiden. Mister Kiku, ich muß zuerst klarstellen, daß ...«

»Probieren Sie diese kleinen Plätzchen. Hat Mister Greenberg Sie gut untergebracht?«

»Wie? Oh, ja, eine hübsche Suite mit Blick auf die Himmelsgärten. Aber, Mister Kiku ...«

»Es tut mir leid, daß ich Sie zu mir bitten mußte, aber ich bin ein Gefangener meines Berufs. Verstehen Sie das?« In einer Geste der Hilflosigkeit breitete er die Arme aus. »Manchmal kann ich die Hauptstadt nicht verlassen.«

»Das ist sicher verständlich. Aber ...«

»Ich weiß Ihre Freundlichkeit zu schätzen. Sie müssen so lange bleiben, wie es Ihnen gefällt, als Gast der Regierung, versteht sich. Die Hauptstadt ist wirklich einen Besuch wert, auch wenn man sie häufig sieht ... wie es bei Ihnen ohne Zweifel der Fall ist. Ich habe gehört, daß man auch ausgezeichnet einkaufen kann.«

»Nein, um ehrlich zu sein, habe ich sie noch nie zuvor gesehen. Einige der Geschäfte sehen verlockend aus.«

»Dann genießen Sie Ihren Aufenthalt hier. Es gibt keinen Grund, das Geschäftliche nicht mit dem Angenehmen zu verbinden. Was uns zum Thema bringt. Ich habe mich mit Ihrem Sohn unterhalten.«

»Mister Kiku ...«

»Vergeben Sie mir, ich werde es kurz machen. Wir schicken einen umfangreichen kulturellen und wissenschaftlichen Stab zum Heimatplaneten der Hroshii. Ich möchte Ihren Sohn als Sondermitarbeiter entsenden. Er hat sich einverstanden erklärt.« Er wartete auf einen Wutausbruch.

»Vollkommen undenkbar! Ganz außer Frage!«

»Warum, Mrs. Stuart?«

»Mister Kiku, was sind Sie für eine unmenschliche Bestie? Ich weiß, was Sie im Sinn haben ... Sie haben die Absicht, meinen Sohn, meinen einzigen Sohn, diesen Ungeheuern als Geisel auszuliefern. Unaussprechlich!«

Er schüttelte den Kopf. »Madam, Sie sind von einer wirren Zeitungsgeschichte irregeführt worden. Haben Sie den darauffolgenden Bericht gelesen? Die Rede des Staatssekretärs vor dem Kabinett?«

»Nein, aber ...«

»Ich werde Ihnen eine Kopie besorgen. Darin wird erklärt, wie dieser Unsinn in die Zeitungen geraten konnte. Er bestätigt auch die seit langem bewährte Politik der Föderation. ›Alle für Einen‹ ... gegen die gesamte Galaxie, wenn nötig. In diesem Fall ist Ihr Sohn dieser ›Eine‹; hinter ihm stehen viele Planeten. Aber das Problem wird sich gar nicht erst erheben; Ihr Sohn schließt sich einer friedlichen Mission zu einem uns freundlich gesonnenen Volk an. Er wird dazu beitragen, die kulturelle Brücke zwischen zwei zivilisierten, aber sehr verschiedenen Rassen zu schlagen.«

»Hmm! In der Zeitung steht, daß diese Hroshii gefordert haben, daß Sie meinen Sohn ausliefern. Erklären Sie mir *das*, wenn Sie können!«

»Übersetzungsschwierigkeiten. Sie fragten namentlich nach Ihrem Sohn, aber um der Hroshia willen, die jahrelang ein Mitglied Ihres Haushalts war, nämlich Lummox. Weil Lummox Ihrem Sohn tief verbunden ist. Die Freundschaft zwischen diesen beiden, die sich über Gestalt und Art, Herkunft und Geist hinweggesetzt, ist eines der größten Geschenke, die unserer Rasse zuteil wurden, seit unser Volk zum ersten Mal entdeckte, daß wir nicht die einzigen Erben des Allmächtigen sind. Dieser glückliche Umstand wird uns helfen, mit einem Satz einen Abgrund der Mißverständnisse zu überwinden, der andernfalls nur durch Jahre der Enttäuschungen und tragischen Fehler überbrückt werden könnte.« Er zögerte. »Man ist versucht, sie als Kinder des Schicksals zu betrachten.«

Barsch gab Mrs. Stuart zurück: »Schicksal? Blödsinn!«

»Sind Sie da so sicher, Madam?«

»Eines weiß ich jedenfalls sicher: Mein Sohn fliegt

nicht nach Jenseits von Nichts. In einer Woche beginnt er mit dem College, und genau da gehört er hin.«

»Ist es seine Erziehung, die Ihnen Sorgen macht? Madam?«

»Aber natürlich. Ich möchte, daß er eine gute Erziehung erhält. Sein Vater hat zu diesem Zweck eine Stiftung gegründet; ich habe die Absicht, seine Wünsche auszuführen.«

»In diesem Punkt kann ich Sie beruhigen. Zusätzlich zur Botschaft werden wir eine kulturelle, eine wissenschaftliche und eine Handelsmission entsenden, darüber hinaus etliche Spezialisten, die alle führende Köpfe auf ihrem Gebiet sind. Kein College könnte Ihnen eine solche Anhäufung von fähigen Leuten bieten; selbst das angesehenste Lehrinstitut würde Mühe haben, Schritt zu halten. Ihr Sohn wird Unterricht erhalten, nicht gelegentlich, sondern systematisch. Wenn er einen akademischen Grad verdient, wird er ihm vom wissenschaftlichen Außeninstitut verliehen.« Er lächelte. »Sind Sie damit zufrieden?«

»Ach was, ich habe noch nie so etwas Albernes gehört. Und außerdem ist das Institut kein College.«

»Es kann einen akademischen Grad verleihen. Und wenn nicht, werden wir ihm die Ermächtigung erteilen. Aber akademische Grade sind unwichtig, Madam. Tatsache ist, daß Ihr Sohn eine unvergleichlich bessere Erziehung genießen wird. Ich habe gehört, daß er den Wunsch hat, Fremdartenbiologie zu studieren. Nun, er wird dazu nicht nur die besten Lehrer erhalten, sondern darüber hinaus wird ihm ein neues bewegliches Laboratorium zur Verfügung stehen, und er kann an der Forschungsarbeit teilnehmen. Wir wissen wenig von den Hroshii; er wird an der Frontlinie der Wissenschaft arbeiten.«

»Er wird *nicht* Fremdartenbilogie studieren.«

»Aber er hat Mister Greenberg erzählt, daß das seine Absicht sei.«

»Oh, diese Albernheit hat er sich in den Kopf gesetzt, aber ich werde es nicht dulden. Er wird einen soliden Beruf erlernen – Jurisprudenz wahrscheinlich.«

Mister Kiku zog die Brauen hoch. »Bitte, Mrs. Stuart«, sagte er beschwörend. »Nur das nicht. Ich bin Rechtswissenschaftler – er könnte so enden wie ich.«

Sie warf ihm einen durchdringenden Blick zu. Er fuhr fort: »Können Sie mir sagen, warum Sie die Absicht haben, seine Pläne zu durchkreuzen?«

»Aber ich ... Nein, ich sehe keine Veranlassung, Ihnen das zu sagen. Mister Kiku, diese Unterredung ist zwecklos.«

»Ich hoffe nicht, Madam. Darf ich Ihnen eine Geschichte erzählen?« Ihre Einwilligung voraussetzend, fuhr er fort: »Diese Hroshii sind sehr verschieden von uns. Was uns selbstverständlich erscheint, ist ihnen fremd, und umgekehrt. Wir scheinen nur eines gemeinsam zu haben, daß wir nämlich intelligente Rassen sind.

Uns erscheinen sie unfreundlich, so fremd, daß ich daran verzweifeln würde, wenn nicht eine Sache wäre. Ahnen Sie, was das ist?«

»Nein, ich habe keine Ahnung.«

»Ihr Sohn und Lummox! Sie beweisen, daß es eine gemeinsame Grundlage gibt, wenn wir uns nur um sie bemühen. Aber ich schweife vom Thema ab. Vor mehr als hundert Jahren begegnete eine junge Hroshia einem freundlichen Fremden und ging mit ihm. Sie kennen unseren Teil dieser Geschichte. Lassen Sie mich Ihnen die andere Seite erzählen, die ich mit Hilfe eines Dolmetschers und unserer Fremdartenwissenschaftler erfahren habe. Diese kleine Hroshia war von ungeheurer Bedeutung für sie; sie bemühten sich verzweifelt, sie wiederzufinden. Ihre Denkmuster unterscheiden sich von unseren; sie unterscheiden sechs Zweige einer genetischen Ordnung, die wir noch lange nicht verstehen werden.

Diese kleine Hroshia hatte innerhalb dieses Gefüges eine Rolle zu spielen, die bereits vor zweitausend Jahren, etwa zur Zeit Christi, festgelegt wurde. Und sie stellt eine notwendige Verbindung in einem größeren Zusammenhang dar, die Formung einer Rasse, die, wie man mir sagte, seit achtunddreißigtausend Jahren nach unserer Zeitrechnung besteht. Können Sie das begreifen, Mrs. Stuart? Ich finde es schwierig.

Ein Plan, der zurückgeht auf die Zeit, als hier die Cro-Magnon-Rasse mit den Neanderthalern um den Planeten feilschte ... aber vielleicht hängt meine Schwierigkeit mit der Tatsache zusammen, daß wir die kurzlebigste intelligente Rasse sind, die uns bisher bekannt ist.

Was würden wir tun, wenn ein Kind seit mehr als einem Jahrhundert verschwunden wäre? Wir brauchen kein Wort darüber zu verlieren – es ähnelt in keiner Weise dem, was die Hroshii getan haben. Sie machten sich keine großen Sorgen um ihr Wohlergehen; sie hielten sie nicht für tot ... lediglich am falschen Ort. Sie sterben nicht leicht. Sie können nicht einmal verhungern. Vielleicht haben Sie schon einmal von Flachwürmern gehört? Euplanaria?«

»Ich habe mich nie für Fremdartenbiologie interessiert, Mister Kiku.«

»Ich habe denselben Fehler begangen, Mrs. Stuart. Ich habe gefragt: ›Von welchem Planeten stammen sie?‹ Euplanaria sind mit uns verwandt; es gibt wesentlich mehr Flachwürmer auf der Erde als Menschen. Aber sie haben etwas mit den Hroshii gemein; ihre Nachkommen wachsen, wenn sie Nahrung erhalten, und schrumpfen, wenn sie hungern ... und sie scheinen unsterblich zu sein, von wenigen Ausnahmen abgesehen. Ich hatte mich gefragt, warum Lummox soviel größer ist als die anderen Hroshii. Kein Geheimnis ... Sie haben Lummox zu gut gefüttert.«

»Das habe ich John Thomas immer wieder gesagt!«

»Es ist nichts passiert. Sie schrumpfen bereits wieder. Die Hroshii waren, wie es schient, nicht erbost über den Diebstahl oder die Entführung Ihres Nachkömmlings. Sie kannten sie – eine lebhafte, abenteuerliche Veranlagung war ein Teil ihres Wesens, das in sie gelegt worden war. Aber sie wollten sie zurückhaben, und sie suchten Jahr um Jahr nach ihr, indem sie dem einzigen Hinweis folgten, den sie hatten, daß sie nämlich mit einer bestimmten Gruppe von Besuchern aus dem All gegangen sein mußte; sie wußten, wie diese Besucher aussahen, hatten aber keine Ahnung, aus welchem Teil des Himmels sie stammten.

Uns hätte das mutlos gemacht ... aber nicht sie. Ich habe den unbestimmten Eindruck, daß ihnen das Jahrhundert, das sie verbrachten, indem sie Gerüchten nachjagten, Fragen stellten und fremde Planeten überprüften, etwa so vorkam wie uns ein paar Monate. Schließlich fanden sie sie. Auch dann waren sie weder dankbar noch zornig; wir zählten für sie überhaupt nicht.

Bei diesem einen Zusammentreffen mit den edlen

Hroshii wäre es vielleicht geblieben, hätte sich nicht inzwischen eine Bindung entwickelt; die Hroshia, inzwischen zu beachtlicher Größe herangewachsen, aber noch immer sehr jung, weigerte sich, ohne ihren monströsen Freund – ich spreche vom Standpunkt der Hroshii aus – in ihre Heimat zurückzukehren. Das war schrecklich für sie, aber sie hatten keine Möglichkeit, sie zu zwingen. Ich bitte Sie, sich vorzustellen, wie bitter ihre Enttäuschung gewesen sein muß ... eine Verbindung, deren Plan gelegt wurde, als Julius Caesar gegen die Gallier kämpfte, der Gegenpart jetzt herangereift und bereit ... und Lummox weigert sich, nach Hause zurückzukehren. Sie zeigte sich nicht an ihrer Bestimmung interessiert ... vergessen Sie nicht, sie ist sehr jung; auch unsere Kinder entwickeln nicht sehr früh ein soziales Verantwortungsgefühl. Jedenfalls will sie sich ohne John Thomas Stuart nicht von der Stelle rühren.« Er breitete die Arme aus. »Verstehen Sie die unangenehme Lage, in der sie sich befinden?«

Mrs. Stuart preßte die Lippen zusammen. Dann sagte sie: »Es tut mir leid, aber das ist nicht mein Problem.«

»Das ist wahr. Das einfachste wird wahrscheinlich sein, Lummox nach Hause gehen zu lassen ... zu Ihnen nach Hause, meine ich ... und ...«

»Wie bitte? Oh, nein!«

»Madam?«

»Sie können die Bestie nicht zurückschicken. Ich werde es nicht dulden.«

Mister Kiku strich sich übers Kinn. »Das verstehe ich nicht, Madam. Es ist Lummoxs Heim; die Hroshia ist dort schon wesentlich länger zu Hause als Sie, ungefähr fünfmal solange, glaube ich. Wenn ich mich recht erinnere, ist sie nicht Ihr Besitz, sondern sie gehört Ihrem Sohn. Habe ich recht?«

»Das hat nichts damit zu tun! Sie *können* mir diese Bestie nicht auf den Hals laden.«

»Ein Gericht würde entscheiden, daß das Sache Ihres Sohnes ist. Aber warum es auf einen Streit ankommen lassen? Ich versuche, herauszufinden, warum Sie sich so heftig gegen etwas zur Wehr setzen, das offensichtlich zum Vorteil Ihres Sohnes ist.«

Eine Weile saß sie schweigend da, und ihr Atem ging schwer. Schließlich sagte sie: »Mister Kiku, ich habe meinen Mann im Raum verloren, ich werde nicht zulassen, daß mein Sohn seinem Beispiel folgt. Ich werde dafür sorgen, daß er auf der Erde bleibt.«

Er schüttelte traurig den Kopf. »Mrs. Stuart, Söhne sind von Anfang an verloren.«

Sie zog ein Taschentuch hervor und trocknete sich die Augen. »Ich kann ihn nicht ins All fliegen lassen ... er ist noch ein kleiner Junge!«

»Er ist ein Mann, Mrs. Stuart. Es sind schon jüngere Männer in der Schlacht gestorben.«

»Glauben Sie, daß das einen Mann ausmacht?«

»Ich kenne keinen besseren Maßstab.«

Er fuhr fort: »Ich nenne meine Assistenten ›Jungen‹, weil ich ein alter Mann bin. Sie halten Ihren Sohn für ein Kind, weil Sie im Vergleich zu ihm alt sind. Verzeihen Sie mir. Aber die Annahme, daß ein Junge erst an einem bestimmten Geburstag zum Mann wird, ist eine bloße Gesetzesbestimmung. Ihr Sohn ist ein Mann; Sie haben kein Recht, ihn wie ein Kleinkind zu behandeln?«

»Wie können Sie eine solche Gemeinheit sagen? Das

ist nicht wahr. Ich versuche lediglich, ihm zu helfen und ihn zu leiten.«

Mister Kiku lächelte finster. »Madam, die verbreitetste Schwäche unserer Rasse besteht in der Fähigkeit, unsere eigennützigsten Handlungen vernünftig zu erklären. Ich wiederhole, Sie haben kein Recht, ihn in Ihre Form zu zwingen.«

»Ich habe mehr Recht dazu als Sie! Ich bin seine Mutter.«

»Ist ›Eltern‹ gleichbedeutend mit ›Besitzer‹? Unwichtig, zwischen uns liegen Welten; Sie versuchen, seine Ziele zu verhindern, ich versuche, ihm zu helfen, daß er sein Leben nach seinen eigenen Vorstellungen gestaltet.«

»Aus den niedrigsten Beweggründen heraus.«

»Meine Beweggründe stehen ebensowenig wie die Ihren zur Debatte.« Er erhob sich. »Wie Sie bereits sagten, scheint es sinnlos, die Unterhaltung fortzusetzen. Es tut mir leid.«

»Ich werde ihn nicht gehen lassen! Er ist immer noch minderjährig ... ich habe Rechte.«

»Beschränkte Rechte, Madam. Er kann sich von Ihnen scheiden lassen.«

Sie schnappte nach Luft. »Das würde er mir nicht antun! Seiner eigenen Mutter!«

»Vielleicht. Unsere Kindergerichte haben in der Frage der elterlichen Willkür lange Zeit einen unklaren Standpunkt eingenommen; Zwang in der Auswahl des Berufes ist gewöhnlich ein klarer Fall. Mrs. Stuart, am besten fügen Sie sich mit Würde in das Unvermeidliche. Stellen Sie sich seinen Wünschen nicht zu unbeugsam in den Weg, sonst verlieren Sie ihn völlig. Er wird gehen.«

Undiplomatische Beziehungen

Mit flauem Gefühl im Magen kehrte Mister Kiku in sein Büro zurück, aber er hielt sich nicht damit auf, etwas dagegen zu unternehmen. Statt dessen beugte er sich über den Schreibtisch und sagte: »Sergei. Kommen Sie herein.«

Greenberg trat ein und legte zwei Tonbandspulen auf den Tisch. »Ich bin froh, daß ich sie loswerde. Huu!«

»Löschen Sie sie, bitte. Und dann vergessen Sie, daß Sie sie je gehört haben.«

»Mit Vergnügen.« Greenberg ließ sie in eine Öffnung fallen. »Jesus, Boß, hätten Sie ihm nicht ein Betäubungsmittel verpassen können?«

»Leider nein.«

»Wes Robbins ist ganz schön grob mit ihm umgesprungen. Ich habe mich gefühlt wie ein Schlüssellochgucker. Warum wollten Sie, daß ich sie mir anhöre? Ich habe mit diesem ganzen Schlamassel nichts zu tun. Oder doch?«

»Nein. Aber eines Tages werden Sie wissen müssen, wie so etwas gemacht wird.«

»Hmmm ... Boß ... hatten Sie insgeheim die Absicht, es dabei bewenden zu lassen, als er Sie entließ?«

»Stellen Sie keine dummen Fragen.«

»Verzeihung. Wie sind Sie mit der harten Nuß zurecht gekommen?«

»Sie will ihn nicht gehen lassen.«

»Ja und?«

»Und er geht doch.«

»Sie wird die gesamte Presse zusammenschreien.«

»Dann soll sie.« Mister Kiku beugte sich über seinen Schreibtisch. »Wes?«

»Mister Robbins ist zur Beerdigung des Außenministers der Venus gefahren«, verkündete eine weibliche Stimme. »Er begleitet den Staatssekretär.«

»Ah, ja. Bitten Sie ihn, zu mir zu kommen, wenn er wieder da ist.«

»Ja, Mister Kiku.«

»Danke, Shizuko.« Der Unterstaatssekretär wandte sich wieder Greenberg zu. »Sergei, als Sie zu dieser Sache abgeordnet wurden, ist Ihre Ernennung zum Sonderbotschafter erster Klasse rechtsgültig geworden.«

»Tatsächlich?«

»Ja. Sie werden die Ernennungsurkunde demnächst erhalten. Sie werden jetzt zum leitenden Diplomaten auf Lebenszeit ernannt. Ich werde Ihre erste Ernennung noch neunzig Tage lang aufrechterhalten, damit einige Leute Zeit haben, ihre Fassung wiederzugewinnen.«

Greenberg sagte mit unbewegtem Gesicht: »Schön. Aber warum? Weil ich mir die Zähne regelmäßig putze? Oder weil meine Aktenmappe immer so glänzend poliert ist?«

»Sie gehen als Abgeordneter und Leiter der diplomatischen Mission nach Hroshijud. Mister MacClud wird zum Botschafter ernannt, aber ich bezweifle, daß er die Sprache lernen wird ... womit die Last der Verhandlungen mit ihnen natürlich auf Ihren Schultern liegt. Sie müssen sich also sofort eine leidliche Kenntnis ihrer Sprache aneignen. Können Sie mir folgen?«

Im Geiste übersetzte Greenberg das Gesagte folgendermaßen: MacClure wird durch Sie mit ihnen reden müssen, was ihn bei der Stange hält. »Ja«, antwortete er nachdenklich, »aber was ist mit Dr. Ftaeml? Der Botschafter wird ihn als Dolmetscher eher in Anspruch nehmen als mich.« Und insgeheim fügte er hinzu: Boß, das können Sie mir nicht antun. MacClure kann mich mit Ftaemls Hilfe übergehen … und dann sitze ich da, neunhundert Lichtjahre von der Erde entfernt.

»Tut mir leid«, entgegnete Kiku, »aber ich kann Ftaeml nicht entbehren. Ich werde ihn hierbehalten, damit er für die Botschaft der Hroshii dolmetscht, die sie hier auf der Erde errichten werden. Er hat den Job angenommen.«

Greenberg runzelte die Stirn. »Dann werde ich anfangen, ihn ein wenig auszuhorchen; ich habe bereits ein paar Brocken Hroshija aufgeschnappt … man bekommt eine rauhe Kehle davon. Aber wann haben sie sich mit all dem einverstanden erklärt? Habe ich irgend etwas verschlafen? Während ich in Westville war?«

»Sie haben noch nicht zugestimmt. Aber sie werden es tun.«

»Ich bewundere Ihr Vertrauen, Boß. Auf mich machen Sie einen ebenso sturköpfigen Eindruck wie Mrs. Stuart. Da wir gerade dabei sind, ich habe mit Ftaeml geredet, während Sie sich mit ihr herumgestritten haben. Er sagt, daß sie wegen des Jungen immer stärker drängen. Jetzt, da Sie wissen, daß er geht, sollten wir sie da nicht ein wenig beruhigen? Ftaeml ist nervös. Er sagt, das einzige, das sie davon abhält, ernst zu machen, ist der Widerspruch unseres alten Freundes Lummox.«

»Nein«, entgegnete Kiku. »Wir sagen es ihnen

nicht. Wir sagen es auch Ftaeml nicht. Ich möchte seine Befürchtungen nicht zerstreuen.«

Greenberg kaute nachdenklich auf dem Knöchel. »Boß«, sagte er langsam. »Fordern wir damit nicht Schwierigkeiten heraus? Oder haben Sie einen Hinweis darauf, daß sie nicht so mächtig sind, wie sie behaupten? Wenn es zu einem Schlagabtausch kommt, können wir sie besiegen?«

»Das bezweifle ich ernsthaft. Aber der junge Stuart ist meine Trumpfkarte.«

»Das dachte ich mir. Weit davon entfernt, Sie-wissen-schon-wen zu zitieren ... aber wenn die Gefahr so groß ist, hat das Volk dann nicht ein Recht darauf, informiert zu werden?«

»Ja. Aber wir können es nicht an die Öffentlichkeit bringen.«

»Wie soll ich das nun wieder verstehen?«

Mister Kiku runzelte die Stirn. »Sergei«, sagte er langsam, »diese Gesellschaft war ständig bedroht, seit die erste Rakete unseren Mond erreicht hat. Seit drei Jahrhunderten stoßen Wissenschaftler, Techniker und Forscher immer wieder in neue Gefahren und Herausforderungen vor; jedesmal mußten die Leute am politischen Ruder alle Kraft zusammennehmen, damit nicht die ganze Sache auseinanderbrach. Wie ein Jongleur, der zu viele Bälle in der Luft hat. Es ist unvermeidlich.

Und doch ist es uns gelungen, eine notdürftig funktionierende republikanische Regierungsform und demokratische Sitten aufrechtzuerhalten. Darauf können wir stolz sein. Aber es ist keine wahre Demokratie und kann es auch nicht sein. Ich begreife es als unsere Pflicht, diese Gesellschaft zusammenzuhalten, während sie sich in eine fremde und bedrohliche Welt einfügt. Es wäre angenehm, jedes Problem zu diskutieren, darüber abstimmen zu lassen und die Wahl zu widerrufen, wenn sich das öffentliche Urteil als falsch erweist. Aber es ist nicht so leicht. Viel häufiger sind wir wie Flugkapitäne in einer Notlage auf Leben und Tod. Ist es die Pflicht des Kapitäns, Palaver mit den Fluggästen abzuhalten? Oder ist es seine Aufgabe, sie mit Hilfe seiner Fähigkeiten und Erfahrungen sicher nach Hause zu bringen?«

»Aus Ihrem Mund klingt es überzeugend, Boß. Ich frage mich, ob Sie recht haben.«

»Das frage ich mich auch.« Mister Kiku fuhr fort: »Ich hatte die Absicht, die Konferenz mit den Hroshii morgen früh anzusetzen.«

»In Ordnung. Ich werde Dr. Ftaeml Bescheid sagen. Sie müßten noch eine Nacht stillhalten.«

»Aber da sie ungeduldig sind, werden wir die Konferenz auf übermorgen verschieben, damit sie noch ungeduldiger werden.« Kiku dachte eine Weile nach, dann fuhr er fort: »Dr. Ftaeml soll ihnen folgendes sagen: Unsere Sitten erfordern es, daß eine Partei, die zu verhandeln wünscht, vorher Geschenke schicken. Er soll ihnen sagen, daß der Wert der Geschenke ein Maßstab für die Wichtigkeit des Gegenstandes ist, über den verhandelt wird; ein zu armseliges Geschenk wird uns gegen ihr Anliegen voreinnehmen.«

Greenberg runzelte die Stirn. »Sie haben irgendeinen Schwindel im Sinn, aber ich verstehe es nicht. Ftaeml weiß, daß unsere Sitten nichts dergleichen verlangen.«

»Können Sie ihn davon überzeugen, daß das eine Sitte ist, die er noch nicht kennengelernt hat? Oder können Sie ihn ins Vertrauen ziehen? Ich weiß, daß seine Gefühle zwiespältig sind: Seine Loyalität gehört seinen Auftraggebern, aber er scheint uns mehr Sympathie entgegenzubringen.«

»Ich würde lieber nicht versuchen, ihn hinters Licht zu führen. Aber einen Rargyllier dazu zu bringen, daß er lügt, wenn er in offiziellem Auftrag dolmetscht ... ich bezweifle, daß er dazu in der Lage ist.«

»Dann formulieren Sie es so, daß es keine Lüge ist. Sagen Sie ihm, es sei eine sehr alte Sitte ... was ja auch stimmt ... und daß sie nur in sehr wichtigen Angelegenheiten angewendet wird. Lassen Sie ihn Ihre Absichten wissen und eine gleichbedeutende Übersetzung finden.«

»Es könnte gehen. Aber warum, Boß? Nur, um uns ein wenig aufzuplustern?«

»Genau. Wir verhandeln von einem schwachen Standpunkt aus; es ist unbedingt notwendig, daß wir einen Vorteil gewinnen. Ich hege die Hoffnung, daß die Bedeutung eines Bittstellers, der Geschenke bringt so allgemein verständlich ist, wie es sich uns bisher erwiesen hat.«

Nach einer Weile fügte Kiku hinzu: »Fangen Sie an, Ihre Mannschaft zusammenzustellen. Ich möchte morgen eine Liste sehen.«

Greenberg seufzte: »Ich hatte eigentlich die Absicht, früh nach Hause zu gehen.«

»Darauf können Sie sich in diesem Geschäft nie verlassen. Ach ja ... sobald die Konferenz vorüber ist, schicken Sie einen guten Mann ... Peters vielleicht ... zu ihrem Schiff hinauf. Er soll prüfen, welche Veränderungen für menschliche Passagiere notwendig sind. Dann werden wir den Hroshii mitteilen, was wir brauchen.«

»Langsam, Boß. Ich würde eines unserer eigenen Schiffe vorziehen. Woher wissen Sie, ob sie Platz für uns haben?«

»Unser Schiff wird nachfolgen. Aber die Hroshia Lummox fliegt mit ihnen, und der junge Stuart mit Lummox, darum wird auch die Mission dieses Schiff nehmen, damit der Junge sich in Begleitung von Menschen befindet.«

»Ich verstehe. Verzeihung.«

»Außerdem wird Platz genug sein. Sie werden zur gleichen Zeit ihre Mission hier zurücklassen … ansonsten geht keiner. Einhundert Hroshii, um eine Zahl zu nennen, werden sicherlich genügend Raum freimachen für hundert von unserer Sorte.«

»Mit anderen Worten, Boß«, sagte Greenberg leise, »Sie bestehen auf Geiseln.«

»Geiseln«, erwiderte Mister Kiku abweisend, »ist ein Wort, das kein Diplomat je in den Mund nehmen sollte.« Er wandte sich wieder seinem Schreibtisch zu.

Für die Konferenz war der große Saal im Erdgeschoß des Ministeriums ausgewählt worden, weil dort die Türen groß genug und der Boden sehr stabil war. Vielleicht wäre es sicherer gewesen, sie am Raumhafen abzuhalten, worauf Dr. Ftaeml drängte, aber Mister Kiku bestand aus Gründen des Protokolls darauf, daß die Hroshii zu ihm kommen sollten.

Die Geschenke wurden ihnen vorausgeschickt.

Sie wurden auf beiden Seiten des großen Saales aufgereiht und waren verschwenderisch in der Zahl; ihr Wert war noch unbekannt. Die Fremdartenforscher waren so gespannt wie ein Kind vor seinem Geburtstagsgeschenk, aber Mister Kiku hatte sie angewiesen, ihre Ungeduld zu zügeln, bis die Konferenz beendet war.

Als die Delegation der Hroshii den Saal betrat, gesellte sich Greenberg zu Mister Kiku, der im Ruheraum hinter der Rednerbühne wartete. Greenbergs Miene war besorgt. »Das gefällt mir nicht, Boß.«

Kiku hob den Kopf. »Was gefällt Ihnen nicht?«

Greenberg warf einen Blick auf die anderen Anwesenden – Mister MacClure und ein Double für den Minister. Das Double, ein sehr talentierter Schauspieler, nickte und machte sich wieder daran, die Rede durchzulesen, die er zu halten hatte, aber MacClure sagte scharf: »Was ist los, Greenberg? Führen diese Teufel etwas im Schilde?«

»Ich hoffe nicht.« Greenberg wandte sich an Kiku: »Ich habe die Anordnung aus der Luft überprüft. Sieht gut aus. Der Sonnenboulevard ist von hier bis zum Raumhafen abgesperrt, und auf beiden Seiten ist genug Platz für eine kleine Schlacht. Dann habe ich mich an die Spitze ihrer Truppe geheftet, als sie den Raumhafen verließen, und bin über ihnen her geflogen. Sie ließen jede Viertelmeile einen Trupp ihrer Leute zurück und stellten an jedem wichtigen Punkt irgendwelches Gerät auf. Vielleicht sind es nur Kommunikationsverbindungen zu ihrem Schiff. Aber ich bezweifle es. Ich glaube, daß es Waffen sind.«

»Das glaube ich auch«, pflichtete ihm Kiku bei.

Besorgt mischte sich der Staatssekretär ein: »Hören Sie, Mister Kiku ...«

»Bitte, Mister MacClure. Sergei, der Generalstabskommandant hat bereits darüber Bericht erstattet. Ich habe dem Minister mitgeteilt, daß wir keinen Schritt unternehmen sollten, es sei denn, sie versuchen, unsere Absperrungen zu durchbrechen.«

»Wir können eine Menge Leute verlieren.«

»Das ist wahr. Aber was würden *Sie* tun, Sergei, wenn Sie in das Lager von Fremden zum Palaver gerufen werden? Ihnen vollkommen vertrauen? Oder würden Sie versuchen, Ihren Rückzug zu sichern?«

»Hmm ... ja, Sie haben recht.«

»Ich betrachte das als das vielversprechendste Zeichen, das wir bisher überhaupt erhalten haben. Wenn das Waffen sind, was wir annehmen, dann heißt das, daß sie uns nicht für vollkommen ungefährliche Gegner halten. Man stellt schließlich keine schwere Artillerie gegen Mäuse auf.« Er blickte in die Runde. »Wollen wir gehen? Ich glaube, wir haben sie lange genug schmoren lassen. Fertig, Arthur?«

»Ja.« Das Minister-Double warf sein Manuskript beiseite. »Dieser Knabe Robbins weiß, wie man eine Rede schreibt. Er packt die Sätze nicht mit Zischlauten voll, daß ich die ersten fünf Reihen naßsprühe.«

»Gut.« Sie betraten den Saal, der Schauspieler voran, gefolgt vom Staatssekretär, darauf der geschäftsführende Unterstaatssekretär und schließlich sein Assistent.

Von der großen Gruppe von Hroshii, die den Raumhafen verlassen hatte, waren nur ein Dutzend in dem Saal eingetroffen, aber auch diese geringe Anzahl schien den Raum zu füllen. Es war das erste Mal, daß Mister Kiku einen Hroshiu erblickte, und er sah aufmerksam vom Podium auf sie hinunter. Er erkannte, daß diese Leute keineswegs die naive Freundlichkeit verkörperten, die aus den Bildern der Hroshia Lummox strahlte. Dies waren Erwachsene, wenn auch kleiner als Lummox. Einer der Hroshii, der genau vor dem Podium stand und von zwei anderen flankiert war, starrte zu ihm herauf. Sein Blick war kalt und selbstsicher. Mister Kiku stellte fest, daß der Blick ihm Unbehagen verursachte; er spürte das Verlangen, die Augen abzuwenden. Doch er hielt dem Blick stand und rief sich in Erinnerung, daß sein Hypnotherapeut es mindestens ebenso gut beherrschte wie der Hroshiu.

Greenberg stieß ihn an. »Sie haben hier im Saal ebenfalls Waffen aufgestellt«, flüsterte er. »Sehen Sie es? Dort hinten.«

Mister Kiku erwiderte: »Wir dürften eigentlich gar nicht wissen, daß das Waffen sind. Wir nehmen einfach an, daß es Geräte zur Aufzeichnung der Konferenz sind.« Dr. Ftaeml stand neben dem vordersten Hroshiu; der Unterstaatssekretär wandte sich an ihn. »Erklären Sie ihnen, wer unser Minister ist. Beschreiben Sie ihn als Herrn über siebzehn mächtige Planeten.«

Der Rargyllier zögerte. »Was ist mit dem Präsidenten des Kabinetts?«

»Beim heutigen Anlaß verkörpert der Minister beide.«

»Gut, mein Freund.« Der Rargyllier sagte etwas in der piepsigen Sprache, die Kiku an winselnde junge Hunde erinnerte. Der Hroshiu gab ihm eine knappe Antwort in derselben Sprache, und plötzlich spürte Mister Kiku die Drohung nicht mehr, die der Blick des Wesens verheißen hatte. Es schien unmöglich, Furcht vor einer Person zu haben, die eine Stimme hatte wie ein einsames Hündchen. Aber er rief sich in Erinnerung, daß tödliche Befehle in jeder Sprache ausgesprochen werden konnten.

Ftaeml setzte zum Reden an: »Hier neben mir steht...« Er brach in ein wirres Kreischen in der merkwürdigen Sprache aus. »... der Kommandant des Schiffes und Leiter der gesamten Expedition. Sie ... nein, ›er‹ ist wohl richtiger ... er ist Marschall von Geburt und ...« Der Rargyllier zögerte nervös. »Es gibt bei Ihnen keinen entsprechenden Rang. Vielleicht sollte ich sagen ›Hofmarschall‹?«

Plötzlich warf Greenberg ein: »Wie wäre es mit Boß, Doc?«

»Ein ausgezeichneter Vorschlag! Ja, dies ist der Boß. Ihre ... seine gesellschaftliche Stellung ist nicht die allerhöchste, aber seine Handlungsvollmacht ist beinahe unbegrenzt.«

Kiku fragte: »Ist er berechtigt, uneingeschränkt Verträge zu schließen?«

»Oh, ja, selbstverständlich.«

»Dann wollen wir beginnen.« Er wandte sich an den Schauspieler und nickte ihm zu. Dann drehte er dem Saal den Rücken zu und sagte in einen Flüstersender am Tisch: »Habt ihr das alles?«

Eine Stimme antwortete, nur für seine Ohren vernehmbar: »Ja, Sir. Das Bildwiedergabegerät hat einmal geflimmert, aber jetzt ist alles in Ordnung.«

»Hören der Minister und der Generalstabskommandant zu?«

»Ich glaube, ja. Sie haben einen Monitor in ihrem Büro.«

»Ausgezeichnet.« Dann lauschte Mister Kiku der Rede des Ministers. Sie war kurz, wurde aber mit großer Würde vorgetragen, und der Schauspieler sprach so langsam, daß Ftaeml Zeit hatte, sie zu übersetzen. Der Minister hieß die Hroshii auf der Erde willkommen, versicherte ihnen, daß die Völker der Föderation glücklich darüber waren, daß die Hroshii endlich ihr vermißtes Kind wiedergefunden hatten, und fügte hinzu, daß dieser glückliche Umstand den Hroshii zum Anlaß dienen sollte, ihren rechtmäßigen Platz in der Gemeinschaft der Zivilisationen einzunehmen.

Er setzte sich und schlief, die Augen offen und einen Ausdruck freundlicher Würde in den Zügen, augenblicklich ein. Das Double konnte diese Haltung stundenlang einnehmen, ohne die Parade, die Feierlichkeit oder wo immer er auftreten mochte, wirklich wahrzunehmen.

Mister MacClure hielt eine kurze Rede, in der er dem Minister beipflichtete und hinzufügte, daß das Bündnis nunmehr bereit sei, über alle geschäftlichen Anglegenheiten zwischen dem Bündnis und den edlen Hroshii zu verhandeln.

Greenberg beugte sich zu Kiku hinüber und flüsterte: »Sollen wir klatschen, Boß? Jemand müßte es tun, und ich glaube nicht, daß sie wissen, wie das geht.«

»Halten Sie den Mund«, mahnte Kiku liebenswürdig. »Dr. Ftaeml, möchte der Kommandant eine offizielle Rede halten?«

»Ich glaube nicht.« Ftaeml sagte etwas zu dem obersten Hroshiu und antwortete dann: »Er hat eher eine ernsthafte Antwort auf das eben Gesagte abzugeben, als eine offizielle Rede zu halten. Er erklärt, daß die Hroshii keine anderen ... niedrigeren ... Rassen brauchen, und er sagt weiter, wir sollten ohne weitere Abschweifungen zum Geschäft kommen.«

»Wenn es stimmt, daß sie keine anderen Völker brauchen, fragen Sie bitte, warum sie dann zu uns gekommen sind und uns Geschenke geschickt haben.«

»Aber Sie haben darauf bestanden, mein Freund«, entgegnete Ftaeml erstaunt.

»Danke, Doktor, aber ich habe Sie nicht um Ihre Meinung gebeten. Fordern Sie ihn auf zu antworten. Bitte, helfen Sie ihm nicht dabei.«

»Ich werde es versuchen.« Ftaeml tauschte einige Sätze mit dem Kommandanten der Hroshii aus, dann wandte er sich wieder an Kiku. »Verzeihen Sie. Er sagt, daß er sich Ihren kindischen Wünschen gefügt hat, weil dies das einfachste Mittel sei, sein Ziel zu erreichen. Er wünscht jetzt über die Übergabe des jungen John Thomas Stuart zu reden.«

»Bitte, sagen Sie ihm, daß das Thema nicht zur Diskussion steht. Die Tagesordnung verlangt, daß wir zuvor die Frage der diplomatischen Beziehungen klären.«

»Verzeihen Sie, Sir. Der Begriff ›diplomatische Beziehungen‹ ist schwierig zu übersetzen. Ich habe mir tagelang darüber den Kopf zerbrochen.«

»Sagen Sie ihm, daß das, was er jetzt sieht, ein Beispiel für diplomatische Beziehungen ist. Freie Völker, die als gleiche Partner und mit friedlichen Absichten, zu ihrem gegenseitigen Vorteil miteinander verhandeln.«

Der Rargyllier ahmte einen Seufzer nach. »Jeder dieser Begriffe ist beinahe ebenso schwierig. Ich werde es versuchen.«

Kurz darauf antwortete er: »Der Marschall sagt, wenn das, was wir gerade tun, diplomatische Beziehungen sind, dann haben Sie sie jetzt. Wo ist der junge Stuart?«

»Nicht so eilig. Die Tagesordnung muß Punkt für Punkt eingehalten werden. Sie müssen sich mit der Botschaft und einer kulturellen, wissenschaftlichen und Handelsmission einverstanden erklären. Zwischen unseren beiden Hoheitsgebieten muß ein Linienverkehr geplant werden. Erst wenn diese Punkte geklärt sind, ist es möglich, über den Jungen zu reden.«

»Ich werde es noch einmal versuchen.« Ftaeml gab dem ›Boß‹ der Hroshii eine wortreiche Erklärung; die Antwort war kurz. »Er sagt, ich soll Ihnen sagen, daß all diese Punkte als nicht erwägenswert zurückgewiesen werden. Wo ist der Junge?«

»In diesem Fall«, entgegnete Mister Kiku würdevoll, »sagen wir ihm, daß wir nicht mit Barbaren verhandeln. Sagen Sie ihnen, sie sollen den Plunder packen – übersetzen Sie das in entsprechender Stärke! –, mit dem sie unser Heim besudelt haben, und schleunigst zu ihrem Schiff zurückkehren. Sie werden hiermit aufgefordert, augenblicklich zu verschwinden. Sie sollen ihre kostbare Hroshia an Bord bringen, wenn nötig mit Gewalt, wenn sie sie je wiedersehen wollen – sie werden niemals wieder die Erlaubnis erhalten zu landen.«

Ftaeml sah aus, als wolle er gleich in Tränen ausbrechen, die er unfähig war, zu vergießen. »Bitte! Ich flehe Sie an, sich nicht mit ihnen zu verfeinden. Ich plaudere aus der Schule ... ich überschreite meine beruflichen Kompetenzen ... aber sie könnten in diesem Augenblick die ganze Stadt zerstören, ohne zu ihrem Schiff zurückzukehren.«

»Übersetzen Sie die Botschaft. Die Konferenz ist beendet.« Mister Kiku erhob sich, forderte die anderen mit Blicken auf, ihm zu folgen und zog sich zum Pausenraum zurück.

Das Double ging voraus. MacClure faßte Kiku am Arm und fiel in Gleichschritt mit ihm. »Henry ... Sie machen es, ganz bestimmt. Aber sollten Sie nicht darüber reden? Es sind wilde Bestien. Es könnte ...«

»Mister MacClure«, sagte Kiku leise, »wie ein berühmter Vorfahre einst sagte, muß man manchen Leuten auf die Füße treten, bis *sie* sich entschuldigen.« Er drängte den Staatssekretär zur Tür.

»Aber angenommen, sie tun es nicht?«

»Das ist unser Risiko. Bitte ... lassen Sie uns nicht in ihrer Gegenwart streiten.« Sie betraten den Pausenraum und zogen die Tür hinter sich zu.

Greenberg wandte sich an Kiku. »Kein schlechter Versuch, Boß ... aber was tun wir jetzt?«

»Wir warten.«

»In Ordnung.« Greenberg ging unruhig zu einem Übertragungsgerät an der Wand hinüber und verfolgte das Geschehen im großen Saal. Die Hroshii waren nicht gegangen. Er konnte Ftaeml erkennen, der von Gestalten umringt war, die um vieles größer waren als der Medusoide.

Das Double fragte Kiku: »Brauchen Sie mich noch, Sir?«

»Nein, Arthur. Sie haben Ihre Sache gut gemacht.«

»Danke. Jetzt bleibt mir noch Zeit, mich abzuschminken und mir das zweite Spiel der Gewinner anzusehen.«

»Gut. Sie sollten sich vielleicht hier umziehen.«

»Ach was! Die Fotografen wissen Bescheid. Sie machen das Spiel mit.«

Er ging pfeifend hinaus. MacClure setzte sich, zündete sich eine Zigarette an, nahm einen langen Zug und legte sie weg. »Henry, Sie sollten den Generalstabskommandanten benachrichtigen.«

»Er ist im Bilde. Wir warten.«

Sie warteten. Plötzlich sagte Greenberg: »Da kommt Ftaeml.« Er eilte zur Tür und ließ den Rargyllier ein.

Dr. Ftaeml schien aufs höchste erregt. »Mein lieber Mister Kiku – der Kommandant der Hroshii erklärt, daß er sich um einer raschen Lösung des Problems willen Ihren merkwürdigen Wünschen beugt. Er besteht darauf, daß Sie jetzt den jungen Stuart übergeben.«

»Bitte, sagen Sie ihm, daß er das Wesen freundschaftlicher Beziehungen zwischen zivilisierten Völkern vollkommen mißversteht. Wir tauschen die Freiheit auch nur eines einzigen unserer Bürger nicht gegen ihre wertlosen Gefälligkeiten ein, so wie sie nicht um die Freiheit ihrer Hroshia Lummox schachern würden. Und dann sagen Sie ihnen, sie sollen augenblicklich dieses Haus verlassen.«

Mit ernster Miene sagte Ftaeml: »Ich überbringe Ihre Botschaft nur widerstrebend.«

Er kehrte schon nach sehr kurzer Zeit zurück. »Sie sind mit Ihren Bedingungen einverstanden.«

»Gut. Kommen Sie, Sergei. Mister MacClure, Ihre Anwesenheit ist nicht mehr erforderlich, es sei denn, Sie wünschen es.« Er ging, gefolgt von Greenberg und Ftaeml, in den Saal zurück.

Der ›Boß‹ der Hroshii erschien Kiku drohender denn je. Aber die Dinge entwickelten sich schnell und zu seiner Zufriedenheit – die gleiche Anzahl von Hroshii und Menschen, um die Mission aufzubauen, der Transport der Menschen im Schiff der Hroshii sollte vorbereitet werden, einer der anwesenden

Hroshii zurückbleiben, um Hroshijud als Botschafter zu vertreten. Ftaeml versicherte ihnen, daß dieser Hroshiu im Rang nur dem Kommandanten der Expedition untergeben war.

»Und nun«, sagte der Kommandant der Hroshii, »ist es an der Zeit, uns John Thomas Stuart zu übergeben. Ftaeml fügte nervös hinzu: »Ich hoffe, Sie haben alle nötigen Vorkehrungen getroffen, mein Freund. Mir gefällt der Ton nicht. Es ist alles zu einfach gegangen.«

Ein Gefühl der Befriedigung besänftigte Mister Kikus geplagten Magen, und er sagte: »Ich sehe keine Schwierigkeiten. Nun, da wir zivilisierte Beziehungen geschaffen haben, ist der Junge bereit, mitzugehen. Bitte, machen Sie ihnen klar, daß er als freies Wesen mit ihnen geht, nicht als Sklave und nicht als Schoßtier. Die Hroshii müssen seinen Status und seine Rückreise in einem ihrer Schiffe garantieren, wann immer er es wünscht.«

Ftaeml übersetzte. Kurz darauf antwortete er: »Sie sind mit allen Punkten einverstanden, mit Ausnahme einer Sache, die ich in etwa mit ›unbedeutende Kleinigkeit‹ übersetzen würde. Der Junge wird ein Mitglied des Haushalts der Hroshia Lummox sein. Selbstverständlich – ich übersetze so genau wie möglich – selbstverständlich ist die Frage der Rückkehr des Jungen, wenn überhaupt, eine persönliche Angelegenheit der Hroshia Lummox. Sollte sie seiner überdrüssig werden und ihn zurückschicken wollen, so wird ein Schiff zur Verfügung gestellt.«

»Nein.«

»Nein was, Sir?«

»Ein einfaches Nein. Die Diskussion um den Jungen ist beendet.«

Ftaeml wandte sich wieder seinen Auftraggebern zu.

»Sie sagen«, erklärte er kurz darauf, »daß es in diesem Fall keinen Vertrag gibt.«

»Das weiß ich. Verträge werden nicht mit Dienern – haben sie ein Wort dafür? – unterzeichnet.«

»Sie kennen Diener unterschiedlichen Ranges, manche niedriger, manche höhergestellt.«

»Nehmen Sie die Bezeichnung für die niedrigste Klasse. Sagen Sie Ihnen, daß es keinen Vertrag gibt, weil Diener nicht die Vollmacht besitzen, Verträge abzuschließen. Und dann sollen sie verschwinden, und zwar schnell.«

Ftaeml sah Kiku bedauernd an. »Ich bewundere sie, mein Freund, aber ich möchte nicht in Ihrer Haut stekken.« Er wandte sich dem Kommandanten der Expedition zu und redete einen Augenblick in dem hohen Gewinsel mit ihm.

Der Hroshiu riß den Mund weit auf, starrte Kiku an und jaulte wie ein getretenes Hündchen. Ftaeml zuckte zusammen und sprang zur Seite. »Ein scheußlicher Fluch, nicht übersetzbar ...« Das Ungeheuer fuhr fort, zu lärmen; verzweifelt versuchte Dr. Ftaeml zu übersetzen. »Verachtung ... niedriges Tier ... esse dich mit Genuß ... folge deinen Ahnen und esse sie ebenfalls ... deiner verachtungswürdigen Rasse müssen Manieren beigebracht werden ... Kindesentführer ... Verbrecher ...« Aufgeregt verstummte er.

Der Hroshiu stampfte zu der Rednertribüne und richtete sich auf, so daß er Mister Kiku Auge in Auge gegenüberstand. Greenberg tastete unter der Tischplatte nach dem Kontrollknopf, der eine Stolperfalle auf dem Fußboden des Saales auslösen würde ... eine dauerhafte Einrichtung; die Halle hatte schon viele Tumulte gesehen.

Aber Kiku saß da wie ein Fels. Sie starrten einander an, das gewaltige Wesen von ›Da draußen‹ und der kleine, ältliche Herr. Niemand bewegte sich in dem großen Saal, kein Wort wurde gesprochen.

Dann erscholl im Hintergrund des Saales ein Jaulen, als wäre ein ganzer Korb voll Welpen auf einmal aufgescheucht worden. Der Kommandant der Hroshii wirbelte herum, daß der Boden bebte, und rief seinen Gefolgsleuten mit schriller Stimme etwas zu. Er erhielt eine Antwort und stieß einen scharfen Befehl aus. Die zwölf Hroshii stürzten zur Tür hinaus; ihre Bewegungen waren unglaublich flink angesichts ihrer plumpen Gestalt.

Kiku erhob sich und sah ihnen nach. Greenberg faßte ihn am Arm. »Boß! Der Generalstabskommandant versucht, Sie zu erreichen.«

Kiku schüttelte ihn an. »Sagen Sie ihm, er soll nichts überstürzen. Es ist von größter Wichtigkeit, daß jetzt nichts überstürzt wird. Steht unser Wagen bereit?«

»›Tut mir leid, daß wir soviel Aufregung verursacht haben‹«

John Thomas Stuart hätte der Konferenz gerne beigewohnt; es bedurfte eines eindeutigen Verbots, ihn davon abzuhalten. Er spielte mit seinem Leibwächter Schach in der Suite, die ihm und seiner Mutter im Hotel Universal zur Verfügung gestellt worden war, als Betty Sorenson in Begleitung von Miss Holtz auftauchte. Myra Holtz war Agentin des Sicherheitsbüros im Raumministerium und verbarg ihren Polizistenberuf hinter einem liebenswürdigen Äußeren. Mister Kikus Anweisungen an sie in bezug auf Betty hatten gelautet: »Halten Sie ein scharfes Auge auf sie. Sie hat einen ausgeprägten Sinn für Aufregungen.«

Die beiden Leibwächter begrüßten einander; Betty sagte: »Hallo, Johnnie. Warum bist du nicht drüben beim großen Palaver?«

»Sie haben mich nicht gelassen.«

»Mich auch nicht.« Sie sah sich suchend im Raum um. »Wo ist die Herzogin?«

»Einkaufen gegangen. Mich behandelt sie noch immer wie Luft. Sie hat sich siebzehn Hüte gekauft. Was hast du mit deinem Gesicht gemacht?«

Betty wandte sich einem Spiegel zu. »Gefällt es dir? Es heißt ›Kosmische Linien‹ und ist der letzte Schrei.«

»Siehst aus damit wie ein schlecht gelauntes Zebra.«

»Ach, du alter Provinzesel. Ed, Ihnen gefällt es. Stimmt's?«

Ed Cowen sah vom Schachbrett auf und beeilte sich zu sagen: »Ich weiß nicht so recht. Meine Frau sagt, ich habe keinen Geschmack.«

»Das haben die meisten Männer nicht. Johnnie, Myra und ich sind gekommen, um dich zu einem Ausflug in die Stadt einzuladen. Was hältst du davon?«

Cowen antwortete an seiner Stelle: »Damit bin ich nicht einverstanden, Myra.«

»Es war ihre Idee«, entgegnete Miss Holtz.

John Thomas sagte, an Cowen gewandt: »Warum nicht? Schach hängt mir zum Halse heraus.«

»Nun ... ich soll mit dem Büro in Verbindung bleiben. Sie können Sie jetzt jeden Augenblick brauchen.«

»Pah!« warf Betty ein. »Sie haben doch ein transportables Telefon bei sich. Myra jedenfalls hat eins.«

Cowen schüttelte den Kopf. »Ich möchte kein Risiko eingehen.«

»Stehe ich unter Arrest?« fragte Betty. »Oder Johnnie?«

»Hmmm ... nein. Es ist eher eine Schutzmaßnahme.«

»Sie können ihn überall schützen, ganz gleich, wo er ist. Oder bleiben Sie meinetwegen hier und spielen Schach mit sich selbst. Komm, Johnnie.«

Cowen sah Miss Holtz fragend an; sie antwortete langsam: »Ich glaube, das ist in Ordnung, Ed. Wir sind ja bei ihnen.«

Cowen zuckte die Achseln und erhob sich. Johnnie sagte zu Betty: »Ich gehe nicht mit dir auf die Straße, solange du so aussiehst. Wasch dir das Gesicht.«

»Aber Johnnie! Ich habe zwei Stunden dafür gebraucht.«

»Die Steuerzahler haben dafür bezahlt, nicht wahr?«

»Ja, aber ...«

»Wasch dir das Gesicht, sonst gehen wir nirgendwo

hin. Sind Sie nicht auch meiner Meinung, Miss Holtz?«

Die Wange von Sonderagentin Holtz war, abgesehen von der üblichen Farbe, nur von einem dezenten Blumenmuster geziert. Sie sagte nachdenklich: »Betty hat es nicht nötig. Nicht in ihrem Alter.«

»Ach, ihr seid ein prüdes Volk!« erklärte Betty wütend, streckte Johnnie die Zunge heraus und schlurfte ins Badezimmer. Als sie zurückkam, glänzte ihr Gesicht vom vielen Rubbeln leuchtend rot. »Jetzt bin ich splitterfasernackt. Wir können gehen.«

Am Aufzug lieferten sie sich ein weiteres Wortgefecht, das Ed Cowen für sich entschied. Sie fuhren zum Dach hinauf, um sich vom Lufttaxi aus die Stadt anzusehen, anstatt zur Straße hinunter. »Eure Gesichter waren in den letzten Tagen in allen Zeitungen zu sehen, Kinder. Und in dieser Stadt gibt es jede Menge Spinner. Ich möchte Zwischenfälle vermeiden.«

»Wenn ich nicht gezwungen worden wäre, mir das Gesicht zu waschen, würde mich kein Menschen erkennen.«

»Aber ihn würde man erkennen.«

»Wir könnten ihn auch anmalen. Jedes männliche Gesicht könnte durch Schminke nur gewinnen.« Aber schließlich stieg sie in den Aufzug, und sie nahmen ein Lufttaxi.

»Wohin, Chef?«

»Ach«, erwiderte Cowen, »fahren Sie einfach herum und zeigen Sie uns die Stadt. Stellen Sie den Stundentarif ein.«

»Sie sind der Boß. Ich kann nicht über den Sonnenboulevard fliegen. Eine Parade oder so.«

»Ich weiß.«

»Wissen Sie was«, warf Johnnie ein. »Bringen Sie uns zum Raumhafen.«

»Nein«, widersprach Cowen. »Dort hinaus nicht.«

»Warum nicht, Ed? Ich habe Lummox immer noch nicht zu Gesicht bekommen. Ich möchte ihn mir ansehen. Vielleicht geht es ihm nicht gut.«

»Das kann ich nicht machen«, erklärte Cowen bestimmt. »Das Schiff der Hroshii wird streng bewacht.«

»Aber wir könnten es uns doch aus der Luft ansehen, oder nicht?«

»Nein!«

»Aber ...«

»Kümmer dich nicht um ihn«, unterbrach Betty. »Wir nehmen ein anderes Taxi. Ich habe Geld bei mir, Johnnie. Bis später, Ed.«

»Hören Sie«, beschwerte sich der Fahrer. »Ich kann Sie nach Timbuktu bringen. Aber ich kann unmöglich über einer Landefläche stehenbleiben. Da werden die Bullen sauer.«

»Fahren Sie zum Raumhafen«, sagte Cowen mißmutig. Um das mehrere Hektar große Feld herum, das den Hroshii zugewiesen worden war, waren Absperrungen errichtet, die nur an der Stelle unterbrochen waren, an der die Delegation den Sonnenboulevard betreten hatte. Innerhalb der Absperrung stand die gedrungene, häßliche Landefähre der Hroshii. Sie war fast ebenso groß wie ein Raumschiff der Erde. Johnnie betrachtete es nachdenklich und fragte sich, wie er sich auf Hroshijud fühlen würde. Der Gedanke bereitete ihm Unbehagen; nicht etwa, weil er Angst hatte, sondern weil er Betty seinen Entschluß noch nicht mitgeteilt hatte. Er hatte ein paarmal angesetzt, es ihr zu sagen, aber immer war etwas dazwischengekommen.

Da sie das Thema noch nicht angeschnitten hatte, nahm er an, daß sie nichts davon wußte.

Über dem Raumhafen trafen sie auf weitere Neugierige, und eine kleine Menschenmenge hatte sich um die Absperrung versammelt. Wunder hielten nicht lange an in der Hauptstadt; ihre Bewohner rühmten sich ihrer Abgeklärtheit, und wirklich waren die Hroshii nicht gar so fabelhaft im Vergleich mit einem Dutzend freundlicherer Rassen, von denen einige dem Bündnis angehörten.

Die Hroshii umschwärmten ihr Schiff und taten unerklärliche Dinge mit Gegenständen, die sie errichtet hatten. Johnnie versuchte, ihre Zahl zu schätzen, aber ebenso hätte er den Versuch machen können, Bohnen in einer Flasche zu schätzen. Sicher, Dutzende ... und wie viele mehr?

Das Taxi kreuzte vor der Luftverkehrsstreife. Plötzlich rief Johnnie aus: »He! Da ist Lummie!«

Betty verrenkte den Hals: »Wo, Johnnie?«

»Er taucht gerade hinter ihrem Schiff auf. Da!« Er wandte sich an den Fahrer: »Sagen Sie, Mister, können Sie uns auf die andere Seite des Schiffes bringen, so nah heran wie möglich?«

Der Fahrer warf Cowen einen fragenden Blick zu, und er nickte. Sie umfuhren die Polizeiwachen und näherten sich der Landefähre der Hroshii von der anderen Seite. Der Fahrer hatte sich einen Punkt zwischen Polizeifahrzeugen ausgesucht. Lummox, der aus einer Gruppe dicht um ihn herumstehender Hroshii herausragte, war jetzt deutlich zu erkennen.

»Ich wünschte, ich hätte ein Fernglas«, beklagte sich Johnnie. »Ich kann ihn nicht richtig sehen.«

»Im Handschuhfach liegt eins«, sagte der Fahrer.

Johnnie nahm es heraus. Es war ein einfaches Gerät ohne elektronische Vergrößerung, aber es brachte ihm Lummox um einiges näher. Er starrte in das Gesicht seines Freundes.

»Wie sieht Lummie aus, Johnnie?«

»Ganz gut. Nur ein bißchen mager. Ich frage mich, ob sie ihm genug zu essen geben.«

»Mister Greenberg hat mir gesagt, daß sie ihm überhaupt nichts zu essen geben. Ich dachte, du wüßtest das.«

»Was? Das können sie Lummie nicht antun.«

»Ich weiß nicht, was wir dagegen tun könnten.«

»Hmmm ...« John Thomas drehte das Fenster herunter und streckte den Kopf hinaus. »Sagen Sie, könnten Sie nicht ein bißchen näher herangehen? Und tiefer vielleicht? Ich möchte ihn mir genauer ansehen.«

Cowen schüttelte den Kopf. Der Fahrer brummelte: »Ich will keinen Ärger mit den Bullen.« Aber er flog doch ein wenig näher heran, bis er von Polizeiwagen umringt wurde.

Sofort dröhnte der Lautsprecher am Wagen auf: »He, Sie! Nummer vierhundertvierundachtzig! Wohin wollen Sie denn mit Ihrer Blechbüchse? Ziehen Sie sie weiter zurück!«

Der Fahrer murmelte etwas und schickte sich an, der Aufforderung Folge zu leisten. John Thomas, der immer noch das Fernglas an den Augen hatte, sagte: »Ich möchte wissen, ob er mich hören kann. Lummie!« rief er in den Wind. »Ach, Lummox!«

Die Hroshia hob den Kopf und blickte sich aufgeregt um.

Cowen packte John Thomas und streckte die andere Hand nach dem Fensterschließer aus. Aber John Thomas riß sich los. »Ach, gehen Sie zum Teufel!« rief er zornig. »Ich habe mich lange genug herumstoßen lassen. *Lummox!* Ich bin es, Johnnie! Hier drüben! Komm hierher ...«

Cowen zerrte ihn ins Wageninnere und schmetterte das Fenster zu. »Ich wußte, daß wir nicht hätten kommen sollen. Fahrer bringen Sie uns hier weg.«

»Nur zu gerne!«

»Nein, warten Sie. Das möchte ich mir ansehen.«

»Entscheiden Sie sich.«

Es bedurfte keines Fernglases, um zu sehen, was geschah. Lummox schleuderte die Hroshii, die ihn umringten, beiseite und hielt geradewegs auf die Absperrung zu. Als er sie erreicht hatte, versuchte er gar nicht erst, darüberzufliegen; Lummox stürmte einfach durch.

»Ach, du meine Güte!« rief Cowen leise aus. »Aber die Stolperfalle wird ihn aufhalten.«

Sie hielt ihn nicht auf. Lummox verlangsamte sein Tempo ein wenig, aber ein mächtiger Fuß folgte auf den anderen, als wäre die elektrisch geladene Luft tiefer Schlamm. Mit der Unaufhaltsamkeit eines Gletschers strebte die Hroshia der Stelle zu, die am dichtesten unter dem Taxi lag.

Und durch die Luke in der Absperrung strömten immer mehr Hroshia heraus. Sie hatten härter gegen das Stolperfeld anzukämpfen, aber sie ließen sich nicht aufhalten. Schon bald hatte Lummox das elektrisch geladene Feld hinter sich gelassen und stürmte jetzt in vollem Galopp auf das Taxi zu. Vor ihm sprangen die Menschen zur Seite.

Cowen rief: »Myra, versuchen Sie, das militärische Hauptquartier zu erreichen. Ich rufe das Büro an.«

Betty faßte ihn am Ärmel. »Nein!«

»Wie? Sie schon wieder! Halten Sie den Mund, sonst passiert etwas.«

»Mister Cowen, jetzt hören Sie mir zu!« Hastig fuhr sie fort: »Es hat keinen Sinn, Hilfe herbeizurufen. Es gibt nur einen, auf den Lummox hört, und das ist Johnnie – und *sie* hören auf keinen anderen als auf Lummox. Sie *wissen* das ganz genau. Also bringen Sie ihn hinunter, damit er mit Lummie reden kann – sonst werden hier eine Menge Leute verletzt, und es ist allein Ihre Schuld.«

Sicherheitsagent Edwin Cowen starrte sie an und ließ im Geiste seine vergangene Laufbahn und die zukünftigen Hoffnungen an sich vorüberziehen. Dann traf er ohne zu zögern eine mutige Entscheidung. »Bringen Sie die Maschine hinunter. Landen Sie und lassen Sie mich und den Jungen hinaus«, befahl er.

Der Fahrer stöhnte. »Dafür müssen Sie extra bezahlen.« Aber er landete das Fahrzeug so schnell, daß es sie bis ins Mark erschütterte. Cowen stieß die Tür auf, und er und John Thomas sprangen hinaus; Myra Holtzs Versuch, Betty zurückzuhalten, war erfolglos. Sie folgte ihr mit einem kühnen Sprung auf den Boden, während der Fahrer den Wagen bereits wieder hochzog.

»Johnnie«, jubelte Lummox und streckte seine gewaltigen Arme in der überall verständlichen Geste des Willkommens aus.

John Thomas rannte auf das Sternentier zu. »Lummie! Alles in Ordnung?«

»Klar«, versicherte Lummox. »Warum nicht? Hallo, Betty.«

»Hallo, Lummie.«

»Nur ein bißchen hungrig«, fügte Lummox nachdenklich hinzu.

»Das wird sich ändern. Dafür sorge ich.«

»Es ist schon gut. Ich soll im Augenblick nichts essen.«

Thomas wollte gerade eine Bemerkung zu dieser erstaunlichen Antwort machen, als er sah, daß Myra Holtz vor einem der Hroshii zurückwich. Die anderen liefen aufgeregt durcheinander, als wüßten sie nicht, wie sie sich angesichts dieser neuen Entwicklung verhalten sollten. Als Johnnie sah, daß Ed Cowen seine Pistole zog und sich zwischen den Hroshii und Myra aufbaute, sagte er hastig: »Lummox! Dies sind meine Freunde. Sag deinen Kameraden, sie sollen sie in Ruhe lassen und wieder in die Absperrung zurückgehen. Schnell!«

»Ich tue alles, was du sagst, Johnnie.« Die Hroshia sagte mit ihrer piepsigen Stimme etwas zu ihren Artverwandten, und sie gehorchten augenblicklich.

»Und mach uns einen Sattel. Wir kommen mit dir und unterhalten uns ausgiebig.«

»Gut, Johnnie.«

Johnnie stieg auf und reichte Betty die Hand. Dann setzten sie sich auf die Lücke in der Absperrung zu in Bewegung. Als Lummox am Rande des Stolperfeldes angelangt war, blieb sie stehen und rief einem der anderen Hroshii etwas zu.

Dieser Hroshiu gab den Befehl an einen anderen weiter, der innerhalb der Absperrung stand, und das Stolperfeld verschwand. Ohne Schwierigkeiten setzten sie ihren Weg fort.

Als Mister Kiku, Sergei Greenberg und Dr. Ftaeml eintrafen, fanden sie zwei bewaffnete Gruppen vor, die sich angespannt wartend gegenüberstanden. Alle Hroshii waren hinter die durchbrochene Absperrung zurückgekehrt; zahlreiche militärische Fahrzeuge waren anstelle der Polizeiautos getreten, und hoch oben, außer Sichtweite, standen Bomber bereit, das ganze Gebiet in eine radioaktive Wüste zu verwandeln.

An der Absperrung stießen der Minister und der Generalstabskommandant zu ihnen. Die Miene des Ministers drückte Besorgnis aus. »Ah, Henry. Mir scheint, es ist fehlgeschlagen. Es ist nicht Ihre Schuld.«

Mister Kiku blickte zu den dicht gedrängt stehenden Hroshii hinüber. »Vielleicht.«

Der Generalstabskommandant fügte hinzu: »Wir evakuieren das Aufschlaggebiet so schnell wie möglich. Aber wenn wir gezwungen sind, es zu tun, weiß ich nicht, was wir für die beiden jungen Leute da drinnen tun können.«

»Dann lassen Sie uns vorerst gar nichts unternehmen, einverstanden? Noch nicht.«

»Ich glaube, Sie begreifen den Ernst der Lage nicht, General. In jedem Fall können ein paar Worte nicht schaden. Kommen Sie, Sergei. Folgen Sie mir, Doktor?« Mister Kiku löste sich von der Menschengruppe um den Minister und hielt auf die Lücke in der Absperrung zu. Windstöße, die heftig über das meilenweite Gelände hinwegfegten, zwangen ihn, seinen Hut festzuhalten. »Ich mag keinen Wind«, beklagte er sich bei Dr. Ftaeml.

»Vor uns bläst der Wind noch stärker«, erwiderte der Rargyllier ernst. »Mein Freund, ist das klug? Sie werden mir kein Leid zufügen, ich bin ihr Angestellter. Aber Sie ...«

»Was bliebt mir anderes übrig?«

»Einer solchen Situation begegnet man nur einmal.«

Sie näherten sich den dichten Reihen von Hroshia und Lummox. Gut hundert Meter entfernt konnten sie die beiden jungen Menschen auf dem Rücken der Hroshia erkennen. Kiku blieb stehen. »Sagen Sie ihnen, sie sollen aus dem Weg gehen. Ich möchte zu der Hroshia Lummox.«

Ftaeml übersetzte. Nichts geschah, außer daß eine nervöse Bewegung durch die Hroshii ging. Greenberg sagte: »Boß, wie wäre es, wenn wir Lummox und die beiden jungen Leute bitten, zu uns heraus zu kommen? Die Leute hier machen keinen sehr freundlichen Eindruck.«

»Nein. Ich habe keine Lust, in den Wind zu schreien. Bitte rufen Sie den jungen Stuart und sagen Sie ihm, er soll uns Platz machen lassen.«

»In Ordnung, Boß. Es wird ein Spaß, wenn ich das meinen Enkeln erzähle – falls ich einmal Enkel habe.« Er legte die Hände als Trichter vor den Mund und rief: »Johnnie! John Stuart! Sagen Sie Lummox, sie soll einen Weg freimachen lassen.«

»In Ordnung!«

Ein Weg, der breit genug war, eine Kompanie durchzulassen, öffnete sich vor ihnen wie mit dem Besen freigekehrt. Die kleine Gruppe ging an der Reihe der Hroshii vorüber. Greenberg spürte, wie sich auf seinem Rücken eine Gänsehaut bildete.

Mister Kikus einzige Sorge schien darin zu bestehen, in dem Wind den Hut auf dem Kopf zu behalten. Er fluchte leise vor sich hin; während er den Hut krampfhaft festhielt. Vor Lummox blieb die kleine Gruppe stehen. »Wie geht's, Mister Kiku?« rief John Thomas. »Sollen wir hinunterkommen?«

»Das wäre vielleicht das beste.«

Johnnie glitt von Lummoxs Rücken herunter und fing dann Betty auf. »Tut mir leid, daß wir so viel Aufregung verursacht haben.«

»Ja, mir auch. Wenn es überhaupt so ist. Würden Sie mich Ihrer Freundin vorstellen, bitte?«

»Aber ja. Lummox, das ist Mister Kiku. Er ist ein netter Bursche, ein guter Freund.«

»Wie geht es Ihnen, Mister Kiku?«

»Danke, gut. Und dir, Lummox?« Mister Kiku blickte nachdenklich in die Runde. »Doktor, ist das nicht der Kommandant, der dort neben der Hroshia? Der mit dem bösartigen Glitzern in den Augen?«

Der Rargyllier blickte in die angegebene Richtung. »Ja, das ist er.«

»Hm. Fragen Sie ihn, ob er seiner Herrin den Verlauf der Konferenz geschildert hat.«

»Sehr wohl.« Der Medusoide sprach den Kommandanten der Hroshii an und erhielt eine Antwort. »Er sagt nein.«

»Hm. John Thomas, wir haben einen Vertrag mit den Hroshii geschlossen, der all das zum Inhalt hatte, worüber wir gesprochen haben. Doch sie haben ihre

Zusage zurückgenommen, als sie erfuhren, daß wir Sie nicht ohne Sicherheiten ziehen lassen wollten. Würden Sie mir helfen, herauszufinden, ob das den Wünschen Ihres Freundes entspricht?«

»Sie meinen Lummox? Sicher.«

»Ausgezeichnet. Warten Sie einen Augenblick. Dr. Ftaeml, würden Sie der Hroshia Lummox die wesentlichen Punkte unserer Abmachung mitteilen – und zwar in Anwesenheit des Kommandanten? Oder wird sie nicht in der Lage sein, die Zusammenhänge zu verstehen?«

»Warum denn nicht? Sie war ungefähr zweihundert Jahre alt, nach Ihrer Zeitrechnung, als sie zu Ihnen gebracht wurde.«

»So alt? Nun ja, reden Sie.«

Der Rargyllier verfiel in die merkwürdige, winselnde Sprache der Hroshii. Ein paarmal unterbrach Lummox ihn, dann forderte sie ihn auf, fortzufahren. Als Dr. Ftaeml geendet hatte, wandte sie sich an den Kommandanten der Expedition. Ftaeml sagte, an die Menschen gerichtet: »Sie fragt: ›Ist das wirklich wahr?‹«

Der Kommandant schlug einen weiten Bogen um sie, so weit, wie es der Platz nur erlaubte, und kroch dann durch die Reihen der Föderationsmitglieder vor die Füße der Hroshia. Er hatte die Füße eingezogen und kroch nun am Boden wie eine Raupe. Ohne den Kopf zu heben, winselte er seine Antwort zu ihr hinauf.

»Er gibt zu, daß es wahr ist, sagt aber, es sei notwendig gewesen.«

»Ich wünschte, er würde sich ein bißchen beeilen«,

sagte Kiku gereizt. »Mir wird kalt.« Seine mageren Knie zitterten.

»Sie nimmt die Erklärung nicht an. Ich werde Ihnen die genauen Worte ersparen – aber ihre Rhetorik ist großartig.«

Plötzlich stieß Lummox ein hohes Quietschen aus und richtete sich dann mit vier Füßen vom Boden auf. Mit eingezogenen Armen senkte das große Tier den Kopf und versetzte dem unglücklichen Kommandanten eine gewaltige Ohrfeige.

Ihm wurde der Boden unter den Füßen weggezogen und er taumelte in die Menge zurück. Langsam fand er das Gleichgewicht wieder und schlich sich zu der Stelle zurück, an der er zuvor gehockt hatte.

Lummox erhob ihre Stimme. »Sie sagt – ich wünschte, Sie könnten es in *Ihrer* Sprache verstehen! –, daß Johnnies Freunde ihre Freunde sind, solange die Galaxis besteht. Sie fügt hinzu, daß diejenigen, die nicht die Freunde Ihrer Freunde sein wollen, nichts sind, weniger als nichts, daß sie ihr nicht unter die Augen kommen sollen. Sie befiehlt dies im Namen von ... hier folgt eine Aufzählung ihrer Vorfahren mit all ihren verzwickten Zweigen, es ist sehr weitschweifig. Soll ich versuchen, es zu übersetzen?«

»Machen Sie sich nicht die Mühe«, erwiderte Mister Kiku. »Ein ›Ja‹ ist ein ›Ja‹ in jeder Sprache.«

»Aber sie wählt ihre Worte wirklich wunderbar«, sagte Ftaeml. »Sie geht weit in die Vergangenheit zurück und ruft ihnen schreckliche und wunderbare Dinge in Erinnerung.«

»Mich interessiert nur das, was die Zukunft betrifft ... und daß ich endlich aus diesem scheußlichen Wind herauskomme.« Mister Kiku nieste. »Ach, du meine Güte.«

Dr. Ftaeml nahm seinen Umhang ab und legte ihn Mister Kiku um die schmalen Schultern. »Mein Freund ... mein Bruder. Es tut mir leid.«

»Nein, nein. Sie werden frieren.«

»Ich nicht.«

»Dann wollen wir ihn wenigstens teilen.«

»Es ist mir eine Ehre«, erklärte der Medusoide leise, und seine Fühler zuckten vor Rührung. Sie legten den Umhang um ihre Schultern und drängten sich aneinander, während Lummox ihre Strafpredigt beendigte. Betty wandte sich an Johnnie.

»So etwas hast du noch nie für mich getan.«

»Aber Schläger, du weißt doch, daß du nie frierst.«

»Na ja, leg wenigstens den Arm um meine Schultern.«

»Was? Vor allen Leuten? Laß dich von mir aus von Lummox umarmen.«

Während Lummox sprach, blieb sie hochaufgerichtet stehen. An einem bestimmten Punkt der Rede sanken alle Hroshii nieder, zogen ihre Gliedmaßen ein und nahmen die gleiche demütige Haltung ein wie ihr Kommandant. Sie schloß mit einer scharfen Bemerkung. In die Reihen der Hroshii kam Bewegung, und sie entfernten sich. »Sie sagt«, übersetzte Ftaeml, »daß sie jetzt mit ihren Freunden allein zu sein wünscht.«

»Sagen Sie ihr«, forderte Kiku ihn auf, »sie soll ihrem Freund John Thomas versichern, daß alles, was sie gesagt hat, wahr und bindend ist.«

»Sehr wohl.« Während die anderen Hroshii davoneilten, wandte sich Dr. Ftaeml an Lummox und wechselte ein paar Worte mit ihr.

Schließlich drehte sie sich zu John Thomas um und sagte: »Das geht in Ordnung, Johnnie. Hand aufs Herz.«

Zum Zeichen des Einverständnisses nickte John Thomas mit feierlicher Miene. »Machen Sie sich keine Sorgen, Mister Kiku. Sie können sich darauf verlassen.«

Siebenundneunzig Köstlichkeiten

»Schicken Sie sie herein.«

Mister Kiku setzte sich nervös zurecht und warf einen letzten Blick auf den Teetisch, um sicherzugehen, daß in dem kleinen Konferenzzimmer alles zu seiner Zufriedenheit angeordnet war. Während er herumhantierte und letzte Hand anlegte, öffnete sich die Tür, Betty Sorenson trat ein, sagte mit zuckersüßer Stimme: »Hallo, Mister Kiku«, und nahm würdevoll in einem Sessel Platz.

Er sagte: »Wie geht es Ihnen, Miss Sorenson?«

»Nennen Sie mich Betty. Alle meine Freunde nennen mich so.«

»Danke. Ich würde gern dazugehören.« Er betrachtete sie und schauderte. Betty hatte Versuche mit einem neuen Streifenmuster gemacht. Ihr Gesicht sah aus wie ein Schachbrett. Außerdem hatte sie offensichtlich einen Einkaufsbummel unternommen und war nach einer Mode gekleidet, die viel zu alt für sie war. Mister Kiku mußte sich notgedrungen ins Gedächtnis rufen, daß jeder Mensch seine eigenen Gewohnheiten hatte. »Hm ... liebe junge Dame, es fällt mir nicht leicht, Ihnen den Zweck dieser Unterredung zu erklären.«

»Lassen Sie sich nur Zeit. Ich bin nicht in Eile.«

»Trinken Sie Tee?«

»Lassen Sie mich einschenken. Das ist gemütlicher.« Er stimmte zu und ließ sich, äußerlich entspannt, innerlich jedoch voller Unbehagen, zurücksinken.

»Ich hoffe, Ihr Aufenthalt in der Hauptstadt hat Ihnen gefallen.«

»Aber ja! Ich konnte noch nie zuvor einkaufen, ohne jeden Pfennig umzudrehen. Jedermann sollte ein Ausgabekonto zur Verfügung haben.«

»Machen Sie ausgiebig davon Gebrauch. Ich versichere Ihnen, daß sich die Summe in der jährlichen Abrechnung nicht bemerkbar macht. Sie sind Waise, nicht wahr?«

»Ich bin Gesetzeswaise. Ich bin ein freies Kind. Mein Vormund ist das Heim für Freie Kinder in Westville. Warum?«

»Sie sind also noch nicht volljährig?«

»Das kommt darauf an, wie Sie es betrachten. Ich finde, ich bin es, das Gericht sagt, ich bin es nicht. Aber gottlob dauert es nicht mehr lange.«

»Ah ja. Vielleicht sollte ich Ihnen sagen, daß ich das alles wußte.«

»Das dachte ich mir. Was hat das alles zu bedeuten?«

»Hm. Ich möchte Ihnen eine kleine Geschichte erzählen. Haben Sie je Kaninchen aufgezogen? Oder Katzen?«

»Ich hatte einmal Katzen.«

»Wir sind in bezug auf die Hroshia, die wir unter dem Namen Lummox kennen, auf eine Schwierigkeit gestoßen. Nichts Entsetzliches; es berührt den Vertrag, den wir mit den Hroshii geschlossen haben, nicht, da sie uns ihr Wort gegeben hat. Aber, äh, wie soll ich es ausdrücken, wenn wir Lummox in einer bestimmten Angelegenheit entgegenkommen könnten, würde das unseren zukünftigen Beziehungen sehr zuträglich sein.«

»Und was ist das, Mister Kiku?«

»Hm. Wir wissen beide, daß diese Hroshia Lummox lange Zeit John Thomas Stuarts Schoßtier war.«

»Ja, sicher. Die Dinge haben sich seltsam entwickelt, nicht wahr?«

»Oh, ja. Und daß Lummox vorher das Schoßtier von John Thomas' Vater war und so weiter, über vier Generationen hinweg.«

»Ja, natürlich. Niemand könnte sich ein süßeres Schoßtier wünschen.«

»Tja, genau das ist der springende Punkt, Miss Sorenson ... Betty. Das ist John Thomas' Sichtwinkel und der seiner Vorfahren. Aber es gibt immer zumindest zwei Sichtwinkel. In Lummoxs Augen war sie selbst kein Schoßtier. Ganz im Gegenteil. John Thomas war *ihr* Schoßtier. Lummoxs Aufgabe war es, John Thomasse aufzuziehen.«

Betty riß erstaunt die Augen auf, dann brach sie in prusterndes Gelächter aus und rief erstickt: »Mister Kiku! Oh, *nein*!«

»Das meine ich vollkommen ernst. Es ist eine Frage des Standpunktes und wird verständlicher, wenn man die verhältnismäßige Lebensdauer in Betracht zieht. Lummox hat John Thomasse in mehreren Generationen aufgezogen. Es war Lummoxs einziges Hobby und ihr oberstes Interesse. Kindisch, aber Lummox war – und ist noch – ein Kind.«

Betty gewann ihre Fassung so weit zurück, daß sie unter Kichern hervorstoßen konnte: »Sie hat ›John Thomasse‹ aufgezogen. Weiß Johnnie das?«

»Ja, aber ich habe es ihm in etwas anderen Worten erklärt.«

»Weiß es Mrs. Stuart?«

»Äh ... ich fand es nicht notwendig, es ihr zu erzählen.«

»Darf ich es ihr sagen. Ich möchte ihr Gesicht sehen. ›John Thomasse‹ .. meine Güte!«

»Ich finde, das wäre grausam«, entgegnete Mister Kiku steif.

»Sie haben wohl recht. Also gut, ich werde es ihr nicht sagen. Aber ich darf doch davon träumen, oder?«

»Das kann Ihnen niemand verbieten. Aber, um zum Thema zurückzukommen: Lummox scheint vollkommen glücklich gewesen zu sein mit ihrem unschuldigen Hobby. Es war ihre Absicht, es grenzenlos fortzusetzen. Und aus diesem Grund sehen wir uns jetzt vor der Schwierigkeit, die Hroshii nicht zum Aufbruch bewegen zu können, obwohl sie ihr Kind wiedergefunden haben. Lummox hat den Wunsch, weiterhin John Thomasse aufzuziehen.« Er zögerte.

Schließlich sagte Betty: »Nun, Mister Kiku. Und weiter?«

»Äh, welche Pläne haben *Sie* für die Zukunft, Betty ... Miss Sorenson?«

»Ich? Darüber habe ich bisher noch mit niemandem gesprochen.«

»Oh. Verzeihen Sie, wenn ich mich ungehörigerweise in Ihre persönlichen Angelegenheiten mische. Aber sehen Sie, um ein Ziel zu erreichen, müssen bestimmte Voraussetzungen erfüllt sein, und Lummox scheint sich einer dieser Voraussetzungen bewußt zu sein ... wie soll ich es nur ausdrücken. Wenn wir ein Kaninchen nehmen ... oder eine Katze ...« Er verstummte hilflos, die Worte wollten ihm nicht über die Lippen.

Sie betrachtete forschend seine gequälten Züge. »Mister Kiku, versuchen Sie, mir zu sagen, daß man zwei Hasen braucht, um mehr Hasen zu bekommen?«

»Nun ja. So ungefähr.«

»Also wirklich! Warum machen Sie deswegen ein solches Theater? Das weiß doch jeder. Ich nehme an, der Rest besteht darin, daß Lummox weiß, daß diese Regel auch auf John Thomasse Anwendung findet?«

Er konnte nur verwirrt nicken.

»Sie Armer, hätten es mir schriftlich mitteilen sollen, dann wäre es weniger anstrengend für Sie gewesen. Ich nehme an, ich muß Ihnen helfen, auch den Rest hinter sich zu bringen. Sie dachten, ich könnte mich in diesen Plan einfügen lassen?«

»Ich hatte nicht die Absicht, Sie zu bedrängen ... ich wollte lediglich Ihre Pläne herausfinden.«

»Ob ich John Thomas heiraten will? Ich hatte nie etwas anderes vor. Das ist doch selbstverständlich.«

Mister Kiku seufzte. »Danke.«

»Oh, ich tue es nicht Ihnen zu Gefallen.«

»Aber nein! Ich habe mich dafür bedankt, daß Sie mir geholfen haben.«

»Danken Sie Lummie. Die gute alte Lummie! Lummie läßt sich nicht hinters Licht führen.«

»Ich hoffe, daß die Sache damit erledigt ist.«

»Hm. Ich habe ihm noch keinen Antrag gemacht. Aber das tue ich noch ... ich habe nur gewartet, bis der Zeitpunkt der Abreise ein wenig näher gerückt ist. Sie wissen ja, wie Männer sind – ängstlich und flatterhaft. Ich wollte ihm keine Zeit lassen, darüber nachzudenken. Hat Ihnen Ihre Frau sofort einen Antrag gemacht? Oder hat sie gewartet, bis Sie reif waren zum Abschuß?«

»Nun ja, die Sitten meines Volkes sind ein wenig anders. Ihr Vater hat es gemeinsam mit meinem Vater beschlossen.«

Betty sah ihn entsetzt an. »Sklaverei«, sagte sie unverblümt.

»Ohne Zweifel. Dennoch bin ich nicht unglücklich geworden dadurch.« Er erhob sich. »Ich freue mich, daß unser Gespräch einen so angenehmen Verlauf genommen hat.«

»Einen Augenblick, Mister Kiku. Es gibt noch ein paar Kleinigkeiten zu regeln. Was tun Sie eigentlich für John Thomas?«

»Wie?«

»Wie lautet sein Vertrag?«

»Oh. In finanzieller Hinsicht werden wir uns großzügig zeigen. Er wird den größten Teil der Zeit seiner Erziehung widmen, aber ich hatte die Absicht, ihm einen formellen Titel in der Botschaft zu verleihen – Sonderbeauftragter, Botschaftssekretär, oder so ähnlich.«

Betty schwieg.

»Da Sie mitgehen, könnte es vorteilhaft sein, Ihnen ebenfalls einen inoffiziellen Titel zu verleihen. Botschaftsadjudant, vielleicht, bei gleichem Gehalt? Es würde Ihnen beiden einen guten Start sichern, wenn Sie zurückkommen.«

Sie schüttelte den Kopf. »Johnnie ist nicht ehrgeizig. Aber ich bin es.«

»Ja?«

»Johnnie muß zum Botschafter auf Hroshijud ernannt werden.«

Mister Kiku wollte seinen Ohren nicht trauen.

Schließlich brachte er mühsam hervor: »Liebe junge Dame! Vollkommen ausgeschlossen!«

»Das glauben Sie. Sehen Sie, Mister MacClure hat kalte Füße bekommen und Sie im Stich gelassen, stimmt's? Machen Sie keine Ausflüchte, ich habe längst meine Verbindungen im Ministerium. Er hat einen Rückzieher gemacht. Also ist die Stelle offen. Und Johnnie bekommt sie.«

»Aber, meine Liebe«, sagte er erschöpft, »das ist keine Aufgabe für einen unerfahrenen Jungen ... so sehr ich Mister Stuart auch schätze.«

»MacClure wäre doch nur eine Strohpuppe gewesen, nicht wahr? Jeder weiß das. Johnnie wäre keine Strohpuppe. Wer kennt die Hroshii am besten? Johnnie.«

»Meine Liebe. Ich gebe zu, daß er über besondere Kenntnisse auf diesem Gebiet verfügt; ich verspreche Ihnen, daß wir uns dieser Kenntnisse bedienen werden. Aber Botschafter? Nein.«

»Doch.«

»Diplomatischer Geschäftsträger? Das ist ein sehr hoher Rang, aber ich bin bereit, fünf gerade sein zu lassen. Mister Greenberg muß jedoch Botschafter sein. Wir brauchen einen Diplomaten auf diesem Posten.«

»Was ist daran so schwierig? Oder um es anders auszudrücken, was könnte Mister MacClure, das mein Johnnie nicht besser kann?«

Er stieß einen tiefen Seufzer aus. »In diesem Punkt haben Sie recht. Alles, was ich dazu sagen kann, ist, daß man manchmal gezwungen ist, Entscheidungen zu treffen, von denen man weiß, daß sie falsch sind. In anderen Fällen wiederum muß ich solche Entscheidungen nicht annehmen. Meine Antwort heißt nein.«

Sie grinste ihn an. »Ich möchte wetten, daß ich meine Forderung gegen Sie durchsetzen könnte. Aber darauf kommt es nicht an. Ich glaube, Sie verstehen die Situation nicht ganz.«

»Nein?«

»Nein. Johnnie und ich, wir sind in diesem Handel wichtig für Sie, nicht wahr? Besonders Johnnie.«

»Ja. Besonders Johnnie. Sie sind nicht unbedingt vonnöten ... selbst was die ... äh ... Aufzucht von John Thomassen betrifft.«

»Wollen Sie es auf den Versuch ankommen lassen? Glauben Sie wirklich, Sie können John Thomas auch nur einen halben Zentimeter von diesem Planeten fortbewegen, wenn ich mich dem widersetze?«

»Hmmm ... ich weiß es nicht.«

»Ich auch nicht. Aber ich habe die Nerven, es auf den Versuch ankommen zu lassen. Wenn ich gewinne, wo bleiben Sie dann? Sie werden wieder auf einem windigen Feld stehen und versuchen, sich aus einem Schlamassel herauszureden ... ohne Johnnies Hilfe diesmal.«

Mister Kiku ging zum Fenster hinüber und sah hinaus. Wenig später wandte er sich um. »Noch etwas Tee?« fragte Betty liebenswürdig.

»Danke, nein. Miss, haben Sie eine Vorstellung davon, was ein Sonderbotschafter und Gesandter mit unbeschränkter Handlungsvollmacht ist?«

»Ich habe den Begriff schon einmal gehört.«

»Es ist derselbe Rang und dieselbe Bezahlung wie ein Botschafter, nur ist es eine Sonderstellung. Und dies ist ein Ausnahmefall. Mister Greenberg wird das Amt des Botschafters ausüben und die Verantwortung tragen; der besondere, und rein formale Rang wird für John Thomas geschaffen.«

»Rang *und* Bezahlung«, entgegnete sie. »Ich beginne, eine Vorliebe fürs Einkaufen zu entwickeln.«

»Und Bezahlung«, stimmte er zu. »Junge Dame, Sie haben die Moral einer bissigen Schildkröte und die Härte eines altbackenen Brötchens. Aber wie dem auch sei, es ist ein Geschäft ... wenn Sie Ihren jungen Mann dazu bringen, zuzustimmen.«

Sie kicherte. »Das wird mir keine Schwierigkeiten bereiten.«

»Das meine ich nicht. Ich wette auf seinen gesunden Menschenverstand und seine natürliche Bescheidenheit gegen Ihren Ehrgeiz. Ich glaube, daß er sich als Botschaftssekretär niederlassen wird. Wir werden es sehen.«

»Oh, ja, das werden wir. Wo ist er übrigens?«

»Wie?«

»Er ist nicht im Hotel. Er ist hier bei Ihnen, nicht wahr?«

»Er ist in der Tat hier.«

»Gut.« Sie erhob sich und tätschelte ihm freundschaftlich die Wange. »Sie gefallen mir, Mister Kiku. Jetzt schicken Sie Johnnie zu mir herein und lassen Sie mich mit ihm allein. Ich werde ungefähr zwanzig Minuten brauchen. Sie brauchen sich keine Sorgen zu machen.«

»Miss Sorenson«, fragte Mister Kiku verwundert, »wie kommt es nur, daß Sie den Botschafterposten nicht für sich selbst gefordert haben?«

Lummox war der einzige Nicht-Mensch, der der Trauung beiwohnte. Mister Kiku hatte das Amt des Brautführers übernommen. Ihm fiel auf, daß sie kein Makeup aufgelegt hatte, so daß er sich fragte, ob der Sekretär des Botschafters in seinem eigenen Heim nicht doch der Herr war.

Sie erhielten die üblichen siebenundneunzig Köstlichkeiten, die meisten davon von Fremden, und anderen teuren Plunder, den sie nicht mitnehmen würden – einschließlich einer Reise nach Hawaii (alle Kosten inbegriffen), für die sie keine Verwendung hatten. Mrs. Stuart schluchzte und ließ sich fotografieren und amüsierte sich darüber hinaus bestens; alles in allem war es eine sehr erfolgreiche Hochzeit. Während sich die beiden jungen Leute das Jawort gaben, vergoß Mister Kiku ein paar Tränen, aber Mister Kiku war ein sehr sentimentaler Mensch.

Am nächsten Morgen saß er an seinem Schreibtisch und übersah beharrlich die blinkenden Lämpchen. Er hatte die Kenia-Pospekte vor sich ausgebreitet, betrachtete sie aber nicht. Er war mit Dr. Ftaeml ausgegangen, nachdem sie die jungen Leute glücklich verheiratet hatten – und Mister Kiku spürte auf angenehme, entspannte Weise die Folgen des Abends. Obwohl ihm der Schädel brummte und es ihm schwerfiel, seine Bewegungen zu koordinieren, machte ihm der Magen nicht zu schaffen. Er fühlte sich großartig.

Etwas verworren versuchte er, im Geiste eine Summe der Ereignisse zu ziehen. All die Aufregung, all der Kummer, weil ein törichter Raumfahrer vor mehr als einem Jahrhundert nicht genug Verstand bewiesen hatte, sich nicht in das Leben der Eingeborenen zu mischen, bevor nicht die Bedingungen festgelegt waren. Ach, mein Volk, mein Volk!

Bei näherer Überlegung ermahnte er sich, nicht verächtlich mit dem Finger zu zeigen; vielleicht blickte er in einen Spiegel.

Da war etwas, das der gute alte Ftaeml am Abend zuvor gesagt hatte ... irgend etwas ... was war es nur? Etwas, das Kiku überzeugt hatte, daß die Hroshii niemals im Besitz einer Waffe gewesen waren, mit der sie der Erde ernsthaften Schaden hätten zufügen können. Ein Rargyllier würde natürlich nicht lügen, nicht in Ausübung seines Berufes ... aber könnte er nicht die Wahrheit geschickt umgehen, um eine Verhandlung zum Erfolg zu bringen, die zu scheitern drohte?

Nun, da die Sache gewaltlos beigelegt worden war, konnte er sich darüber nur den Kopf zerbrechen. Und das war vielleicht auch besser so.

Abgesehen davon mochten die nächsten Heiden, die auftauchten, wirklich Ernst machen mit ihren Drohungen. Das wäre nicht gut.

Mildreds Stimme drang an sein Ohr: »Mister Kiku, die Delegation der Randavier wartet.«

»Sagen Sie ihnen, ich häute mich gerade!«

»Sir?«

»Schon gut. Sagen Sie ihnen, ich komme sofort. Östlicher Konferenzsaal.«

Er seufzte, beschloß, sich eine einzige kleine Pille zu gönnen, erhob sich und steuerte, bereit, den Finger in ein weiteres Loch im Damm zu stecken, den Konferenzsaal an. Chinesische Verbindlichkeit: Wenn du es erst einmal genommen hast, kannst du es nicht mehr fallenlassen.

Ihm war dennoch fröhlich zumute, und er sang ein

Stück aus dem einzigen Lied, das er ganz auswendig kannte: »... *keine Moral hat meine Story, noch hat sie ein End. – Meine Story will eins nur zeigen: Nichts Gutes hat der Mensch.*«

Unterdessen verabschiedete der neue Staatssekretär für Raumangelegenheiten am Raumhafen die edlen Hroshii. Ihre Kaiserliche Hoheit, die Infantin dieser Rasse, die 213. ihres Geschlechts, Erbin des Matriarchats der Sieben Sonnen, zukünftige Herrscherin über neun Milliarden ihrer Art und in der Vergangenheit unter dem Spitznamen ›Lummox‹ bekannt, nahm zufrieden ihr Pärchen Schoßtiere an Bord der imperialen Yacht.

ENDE